|文|学|论|丛|

法国儿童文学
理论与实践

LA LITTERATURE DE
JEUNESSE FRANÇAISE
Théorie et Pratique

章 文 ◎著

图书在版编目 (CIP) 数据

法国儿童文学：理论与实践 / 章文著. — 北京：北京大学出版社，2024.1
（文学论丛）
ISBN 978-7-301-34811-6

Ⅰ.①法… Ⅱ.①章… Ⅲ.①儿童文学 – 文学评论 – 法国 Ⅳ.① I565.078

中国国家版本馆 CIP 数据核字 (2023) 第 257017 号

书　　　名	法国儿童文学——理论与实践 FAGUO ERTONG WENXUE——LILUN YU SHIJIAN
著作责任者	章　文　著
责 任 编 辑	初艳红
标 准 书 号	ISBN 978-7-301-34811-6
出 版 发 行	北京大学出版社
地　　　址	北京市海淀区成府路 205 号　100871
网　　　址	http://www.pup.cn　　新浪微博：@ 北京大学出版社
电 子 邮 箱	编辑部 pupwaiwen@pup.cn　　总编室 zpup@pup.cn
电　　　话	邮购部 010-62752015　发行部 010-62750672　编辑部 010-62759634
印 刷 者	三河市博文印刷有限公司
经 销 者	新华书店
	650 毫米 ×980 毫米　16 开本　21 印张　330 千字 2024 年 1 月第 1 版　2024 年 1 月第 1 次印刷
定　　　价	98.00 元

未经许可，不得以任何方式复制或抄袭本书之部分或全部内容。
版权所有，侵权必究
举报电话：010-62752024　电子邮箱：fd@pup.cn
图书如有印装质量问题，请与出版部联系，电话：010-62756370

目 录

引言 ··· 1

第一部分 理论概貌

第一章 文体论:法国儿童文学的命名与定义 ········· 9
  第一节 儿童文学之定名:"教育书籍""幼稚文学"还是
        "年轻人的文学"? ······························ 10
  第二节 儿童文学之定义:异质性的挑战 ············· 15
  第三节 儿童文学的同一性:模糊的读者群 ·········· 27
  余论:迈向儿童文学可能的定义? ····················· 33

第二章 历史简论:儿童观与法国儿童文学之变迁
·· 35
  第一节 "史前"时代:"看不见儿童"的儿童读物 ······ 36
  第二节 人文主义与儿童教育:儿童文学经典的诞生
·· 43
  第三节 启蒙时代:卢梭的世纪 ························ 52
  第四节 第二帝国至第三共和国:童书出版的黄金时代
·· 62
  第五节 图书经济的时代:体裁、主题多元化 ········ 72

第三章 功用论：徘徊在教育性与娱乐性间的法国儿童文学 ………… 80

第一节 用于教育的童书 ……………………………………… 81
第二节 儿童读物的娱乐性 …………………………………… 107

第二部分 文体实践

第四章 童话论："仙女故事"与夏尔·贝洛 ………………… 119

第一节 故事与"仙女故事"：从民间口传文学到沙龙讲述风尚 …………………………………………………………………… 121
第二节 贝洛及其故事：游走于民俗传统与沙龙文学之间 …… 143

第五章 寓言论：拉封丹与《寓言诗》………………………… 172

第一节 寓言的定名、简史及内涵 …………………………… 173
第二节 拉封丹其人其作：政治讽刺与古典诗艺 …………… 192

第六章 科幻小说论：儒勒·凡尔纳与《海底两万里》……… 213

第一节 "科学幻想"的界定、由来和身份谜团 ……………… 215
第二节 凡尔纳的创作：科幻是一种意识形态？……………… 232

第七章 翻译论：儿童文学翻译的理论问题与法国儿童文学在中国 ……………………………………………………… 263

第一节 儿童文学翻译：一项"目标导向"的实践 …………… 265
第二节 法国儿童文学的在华译介：中法文学关系史的一个侧面 …………………………………………………………………… 281

结　语	310
参考书目	315
后　记	331

引 言

　　法国文学群星璀璨、佳作迭出，即便不从学术的角度立论，对其中的名家、名作的讨论也常见于一般意义上的公众话语中。但与声名显赫的经典文学相比，法国儿童文学却长期处于被遗忘、被忽视甚至被误解的境地。普通读者能列举出《小红帽》《乌鸦和狐狸》《小王子》等代表性作品的篇名已属不易，对其作者及成书背景的了解就更是寥寥。即便是自童年期就身受贝洛童话、拉封丹寓言、凡尔纳科幻小说滋养的法国公众，往往也难以辨明贝洛笔下那个身着红色连衣兜帽的小女孩究竟是葬身狼腹，还是如格林兄弟所说被猎人救出，更无从分辨《林中睡美人》中的王子到底有没有在沉睡一百年的公主的脸颊上印下一个亲吻。在这个儿童文学市场化和全球化的时代，儿童读物更类似于一件行销各国的文化商品而非严肃的求知对象，成人对此不以为意实属必然。

　　而法国儿童文学不仅在文学阅读领域备受忽视，于学界也遭遇了边缘化，直到20世纪六七十年代才有第一批学者开始以这一体裁为研究对象。作为研究领域，儿童文学的自立不可谓不迟，但这是因为想要有儿童文学研究，就需满足三个不易达成的先决条件。一是社会意识先要发现"儿童"。虽然童年是一段客观存在的生理时期，但儿童史是一部沉默的历史，作为主体的儿童缄默无言，书写这部历史的只有成人。根据现有文献，中世纪及其之前的很长一段时间里，成人对儿童的观感只有对其脆弱的认知和菲力浦·阿利埃斯（Philippe Ariès）称之为"溺爱"（mignotage）的"非常浅薄的情感"①。及至文艺复兴之后，社会才有了对儿童的特殊性的认知，儿童不必再混杂于成人群体中学会生活，而是被视为在心智上有特殊发展规律的群体。正是这一对儿童特殊性的认知发明了"儿童"概念，也推动了面向儿童的书籍的出现。二是童书要成为"文学"。时至今日，儿童文学的文学性仍屡遭诘问，常有学者认为所谓"文学"之名，不过是出版商用以突出童书的商品价值的托词。但从客观上看，18世纪至19世纪中期，法国多位教育思想家、童书作者尤其是出版商的陆续介入，的确将旧时散落的"教育书籍"或"儿童用书"凝合成一个具有某种独特性的文学门类，这是"儿童文学"诞生的先决条件。三是学界对儿童文学文体价值的承认。只有承认其价值，明确其意义，以儿童文学为对象的学科才能真正发展起来。但遗憾的是，以现状来看，儿童文学研究仍未得到主流学界的完全承认，其研究价值也尚待自证。

于是，作为研究对象的法国儿童文学既有先天不足，之后又姗姗来迟。它的理论建设工作开始不久，却已陷入至今未解的重重迷雾。一般而言，一个文学体裁若想自觉自立，便需在作为其具象表现的诸多个体创作中寻找一个共性，以作为文体身份的承载物，并在其创作者和接受者之间建立一个约定俗成的"体裁契约"（pacte générique）。对大多数的文体而言，这一共性要向文本内部去找寻，如小说内生的虚拟叙事性、诗歌篇章中的节奏韵律感或戏剧创作中的舞台呈现意图，但儿童文学内部门类混杂、文本多样、图文交融，对一些无字的绘本而言，连"文字性"都难以保证，更遑论"文学身份"，便只能以"儿童"这一若隐若现的接受群体为身份标示物。而且，大多数文学体裁的身份或特征是由其创作者赋予的，在儿童文学中则不然。它的身份由教育者、出版者，甚至是儿童阅读过程中的

---

① 菲力浦·阿利埃斯：《儿童的世纪：旧制度下的儿童和家庭生活》，沈坚、朱晓罕译，北京：北京大学出版社，2013年，第2页。

成人中介者（教师、父母、媒体等）来制定，是他们规定了哪些书会成为"儿童读物"，是他们在一声声面向社会和自我内心的"儿童应当如何""如何是恰当的""如何才能教育儿童""如何才能优化教育效果"的追问中，选定某些书去实现他们赋予的教育或娱乐功用。作为接受群体的儿童却通常只能被动领受成人决策的成果。所以，儿童的缺席和文本的异质让这一文体的定义始终未明，成人的主导更让它的价值约等于其功用性。

诚然，面对理论的僵局，我们亦可选择步入文体创作实践的维度。但此处同样枝丫旁逸，径路纷杂。文体觉醒的迟至和文体界定的模糊让法国儿童文学只能尝试回溯历史，从旧作中挑选有代表性的作家、作品，以解释现有状况的成因。这些旧作既是人为选择而来，其挑选标准和"儿童性"本就值得质疑，也称不上什么"同质性"，反而让本已尴尬的理论局面变得更为复杂。从创作意图来看，经典文本中既有号称要培养孩子身上"好的倾向"的贝洛故事，也有不顾作者本人的迟疑，仍被伽利玛出版社编成绘本的《捉猫故事集》，更有同时面向儿童与成人的跨界文本（crossover literature）《小王子》；就体裁而言，它们中包括以17世纪末期"仙女故事"为代表的童话、由拉封丹开创的寓言、费讷隆写成的长篇成长小说和凡尔纳影响深远的科幻创作，甚至还有《二童子环游法国》这样用于"公民教育"的课外读物；从其接受群体来看，《小象巴巴尔的故事》适于学龄前儿童，《苏菲的烦恼》让青春期前夕的女孩子尤有共鸣，"阿斯泰里克斯与欧拜力克斯"系列连环画的很多忠实读者却是青少年乃至成年人。对实践的探索恐怕也不能为法国儿童文学绘制一幅清晰的肖像，只会更增疑惑。

但即便困难重重，儿童文学仍是法国文学的有机组成部分。抛却童书具备教育价值、娱乐价值、审美价值之类的功利性的老生常谈，它仍折射了儿童的生命与生活，是儿童文化最重要的载体之一，且很多儿童文学作品的文学价值也无可置疑。所以，本书的愿景是以理论和实践这一最朴素的二分法，尝试捕捉并描绘这一仍显模糊的研究对象。第一部分是理论部分，旨在定义儿童文学，抽离其文本身份及特征；第二部分是实践部分,意图借代表性体裁勾勒文体实践的轮廓,完善对该体裁及其代表性作家、作品的认识,并借此反观理论部分中获得的若干假设。

具体而言,第一部分包含三个章节,分别为"文体论""历史简论"和"功用论"。其中"文体论"一章从体裁命名着手,盘点此前理论话语中对儿童文学的界定尝试,并从文学交际的角度提出一个可能的文体定义。法语中的"儿童文学"实名为"年轻人的文学"。这一术语在历史上曾与"教育书籍""幼稚文学""儿童书籍""为了儿童的文学"等命名法共存并竞争,最终因其外延的广阔性而得以胜出。但它的包容性同样导致文体定义上的困难:"年轻人的文学"不仅形式多样、主题各异,甚至"年轻人"内部也有年龄层的分化,成年人的介入则让局势更显复杂。在这种情况下,我们尝试将作为接受群体的"年轻人"作为文体身份的承载物,以期从诸多异质性中发现同一性。

第二章"历史简论"以上一章的定义尝试为基础,对法国文学史上于实际上或意向中同"年轻人"发生的文本交际进行简略溯源。这一追溯工作将以断代史的方式进行,循着成人社会中儿童观或"儿童情感"的发展脉络,展现中世纪、文艺复兴时期、启蒙时代、第二帝国至第三共和国的儿童出版"黄金时代"和 20 世纪中后期以来几个不同时期内儿童文学所经历的变迁,论证儿童文学与社会心态、教育体制和出版经济间的密切关系。法国儿童文学的简史同时也是一部儿童读者的沉默史和被动史,验证了儿童文学交际中的发起者与接受者间的不对称性。

第三章盘点法国儿童文学领域的"功用论"。在这个"文学功用论"已成为陈旧议题的时代,儿童文学的功用性却成为这一体裁最明显的特征:儿童的缺席让这场成人发起的文学交际以实现成人介入者的意图为唯一目的,徘徊于成人的教育期待和娱乐意图之间。"寓教于乐"原则自费讷隆时代的提出也让童书既有人格养成之用,又肩负了知识传授的任务,同时还要借助多种兴趣激发机制,以保持小读者的阅读兴趣。但这种出自成人的"一厢情愿"同样也受制于成人与儿童间的主体间性,让童书中的简化、删减、改写等问题备受质疑。

本书的第二部分则分为四个章节，分别以童话、寓言和科幻小说为例，展现法国儿童文学的创作面貌，并补充以"翻译论"，讨论作为儿童文学创作的重要一环的译介实践。法国儿童文学范畴内体裁众多，既包含小说、诗歌、戏剧等传统文体，又有童话、寓言、科幻小说、连环画、绘本等通常意义上专属儿童的创作。本书从中拣选童话、寓言和科幻小说为代表，一是因这三种体裁代表了法国儿童文学的至高成就，二是相较于小说等与"成人文学"共享的文体，无论其代表性作者的真实意图为何，童话、寓言和科幻小说从表面上看，都是"为儿童所做""被儿童所读"的典型儿童文学创作，是这一领域内诞生的专有体裁。

第四章"童话论"从路易十四统治末期的"仙女故事"创作风潮入手，展示从"故事"到"仙女故事"再到"童话"的文体变迁过程。"仙女故事"诞生于17世纪中后期法国贵族阶层的文学沙龙，以流传于乡间的超自然故事为母本，因创作者多为贵族女性而带有贵族化、女性化的倾向，却因其母题自带的超自然内核与独特的心理慰藉作用而广受儿童欢迎。夏尔·贝洛(Charles Perrault)是这一创作风潮中最具后世影响力的作者，他以创作儿童读物为借口，写有《故事诗》和《鹅妈妈的故事》两部"仙女故事"集。我们将以《灰姑娘》为分析素材，展示贝洛童话如何为后世法国乃至世界范围内的童话创作确定了人物设置、叙事模式、背景世界营造等方面的规范。

第五章"寓言论"围绕拉封丹的《寓言诗》，回溯寓言的文体史，展示以拉封丹为代表的法式寓言观。拉封丹以苏格拉底为精神导师，用诗体改编伊索、费德鲁斯和亚微亚奴斯等古希腊罗马作者的"动物故事"，创造出他眼中以叙事为"身体"、以道德寓意为"灵魂"的寓言。他的创作是法国古典主义时期道德说理文学(la littérature moraliste)的一部分，其寓言也因"用动物来教育人"的功能而成为儿童文学的经典，但《乌鸦和狐狸》等代表性篇目仍给予读者多元化的阐释空间。

第六章借凡尔纳的作品而申发出"科幻小说论"。当代的科幻小说常具悲观色彩，表达对科技进步背景下人类未来命运的反思与关注，并不一定以小读者为对象。然而，在"科幻小说发明人"凡尔纳的时代，这些具备科学元素的"冒险小说"却被左拉、戈蒂耶尤其是他的出版商埃泽尔认为是专为儿童构思的作品。凡尔纳的作品情节呈线性，人物简单，却融合了大量的科学幻想和故事悬念，是法国儿童文学出版史上最著名的畅销作品之一。但他的很多小说里也承载了作者堪称系统化的社会理想，《海底两万里》(Vingt mille lieues sous les mers)就是典型的一例。

第七章"翻译论"关注儿童文学的翻译实践。与备受关注的经典文学译介相比，儿童文学受制于其边缘性的地位，堪称各类翻译操纵的"重灾区"，于"出发语主义"和"目的语主义"之间长期倾向于后者。这一点也折射在自晚清民国以来的法国儿童文学在中国的译介活动中，为中法间的文学关系史提供了一个少有人探索的侧面，而此类译介活动也印证了本书第一部分关于儿童文学交际非对称性、被动性的理论假设。

简言之，本书从儿童文学的定义入手，结合史学书写和对儿童文学有关其特征、功用的理论话语的梳理，试图回答"何为儿童文学""法国儿童文学有何特征"等问题；又辅以对代表性的体裁的分析，在充分肯定某一经典文本的时代性、特殊性的前提下，试图从中抽离出适用于法国儿童文学乃至广义上的儿童文学门类的显著特色。但我们深知，不同的儿童文学文本所依附的社会现实、群体心态和教育功用多种多样，很难得出假定的理论统一性，只能用历史的眼光，对儿童文学的"既有存在性"(déjà-là)去重新探索。本书所期望的，不过是在普遍性与特殊性间建立某种堪称脆弱的平衡，部分揭示法国儿童文学自有的厚度，并呈现我们对这一文学门类的理解。

第一部分

理论概貌

第一章 文体论:法国儿童文学的命名与定义

如前所言,儿童文学研究在文学领域中属于新兴学科,这与儿童作为社会群体的边缘地位、童书之为文学体裁的异质性及面向儿童的文学交际中的不平等性都是密切相关的。虽然诚如舍勒布尔(Christian Chelebourg)及马尔古安(Francis Marcoin)所言,自古及今的"人类社会没有不为儿童预留特殊位置的"[①],但"儿童"作为一个社会概念,还是迟至20世纪中叶才进入学界视野,标志性事件是阿利埃斯于1960年出版《旧制度下的儿童和家庭生活》(*L'enfant et la vie familiale sous l'Ancien Régime*)[②]一书。与传统的童年心理学著作不同,本书不再借用弗洛伊德的精神分析学来分析儿童的心理和认知模型,却秉承了法国年鉴学派社会史研究法,将"儿童"概念视为观念史,展现了与"童年"相关的一切概念、认知及活动,围绕的都并非现实中的儿童,而是特殊社会背景下成人凭借自我认知所确立的儿童

[①] Christian Chelebourg, Francis Marcoin, *Littérature de jeunesse*, Paris: Armand Colin, 2007, p.11.

[②] Philippe Ariès, *L'enfant et la vie familiale sous l'Ancien Régime*, Paris: Seuil, 1960. 中文选译本题为《儿童的世纪:旧制度下的儿童和家庭生活》,沈坚、朱晓罕译,北京:北京大学出版社,2013年。

观。阿利埃斯的观点在国际学界激起强烈反响,此书堪称当代"儿童研究"的开山之作,也吸引了学界对儿童文学、儿童教育等伴生主题的兴趣。

在此背景下,法国的儿童文学研究于 20 世纪 60 年代兴起,经历了数十年发展,出现了以让·佩罗(Jean Perrot)、马克·索里亚诺(Marc Soriano)、伊莎贝尔·让(Isabelle Jan)、弗朗索瓦·卡拉代克(François Caradec)、伊莎贝尔·尼埃尔-舍弗莱尔(Isabelle Nières-Chevrel),娜塔莉·普兰斯(Nathalie Prince)等为代表的一批学者。但需要承认的是,相较方法多样的"严肃文学"学界,儿童文学研究领域尚处于起步阶段,仍关注文体定义、史学书写和主要特征爬梳等基本问题。此一尴尬现状也集中体现在儿童文学的命名变迁及界定尝试上。本章旨在对儿童文学的命名、定义这两大焦点进行辨析,借此从侧面梳理法国儿童文学研究的若干相关成果,并尝试回答"什么是儿童文学?"这一基本问题。

第一节 儿童文学之定名:"教育书籍" "幼稚文学"还是"年轻人的文学"?

毋庸讳言,儿童文学长期在文学研究领域处于边缘地位。即便是二战之后,文学研究方法及对象经历了深刻的变革,儿童文学研究也往往满足于简单的价值评断[1],甚至于连体裁本身都未能获得统一命名。直至 20 世纪 70 年代,在学术出版物里谈论儿童文学似乎还是一件颇具先锋性的举动。汉学家让-皮埃尔·迪埃尼(Jean-Pierre Diény)曾写有一本介绍中国儿童读物(他称为"les livres pour enfants")的论著,其序言开头处的自我调侃即可视为"儿童文学难以作为研究对象"的旁证:"针对中国进

---

[1] 二战结束后通行的学术话语是简单地对儿童文学的教育价值予以肯定,如法国儿童文学研究的先驱者之一保罗·拉扎尔(Paul Hazard)那句著名的引言:"我们不能忽视儿童文学——除非我们认为一个民族的灵魂的形成及保有方式也是应当被忽视的。"参见 Paul Hazard, *Les livres, les enfants et les hommes*, Paris: Éditions contemporaines Boivin & Cie, 1949, p.147。

行写作,针对儿童文学(la littérature enfantine)进行写作,这两个偏离中心的古怪行为,即使是在最近,也不免令人会心一笑。"①

迪埃尼的论断虽不免偏颇,却折射出儿童文学研究的窘迫境遇。作为概念的"童年"或"儿童"本就是社会观念变迁的派生物,在真正阐扬"儿童与成人不同"的现代儿童观出现之前,"儿童读物"作为一个门类概念都是不存在的,更遑论"儿童文学"。关于中世纪社会观念中儿童群体与成人社群的混同状态,法国儿童文学的奠基人保罗·拉扎尔曾有一著名反问:"如果说在几个世纪的时间里,人们甚至都没有考虑到要给孩童提供合身的衣服,他们又怎么可能会想到需要给孩子些书籍呢?"②成体系的儿童文学尚且是 19 世纪以来出版业大发展的结果,生发自儿童文学的研究就更是新近产物了,文学层面上的术语混淆也因此持续了较长时间。

但值得注意的是,儿童阅读行为在任何时代均客观存在,尤其是 17 世纪末贵族阶层中兴起的教育风气,让儿童文学的文体地位得以逐步确立,渐次出现了一些用于指代儿童读物的表达法。起初,读物的儿童指代性只出现在书题或行文中,如"仙女故事"(contes de fées)风潮中夏尔·贝洛将自己的作品称作"为孩童写的小故事"(des bagatelles pour enfants),博蒙夫人(Mme Leprince de Beaumont)为自己担任家庭教师时编写的教材取名《儿童杂志》(Magasin des enfants)。开始将儿童读物作为出版门类、为之设立整体性概念的举措则始自拿破仑执政时期(即督政府与第一帝国时期,1799—1815),"教育丛书"(librairie d'éducation)的概念被巴黎出版商杜古尔(Antoine Jeudy Dugour)于 1800 年创造出来,又经古茹(Goujon)、皮埃尔·布朗夏尔(Pierre Blanchard)等同行沿用,成为提供给少儿读者的书籍的统称③。而在这一时代,童书于售价上

---

① Jean-Pierre Diény, *Le monde est à vous: La Chine et les livres pour enfants*, Paris: Gallimard, 1971, avant-propos.

② François Caradec, *Histoire de la littérature enfantine en France*, Paris: Albin Michel, 1977, p.35.

③ Michel Manson, *Les livres pour l'enfance et la jeunesse sous la Révolution*, Paris: Institut national de recherche pédagogique, 1989, p.24.

仍超出普通人日常消费能力,主要功能就是道德教化与知识传授,最常见的使用场景则是父母购买后将其作为学业奖励或节日礼物送给子女①,所以这一强调教育功能、符合父母购买期待的命名法很快在出版市场上风行。1828 年,童书作者西弗雷夫人(Mme de Civrey)在《写给孩子的简单故事》(Simples contes à l'usage des jeunes enfants)的自序中,对图书行业里童书风行的现象做出点评:"今天,这些我们已经习惯称作'教育书籍'(livres d'éduction)的小书在数量上已尤为可观。"②可见"教育书籍"已成为约定俗成的表达法。尼埃尔-舍弗莱尔认为,这一说法的出现证明了公众开始赋予该文学门类以专有名称,标志着童书的出版、创作在 19 世纪上半叶成为"一个可见的社会化现象"③。

然而,"教育书籍"并非当时用以指代童书的唯一词汇,另有"儿童书籍"(livres d'enfants)一说与之共存。1843 年,童书作家路易·代努瓦耶(Louis Desnoyers)④的历险小说《罗贝尔-罗贝尔历险记》(Les aventures de Robert-Robert,1839 年初版)再版,序言中作者批评了"儿童书籍"一词,认为其意味着这些图书只能为儿童所读,忽略了成人群体同样可能是高质量童书的潜在阅读对象。但他的批评却也侧面说明了"儿童书籍"已成为惯用表达法:"这些人们称为'儿童书籍'的作品有着普遍的原罪,罪责在于似乎只有在人们无法为理智的成人写作时,才能为孩子写作。"⑤这篇序言似乎也预感到了"儿童书籍"的文体自立:"他们[做童书的才智

---

① 这一时代出版商最常见的推广语就是"精选基础用书,可用于教育,母亲可以向女儿推荐阅读;更有面向低龄儿童的书籍,可作为新年礼物"(Royez,1790-12-24)或"德育、教育及休闲好书,可作为赠送给年轻人的新年礼物,无论对方是男性还是女性"(Berry,1792-12-21)。Michel Manson, Les livres pour l'enfance et la jeunesse sous la Révolution, Paris:Institut national de recherche pédagogique,1989, p. 24.
② 转引自 Isabelle Nières-Chevrel, Introduction à la littérature de jeunesse, Paris:Didier jeunesse,2009, p. 14.
③ Isabelle Nières-Chevrel, Introduction à la littérature de jeunesse, p. 14.
④ 路易·代努瓦耶(1802—1868),记者、童书作家,曾于数家报纸连载系列历险小说。
⑤ 转引自 Isabelle Nières-Chevrel, Introduction à la littérature de jeunesse, p. 15.

之士]把这些书做成了某种体裁,就是这样,这是些书,一些真正的书。"①

由此可知,在19世纪前半期,将儿童文学视为某种模糊的独立门类至少已变成出版行业的惯例,"教育书籍"和"儿童书籍"就是最早的体裁术语。而"教育书籍"在前,"儿童书籍"在后,这种过渡也传达出一种信息,即人们渐渐意识到教育并非童书的唯一功用,此类图书的特质更多在于"儿童"的特殊性。但即便是意义外延更为宽泛的"儿童书籍"一说,也因"书籍"这一指代中的庸常色彩招致部分创作者的不满,亟需更改名称以提高体裁的社会认同。路易·代努瓦耶的诘责可谓无心插柳,后在他所写就的小说《让-保罗·肖帕尔的不幸》(*Les mésaventures de Jean-Paul Choppart*)1865年的再版②序言中,他大名鼎鼎的出版商皮埃尔-儒勒·埃泽尔(Pierre-Jules Hetzel)首次使用了"儿童文学"(littérature enfantine)一词。埃泽尔于序言中强调了代努瓦耶作品可同时让成人和儿童享受到阅读乐趣,即具备某种双重面向性(double adresse 或 double lectorat),可谓发今日欧美学界中颇为时髦的"跨界文学"(cross-over literature)的先声:

> 这是一本在当代休闲文学的经典作品中已拥有独属于它的地位的书籍。[……]它属于写给儿童的那一小部分书,但当我们于成熟的年纪再度翻阅它时,却也不会因它所取得的成功而惊讶。它的文字中带着一种活泼、一种激情、一种富足、一种生机,一种流露于气质中的坦率,严肃而又滑稽,与我们所熟知的儿童文学(littérature enfantine)的特质颇为不符。③

某种程度上,埃泽尔的话语是在尝试为儿童读物确立文学价值:从"书籍"到"文学",对文学体裁的自立来说不啻一场飞跃,同时也以一种自

---

① 转引自 Isabelle Nières-Chevrel, *Introduction à la littérature de jeunesse*, p. 15。
② 本书出版年代不详,1865年已是第七版。
③ 尼埃尔-舍弗莱尔认为,埃泽尔的这则序言是首篇使用"儿童文学"一词的文献。原文转引自 Isabelle Nières-Chevrel, *Introduction à la littérature de jeunesse*, p. 15。

贬且充满悖论的方式（按照他的逻辑，儿童读物有价值的原因恰在于它不像儿童文学，即与"儿童文学"的特质颇为不符），挑战了公众与文学界对童书的既有偏见，为体裁争取到更大的拓展空间。自此，虽然时至今日，包括卡拉代克、尼埃尔-舍弗莱尔在内的诸位学者仍质疑儿童读物在总体上是否可以构成一种"文学"，但"儿童文学"的题材名称却正式确立。

及至 20 世纪中叶，待儿童文学成为研究对象后，第一批涉足该领域的数位知名学者仍是延续了埃泽尔的传统，"儿童文学"这一命名法出现在数部奠基性文献的题名中：1959 年，索里亚诺发表《儿童文学指南》（*Guide de la littérature enfantine*），这是法国儿童文学领域的第一部百科式辞书；1969 年，伊莎贝尔·让出版《论儿童文学》（*Essai sur la littérature enfantine*）一书；1976 年，皮埃尔·玛萨尔（Pierre Massart）又进一步在命名上拓宽了受众群，将其改为"儿童与少年文学"（littérature enfantine et juvénile）。然而，这一名称却随着 20 世纪 70 年代末到 80 年代初儿童文学研究领域的快速发展而饱受质疑，因法文中"儿童"（enfantin）一词亦有"幼稚的""简单的""孩子就能懂得的"这些隐有轻蔑的贬义。所以，丹妮斯·艾斯卡皮（Denise Escarpit）在为声望卓著的法国大学通识教育系列丛书"我何知？"（"Que sais-je？"）撰写"儿童文学"分卷时，使用了《儿童的与年轻人的文学》（*Littérature d'enfance et de jeunesse*）这一表达法，并在学界中快速普及，现今绝大多数学者均将"年轻人的文学"（littérature de jeunesse）作为儿童文学的标准体裁名。除去这一丛书的巨大号召力以外，该命名法的优势在于更为笼统：相较局限在青春期之前的"童年"（enfance）一词，"年轻人"（jeunesse）可涵盖出生后至成年前的全部年龄阶段，而不会将"少年期"（adolescence）排除在外；且"年轻人"与"文学"间仅以介词"de"连接，可去除"为儿童所写的书"（livres pour l'enfance），"为年轻人所写的文学"（littérature pour la jeunesse）等说法中因介词"pour"而导致的指向性，而未向成人读者关上大门。

所以，在本书的术语框架内，我们所指的"儿童文学"于法文中对应的实为"年轻人的文学"；而在文学实践中，它指代的对象包括"教育书籍"

"儿童书籍""儿童的文学""为儿童所写的书"等多种以未成年人为写作、出版、阅读对象的文本。

第二节 儿童文学之定义:异质性的挑战

然而,即便是在已尝试确定文体命名的情况下,定义儿童文学也困难重重,因为后者很难被当作一个体裁(genre)。娜塔莉·普兰斯对此有精准的比喻:儿童文学是一部巨大的"悖论之书",将之视为体裁,意味着"暴露在大量的危险中,且需冒险接受多种多样的矛盾"①。她进一步给出了解释:"实际上,定义一个文学体裁,就是默认在多个文本中存在同一性,因为文体就是由重复的形式、构架,或稳定的要素及不变量所组成的。"②而儿童文学的定义困境,恰在于文体范围内的不同文本间很难提取出所谓"不变量"。

为展开进一步讨论,并在汲取法国学界现有理论话语的基础上抛出一个可能的定义方式,需要先确立两个假设。第一,所有文体在某种意义上都是一种文学交际行为。诚然,"文学是否一定意味着作者与读者间的交际"这一问题仍无定解,无论是罗兰·巴特(Roland Barthes)借《作者之死》(*La mort de l'auteur*)提出的文本背后作者主体性的消解,还是私密日记等文体的撰写过程中是否存在交际行为,这些曾为理论界一时焦点的问题都无法在此辩明。我们想表达的只有一个基于现实的立论:阅读行为的存在让文学交际在客观上成为事实,无论作者和/或文本是否在主观上期待读者的介入。至于儿童文学,作为一种于名称中就指向特定读者群体的文学样式,其交际性更是明显。承认儿童文学的交际性,就意味着可以用罗曼·雅各布森(Roman Jakobson)的经典交际模型中的元素来分析文本,即文本写作及阅读过程可以拆解成发送者(作者)、编码(语

---

① Nathalie Prince, *La littérature de jeunesse : pour une théorie littéraire*, Paris: Armand Colin, 2010, p.9.
② Ibid.

言）、讯息（文本）、接受者（读者）四大要素间的互动。

第二点则关于定义文体的"不变量"。文学交际中，"不变量"通常体现为"文体契约"（pacte générique）。"文体契约"化用自法国自传文体学者菲力浦·勒热纳（Philippe Lejeune）的"自传契约"（pacte autobiographique）概念，指代文学交际行为中读者与作者达成的隐性或显性共识；另有部分学者将这种发送者与接受者间的默契称为"阅读契约"（pacte de lecture）或"阅读合约"（contrat de lecture），认为该默契是文学交际得以成功实现的基础。具体来说，文本契约表现为一系列的限制，限定了作者和读者在"语言行为中的生产及阐释条件"[①]。通常情况下，契约由作者发起，以其目标读者为潜在对象，并在文本的生产过程中加以固化，最终融入文字内部，以体现其所属体裁的文学身份（identité littéraire）。小说、戏剧、诗歌等常见体裁均以作者赋予文本的某一特性来彰显其辨识度，譬如叙事性、表演性或作诗法等，读者也以此为阅读时的期待视野及行为规范，进行文本阐释。换言之，一般意义上的文本契约取决于发送者，体现在编码及讯息中，接受者仅以合作者的角色出现。儿童文学则不然：作为文学体裁，它的发送者、编码和讯息均呈现高度的异质性，接受者反而成为文本身份的唯一承载物。

一、异质的来源：儿童文学的作者及"再创作者"

正如翁贝托·埃科（Umberto Eco）所言，作者写作时会预先构想一位"模范读者"（Lecteur Modèle），作为理想的交际对象。这位读者由作者虚构出来，与现实的读者间必定存在或多或少的差别，但他是文学交际获得"完满成功的条件"（felicity conditions），是作者预设的，可以与其协作完成文体契约的理想合作者[②]，某种意义上可以视为作者发起的文本

[①] Patrick Charaudeau, *Langage et discours: éléments de sociolinguisque*, Paris: Hachette, 1983, p.54.

[②] Umberto Eco, *Lector in fabula*, traduction par Myriem Bouzaher, Paris: Grasset, 1985, p.77.

契约的内生组成部分。一般而言,现实读者与模范读者越是相近,文体契约就越有可能被更好地理解和执行,文学交际也就越容易取得成功,如在日常阅读经验中,人们也会说"懂诗的人会对这首诗更有共鸣";反之,若现实读者与模范读者差距过大,文体契约被忠实履行的概率就会大幅下降。而在儿童文学门类里,有相当比例的文本并非以儿童为预设读者,故即便在文学交际的发起阶段,该文体已具备鲜明的多元性。

当然,经典儿童文本中也不乏有着清晰的文体契约意识,明确以小读者为目标读者的个案。以上预设可以体现在副文本(paratextes)里、文本中或其他外源信息(如访谈、纪实、他人写作的批评性文章等)中。第一种于副文本内彰显体裁身份的情况有塞居尔伯爵夫人(Comtesse de Ségur)《苏菲的烦恼》(*Les malheurs de Sophie*)(1858)、《小淑女》(*Les petites filles modèles*)(1858)等代表作。《苏菲的烦恼》在题献(dédicace)中即已指明本书是献给她时年 7 岁的外孙女伊丽莎白(Élisabeth)①的,目的是令伊丽莎白及诸位孙辈从苏菲成长的过程中获得教益:"小姑娘[苏菲]以前脾气暴躁,后来变得温柔乖巧;以前很贪吃,后来变得稳重;以前爱撒谎,后来变得真诚;以前会偷东西,后来变得诚实;说白了,她以前是个坏孩子,后来变成了好孩子。外婆曾经也像她一样,努力让自己变好。我亲爱的孩子们,也向她学习吧!这对你们而言并非难事,因为你们没有苏菲那么多的缺点。"②《小淑女》更是在序言中声明,书中引为模范的两位女童即是以她的另外两位外孙女卡米耶(Camille)和玛德莱娜(Madelaine)③为原型的:"所有认识作者的人都能肯定卡米耶和玛德莱娜是真实存在的。"④这些副本中的说明彰显了"苏菲系列三部曲"以儿童为主人公、聚焦同龄

---

① 全名为 Élisabeth Fresneau,是 Armand Fresneau 和 Henriette de Ségur 的女儿。
② Comtesse de Ségur, *Les malheurs de Sophie*, Paris: Hachette, 1918, p. 1. 译文引自塞居尔伯爵夫人:《苏菲的烦恼》,黄荭译,南京:译林出版社,2016 年,题献页"给我的外孙女伊丽莎白·弗雷斯诺"。
③ 全名为 Camille/Madelaine de Malaret,是 Paul d'Ayguevives de Malaret 和 Nathalie de Ségur 的女儿。
④ Comtesse de Ségur, *Les petites filles modèles*, Paris: Hachette, 1858, p. 1.

儿童教育的写作意图。在法国同样掀起巨大反响的《木偶奇遇记》(*Les aventures de Pinocchio*)则在故事开头设置了作者与小读者间的讲述场景，属于第二种情况，即在文本内说明阅读对象："从前有……/'有一个国王！'我的小读者马上要说。/不对，小朋友，你们搞错了，从前有一段木头。"①至于凭借外源性信息确证文本的儿童文学属性的情况，《小象巴巴尔的故事》(*L'histoire de Babar, le petit éléphant*)就是一例，情节及人物设置的灵感最初来自让·德·布吕诺夫(Jean de Brunhoff)的妻子给孩子们即兴创作的睡前故事。以上三种情况皆体现了作者对其作品文体的清晰认识，并无含混之处：作者明确将儿童设定为写作视野，有意识地让文本进入儿童文学框架内。

不过，除上述可于作者意图上提取共性的文本之外，该文学门类里还有更多最初并非以未成年人为意向读者的创作，却因适合儿童阅读且被小读者广为传阅，成为所谓"儿童经典"。著名例证有17世纪下半叶法国儿童文学奠基时期写就的拉封丹寓言。拉封丹(Jean de La Fontaine)写作的十二卷《寓言诗》中，第一卷至第六卷(1668)均是献给路易十四的独子、当时的王储、时年6岁的勃艮第公爵(Duc de Bourgogne)路易的，第十二卷的进献对象则是前者的儿子、路易十四的王孙、时年12岁的新任王储。表面看来，为适应目标对象的年龄，拉封丹在第一卷至第六卷的合集②序言中，着意强调："以您现在的年纪，王子们还是被允准娱乐或玩耍的。"③但他并无为儿童群体写作的文体自觉，着眼点始终在这位身份特殊的儿童个体之上。同一合集的卷首诗《献给王储殿下》中即有作者的自我辩护，解释为何要将这些登不得大雅之堂的"鸟言兽语"呈献给未来的君王："另一人会以高音对你颂扬/你先祖业绩与君王的操尚。/我要对你

---

① Carlo Collodi. *Les aventures de Pinocchio*, traduction par Jacqueline Bloncourt-Herselin. Paris: Apostolat des éditions, 1972, p.12.
② 第一卷至第六卷合集成为拉封丹《寓言诗》的第一部。参见本书第六章。
③ Jean de La Fontaine, *Œuvres complètes*, préface de Pierre Clarac, présentation et notes de Jean Marmier, Paris: Seuil, 1965, p.59.

讲述寻常的行为,/在这诗中用淡彩给你描绘。/这样做如能赢得你的欣赏,那我至少会感到无上荣光。"①卡拉代克认为,拉封丹作为曾受权臣尼古拉·富凯(Nicolas Fouquet)庇护的文人,与其说他将寓言看作儿童阅读的理想素材,不如说他是希望借创作《寓言诗》以博得包括国王在内的权贵赏识,尚在稚龄的王储仅仅是他实现个人政治目的的借口②。类似的意图在《寓言诗》第七卷至第十一卷中表现得更为露骨,因其进献对象直接变为国王的情妇德·蒙特斯庞(Mme de Montespan),卷首诗中亦不乏阿谀之词:"我的写作之美,/哪怕一点一滴,/您也无不熟知。/除了您还有谁,能体味文中优雅和惠美?/您身上的一切,话语和眼神,/都有极大魅力。"③可见至少在创作阶段,儿童文学的文本契约并不存在于拉封丹的主观倾向中。与前一类"为儿童所写"的作者不同,他的理想读者并非集体概念上的儿童,只是因《寓言诗》中的动物形象、行文风格及情节设置契合少儿的阅读兴趣才被动为儿童及其阅读中介者(父母、教师等)所选择,归于"被儿童所读"的类别中。此种境况于儿童文学中可算常见,较拉封丹寓言稍晚的贝洛童话、当代颇受欢迎的《小尼古拉》系列④均属此类。

需要指出的是,在第二类文本获得儿童文学文体身份的过程中,一批"再发送者"(redestinateur)所扮演的角色尤为关键,是他们扭转了文学交际的既定方向,改写了原创作者的文体契约。这些"再发送者"可能包括

---

① 拉封丹:《拉封丹寓言》,李玉民译,北京:人民文学出版社,2021年,第3—4页。这几句诗中的"你"原文中实为"您"(vous),结合作者与写作对象间的地位差异,似乎翻译成"您"更为妥当。毕竟在前文提到的序言落款处,拉封丹自称"您极其谦卑、极其顺从、极其忠诚的仆人德·拉封丹"。
② François Caradec, *Histoire de la littérature enfantine en France*, p. 55. 关于拉封丹创作第一部《寓言诗》的直接政治意图,参见本书第六章。
③ 拉封丹:《拉封丹寓言》,第245页。
④ 《小尼古拉》系列讲述的内容虽为童年趣事,但时空背景应为20世纪三四十年代,因其中学校、家庭等场所的设定均与作者勒内·戈西尼(Réne Goscinny)童年时代的法国社会相符,有很多儿童无从理解的细节。故该系列即便可以为儿童所读,也同样是表达成年人对童年怀恋的"怀旧作品"。

父母、教师等日常帮助儿童选择文本并提供阅读辅助的中介者,也包括专业的"做书人"(即出版者、编辑、改编者、译者、插画师等出版过程的参与者)。且有鉴于在法国乃至整个欧洲的儿童文学的诞生、发展中,出版业都起到了至关重要的作用,所以相关从业者参与到儿童文学文本的"再发送"或"再创造"中来,这种做法已有很长的历史。尼埃尔-舍弗莱尔等法国学者甚至将英国书商约翰·纽伯瑞(John Newberry)开始专注童书出版并刊印《美丽小书》(*A Little Pretty Pocket Book*)的 1744 年当成整个欧洲现代儿童文学的奠基性时刻,称他"发明了一种面向儿童的文学"[①]。伊莎贝尔·让亦曾不无讽刺地断言,法国根本没有所谓儿童的"文学",这只是一种"出版商的发明,背后是作为消费者的儿童"[②]。无论这一言论是否有夸大其词之嫌,都揭示了出版业在丰富儿童文学文本来源中所起的决定性作用。以马塞尔·埃梅(Marcel Aymé)为例,尽管作家本人对"为儿童写作"颇为犹疑,他的《捉猫故事集》(*Les contes du chat perché*)仍被伽利玛出版社(Gallimard)以儿童绘本的形式出版[③]。上述"再发送者"的介入让儿童文学又于天然的"被儿童所读"之外派生出另一种类别,即"重定位于儿童",进一步加剧了儿童文学交际"发送"阶段的异质性。故此,该文学门类在来源上至少可分为三类,即"为儿童所写""被儿童所读"和"重定位于儿童"。

二、异质的讯息:儿童文学内部体裁的混杂性

儿童文学的作者并非全部以小读者为写作对象,且在制定文本契约时怀有不同的创作意图,这让于"发送者"层面寻找定义该体裁的不变量变得十分困难。而作为上文提及的经典交际模型中的另一大关键要素,儿童文学的文本(即"讯息")也同样具有异质性。即便对法国儿童文学匆

[①] Isabelle Nières-Chevrel, *Introduction à la littérature de jeunesse*, p. 32.

[②] Isabelle Jan, *Les livres pour la jeunesse: un enjeu pour l'avenir*, Paris: Éditions de Sorbet, 1988, pp. 33—34.

[③] Isabelle Nières-Chevrel, *Introduction à la littérature de jeunesse*, p. 18.

匆一瞥,也不难发现作为单一门类,其内部却囊括了几乎所有的文学体裁,以致尼埃尔-舍弗莱尔认为较之"体裁",儿童文学更近似于"亚文学"(sous-littérature),即"我们所知的广义上的文学的缩小版"①。其中不仅包括《苏菲的烦恼》《气球上的五星期》(*Cinq semaines en ballon*)等长短各异的小说,亦有贝洛童话、《捉猫故事集》等"仙女故事"的衍生物,更有以拉封丹作品为代表的寓言,另有诗歌和戏剧,诸如曼特农夫人(Mme de Maintenon)向拉辛(Racine)定制的两部宗教戏剧《以斯帖》(*Esther*)与《亚她利雅》(*Athalie*)。当然,与广义上的文学不同的是,儿童文学在不同的体裁间进行了取舍与再平衡,如诗歌和戏剧作为两个在"严肃文学"中占据崇高地位的文体,却于小读者面前缺席,这或许是因为儿童可能很难从诗歌中捕捉韵律及情感②。但无论如何,儿童文学内部文本形式的杂糅已成为该体裁的显著特征。以下是普兰斯对此进行的盘点,她指出法国市场上的"儿童读物"包括但不限于:

- 资料书籍(les documentaires):采用具有吸引力且在视觉上能高效传达的形式,传授各个领域(历史、地理、艺术、日常生活等)的相关知识。
- 活动书(les livres d'activités):内含多种零件套组,用以完成各类手工活动(珠子、胶水、布料、纸板、塑料彩线编结物等),配说明手册。
- 实物书(les livres d'objet):外形为拖拉机、花朵、物品或动物,更近似玩具;形状奇特、材质、载体多样,用途各异,有枕头书、泡澡书、帐篷书等。
- 动画书(les livres animés):借助抽拉或活动装置,自20世纪初开始流行,包括机械书、戏剧书③、惊喜绘本及其他游戏书等[……]

---

① Isabelle Nières-Chevrel, *Introduction à la littérature de jeunesse*, p. 30.
② Ibid., pp. 106—107.
③ 指配有手偶、纸质戏剧舞台的图书,可激发儿童对戏剧表演的兴趣。——笔者自注

• 画片（les imagiers）、字母书（les abécédaires）、概念书（les livres-concepts）：[……]常用于教育，引导孩子读解画片，并借助图画拼写简单的单词。

• 启蒙读物（les premières lectures）：面向低幼读者，为他们提供分割成短小章节的小故事，人物较少且配有若干图画[……]

• 连环画（les bandes-dessinées）：内有图片与气泡①[……]

• 插画书（les livres illustrés）：书中图片配合文本的需求，以便理解或直观呈现某一段落中的内容[……]

• 绘本（les albums）或图画书（les livres d'images，英文 picture books）：与插画书不同，体现了文本与图画间的模糊边界，当下已成为审美创新的重点[……]

• 少儿小说（les romans pour la jeunesse）[……]：包括 J. K. 罗琳（J. K. Rowling）、菲利普·普尔曼（Philippe Pullman）、C. S. 刘易斯（C. S. Lewis）、克里斯托弗·鲍里尼（Christopher Paolini）的系列小说，也包括米切尔·恩德（Micheal Ende）、儒勒·凡尔纳（Jules Verne）、埃克托·马洛（Hector Malot）的长篇小说[……]

• 为儿童改写的文本（les textes adaptés pour la jeunesse）：可能是经典作品或外国作品。

• 范例（les exempla）：用人物范例来传达道德讯息，[……]

• 寓言（les fables）：以教育为目的，利用简短的诗体或韵文故事来讲述动物故事。

• 儿歌（les comptines）或其他歌谣（les chansonnettes）：通常很荒谬，却便于记诵；与口传文学相关，多配有需重复的手势。

• 故事（les contes）：童年幻想的栖居之所，形式简短且其中一切皆有可能[……]②

---

① 指连环画中用于插入人物对白的气泡。——笔者自注
② Nathalie Prince, *La littérature de jeunesse：pour une théorie littéraire*, pp. 17—20.

上述体裁彼此相异,划分标准(内容、长度、是否配图等)也并不统一,却以一种和谐的方式被同时"摆放在一个书架、一组展览柜上,或是纳入一份图书目录中"①。而文体形式的异质性甚至体现在同一个源文本上。以"仙女故事"中最知名的贝洛童话为例,原作者在创作时选取的契约形式无疑是故事②。同所有的故事一样,贝洛不是情节的创造者,《鹅妈妈的故事》(Contes de ma mère l'Oye)中《小红帽》(Le Petite Chaperon rouge)、《灰姑娘》(Cendrillon)等篇目都有可追溯的民间源流③,不仅于文风中秉承了乡间故事的天真语气,也保留了仙女(fées)、食人魔(ogres)等古高卢民间信仰的残留。且故事早期多以口头形式流传于农民或小市民阶层,所以主要人物均承载了对克服现实困难的渴求及对美好生活的向往。索里亚诺指出,故事中最受听众欢迎的人物,通常为穷困且不受命运眷顾的可怜人,如贫苦的男孩(如小拇指、穿靴子的猫的主人)或柔弱的女孩[灰姑娘、《仙女》(Les fées)中的妹妹]。他们托赖于自身的美德或智慧,借助超自然生物(拟人化动物、仙女等)的帮助,最终成功摆脱困境。因此,无论贝洛童话藏有多少路易十四时期上流社会的价值观痕迹,其起源于民间故事这一点都是毋庸置疑的,应数普兰斯所说的"故事"一类的典范。

然而,时至今日,"故事"文体已转为"童话",贝洛童话更经历了经典化,故而有很多旨在将其"重定位于儿童"的尝试都改变了这些篇目的体裁风貌。具有里程碑意义的一次重版发生在 1862 年:在出版商埃泽尔的授意下,插画家古斯塔夫·多雷(Gustave Doré)为贝洛童话配上了黑白

---

① Nathalie Prince, *La littérature de jeunesse: pour une théorie littéraire*, p. 17.
② 此处的"故事"指民间故事(conte)。关于贝洛童话、"仙女故事"与"故事"间的关系,参见本书第四章。
③ 20 世纪 50 年代,法国民俗学家 Paul Delarue 曾在法国乡间搜集到 35 个《小红帽》的不同版本,其中约有二十个与贝洛的同名故事并不接近,具体细节可参见 Marc Soriano, *Les contes de Perrault: Culture savante et traditions populaires*, p. 149.《灰姑娘》则是一个普遍存在于世界各国的民间童话母本,关于其欧洲版本,可参见 Marian Cox, *Cinderella: Three Hundred and Forty-five Variants of Cinderella, Catskin, and Cap O'Rushes*, London: Publications of the Folklore Society, 1893。

版画风格的插图,首次将图文关系引入该经典文本①。该版本至今仍不断重印,但因图画在其中主要起到烘托气氛、提升阅读乐趣的作用,所以应属"插画书"。不过,这绝非贝洛童话遭遇的最大改动。在亚马逊等法国主流的购书网站上,任何一篇贝洛童话均可搜索到数十个版本,其中包括活动书、启蒙读物、绘本等。可见,对于"儿童文学"这样一个门类,无论是共时性角度下的体裁杂处,还是历时性角度下同一文本经历的改写,其形式上的高度异质性都令在文本层面寻找体裁定义的"不变量"成为不可能。

三、异质的编码:文字语言与视觉语言的共存

此外,抛却创作者意图及文本形式上的异质性不谈,儿童文学甚至无法在编码方式上获得统一。这几乎背离了文学的文本属性,因法语"littérature"一词的词源即是拉丁文的"littera"(文字、字母)。诚然,正如广义上的文学一样,儿童文学中亦不乏不含配图的纯粹文本,仅凭语言编码传递作者意图。但插画书、绘本、连环画等体裁的大量存在却证实了图像语言在这一门类中的重要地位,因"讲述故事并非口语或笔语的特权,图像也会以自己的方式发声"②。若按图像所占比例划分,文图共存的儿童读物可分为两类:一类是图像居于次要地位的文本,即"与占据主导地位的文字相比,图像只是某种视觉形象上的补充"③。但图像与文字间的关系并非简单的语意重复,而是共同构建文本意义,深化表达效果,导引读者对文字的阐释。如在上文提及的多雷插画版贝洛童话中,埃泽尔以"P.-J. Stahl"的笔名撰写导言,突出了多雷的创作理念:

> 古斯塔夫·多雷不屈不挠、不计成本地冒着风险,完成他那项伟

---

① Charles Perrault, *Les contes de Perrault*, illustration par Gustave Doré, Paris: J. Hetzel, 1862.

② Marion Durand, Gérard Bertrand, *L'image dans le livre d'image pour enfants*, Paris: École des loisirs, 1975, p. 85.

③ Roberta Pederzoli, *La traduction de la littérature d'enfance et de jeunesse et le dilemme du destinataire*, Bruxelles: Peter Lang, 2012, p. 51.

大且晦暗的但丁作品的插画创作，又于同一时间，用同样令人惊叹的方式，为贝洛的"仙女故事"配图。他一边想要展现出那种最阴郁、最悲怆、最艰深的超自然感，一边则描绘超自然感中有趣的、机智的、感人的，甚至是逗趣到感人的那一面，或者说是摇篮中的超现实感。①

在这个意义上，多雷是贝洛的合作者，他巩固并加强了原文本的表达效果。作为18世纪下半叶法国浪漫主义时代最知名的插画师之一，多雷的风格融合了怪诞与幽默，擅长表现压抑感和悲怆感②，同贝洛原著的气质间存在微妙的契合，恰是埃泽尔提到的"超自然感"的两面。他为《小红帽》女主人公与狼在树林中的相遇所配的插图如图1.1：

图1.1 "小红帽与狼初遇"插画（多雷绘）③

画面背景由植物枝叶填满，营造出阴暗的效果，暗示了女孩的悲剧结

---

① Charles Perrault, *Les contes de Perrault*, illustration par Gustave Doré, p. XIX.
② Bernard Puig Castaing, «DORÉ GUSTAVE (1832—1883)», *Encyclopædia Universalis*. Adresse URL：https://www.universalis.fr/encyclopedie/gustave-dore/，2022-08-12.
③ Charles Perrault, *Les contes de Perrault*, illustration par Gustave Doré, p. XXVI.

局。两个人物中,狼背向画面,壮硕的身躯相对矮小的小红帽完全占据压倒性优势,头部朝向似乎满是危险的森林;小红帽则专注地目视对话者,伸出食指,仿佛指向狼为她选择的另一条路径,表情中却没有任何惧怕,反而充满了对探索未知的期待,与狼隐晦的恶意形成对比。整体而言,多雷插图符合这篇"警示故事"(conte d'avertissement)令人担忧的氛围,也保留了一丝童趣,兼顾了超自然的"阴郁"与"有趣",是对作者创作意图的延伸。时至今日,此类"图文互补"仍是插画书中视觉语言的主要功用。但在绘本、连环画等图画占据更大比例的文体中,图像却往往并不满足于从属地位。尤其是近年来,童书市场日趋低龄化,在部分面向 0—3 岁儿童的出版物中,文字几乎遭遇了刻意的放逐。2003 年,老牌出版商马加尔出版社(Magnard)的童书分社在年度书目中,重点推介拉斐尔·蒂耶里(Raphaël Thierry)创作的系列绘本《超级狗狗历险记》(*Les aventures du Superchien*),推广词中着意强调了本书文字较少的特色:

> 每一页上都有一幅图画和最多十个词,跟孩子探讨月球、雨滴和孤独……①

这种言论不免令人疑惑:一本每页至多只有十个词的书籍,可以称为"书"吗?更有甚者,在现今风行的许多活动书、实物书、玩具书中,几乎找不到字词的存在,因为它们的目标群体是尚未开蒙的儿童,甚至被出版社的营销策略定位为"送给新生儿的礼物"。如阿尔班·米歇尔出版社(Albin Michel)2016 年从韩国引进《我的黑白随行书》(*Mon livre-mobile en noir et blanc*),书内除黑白色块外,没有一个字词;又如阿歇特少儿出版社(Hachette jeunesse)2018 年发行以小白熊努齐(Noukie)为主人公的《我的婴儿相册》(*Mon album de bébé*),虽然亦有书号,但更像文创产品。这一类没有字词的"文本"还能归类于"文学"吗?儿童文学不仅在编码上缺少统一性,其文学身份也令人质疑。

---

① *Catalogue*, Paris: Magnard Jeunesse, 2003, p. 9.

第三节 儿童文学的同一性:模糊的读者群

不过,无论其发送者、讯息及编码如何体现出异质性,儿童文学中都必然同时存在某种同一性,让读者乃至大众能模糊地感受到这些表面相异的文本可以划归到一类文体中。只是其文体身份的承载物相对特殊:一般来说,"某种文学的独特性和特殊性通常在于某一母题、某一美学或某一诗学,但绝不会关乎某个在命名时即提及的读者群体"[1],但儿童文学恰恰与这种逻辑背道而驰。对它进行界定的可能性只能着落在读者身上,即一言以蔽之,作为文学交际,儿童文学设想中或实际上的读者需得是儿童。但这一假设又会无可避免地引出一系列问题:儿童是什么?儿童读者群体是一个同质的集合吗?成人口中的"儿童读者"是否等同于现实中的儿童?以上种种不免启人疑窦,毕竟"儿童"本身也是充满争议的概念,拥有着"生理现实"和"社会观念"两个侧面。详细论之,它既是著名儿童心理学家迪迪埃-雅克·杜歇(Didier-Jacques Duché)口中的"一个生长阶段,个体于其中经历生理发育与心理成长,直到成年"[2];同时也是握有话语权的成年人社群对儿童的认知及期许。事实上,对于"童年应该是什么样的""儿童应当读什么书"等问题,成人的意见一直凌驾于儿童的诉求之上,因为儿童文学的创作者、出版者、编译者乃至购买者都是成年人。他们隐身于儿童读者之后,让儿童文学天然带有双重面向性,也令儿童文学满是悖论的文体身份变得更为复杂。

一、找不到的读者:现实的儿童与理念中的儿童

儿童读者群体内部的多元性首先来自读者高度相异的智识条件及现

---

[1] Nathalie Prince, *La littérature de jeunesse : pour une théorie littéraire*, Paris: Armand Colin, 2010, p. 21.

[2] Didier-Jacques Duché, «Enfance (les connaissances) — Développement psychomoteur», *Encyclopædia Universalis*. Adresse URL: http://www.universalis-edu.com/encyclopedie/enfance-les-connaissances-developpement-psychomoteur/, 2022-08-12.

实处境。作者或出版者一般声称自己是为"孩子"写作或出版,但"孩子"的年龄限制本就是一个历史性概念。按《新小罗贝尔》(Le nouveau Petit Robert)词典中的释义,"儿童期"(enfance)指代"人生的首个阶段,从出生直至青春期"①,"少年期"(adolescence)则是"自青春期起直至成年的人生阶段"②。据法国现行法律规定,民事成年年龄为 18 岁,那么未满 18 岁的个人应当都可算作"孩子",是"儿童文学"的潜在阅读对象。但在古罗马时代,"儿童"(即拉丁文"infantes"所修饰的对象③,后演化出单数形式"infans",为法语"enfant"一词的词源)指代的却是"生命的第一阶段","持续时间为 7 年"。到了 13 世纪的法国,孩子不再接受他人监护的年龄则是女孩 12 岁,男孩 14 岁。④ 更复杂的是,即便在统称"孩子"的儿童内部,个体之间也会因年龄、性别、受教育程度等因素而产生阅读行为上的区别。例如,无论是在阅读水平还是情感接受能力上,一个婴儿同一名 16 岁的少年定然有极大区别,所以划分年龄阶段成为必然。

而年龄阶段的划分方式则诱发了新一轮争论。法国儿童文学研究的奠基人之一索里亚诺力主分为五个阶段:(1)从出生到 3 岁的第一阶段;(2)从 3 岁到 5—6 岁的第二阶段;(3)从 5—6 岁到 10—11 岁的第三阶段;(4)10—11 岁到 13 岁的"前青春期"(pré-adolescence);(5)少年期⑤。汉斯-海诺·埃沃斯(Hans-Heino Ewers)援引的却是德国出版界的惯例,即认为孩子每两年就会步入一个新的阅读阶段,故可分成"两岁及以上,4 岁及以上,6 岁及以上,8 岁及以上,10 岁及以上,12 岁及以上,14 岁

---

① *Le nouveau Petit Robert*, Paris: Dictionnaires le Robert, 1993, p. 854.
② Ibid., p. 35.
③ 拉丁文中的"infans"有多重含义,包括"哑的、不能说话的;缺乏演讲才能的;婴儿的,孩子的,幼稚的"。就词源来说,之所以用"infans"来指代孩子,就是因为幼小的孩子没有组织话语的能力。艾格勒·贝奇、多米尼克·朱利亚主编:《西方儿童史 上卷:从古代到 17 世纪》,申华明译,北京:商务印书馆,2016 年,第 71 页。
④ 艾格勒·贝奇、多米尼克·朱利亚主编:《西方儿童史 上卷:从古代到 17 世纪》,第 71、111 页。
⑤ Marc Soriano, *Guide de la littérature enfantine*, Paris: Flammarion, 1972, pp. 119—120.

及以上,16岁及以上"①。然而,这两位理论大家的想法可能均与出版市场上的商业现实有所出入。在相当一部分童书并不标注建议年龄段的前提下,主流购书网站上的年龄标示可能会对图书选购造成较大影响,而法国亚马逊上的童书则分为"0—2岁""3—5岁""6—8岁""9—11岁"四个大类,未涉及青少年。此外,除了年龄分段,更有以性别为据、专门面向男童或女童的书籍,以及针对不同学龄阶段(学前、小学、初中、高中)的课外读物。上述细分都让人无所适从,无法判断"儿童文学"一说中的"儿童"指的究竟是哪一类"孩子"。

此外,"儿童"之所以难以找寻,同样是因为现实中的小读者与成人童书制造者眼中的儿童间必然存在不同。自20世纪20年代以来,尤其是在让·皮亚杰(Jean Piaget)开拓了儿童认知心理学研究领域之后,教育学家、心理学家等都在努力克服成人与儿童间的主体间性,客观评判儿童的阅读能力和心理需求。但任何社会乃至每个个人都有独有的儿童观,除非由儿童自行创作文本并负责发行,否则儿童读物里就避免不了成人社会中意识形态的烙印。在这个意义上,"儿童"概念是特定历史、文化背景下的产物。17世纪末期的古典主义时代,《忒勒马科斯历险记》(*Les aventures de Télémaque*)等教育用书向男性贵族子弟宣扬怜悯、温和、虔诚等典型的天主教价值观,而《格利齐丽蒂斯》(*Grisélidis*)等诗作却反映出当时最为人推崇的女性品德是耐心、服从和贞洁。及至18世纪到19世纪,工业革命达到高潮,出版业向儿童读者灌输的核心价值观就变成要为家庭奉献,热爱工作,遵守资本主义私有制基础上的社会秩序。② 至于当下,法国儿童读物更愿意突出文学作品的娱乐和审美属性,开始触及一些前所未有的话题(如文化多样性、环境保护、女性主义等)。所以,集体性的儿童观是历史维度中的社会产物,会随时间与空间不断变更内核。另外,每一位作者、改写者、插画师、出版者、译者都持有自己的儿童观:这

---

① Hans-Heino Ewers, *Fundamental Concepts of Children's Literature*, translated by William J. McCann, London/New York: Routledge, 2009, p.22.

② Isabelle Nières-Chevrel, *Introduction à la littérature de jeunesse*, p.35.

一观念深受他的个人记忆、经历乃至他有关童年的知识的影响。换言之，"每一位作者的作品都暗示着一种儿童观。这一儿童观基于他或实或虚、又经历了少许神秘化的童年记忆，还混杂了他因（成年时的）个人经历或在教育等相关领域的专业技能而得来的对儿童的看法"①。概括而言，有鉴于儿童读者群体内部的多样性及现实的儿童读者与相关社会观念间的巨大不同，被预设为儿童文学接受者的"儿童"其实是一个模糊且游移的概念，无法对其作出任何简单化的定义。

二、双重面向性：儿童文学的成人读者

若说为儿童读者绘制群体肖像已是艰难之举，那么成人读者对儿童文学交际的介入则让情况更为复杂，甚至诱发了某种不平等性，令人对儿童文学的"儿童性"产生疑虑。当然，儿童与成人的共读行为可能是发生在"跨界文学"的情境中，即"小说[的阅读]从儿童跨越到成人或从成人跨越至儿童"②。细分起来，"跨界文学"所引发的共读又可分为两种：第一种情况是作者在创作时，就指定了单一的目标群体（成人或儿童），但另一群体却自发对该文本进行了阅读和阐释。如凡尔纳受制于同埃泽尔签订的合约，其创作早期几乎所有的作品都要先在《教育与娱乐杂志》（*Magasin d'éducation et de récréation*）上连载，即毫无疑义地首先是写给儿童的。但成年人同样可以以自己的视角获得迥异于儿童的阅读体验，著名的凡尔纳研究专家、因对凡尔纳的崇拜而毕生致力于科普事业的物理学家夏尔-诺埃尔·马尔丹（Charles-Noël Martin）就对其科幻作品的双重可读性做出如下评价："我们在一生中几乎都会阅读他[凡尔纳]两次：第一次是在年少时，被历险、旅行与异域风情所照亮；但二三十年后，我们又会重读。这时，在那些施了魔法的回忆之外，我们会发现所有的深

---

① Roberta Pederzoli, *La traduction de la littérature d'enfance et de jeunesse et le dilemme du destinataire*, p. 47.

② Sandra Beckett, *Crossover fiction*, London/New York: Routledge, 2008, p. 4.

度、严肃、哲学,还有幽默,这些才是凡尔纳作品的真正成分。"①第二种情况则指作者主观上着意提供多重阅读可能,为不同年龄段的读者构建独立且开放的阐释空间。典型代表如圣艾克絮佩里(Saint-Exupéry)的《小王子》(Le petit prince),扉页献辞是"献给还是小男孩的列翁·维尔特②"(À Léon Werth quand il était petit garçon),似以孩子为交流对象。但实际上,读过《小王子》的成人都会明白,只有成年的列翁·维尔特及与其拥有同样阅历水平的读者,才能读懂国王、虚荣者、商人、酒鬼等角色的背后对成人世界的讽刺与反思。故此处的"小列翁·维尔特"不仅是写作目标,更是致敬对象,象征着对童年的温情回忆及深切缅怀,而成年的列翁·维尔特同样被邀请进入文本对谈。

　　上述两种情况中,儿童与成人之间的关系堪称平等:二者分别以自己的方式独立加入阅读,儿童并未被置于低人一等的"受教育者"境地。但不应忽视的是,儿童文学的双重面向性中亦存在某种"不平等"的关系。毕竟儿童的阅读文本是由成人创作、编译、出版,同样也要先经成人的阅读、批准才能被小读者获得。"审批人"的角色通常由父母、教师、图书馆馆员等阅读中介者担任,而他们的介入行为不仅针对低龄读者,也会对青少年的阅读选择造成影响。尼埃尔-舍弗莱尔据此指出,儿童的阅读只不过是"一连串成人阅读行为后的终点"③。有鉴于成人介入行径的普遍性,小读者的阅读自由只能停留在成人预先加以选择和设置后的疆域内。

　　从这一角度来看,成人与儿童读者间建立了鲜明的等级制度,前者拥有更高的权限,可以替后者选择阅读对象,筛选文本内容,并进一步引导其阐释行为。此类中介者往往在儿童文学交际成功与否中起到关键性作用,儿童文学因此变身为"中介者文学"(mediators' literature):

　　　　它[即中介者的作用]让儿童文学变成了两面性的,有了两面派

---

① Charles-Noël Martin, *Jules Verne, sa vie et son œuvre*, Lausanne: Éditions rencontre Lausanne, 1971, p. 260.
② 列翁·维尔特(1878—1955),圣艾克絮佩里的密友,法国作家与艺术评论家。
③ Isabelle Nières-Chevrel, *Introduction à la littérature de jeunesse*, p. 27.

的性质,承载了双重的讯息:一条讯息给儿童,一条讯息给儿童文学的中介者们。儿童文学必须具备内生的两面品格,所以它永远都要是中介者文学(意即它是为了中介者创作的文学);创作者与发送者都必须先将它们的讯息呈送给那些具备权威性的中介,因为只有在后者同意的前提下,向最终接受者发送讯息的渠道才能被打开。①

所以,与儿童进行的文学交际是一种两段式交际:第一段面向成人,第二段在成人的目光下转向儿童。这种被埃沃斯批判的"两面派的性质"也在儿童读物的文本及副文本中留下了若干痕迹。童书总是在语言上确保可读性,让情节饶有趣味,甚至鼓励图像与文字的共存,这无疑是为了吸引儿童的目光;但同时也不免避忌敏感主题,树立正面形象且借阅读传递知识,以满足成人中介者的期许。封面、封底、腰封、序言等副文本中,颜色、图案有趣的封面显然针对小读者,而这本书获过什么大奖、有什么样的教育功能及文学价值、作者履历为何一类的信息,则是为了劝说家长做出购买决定。例如,专注童书的厄斯本出版社(Usborne)2017年出版了一本题为《在大自然中:音乐书》(*Dans la nature : Livre musical*)的发声音乐书,旨在引导孩子熟悉各种动物的声音,内里几无文字,仅略有几个象声词(如鸭子旁写有"coin-coin",蝈蝈旁配上"tchi-tchi"之类)。最长的句子反而出现在封底上:

> 幼儿喜欢看色彩鲜艳的图画,聆听声音,掀开翻折页,用手指这本美丽的书的材质。②

可见,该书的内里用于对儿童进行声音启蒙,封底却转而与成人对话。成人的意见自然是重要的:只有中介者首肯,儿童文学交际的第二段才可能发生。故此,儿童文学是非对称、不平衡的文学交际行为,成人才

---

① Hans-Heino Ewers, *Fundamental Concepts of Children's Literature*, p. 28. 斜体为原作者所加。
② Anonyme, *Dans la nature : livre musical*, Londres: Usborne, 2017, quatrième de couverture.

是游戏规则的最终制定者。换言之,成人主动占据了优势的权威地位,儿童读者通常只能接受并服从。而若回到儿童文学的定义来看,成人的介入更加剧了这一文学门类的接受群体的异质性,让该体裁的文体身份愈加模糊难寻。

余论:迈向儿童文学可能的定义?

事实上,自儿童文学研究诞生伊始,其文体界定工作就是争论焦点,至今尚无权威定义。某些理论家也对定义的可能性持悲观态度,如尼埃尔-舍弗莱尔声称独立的儿童文学并不存在:

> 面向儿童的文学从未身处于成人文学之外。只是它面向的读者不会像其父母一样,对世界的意义进行质疑,也没有同等的语言经历。①

同一学者甚至还提出过某种颇有"自暴自弃"意味的排除式定义法:

> 童书的疆域需要用排除法来定义:它们就是"不是写给大人的书"。②

更有佩罗再次挑明该文学门类中过强的商业属性:

> 听起来可能稍嫌荒谬,但关于一本童书,唯一具有可行性的定义其实是这样的:它是一本出现在出版商的童书目录中的书。③

以上说法自然不无道理。经本章讨论可知,儿童文学作为一种文学交际,其同一性无法从作者、文本、编码上去找寻,只能以儿童读者作为体

---

① Isabelle Nières-Chevrel, *Littérature de jeunesse: incertaines frontières*, Paris: Gallimard jeunesse, 2004, pp. 9–10.
② Ibid., p. 11.
③ 转引自 Guillemette De Grissac, «La littérature de jeunesse: un continent à explorer», 2004. Adresse URL: https://www.youscribe.com/catalogue/documents/la-litterature-de-jeunesse-358619, 2022-08-12.

裁身份的载体。然而,该读者群体不仅内在多元,更无力保证自己在文本接受中的主导地位,理论外延也颇为模糊,深受特定社会、特定时代的群体认知的影响。但考虑到作为读者的儿童已是框定该体裁"不变量"的唯一可能,我们还是以索里亚诺的说辞为蓝本,试图从文学交际的角度抛出一个包容性较强的可行定义:

> 儿童文学是一种历史性的文学交际(受时间、空间影响),通常借助文字、图像两种编码方式进行,发生于成人发送者与预设的或现实的儿童接受者之间,其内亦有成人中介者介入,对讯息进行修改和审查。①

而成人中介者的涉足令这种交际获得了两段式的、不平衡的特质,可用以下流程图表示:

图 1.2　儿童文学交际流程

由此可知,儿童读者并无直接从作者处获得文本的路径,当且仅当他们的阅读中介者认为该文本讯息拥有足够的教育或娱乐价值时,才会开放阅读通道,让以文本为中介的文学交际行为得以发生。这种内生的不平衡性深刻影响了儿童文学的发展历程及其功用观:在之后的两章中,我们将以历史视角展示成人如何逐步发明儿童文学,并让其满足特定时代儿童观的需求。

---

① 原定义参见 Marc Soriano, *Guide de littérature pour la jeunesse*, Paris: Flammarion, 1975, p.185。此处有较大改动。

第二章　历史简论：儿童观与法国儿童文学之变迁

若想进一步了解法国儿童文学的生长脉络，自然应当在尝试思考命名与定义问题之后，为之填注历史细节。那么，素以"文化大国"自居的法兰西是否拥有一部足以为傲的儿童文学史呢？答案似乎并不乐观。就法国学者现有的史学书写尝试来看，因欧洲各国儿童文学的历史源流本就盘根错节，且童书出版、作为体裁的儿童小说皆为英国人首创，所以尼埃尔-舍弗莱尔、卡拉代克等人在重绘文体发展主线时，均免不了提及洛克（Locke）的《教育漫话》(*Some Thoughts Concerning Education*)，还有纽伯瑞那家开在伦敦圣保罗大教堂广场上，兼售图书与糖果的小店，以及笛福的《鲁滨逊漂流记》（鲁滨逊又译鲁滨孙）的巨大影响。我国唯一一部系统讨论法国儿童文学的开创性著作，即方卫平的《法国儿童文学史论》，也对法国的童书创作长期被英国人的荣光所遮蔽表达了惋惜。作者援引《简明大不列颠百科全书》里"儿童文学"词条中的评断："儿童文学起源于英国，种类方面也胜于其他国家，以教育故事和冒险故事见长于世"，而"法国人对他们的成绩是很不满意的。'儿童文学仍很贫乏'"。① 好在尚有贝洛童话、卢梭教育学说等历史积累和美学贡献,作者最后才得以借阿扎尔之口,还法国儿童文学以公允地位:"算起法国儿童文学的地位,法国虽然不是第一,但也绝不是敬陪末座。"②

的确,积累、影响与贡献通常是史学书写的重点,但本章在勾画法国儿童文学历史动线时,却想换用另一个视角,即儿童观变迁关照下的儿童读物变迁始末。上一章的讨论揭示了儿童文学是不对称的文学交际,是由成人发明、制造并操纵的,折射的是特定时期的某一社会对儿童的认知和期待,即深受群体性"儿童观"的影响。本章试图借用阿利埃斯的社会观念史研究路径,将"儿童观"与"儿童文学"两条脉络结合起来,以呈现成人是如何随着时代变迁,为他们心中的"儿童"创设并改造文学读物的。

第一节 "史前"时代:"看不见儿童"的儿童读物

尝试标定法国儿童文学的确切开端,只不过是一种史学书写上的溯源行为,历来学界对此众说纷纭,难有定论。主流说法有二:一是阿扎尔断定,法国儿童文学之诞生以贝洛《鹅妈妈的故事》出版为标志,准确年份为1697年;二以玛丽-特蕾莎·拉扎吕斯(Marie-Thérèse Latzarus)为代表,大致判定法国儿童文学发生于17世纪中后期,费讷隆(Fénelon)是先驱者。"这还是历史上的第一次,孩子手中有了《寓言》《已故者对话录》(*Dialogues des morts*)和《忒勒马科斯历险记》。[这些书]是用他们的语言、为他们写就的作品,是一些带有寓教于乐的意图的著作。"③特别是费讷隆除创作《忒勒马科斯历险记》(1699)之外,另写有《论女孩的教育》(*De l'éducation des filles*),在其中讨论了如何利用读物来教化孩子,故拉扎吕斯认为理当以其为法国儿童文学的开创者。普兰斯同持此论,称"若无《忒勒马科斯历险记》,作为概念与写作视野的'童年'就无从被建构

---

① 方卫平:《法国儿童文学史论》,长沙,湖南少年儿童出版社,2015年,第2页。
② 转引自方卫平:《法国儿童文学史论》,第2—3页。
③ 转引自 Nathalie Prince, *La littérature de jeunesse : pour une théorie littéraire*, p. 32.

起来"①。上述两个观点虽不尽相同,但法国儿童文学于17世纪末获得文体觉醒当是确凿无疑,似乎其"正史"就应从此开始。不过,正如舍勒布尔与马尔古安所说,任何社会都存在儿童阅读行为,所以向之前的"史前"时代投注目光,应也不为过。

按照上一章余论中的定义,儿童文学是一种"发生于成人发送者与预设的或现实的儿童接受者之间"的文学交际,那么中世纪乃至文艺复兴前期那些"为儿童所读"的作品亦可划入儿童文学范畴。只是此时儿童尚未成为社会群体意识关注的对象,或借用阿利埃斯的术语来说,就是"儿童情感"(sentiment de l'enfance,实质是一种儿童观念)尚未出现。也就是说,从社会观念的角度看,这个时代缺少一种"把儿童与成人区分开来"②的普遍心态,未意识到儿童的特殊性,所以不会专门为未成年群体提供阅读素材,儿童文学也就无法自立。儿童遭遇的忽视首先与过高的人口夭折率相关,即成人对幼龄的孩子日后能否成为社会和家庭中的固定成员并无信心。蒙田于《随笔集》中即以坦然心态面对未成年子女的离世:"我已经失去了两三个尚处哺乳期的孩子,并非没有遗憾,但也没有太大的不快。"③此外,儿童期的短暂④,以及儿童的生活场所被局限在家庭中等因素,也让社会在情感和制度上缺乏对儿童的用心。

阿利埃斯因此将中世纪称为"没有儿童、没有少年"的时代。儿童没有自己的服饰,"婴孩一旦离开襁褓,即褪去那些人们裹在他身上的布条以后,他的穿戴一如他那个社会等级的成年男子和成年女子"⑤;儿童也没有独立的娱乐生活,根据供职于亨利四世宫廷的御医爱罗阿尔的日记,

---

① Nathalie Prince, *La littérature de jeunesse : pour une théorie littéraire*, p. 32.

② Isabelle Nières-Chevrel, «Une Europe des livres de l'enfance?», in Isabelle Nières-Chevrel (dir.), *Livres d'enfants en Europe*, Pontivy: *Exposition château de Rohan*, 1992, p. 9.

③ Montaigne, *Essais*, II, 8. 转引自菲力浦·阿利埃斯:《儿童的世纪:旧制度下的儿童和家庭生活》,第193页。

④ 在中世纪,儿童期通常被认为仅持续到7岁。可参见菲力浦·阿利埃斯:《儿童的世纪:旧制度下的儿童和家庭生活》,第32页。

⑤ 菲力浦·阿利埃斯:《儿童的世纪:旧制度下的儿童和家庭生活》,第80页。

供孩提时的路易十三取乐的游戏是舞蹈、戏剧、狩猎,"不存在如今天那样的儿童游戏和成人游戏的严格区分"①;对儿童的忽视反映在艺术领域,则表现为 13 世纪之前的绘画中少见儿童形象,13 世纪之后直到 16 世纪前半期,画作中呈现的儿童也多是"神"的化身,如天使、陪伴在圣母旁的童年耶稣或常被用于女童教育的童年圣母像②。简言之,既然没有对儿童特殊性的认知,也就不会有独属于他们的着装、娱乐或艺术,更遑论在识字率极低的情况下生成专属小儿的文学。后来,直到文艺复兴时期,得益于人文主义者对儿童教育的日渐重视,儿童才渐渐从"无名氏"的状态里摆脱出来。

鉴于上述情况,中世纪儿童的阅读材料多是间接从成人文学中所得,大部分来自口传文学传统。对低龄儿童来说,第一份阅读(或聆听)体验常来自母亲或乳母的诵读,而最易给其留下深刻印象的则是节奏鲜明、韵脚丰富的儿歌(comptines 或 formulettes)。同英语世界中广泛流传的"鹅妈妈童谣"等儿歌(nursery rhymes)类似,法国童谣的来源亦不明确,只知道是"从最古远的时代流传下来,唯一可以娱乐儿童并适合他们的精神发展的文学"③。这些童谣中蕴含的价值观通常并不符合现下的教育需求,带有刻意的戏谑、嘲讽、淫秽、渎圣、暴力成分④。

当然,童谣也并非儿童从口传文学中获得的唯一素材,另有一些通俗读物,也成为儿童与成人共同阅读的对象。在中世纪这个书籍"仍是毫不必要的奢侈品"⑤的时代,通俗文学的代表即是"叫卖文学"(littérature de colportage),即由走街串巷的游动小商贩(colporteur)兜售的、印装简陋的小册子。大约自 15 世纪末起,因印刷工艺的发展,这一类书籍最

---

① 菲力浦·阿利埃斯:《儿童的世纪:旧制度下的儿童和家庭生活》,第 97—104 页。
② 同上书,第 51—55 页。
③ 转引自 François Caradec, *Histoire de la littérature enfantine en France*, p.42。
④ 关于此主题,可参见 Jean Bacaumont, Philippe Soupault, *Les comptines de langue française*, Paris: Seghers, 1961; Claude Gaignebet, *Le folklore obscène des enfants*, Paris: Maisonneuve et Larose, 1974。
⑤ François Caradec, *Histoire de la littérature enfantine en France*, p.37。

先在城镇平民中流行起来。其封面多采用价格低廉的蓝色纸张（见图 2.1），以特鲁瓦（Troyes）地区印刷商尼古拉·乌多（Nicolas Oudot）的"蓝色丛书"（La bibliothèque bleue）最为有名，"蓝色丛书"也渐渐成为"叫卖文学"的代名词。书籍内容主要包括各种耸人听闻的社会逸闻、民间故事[《列那狐传奇》（Roman de Renart）、后世贝洛曾改写的《蓝胡子》（La Barbe bleue）等就是常见题材]；还有尤为受到儿童喜爱的骑士故事，代表作品有改编自加洛林王朝武功歌（chansons de geste）的《埃蒙四子的故事》（Histoire des quatre fils Aymon）①（见图 2.2）、《罗兰之歌》（La chanson de Roland）的变种《龙斯瓦的罗兰》（Roland de Ronceveau）等。

图 2.1 "蓝色丛书"《无所畏惧的理查的故事》（Histoire de Richard sans peur②），现藏里昂印刷与图像交流博物馆（Musée de l'imprimerie et de la communication graphique de Lyon）

图 2.2 《埃蒙四子的故事》，François Georgin 绘，1830 年左右，印刷于埃皮纳（Épinal）Pellerin 工厂

除口传文学外，第二类儿童阅读文本则是成人为进行知识传授、宗教

---

① 主要讲述多尔多涅侯爵埃蒙（Aymon de Dordogne）的四个儿子与查理大帝之间的军事冲突，前者被描绘为正义、忠诚、勇敢的化身，后者的形象却偏向阴险、易怒。多个版本的副标题均为"极忠诚、极勇敢的骑士"。

② 指诺曼底公爵理查一世（Richard 1er），因其曲折的身世而常作为骑士小说的主人公。

灌输和道德教育而使用的零散教材，诸如行为规范书（civilités）、教理问答书（catéchismes）、字母书（abécédaires，亦称 Croix Depardieu①）和语言入门书（rudiments）。行为规范类用书的传统可追溯至伊拉斯谟的《论儿童的教养》（*De civilitate morum puerilium*）（1530），而语言入门书中最知名的当数 1689—1694 年间于第戎（Dijon）出版的《烤猪肉或教授孩子阅读的极简易教材》（*Roti-cochon ou Méthode très-facile pour bien apprendre les enfans à lire*）。后者旨在教授孩子认识简单的法语、拉丁语词汇，辅以图画及若干道德教益，宣扬天主教信仰。书前即有一段祷词，要求教师"除去日常祈祷外，每次在教导孩子前都要让他们诵读"下列词句：

请您[上帝]怜悯我，让我得以随着年岁的增长，于德行和知识上均有进益。②

然而，即便以今日眼光来看，以上所说的第一类及第二类儿童阅读文本可视为现代童书的滥觞，但它们是否可算作严格意义上的"儿童文学"还有待商榷。毕竟如方卫平所言："我们考察古代儿童文学现象时，应该掌握三项标准：一、作品具有文学性；二、作品具有一定的儿童特点；三、作品在历史上曾经为儿童所阅读和接受。"③而第一类口传文学文本带有成人文化的印记，第二类教育用书又在文学性上有所欠缺。法国儿童文学"史前"时代真正为后世创作开辟道路的，应属第三类文本，即贵族阶层专为个体儿童写作的、带有一定文学色彩的读物。其中最早有史所载的文本诞生于 9 世纪加洛林王朝时期，一位名叫杜奥达（Dhuoda）的贵族妇女撰写了《教子手册》（*Manuel pour mon fils*）。此类读物虽流通范围有限，但在较长的历史时期内一直频有出产，大多承继了古罗马时代昆体良确

---

① 该类字母书通常将内容以十字形式排布，中间放置耶稣像，故得此名。
② Anonyme, «Oraison», in *Roti-cochon ou Méthode très-facile pour bien apprendre les enfans à lire*, Dijon: Claude Michard, 1689—1694.
③ 方卫平：《法国儿童文学史论》，第 12 页。

立的"典范文学"(exempla)传统,借叙述典范人物的人生经历来实现教育意图。王室子弟的教育中就常用所谓的"王子之镜"(miroirs des princes),历数各代君王为政得失,如博韦的樊尚(Vincent de Beauvais)为路易九世之子所写的《论王室子弟的教育》(*De eruditione filiorum regalium*)。事实上,"王子之镜"即是"典范文学"的一种具体形式,后于《忒勒马科斯历险记》处达到高峰,成为现代法国儿童文学的奠基体裁之一。

拉图尔郎德利爵士与《教女用书》

第三类文本中最为知名、最具后世影响力的当数若弗鲁瓦·德·拉图尔郎德利爵士(Geoffroi de la Tour Landry,约 1330 年前—1402/1406)1371—1373 年间编纂的《教女用书》(*Livre pour l'enseignement de ses filles*)。该书于 13 世纪末至 14 世纪初在法国、英国和德国产生了较大影响。[①] 作者出身安茹贵族,应数掌握地方军政权力的实权人物,亦创作有籁歌(lais)、叙事诗(ballades)、回旋诗(rondeaux)等韵文作品。据传,他为其子另写有《教子用书》,今已不传。作者写作《教女用书》时已是 45 岁的鳏夫,目的是为亡妻留下的三个女儿提供行为指南及人生忠告,尤其是规范她们在宫廷中的举止,以免令家族蒙羞。书中主要涉及三方面内容:为人女、人妇、人母的行为准则,从《贤良女性之镜》(*Miroir des bonnes femmes*)[②] 抄录的典范事例和作者本人在妻子生前与其进行的有关女儿教育的对话。

[①] 经 Didier Lett 考证,本书在 1483 年及 1493 年分别出版有英译本和德译本,法国本土保留下的中世纪手抄本也有十二版之多,可见在当时应取得了某种成功。参见 Didier Lett,«Comment parler à ses filles?», in *Médiavales*, Vol. 19, 1990, p. 77。

[②] 该书作者不详,内收录有三十个从圣经中摘录的、作为正面或反面典型的女性故事。

图 2.3 《教女用书》某 15 世纪手抄本中的配图

拉图尔朗德利写书规范女儿举止的动机,来自一位拥有三位正值青春期的女儿的父亲的焦虑。他深切担忧女儿进入社交生活之后可能遇到的危险,所以正告她们要修身养德,牢记顺从、谦逊等女性行为准则,并对周遭的一切保持警惕。书中行为准则的第一点便是对上帝保持虔诚,所以在充作引言的第一章之后,第二章就告诫女儿们每日晨起要做的第一件事,就是要颂扬并赞美上帝;第五章中还讲述了一位骑士的两个女儿的故事,向女儿们展示"虔诚者必然被奖励,而慢待上帝会受到惩罚"。行为准则的第二点就是要谨守忠贞,尤其是对少女来说,甘于平淡、禁绝欲望是非常重要的,因为"你们年轻时欲享受的快乐,会在你们年老时还以报应"。第三点则是要在今后的婚姻生活中相夫教子,婚姻的缔结对女性来说意味着需尊重的权威由父亲变为丈夫,而抚养孩子则是一种救赎原罪的方式。①

上述女性观让作者在对"典范人物"的选择中也刻意强调他眼中的女性美德。书中常见他对《贤良女性之镜》的引用,并时时要求女儿抄录该书。他转引了这本书中所有关于夏娃的罪行的段落,并修改了民间讽喻

---

① Didier Lett, «Comment parler à ses filles?», pp. 79—80.

故事《绳索腰带修士的长裤》(Les braies au cordelier)的结尾,让故事中的丈夫对妻子展开报复,以说明女性必须服从丈夫。无法孕育孩子是他笔下最常施与女性的惩罚,只有对上帝的虔诚祈祷才能化解。作者亦将大量篇幅用于描写不正当男女关系的危害,供人警醒的反面事例如他转述的圣经中"罗德和他的女儿们"的故事。

本书的结尾处设有第一百零二章,专门用来记述作者同亡妻间就女儿的教育展开的对话,是这部作品中最具个人温情与文学性的部分。当然,若以今天的标准来衡量,《教女用书》中的大量内容都不适宜让孩子阅读,但它的存在与风行证明了儿童读物产生的首要动因即是成人的教育需求,这种教育意图也延续到了文艺复兴时代。

第二节　人文主义与儿童教育:
儿童文学经典的诞生

16世纪至17世纪,"儿童情感"的出现与人文主义者培养"全知全能的人"(hommes universels)的教育理想密切相关。拉伯雷的《巨人传》虽不能算作儿童文学作品,但书中主要人物表达出的狂欢精神及对知识的渴求,仍是针对中世纪时期以宗教束缚人的天性发展的天主教价值观的激烈反抗,预示着崭新的儿童教育时代的到来。索里亚诺在其《儿童文学指南》一书中专设"人文主义与儿童文学"词条,阐明了文艺复兴思潮给儿童教育带来的巨大震动:"重述人文主义的基本原则,[……]这显然超出了本书的写作框架。不过,我们还有别的选择吗?这些[天主教思想所经历的]危机对儿童文学有直接影响,至少对那个时代所发生的一切来说,事实就是这样的。它们引发了新的思考,比如说新的教育方法、为民众扫盲的实际策略、社会的廉耻观等,这些都对后世童书的发展有决定性影响。"①

的确,人文主义者内心涌动的只争朝夕、汲取知识的强烈愿望,让他

---

① Marc Soriano, *Guide de littérature pour la jeunesse*, p.314.

们将目光转向儿童教育。尤为值得称道的是,相较于站在成人立场一逞权威、为子女计长远的中世纪作者,如为女儿进入"极危险又极美好的社会"①做准备的拉图尔郎德利,他们更有一丝对童年现实的独特观照与尊重。这一批儿童教育的先驱者中,宜首推伊拉斯谟。他于 1518 年出版《谈话录》(*Colloquia*),该书是一本旨在向儿童教授拉丁语的教育论述集。出于对天主教会压制式、权威式教育的反感,伊拉斯谟在书中采用对话体的形式,氛围开放活跃,可见其希望在教授者与被教授人之间建立一种更为平等的关系。《对话录》一经出版即获得巨大成功,截至 16 世纪末,在法国已有 150 个版本②。一个世纪后,捷克教育家、人文主义者夸美纽斯又出版《世界图解》(*Opera didactica omnia*)(1657)(见图 2.5)等一系列教育用书,首次提出尊重童年发展规律的原则。在此原则的引导

图 2.4 《谈话录》1662 年版本封面,由出版商 Elzévir 印行于阿姆斯特丹　　图 2.5 《世界图解》1657 年版扉页

---

① Geoffroi de la Tour Landry, *Livre pour l'enseignement de ses filles du chevalier de la Tour Landry*, texte établi par Anatole de Montaiglon, Paris: P. Jannet, 1854, p. 4.

② Marc Soriano, *Guide de littérature pour la jeunesse*, p. 315.

下,夸美纽斯将个体成熟前的时期分为四个阶段,分别为幼童期(0—6岁)、童年期(6—12岁)、少年期(12—18岁)和青年期(18—24岁),而每一阶段都应当配备相适应的教育方式。同中世纪相比,童年的权利和长度得到了进一步尊重,堪称教育家视角下对童年的第一次发现。

阿利埃斯也于文艺复兴时期的艺术领域中察觉到了某种"儿童中心化"的倾向。自16世纪初起,儿童的形象开始在坟墓造像和家庭群体肖像绘画中出现;同一世纪末叶,"用绘画艺术将孩子转瞬即逝的外表留住已经成为一种习俗"①;到17世纪,"最古老的全家福图像逐渐围绕着孩子来布局,孩子成了构图的中心"②。社会心理对孩子生发出一种普遍的爱怜之情,开始发现童年的特殊性,阿利埃斯概括为"发现幼童,即发现幼童的身体,发现幼童的姿态,发现幼童的童言稚语"③。人们渐渐从各个方面将儿童与成人区别开来:17世纪起,孩童服装上开始饰有两条悬挂在背上的扁平带子④;也是在17世纪,出现了"童年的天真无邪"的概念⑤;教育愈发得到重视,16世纪末到17世纪初,大量男童进入学校接受教育,及至17世纪末,费讷隆等人的著述也从侧面反映了女童教育的发展。学校教育代替学徒制,意味着成人世界与儿童世界的分割,儿童不再直接通过与成年人的接触而了解世界。⑥ 正是在这种全新的儿童观的影响之下,法国儿童文学于17世纪下半期经历了真正的"诞生",涌现了第一批经典之作。

几乎所有的法国儿童文学学者都认同这一点:17世纪中后期产生的经典之作共有三本,它们为这一文学门类"一次性定义了何为杰作并确定了今后的创作中应遵循的规范"⑦。时间顺序如下:1668年,拉封丹借用

---

① 菲力浦·阿利埃斯:《儿童的世纪:旧制度下的儿童和家庭生活》,第65页。
② 同上书,第72页。
③ 同上书,第76页。
④ 同上书,第89页。
⑤ 同上书,第166页。
⑥ 同上书,第3页。
⑦ Marc Soriano, *Guide de la littérature enfantine*, p. 9.

伊索和古罗马寓言作者费德鲁斯(Phèdre)的故事构想，杂以若干个人创作，将《寓言诗》第一部献给了当时的王太子。《寓言诗》以动物为主人公，对奇数音节诗体进行了创造性使用，内含辛辣的讽刺与幽默，成为世界儿童文学中长盛不衰的经典。1695 年，贝洛出版《故事诗》(Contes en vers)，其散文体故事集《鹅妈妈的故事》后又于 1697 年面世，经后世接受与重版，这两部本为"古今之争"(La Querelle des Anciens et des Modernes)创作的"仙女故事"自 18 世纪起变为儿童读物。1694 年，时任王储教师的费讷隆写成《忒勒马科斯历险记》以充当教学用书，在长篇叙事文体中融入神话传说、"典范文学"等多种传统。自此，寓言、故事（及童话）、小说成为法国儿童文学中的主流体裁，该文学门类也在这几本著作的推动下实现了文体自立。

诚然，在这个对儿童教育日渐重视的时代，亦有其他作者参与到儿童读物的创作中。且不论拉封丹、费讷隆都曾写过故事，贝洛也创作过寓言，值得注意的还有拉辛引领的儿童戏剧风潮与风行文学沙龙的"仙女故事"风尚。此外，中世纪时"王子之镜"的创作传统也有留存，除《忒勒马科斯历险记》之外，另有曾担任王储教师的弗雷西埃神父(l'abbé Fléchier)所写的《狄奥多西大帝：为王储而作》(Théodose le Grand, pour Monseigneur le Dauphin)(1679)，以及曾为多位权贵教养子女的尼古拉·科埃费多(Nicolas Coëffeteau)编撰的《犹太教徒和基督教徒的风俗》(Les mœurs des Israélites et des Chrétiens)(1682)。后者顾及儿童的阅读习惯，特将对两教风俗和古代圣贤的介绍分为简短章节，一度成为 19 世纪发行量最高的儿童读物之一。[1] 整体而言，自 17 世纪中后期开始，法国儿童文学经历了初步自觉，对儿童的阅读能力、习惯及偏好进行了反思。

拉辛与《以斯帖》《亚她利雅》

路易十四统治末期，在国王的秘密配偶曼特农夫人的积极推动下，儿

---

[1] Christian Chelebourg, Francis Marcoin, *Littérature de jeunesse*, p. 13.

童戏剧获得一定的发展。1685年,路易十四颁布《枫丹白露敕令》(l'Édit de Fontainebleau),废除了先前允许新教徒获得信仰自由的《南特敕令》(l'Édit de Nantes),整个宫廷的风气都开始向虔敬、保守转变。曼特农夫人本就是虔诚的天主教徒,经她反复恳求,路易十四于1686年批准她在圣西尔(Saint-Cyr)设立圣路易王家学院(la Maison royale de Saint-Louis),专门为贫穷贵族家庭的女童提供教育场所。学院施行宗教教育,且曼特农夫人笃信戏剧的教育作用,本人就创作过上百部独幕剧(saynètes),让学生参演。除此之外,她还以顾客的身份向其他作者"订购"了许多取材自圣经故事的剧作,如龙日皮埃尔(Hilaire-Bernard de Longepierre)创作的《扫罗王》(Saül)、杜雷·德·文希(Duché de Vancy)的《押沙龙》(Absalom)、《约拿单》(Jonathas)、《底波拉》(Debora)①等。1689年和1691年,她又先后委托拉辛创作了《以斯帖》(见图2.6)与《亚她利雅》(见图2.7),要求学员扮演其中角色。

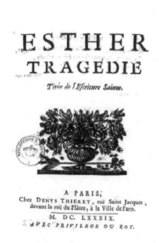

图2.6 《以斯帖》原版封面

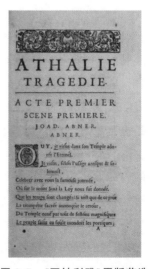

图2.7 《亚她利雅》原版节选

① Christian Chelebourg, Francis Marcoin, *Littérature de jeunesse*, p.16.

事实上，自从因《安德洛玛克》(Andromaque)(1667)与《费德尔》(Phèdre)(1677)而饱受攻讦之后，拉辛就远离了戏剧创作。但经曼特农夫人的邀请，他还是以饱满的热情投入这场"给孩子的娱乐"①中。1689年上演的《以斯帖》获得巨大成功，吸引了大量上流社会的观众前往圣西尔观看演出，塞维涅夫人(Mme de Sévigné)留有记载："拉辛超越了自我，他［在剧中］爱上帝就像爱自己的情人一样。"②《以斯帖》用一种易于同学员产生共鸣的方式，重新诠释了这位《旧约·以斯帖记》的主人公，让她以一个妙龄少女的姿态出现。作为少女，她是完美、纯洁的女性象征，在堂兄兼养父的带领下感知神之意旨，甘愿为犹太民族献出生命。这一"成人导师—少年主人公"的人物互动模式可以满足曼特农夫人对女童教育的期待，在后世儿童文学的叙事模式中也是极为普遍的。虽然拉辛最为重视的取悦对象还是曼特农夫人及其身旁的成年观众③，但他同时考虑到学员的演出需求，于创作中放弃了古典戏剧"三一律"中的地点统一原则，认为舞台置景的变幻对孩子来说会"更为舒适"④。

因曼特农夫人担忧观众的追捧会破坏学员的虔敬心态，三年后问世的《亚她利雅》未被公开搬上舞台，只在小范围内演出过三次。索里亚诺认为同《以斯帖》相比，《亚她利雅》的人物塑造表现出更大的儿童性。《圣经·列王记》中记载，犹大王国女王亚她利雅会被自己的孙子约阿施杀死，这是上帝意旨下的宿命。在拉辛版本中，亚她利雅虽早得预示，清楚自己会死在约阿施手中，却因稚子身上的坦率、勇敢与天真而迟迟未能下手，约阿施就此成为后世儿童读物中那些所向披靡的小英雄形象的鼻祖。有鉴于此，索里亚诺戏称约阿施为"超级男孩"(superboy)，认为他代表着当代儿童文学最热衷消费的人物类型；卡拉代克则将其与《丁丁历险记》的主人公相比拟，即拉辛塑造了"圣经国度里的丁丁"。

---

① 转引自 François Caradec, *Histoire de la littérature enfantine en France*, p. 61.
② Ibid.
③ Marc Soriano, *Guide de la littérature enfantine*, p. 433.
④ François Caradec, *Histoire de la littérature enfantine en France*, p. 62.

但无可否认的是,在当下这个成人文学经典大批进入儿童文学的时代,堪称为儿童所作的《以斯帖》和《亚她利雅》却逐渐被未成年读者淡忘,反而变为成人视角下的古典主义经典剧作。这在很大程度上是因为拉辛典雅凝重的语言风格难为儿童所欣赏,且两部剧作中蕴含的颇具冉森派悲观色彩的宗教道德已然失去现实意义。

费讷隆与《论女孩的教育》《忒勒马科斯历险记》

《亚她利雅》上演的三年后,费讷隆写成《忒勒马科斯历险记》。在法国儿童文学的三位奠基者中,虽然拉封丹和贝洛也曾以"孩童教育"或"稚子天性"为写作的借口,但费讷隆是唯一一个真正对教育问题进行思考的人。作为学识渊博、声名卓著的高级神职人员,他曾教养过多位王室子弟,还担任过专门接收改宗天主教的青年新教徒的学校校长,积累了丰富的教育经验。他最能体现其教育思想的作品,无疑是《论女孩的教育》一文,灵感来自他与博韦利埃公爵(duc de Beauvilliers)家庭的交往。受制于当时的两性观念,费讷隆笔下自然少不了阻碍女性智识发展的陈词滥调:"她们的肉体连同她们的精神,都不如男性强劲有力;但作为补偿,自然赋予了她们技艺、整洁与勤俭,让她们可以安坐家中。"①但他的教育理念中仍有两个创新之处,在这个时代里颇为先进:一是他认真思考了教学素材的问题。尽管他对故事和寓言两个文体的创作都有所涉猎②,却在力荐寓言的同时,对引领一时风尚的"仙女故事"深为戒惧。"孩子们满是激情地爱着那些可笑的故事",但"至于那些异教故事,女孩子最好一辈子都没有听过,因为它们是不纯洁的,充满渎神的荒谬之处。"③费讷隆似乎

---

① François de Pons de Salignac de La Mothe-Fénelon, *Traité de l'éducation des filles*, Paris: Gauthier Frères, 1830, p. 36.

② 费讷隆创作过数篇"仙女故事",如《年老王后与年轻农妇的故事》(*Histoire d'une vieille reine et d'une jeune paysanne*);寓言则有明显的模仿拉封丹创作的痕迹,如《狼与小羊》(*Le loup et le jeune mouton*)、《猫和兔子》(*Le chat et les lapins*)等。

③ François de Pons de Salignac de La Mothe-Fénelon, *Traité de l'éducation des filles*, p. 35.

颇为厌恶故事中的古高卢异教信仰元素。但他却对"鸟言兽语"的寓言非常推崇。"当您发现他们[孩子们]已做好聆听的准备时,请给他们讲一个短小且美丽的寓言。但要选些精巧纯真的动物故事;原样呈现,强调里面的严肃意涵。"①二是他正式提出了寓教于乐的观点。"请您看看平日的教育中的一个巨大缺陷:我们把所有的快乐放在一边,把所有的无聊放在另一边;所有的无聊都在学业里,所有的快乐都在娱乐中。[……]我们要尽力改变这一次序:要让学习变得舒适,用自由、快乐的表象来美化它;要容许孩子因某些娱乐的间隙而中断学习,他们也需要娱乐来放松精神。"②

《忒勒马科斯历险记》实践了费讷隆的教育主张。1689年,费讷隆受到曼特农夫人赏识,在其引荐下成为王太孙——勃艮第公爵路易的家庭教师。路易时年7岁,费讷隆本人形容他是一个聪明但"恶劣且可怕"的孩子。③ 为了用一种令其便于接受的方式来教化他,费讷隆延续了古典主义时代从古希腊罗马文学遗产中寻找题材的传统,用《忒勒马科斯历险记》的故事续写了荷马史诗《奥德赛》。该书全名为《荷马史诗〈奥德赛〉第四卷续作,或尤利西斯④之子忒勒马科斯历险记》(La suite du 4e livre de l'Odyssée d'Homère, ou les Aventure de Télémaque, fils d'Ulysse),约于1694年完稿。故事开篇时,尤利西斯自特洛伊归国,却在途中被神女卡吕普索所阻,留居她的岛上达7年之久。尤利西斯的儿子忒勒马科斯在智慧女神弥涅尔瓦(Minerve)化身的曼托尔(Mentor)的陪伴下,漂流海上以寻找父亲,历经种种艰险,但也得以见识到不同地域的风土人情。

---

① François de Pons de Salignac de La Mothe-Fénelon, *Traité de l'éducation des filles*, p. 67.
② Ibid., pp. 57—58.
③ Marc Soriano, *Guide de la littérature enfantine*, p. 247.
④ 即《奥德赛》中的奥德修斯,尤利西斯是其在罗马神话中的拉丁对应名。

第二章 历史简论:儿童观与法国儿童文学之变迁 51

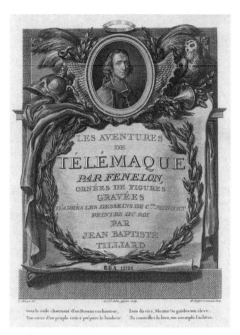

图 2.8 《忒勒马科斯历险记》原版封面

费讷隆以历险记为叙事蓝本,也是希望用小说情节的有趣表象来掩盖内里"王子之镜"的教化传统。鉴于学生的身份,费讷隆必须在培养其智识之余,教授他为政治国的道理。在他之前,包括博须埃(Bossuet)[①]在内的几位王储教师都撰写过类似"王子之镜"的读物。费讷隆巧妙地将短小的历史故事穿插于历险过程中:无论是在大海上漂流,还是抵达新的岛屿或国度,曼托尔都会利用新抵一地的机会,向主人公讲述史册上的君王逸事,尤其是明君的故事,包括古埃及第十二王朝法老辛努塞尔特一世(Sésostris)、克里特君王米诺斯(Minos)及他的孙辈、继任的克里特之王伊多墨纽斯(Idoménée)的范例 。但作为反战主义者,费讷隆一直对路易十四穷兵黩武的扩张政策深怀不满,所以相比颂扬君主的专制或武功,他更愿意赞美农事、手工业、贸易等和平时期保障民生的举措,并潜移默化

[①] 博须埃曾于 1670—1681 年间担任路易十四之子的教师,为其撰写了一系列教育读物。

地提醒学生战争的残酷性。他的理想是塑造一个具备怜悯、温和等美好品德的君王,所以当忒勒马科斯途径西西里海域时,他让主人公看着海战场景发出了如下感叹:

> 这就是战争遗留的危害!是怎样盲目的怒火,驱使着这些不幸的必死之人![……]人们本都是手足,却相互撕扯:凶暴的野兽都不及他们残忍。狮子不与狮子交战,老虎也不会攻击老虎;他们只会攻击其他的动物。只有人,即便拥有理性,却做连无理性的兽都不屑为之的事情。还有,为什么要打仗?宇宙中难道没有足够的土地提供给所有人,难道[土地的总数]不是比人们所能耕种的数量还要多吗?①

从这段引文中,不难读出费讷隆对路易十四的隐晦批评。这也解释了为何《忒勒马科斯历险记》于1699年在作者本人不知情的情况下出版后,引起了路易十四的震怒,导致费讷隆被逐出宫廷,遣回他曾担任大主教的坎布雷(Cambrai)教区并孤寂终老。但《忒勒马科斯历险记》还是在法国儿童文学史上留下了浓墨重彩的一笔,因为它开创了儿童长篇小说的传统。且不论"成人导师—少年主人公"这一双重视角共同讲述叙事进程的模式在儿童读物中是多么行之有效,费讷隆在此书中也采用了简单明晰的文风,以引人入胜的历险情节将知识、道理包裹其中,确立了儿童小说中"情节—知识"相辅相成的惯例:人物在游历和学习中实现了成长,这一近似后世"成长小说"(Bildungsroman)的主题也屡被沿用。

第三节 启蒙时代:卢梭的世纪②

从中世纪、文艺复兴时期及至涵盖整个18世纪与19世纪初期的启

---

① François de Pons de Salignac de La Mothe-Fénelon, *Les aventures de Télémaque*, Paris: Firmin Didot frères, 1841, p. 173.

② 本说法借用自方卫平。参见方卫平:《法国儿童文学史论》,第67页。

蒙时代，儿童与成人间的关系经历了相对位置的偏移：成人从居高临下的俯视者，渐渐变为试图客观相待的探究者，随后又在卢梭的时代成为颂扬童真的保护者。尽管双方之间的主体间性永不可能消弭，成人视角中的儿童也永远都会与现实中的儿童间存在区别，但无可否认的是，儿童的地位于启蒙时代获得了极大提升，社会心态在普遍认可童年特殊性的同时亦将儿童视为独立个体。而儿童观的进步又促进了学校教育的发展，吸引了更多创作者与出版商涉足童书创作，令儿童文学于 18 世纪后期正式成为集聚性的文学产业。

若说人文主义者肇始了对儿童的第一次发现，那么启蒙主义者就拉开了第二次发现童年的序幕。先驱者是与贝洛、费讷隆同时代的洛克。据索里亚诺考证，贝洛甚至可能在写作《故事诗》与《鹅妈妈的故事》之前，就读过《教育漫话》①。在洛克的经验哲学体系中，对儿童观的变迁尤有推动作用的是"白板说"。儿童因此摆脱了天主教传统中被原罪污染的卑下形象，从次一等的人变为一页空白但纯洁的纸张，成人的义务便是强健其体魄，哺育其精神。卢梭承继并发扬了洛克的观点，《爱弥儿或论教育》②(Émile ou de l'éducation, 1766)这部划时代的教育小说是其儿童观的集大成之作。该书的基调在于否定"小儿也只是父母的所有品，又不认他是一

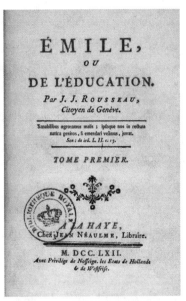

图 2.9 《爱弥儿或论教育》第一卷初版封面

---

① Marc Soriano, *Les contes de Perrault：Culture savante et traditions populaires*, Paris：Gallimard, 2012, p. 328.
② 《爱弥儿或论教育》一书在中文语境内有多种译名，《爱弥儿》(如魏肇基译本)、《爱弥儿论教育》(如李平沤译本)等译名均指代该书。

个未长成的人"①的传统偏见,承认儿童期的生活"一面固然是成人生活的预备,但一面也自有独立的意义与价值"②,即客观地理解儿童并予以相当的尊重。于卢梭而言,儿童的孱弱、矛盾和在智识上的相对蒙昧并不是教育者应当改造的对象,而是真正的教育中理应珍视并保留的东西,故后世常称卢梭为"童年崇拜"的始作俑者,因为他正是将童年神圣化和纯粹化的第一人。《爱弥儿或论教育》教育观的核心为"消极教育"(l'éducation négative),可用以下三点概括:一是尊重童年的长度。"让童年在孩子的身上成熟"③,不过度开发儿童的认知潜力,"即便儿童表现出了某种一切皆可接受的伸缩性"④。二是禁绝填鸭式教育,用引导和启发来代替灌输与苛责。三是避免过度严苛的道德教育。儿童难以理解某些道德准则,是因为这准则无法与他的过往经验产生共鸣,需待以时日,等他积累了一定的阅历后再行教导。此外,卢梭还是自然状态(l'état de nature)的忠实信奉者,认为即便是未经开化的野蛮人也要胜过只会盲目服从成人训示的、"受过教育"的儿童。卢梭以上观点构成了第二次对儿童的发现的主基调:孩子有独特的观察、思考及感知世界的方式,应当让他们按照自己的节奏和天性成长。

颂扬理性的启蒙时代也伴随着资本主义殖民运动的海外拓展,殖民者的冒险精神开始成为文学作品的描写对象。不得不提的是,1719年海峡彼岸的英国出版的一部非儿童读物却对该时期的法国儿童文学产生了巨大影响,这本书就是笛福的《鲁滨逊漂流记》。本书的"孤岛求生"主题在童书领域中长盛不衰:直至19世纪末,法国各大出版商的年度目录中还有相当数量的书目是对鲁滨逊历险情节的拓展或改写;20世纪中叶,米歇尔·图尼埃(Michel Tournier)创作的《星期五或太平洋上的灵簿狱》

---

① 周作人:《周作人论儿童文学》,刘绪源辑笺,北京:海豚出版社,2012年,第101页。
② 同上书,第122页。
③ Jean-Jacques Rousseau, *Émile ou de l'éducation*, Paris: Flammarion, 2009, p. 129.
④ Isabelle Jan, *La littérature enfantine*, Paris: Éditions Ouvrières Dessain et Tolra, 1985, p. 25.

(*Vendredi ou les limbes du Pacifique*)及其青少年版本《星期五或原始生活》(*Vendredi ou la vie sauvage*)仍能受到广泛欢迎。卢梭在《爱弥儿或论教育》中对这本书也给予了高度肯定:"我的爱弥儿最早读的就是这本书;在很长的一个时期里,他的图书馆里就只有这样一本书,而且它在其中始终占据一个突出的地位。它就是我们学习的课本,我们关于自然科学的一切谈话,都不过是对它的一个注释罢了。它可以用来测验我们的判断力是不是有了进步;只要我们的趣味没有遭到破坏,则我们始终是喜欢读它的。这本好书是什么呢?是亚里士多德的名著?还是普林尼的?还是毕丰的?不,是《鲁滨逊漂流记》。"①他之所以对笛福这本著作推崇备至,是因为鲁滨逊的冒险经历以一种非刻意的方式向小读者提供了关于大自然的教育,对荒岛上的气候条件、水文情况和动植物都进行了盘点。这些知识和鲁滨逊的求生技巧能保障生存,才是对孩子来说最为"有用的东西",也是他们唯一需要知道的东西。②主人公鲁滨逊身上的坚韧、勇敢和对未知世界的积极探知也与启蒙时代的精神高度契合,《鲁滨逊漂流记》因此屡屡变成为少儿所改写的对象,著名的改编之作有维斯(Wyss)的《瑞士鲁滨逊》(*Robinson Crusoé suisse*)(1813)、瓦累夫人(Mme Woillez)颇具女性意识的《艾玛或小姐中的鲁滨逊》(*Emma ou Robinson des demoiselles*)(1832)和凡尔纳的《鲁滨逊学校》(*L'école des Robinson*)(1882)。这一改编风潮直接巩固了小说文体在法国儿童文学中的地位,卡拉代克甚至认为笛福"发明"了儿童小说③。

而启蒙时代崇尚科学、赞美理性的另一面则是对民俗信仰中的超自然元素的质疑。与"仙女故事"风行一时的17世纪末至18世纪初相反,自18世纪中叶起,儿童文学的代表性作者,诸如博蒙夫人、冉丽斯夫人(Mme de Genlis)、阿尔诺·贝尔甘(Arnaud Berquin)等,均对传统童话

---

① 引文中的"毕丰"即"布封"(Buffon)。卢梭:《爱弥儿 论教育》,上卷,李平沤译,北京:商务印书馆,1978年,第244页。
② 卢梭:《爱弥儿 论教育》,上卷,第246页。
③ François Caradec, *Histoire de la littérature enfantine en France*, p. 97.

表现出轻视或质疑。以《美女与野兽》闻名的博蒙夫人在《少女杂志》(*Magasin des adolescentes*)(1760)中,却将"仙女故事"称作"虚假的东西",认为其与人的成熟理性互斥。她借书中主要人物即家庭教师伯娜小姐(Mlle Bonne)之口,说道:"故事很适合逗弄孩子,但当人长大且拥有理性之后,就不应该再专注于虚假的东西了。"①冉丽斯夫人曾担任奥尔良公爵子女的家庭教师,教导过的学生里包括未来的路易·菲利普(Louis-Philippe)。她的代表作有《城堡夜话》(*Les veillées du Château*)(1784)、《供年轻人使用的教育戏剧》(*Théâtre d'éducation à l'usage des jeunes personnes*)(1771—1786)、《新道德故事或历史小说》(*Nouveaux contes moraux et nouvelles historiques*)(1802),但这位故事创作者却对同属故事的"仙女故事"极为不屑。《城堡夜话》中,当女儿向母亲科雷米尔夫人(Mme de Clémire)承认自己会被"仙女故事"中的变形及水晶或金银建成的城堡所取悦时,后者的反应是"如果你喜欢超自然,那最好是读些有用的东西来满足这一需求"②,忠告女儿多涉猎科普读物。事实上,冉丽斯夫人对"仙女故事"的态度几乎到了敌视的程度:"我不会给我的孩子读仙女故事,或者是《一千零一夜》;多尔努瓦夫人(Mme d'Aulnoy)为这个年龄段的孩子所写的故事并不适合他们。"③索里亚诺认为她的态度已然失之偏颇:"想象力起飞了,冉丽斯夫人却抓住它并切断了它的翅膀。"④但客观而言,对"仙女故事"的抨击已然成为启蒙时代的"政治正确"。贝尔甘主编《儿童之友》(*L'ami des enfants*)时,也要在序言中特别注明书中不含任何奇怪的超自然成分,只是有一些儿童读者每天都能得见的日常情景⑤。

---

① Jeanne-Marie Leprince de Beaumont, *Magasin des adolecentes*, Lyon: Religuilliat, 1760, p. 112.
② Stéphanie de Genlis, *Les veillées du château*, Paris: Morizot, 1861, p. 171.
③ 转引自 François Caradec, *Histoire de la littérature enfantine en France*, p. 107。
④ Marc Soriano, *Guide de la littérature enfantine*, p. 284.
⑤ Arnaud Berquin, *Œuvres complètes d'Arnaud Berquin*, tome I, Paris: Masson et Yonnet, 1829, p. 5.

同时，得益于印刷技术的进步①，图书印装成本大大降低，吸引了很多出版商进入童书领域。纽伯瑞 1744 年在伦敦开设"圣经与太阳"（The Bible and the Sun）书店，首开儿童图书出版的先河。彼时，虽然法国还没有成熟的童书市场，但仍有出版商②敏锐地捕捉到这一商机，建立起初步的印刷、分销系统。教育的普及也加速了儿童文学读者群的出现：1833 年，"七月王朝"颁布基佐法案（la loi Guizot），要求人口数超出 500 人的市镇必须开设小学，尤其建议男童去学校接受教育。这时的学校常用书籍作为礼物［即著名的"礼物书"（livres de prix）］奖励优秀学生，涉及题材往往是摘录自圣经的宗教故事，家长亦模仿学校的行为，为孩子购买书籍作为圣诞礼物。③ 这些新动向都推动了童书产业的形成，为由埃泽尔、阿歇特（Hachette）两大出版社统领的、第二帝国及第三共和国治下的法国儿童文学的黄金时代做好了准备。

博蒙夫人与《儿童杂志》

博蒙夫人是启蒙时代儿童文学的代表人物，更是女性教育的启蒙者。她幼时在鲁昂埃尔纳蒙女子教会学校（les Sœurs d'Ernemont）接受宗教教育，后前往洛林公国首府吕内维尔（Lunéville），为洛林公爵利奥波德一世（Léopold Ier）与路易十四的侄女伊丽莎白-夏洛特·德·奥尔良（Élisabeth-Charlotte d'Orléans）的女儿担任音乐教师。1748 年，为躲避不幸的婚姻，她远渡英国成为格兰维尔公爵约翰·卡特里特（John Carteret）的女儿苏菲的家庭教师，待苏菲出嫁后又于伦敦数个权贵家庭任教。同冉丽斯夫人一样，博蒙夫人在教学实践中发展出了一套属于自己的教学原则，不仅有类似于费讷隆"寓教于乐"之说的"取悦年轻人并教导他们"的信条，更有她独创的情景式教学法，即将课程融入书中人物的对话场景中。自 1750 年编撰《新法兰西杂志》（Le nouveau magasin

---

① 18 世纪下半期，先是木版印法得到普及，随后 1796 年塞尼菲尔德又发明了石印法。
② 如巴黎地区的 Alexis Eymery，Pierre Blanchard 等出版商。
③ Christian Chelebourg，Francis Marcoin，*Littérature de jeunesse*，pp. 22—23.

français)起,直至1776年去世前,她共创作了十余本面向儿童及少年的教育著作,目标受众以女性为主。更准确地说,她为不同阶层、不同年龄的女性读者都编写了内容各不相同的教材,包括《儿童杂志》(1756)、《少女杂志》(1760)、《属于甫踏入世界和婚姻的年轻太太的杂志》(*Instructions pour les jeunes dames qui entrent dans le monde et se marient*)(1764)、《属于穷苦人、手工业者、佣人和乡下人的杂志》(*Magasin des pauvres, artisans, domestiques et gens de campagne*)(1768)等。

上述"杂志"①中,《儿童杂志》最具代表性。此书分二十九编,采用对话体的形式,记录了家庭教师伯娜小姐在27日间与7位年龄7岁至12岁不等的贵族小姐的谈话。每编都固定由玩乐、用餐等生活琐事引入,以伯娜小姐讲述的童话或寓言为主干,后附师生对该童话或寓言的讨论,再辅以学生复述的圣经选段、教师对若干科学、历史、地理常识的介绍等内容。"伯娜"这一姓氏在法文中本就是"好"(bon)的阴性形容词,伯娜小姐所代表的,自然是虔诚、完美的理想教师形象。诚然,受限于时代,伯娜小姐为学生树立的"好",还是当时的社会有关贤妻良母的女性理想,带有浓厚的天主教色彩和贵族阶级意识形态。《儿童杂志》中三分之一的篇幅是

图2.10　博蒙夫人肖像(无名氏作,绘于18世纪)

---

①　此处的"杂志"(magasin)一词虽是现代法语中"magazine"一词的词源,但其实取其古意,指各种内容兼有的杂书,非周期性出版物。

对圣经故事的重述,且每当学生提出"地球为何飘浮在空中?"等教师无从解答的疑问时,伯娜小姐的回答便是"你只要知道上帝希望如此就可以了"①。此外,伯娜小姐虽日常教导小姐们读书、思考,但同时也告诫她们要善于持家,保持谦逊,因为女性"为隐遁而生"。上述言论看起来似乎与费讷隆《论女孩的教育》中的说法并无本质区别。

但实际上,博蒙夫人貌似传统的话语中依然隐藏着18世纪下半叶的女性教育新动向②。作者的女性意识早在其身处洛林宫廷时即有所体现。与贵人们过从甚密的库耶神父(l'abbé Coyer)曾发文抨击女性,认为后者是破坏男性阳刚之气的毒药,有玷污科学殿堂的风险,宣称博学的女人就是最危险的女人。博蒙夫人撰写公开信回击,认为这是对女性的污名化,库耶等人是在进行"错误的推理,不停地向我们证实[向男性]服从才是我们的宿命"③。在《儿童杂志》1788年的再版序言里,她也加上了一则旨趣相同的"警示"(avestissement):

> 是的,男性暴君们,你们迫使她们没入厚重的无知,我却有意将之解救出来。当然,我有意培养出逻辑学家、代数学家,甚至是哲学家。我要教会她们思考,准确地思考,以便让她们能够好好地生活。④

在这个意义上,与极其鄙夷博蒙夫人的伏尔泰⑤等思想家相比,这位女作者恐怕才是真正试图将科学、理性的光照播散到女性身上的启蒙者。在《儿童杂志》中,博蒙夫人将较大篇幅留给了天文、生物、历史、地理等学

---

① Jeanne-Marie Leprince de Beaumont, *Magasin des enfants*, Paris: Delarue, 1858, p. 207.

② 在启蒙时代,博蒙夫人并不是唯一一位关注女性教育的儿童作家。事实上,当时困守自己或权贵家中的数位女性教育者都曾讨论过这一问题。例如,因曾庇护卢梭而闻名后世的埃皮奈夫人(Mme d'Épinay),就以她本人与外孙女埃米丽的日常为原型,写有《埃米丽对话录》(*Conversations d'Émilie*)(1774),其中穿插着历史与自然科学的常识。

③ Jeanne-Marie Leprince de Beaumont, *Lettre en réponse à l'abbé Coyer*, Nancy: Henri Thomas, 1748.

④ Jeanne-Marie Leprince de Beaumont, *Magasin des enfants*, Paris: F. Esslinger, 1788, p. XXVII.

⑤ 伏尔泰曾多次在公共场合蔑称博蒙夫人为"编杂志的女人"(magasinière),认为她的创作无非是些花样翻新的教理问答。

科的知识介绍。其中自然科学在伯娜小姐的知识体系中统称"物理"（physique），因为她将"物理"阐释为关于"一切机体的学问"。在那个时代，通常只有男性博学者才能了解"物理"知识，所以书中学生曾询问伯娜小姐女孩是否应当掌握这门学问，教师则明确回复："一位物理学家是一个通晓空气、火焰、水和土地的本质的人。他还了解人类与动物的躯体、树木、植物、矿物和金属，女士们也可以懂得这些。"①这一内容革新不仅预示着女性教育中的进步，也反映了科学知识开始在儿童教育中占据一席之地。《儿童杂志》后被译为多种语言，在欧洲范围内取得了令人瞩目的成功，展示了童书市场的巨大潜力及产业化倾向。

贝尔甘与《儿童之友》

《儿童杂志》空负"杂志"之名，却并非周期性出版物。事实上，《儿童之友》才是法国儿童文学史上第一本面向小读者的期刊。其创办者贝尔甘身兼教育者、记者与作家等多重身份，对英德等国的儿童文学较为了解。1782年1月，他自德国同名杂志（*Der Kinderfreund, ein Wochenblah*, 1772—1775）处获得灵感，创立了月刊《儿童之友》。该刊持续出版至1783年12月，被贝尔甘主编的另一本杂志《少年之友》（*L'ami des adolescents*）所取代，但因编者的健康每况愈下，所以《少年之友》仅出版了数期，就很快停刊。② 不过，《儿童之友》的成功还是为贝尔甘赢得了巨大的声名：他曾于1791年被任命为路易十六之子的教师，后因王子夭折而未果。

《儿童之友》的内容编排类似现代杂志，每一期都涉及多种体裁，如说教故事、对话录、独幕剧、诗歌等。同时，由于贝尔甘熟练掌握英文和德文，所以期刊中的很多篇目是他本人从这两门语言中翻译或改编而来的，其中包括德国诗人魏瑟（Weisse）的多首诗作③。贝尔甘于编辑方针上亦

---

① Jeanne-Marie Leprince de Beaumont, *Magasin des enfants*, p. 190.
② Marc Soriano, *Guide de littérature pour la jeunesse*, p. 84.
③ 贝尔甘在1782年出版的"广告书"（prospectus）中曾特别提到，他从"德国最有名的诗人之一魏瑟先生"的选集中择取了不少片段，但这位"魏瑟"先生的身份难以确证。

有创新,首次提出了"亲子共读"的概念,力图将《儿童之友》变为父母与子女间的沟通桥梁。他采取了当时较为先进的宣传及推广方式,不仅在每一期刊物的封二页印有征订、购买方式,还在创刊号中附赠"广告书"(prospectus),表述如下:

> 每一期中,都有一部短小的戏剧,主要人物均为孩童。[……]这些戏剧的上演如同一场家庭节日,能娱乐孩子。父母也有角色可以扮演,与年轻的家人一起分享快乐,可以让他们同时感受到乐趣;这是一种新的牵绊,用感恩和快乐将双方温柔地联结起来。①

不过值得注意的是,《儿童之友》虽在出版导向上较为现代,内容却过于落入窠臼,以致"贝尔甘的作品"(livre de Berquin)在现代法语中已成为"幼稚、狗血的儿童作品"的代名词。索里亚诺措辞委婉地概括了贝尔甘创作的风格:"贝尔甘的作品混合了费讷隆的说教以及从卢梭在英国、德国的追随者那里继承来的教条,还有一种近乎矫情的敏感。"②刊物中的大部分人物都操着一口戏剧化的腔调,秉持着非黑即白的逻辑,参照严格的道德标准来行事。如较有代表性的独幕剧《拉提琴的孩子》(*Le petit joueur de violon*)中,除戏剧矛盾的焦点人物即靠演奏小提琴谋生的小约拿(Jonas)外,其余三个儿童人物被断然分成了两个阵营:一方是少有游戏天性、满心只有对错的"好孩子"苏菲(Sophie)与圣费尔南(Saint-Firnin),另一方是欺压弱小、集蛮横与自私于一身的"坏孩子"夏尔(Charles)。在成人审判者梅尔福尔先生(M. de Melfort)的介入下,夏尔欺压良善的恶行被揭穿。梅尔福尔先生因此将亲生儿子赶出家门,因为以他的品行不配做家中的孩子。而为了补偿约拿,梅尔福尔先生不仅出资为他买了一把更好的小提琴,还将其父亲送入济贫院。可见,贝尔甘更多满足于浅薄、即时的道德说教,人物刻板且缺乏厚度,这些硬伤让他的生前辉煌与后世声名形成了鲜明比照。他的贡献更多是在于开创了法国儿童文学中

---

① 转引自 Marc Soriano, *Guide de littérature pour la jeunesse*, p. 84。
② Marc Soriano, *Guide de littérature pour la jeunesse*, p. 84。

的期刊传统,且其所采用的现代化的宣发方式也助推了童书出版的产业化。

第四节　第二帝国至第三共和国：
　　　　童书出版的黄金时代

拿破仑三世治下的第二帝国(1852—1870)及一战前的第三共和国(1870—1914)时期是法国儿童文学的黄金时代。与此前的几个时代相比,这一时期童书行业的兴盛,不再得益于某项儿童观的飞跃,而更应归功于公民教育的普及和出版商的介入,让儿童文学得以真正被出版者"发明"出来。"七月王朝"时期,城镇小资产阶级的经济力量就得到了长足发展,越来越多的家庭具备了消费童书的能力。继1833年基佐法案之后,1850年颁布了法鲁法案(La loi Falloux),进一步明确了教育自由,促进教会学校的发展,并首次考虑到女性的受教育权,要求所有居民人数在800人以上的市镇必须开设一所女子学校;1881—1882年又出台了费里法案(La loi Ferry),确立了政教分离和推行小学义务教育的方针。基础教育的推广极大地刺激了市场对教材、教辅、课外读物、礼物书的需求,让童书出版成为蕴含无限商机的产业。

作为出版商,路易·阿歇特(Louis Hachette)与埃泽尔二人为这一时期的儿童文学出版业打下了深刻烙印。在诸多诞生于同一时代的同行①中,这两个竞争对手几乎垄断了整个童书产业。阿歇特于1826年成立同名出版社②,对政策的敏锐感知让他先是大力投资教材出版业,又于1852—1855年间经过一系列斡旋,获得了在火车站售卖图书的排他性经营权。为了能最大化地从这一销售网络中攫取利润,阿歇特1856年创立"铁路丛书"("La bibliothèque des chemins de fer"),并按照主题将丛书书目分为七类,用不同的封皮颜色加以区分。其中有一类专门面向儿童

---

①　19世纪后半期是法国出版业的大发展期,同期成立的出版社还有Colin,Delagrave等,均为至今仍在营业且较有影响力的出版社。

②　至今阿歇特出版社仍是法国最大的出版集团。

的图书,因使用粉色封面,被称为"粉红丛书"("La bibliothèque rose")。这套丛书受到小读者的热烈欢迎,阿歇特后将其从"铁路丛书"中独立出来,更名为"插图版粉红丛书"("La bibliothèque rose illustrée"),邀请塞居尔伯爵夫人等作者、多雷等插画家为丛书创作。

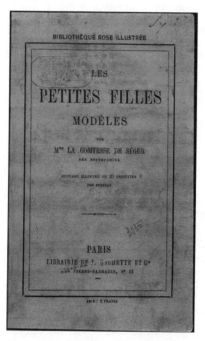

图 2.11　塞居尔夫人《小淑女》在"插画版粉红丛书"里的初版封面

面对蓬勃发展的童书产业,阿歇特还另有创新性尝试。1857 年,他与印刷商夏尔·拉于尔(Charles Lahure)合作,创办了《儿童周刊》(*La semaine des enfants*),将很多之后在"粉红丛书"里出版的著作先以连载的方式刊登在周刊中,待培养出固定读者群后再结集成册。塞居尔夫人的首部代表作《新童话》(*Les nouveaux contes de fées*)就是以这种方式问世的。这一出版策略后来也被埃泽尔所借鉴,儒勒·凡尔纳的多部长篇小说均是先刊载于《教育与娱乐杂志》中,后又以单行本的形式出版。

埃泽尔创办出版社的时间较阿歇特为晚,直到 1837 年才同若干同持自由派主张的合作者成立了自己的出版机构。但他以 P.-J. Stahl 为笔名，于 1840—1842 年间编辑出版了《动物界的私人及公共生活场景》(*Scènes de la vie privée et publique des animaux*)一书。这本讽刺小说集集结了巴尔扎克、夏尔·诺迪埃(Charles Nodier)、乔治·桑、阿尔弗雷德·德·缪塞(Alfred de Musset)等众多知名作者，为埃泽尔的出版活动建立了稳定的创作群落。后来，埃泽尔对儿童文学市场萌生兴趣，上述作家也在他的邀约之下纷纷参与创作。1844 年，埃泽尔发行了一套面向儿童的丛书，其中包括他自行改编的格林童话《大拇指》(*Les aventures de Tom Pouce*)、缪塞的《风先生与雨太太》(*Monsieur le Vent et Madame la Pluie*)①、大仲马根据霍夫曼版本改写的《胡桃夹子的故事》(*Histoire d'un Casse-Noisettes*)；1849—1850 年，埃泽尔还为乔治·桑出版了三部少儿图书，分别是《小法岱特》(*La petite Fadette*)、《弃儿弗朗沙》(*François le Champi*)、《真正的格利布耶的故事》(*L'histoire du véritable Gribouille*)。在法国儿童文学史上，是埃泽尔开创了成人经典作家为儿童写作的风潮。

1848 年欧洲革命后，本来就倾向资产阶级自由派的埃泽尔为同属自由派的外交部长阿尔封斯·德·拉马丁(Alphonse de Lamartine)担任助手，频频在反对派报纸上攻击就任总统的路易·波拿巴(Louis Bonaparte)，即后来的拿破仑三世(Napoléon III)。1951 年 12 月，拿破仑三世发动政变并成立法兰西第二帝国，埃泽尔被迫流亡布鲁塞尔，直至 1860 年才借大赦回国，重新从事出版活动。1864 年，他创办了《教育与娱乐杂志》(*Magasin d'éducation et de récréation*)这一法国儿童文学史上最具影响力的刊物。埃泽尔的办刊方针是兼顾儿童文学的教育与娱乐两大功用，时至今日仍对法国童书出版广有影响。他在该期刊创刊号的"致读者"中说道：

> 在我们眼中，教育和娱乐是两个相互融合的概念。教育应当用一种可以诱发兴趣的方式来呈现，否则它就会令人嫌恶，让人对教化

---

① 另有说法认为《风先生与雨太太》是缪塞的弟弟保罗·德·缪塞所作。

失尽胃口;娱乐则应当蕴含某种道德现实,也就是说,娱乐应当是有用的,不然它就会滑向无用,让人头脑空空。①

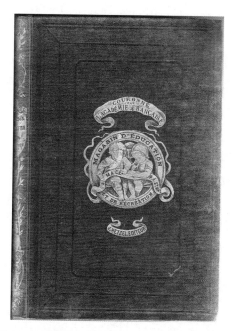

图 2.12 《教育与娱乐杂志》1873 年第一季封面

《教育与娱乐杂志》践行了埃泽尔所说的原则。期刊内容包括科普读物、道德故事、诗歌、小说等,雨果、大仲马、乔治·桑等都曾为其撰文。凡尔纳的文学生涯得以开启,同样是因埃泽尔在这本期刊上连载了他的首部科幻小说《地球上的五星期》。在期刊编辑之余,埃泽尔还发行了都德的《小东西》(Le Petit Chose)(1868)、《磨坊信札》(Les lettres de mon moulin)(1869),雨果的《做祖父的艺术》(L'art d'être grand-père)(1877)等儿童文学的传世之作。更值得一提的是,他邀请多雷绘制插画,重版了贝洛童话等一系列经典作品,在童书领域也开启了"美书"(beaux

---

① P.-J. Stahl, Jean Macé, «À nos lecteurs», in Magasin d'éducation et de récréation, Paris: J. Hetzel, 1er semestre 1864, p. 1.

livres)的传统,将书籍转变为小读者的审美对象。

除两位出版商的推动之外,这一黄金时代的重要史实还包括罗道尔夫·特普费尔(Rodolphe Töpffer)于1833年使用铜版画技法,发表《花边先生小传》(Histoire de M. Jabot),创立了连环画这一体裁。简言之,得益于教育改革的推广和出版商的涌入,19世纪下半期的法国儿童文学佳作频出,体裁多样,其出版机制也日趋产业化,渐渐成为经济效益与文学价值并存的创作实践。

塞居尔夫人与"童年小说叙事"

阿歇特和埃泽尔对儿童读物市场的介入,也开启了一个针对儿童文学创作者的"造星"时代。他们与固定作者签订合约,为同一作者出版系列作品,以打造作家的品牌价值,巩固读者的忠诚度。若说凡尔纳的成功离不开埃泽尔父亲式的引导与帮扶,塞居尔伯爵夫人(以下简称塞居尔夫人)就是阿歇特出版社"铁路丛书"和"插图版粉红丛书"打造出的最成功的作者。塞居尔夫人原名索菲亚·罗斯托普钦娜(Sophie Rostoptchine),父亲菲奥多·罗斯托普钦伯爵(Féodor Rostoptchine)曾于沙皇保罗一世的宫廷中担任要职,自称在拿破仑进犯莫斯科时是由他下令放火烧城,但因这一功绩不被上位者认可而愤然迁居巴黎。她的母亲先是一名无神论者,定居巴黎后又改宗天主教。可能是受母亲的影响,塞居尔夫人的宗教情感一度颇为淡漠。成年后,她与塞居尔伯爵缔结婚姻,却因多次生产而身体孱弱,几乎无法移动。她的思想转折发生在1842年,其长子加斯东(Gaston)因身体原因而领受神职,塞居尔夫人受儿子影响,开始虔诚信奉天主教,病痛也于此时痊愈。这应可解释后来塞居尔夫人的书中为何有浓重的宗教色彩。1855年,塞居尔夫人第四个女儿所生的外孙女卡米耶与玛德莱娜要随父母迁居伦敦,塞居尔夫人为她们撰写《新童话》(1856)作为临别礼物,在本书的写作中发现了人生的新意义,那就是成为孩子们"理想的祖母"(l'idéale grand-mère)。自此,55岁的塞居尔夫人迈入文坛,成为阿歇特出版社的王牌作者。

第二章　历史简论：儿童观与法国儿童文学之变迁　　67

图 2.13　《新童话》阿歇特出版社 1896 年版为《布隆迪娜》（*Blondine*）所配的插画（第 7 页，多雷绘）

但如果从阿歇特出版社业务扩展的角度来讲述这段文坛逸事，就会获得另一版本。《新童话》稿成之时，阿歇特方刚刚获得在火车站售卖图书的排他性经营权，迫切需要新的出版选题来扩充"铁路丛书"。一位与阿歇特的女婿兼合伙人埃米尔·汤普利埃（Émile Templier）私交甚笃的记者偶然间读到《新童话》手稿，立刻就将这名颇具才华且信仰虔诚的女作者推荐给了汤普利埃。汤普利埃邀请多雷为该书做插画，选择在 1856 年的圣诞季将其隆重推出，获得了巨大成功。① 所以，《新童话》的成功同样是现代意义上的作者、出版社与插画师之间协同运作的商业出版故事。

除合作者的支持外，塞居尔夫人的成功同样得益于其作品符合 19 世纪下半叶法国社会中的主流价值观。她在书中常维护稳定的资产阶级社会秩序，宣扬天主教信仰，甚至流露出反犹倾向。与很多同时代的儿童读物类似，她试图潜移默化地向孩子说明，社会阶层是不可跨越的。例如，关于《抱怨的让与微笑的让》（*Jean qui grogne et Jean qui rit*）(1865)，她在写给女儿的一封信中曾有如下言论："亲爱的，我写完了，可又没有完全写完。当我把《抱怨的让与微笑的让》读给加斯东听时，在一些语言错误

---

①　Marc Soriano, *Guide de littérature pour la jeunesse*, p. 479.

之外,我们还意识到要把仆人过于熟稔和主人过于友善的语气好好修改一下。他们太像朋友了。倒也没有几页要重写的,就是有很多词语、表达要更改。"①塞居尔夫人作品中所有的正面人物都具有仁爱、温驯、奉献等天主教传统道德,而很多负面人物却是犹太人。②

自然,在今天,上述成功秘诀已成为作者饱受诟病的原因。但必须承认,塞居尔夫人至今仍备受各国童书出版业的青睐,数部作品甚至被当作成人文学经典重版。论及她仍受欢迎的原因,应是她开启了"现实童年小说"的传统:在塞居尔之前,童书作者或如费讷隆,描写现实中并不存在的童年,即让主人公经历神奇冒险;或如博蒙夫人,秉持教育传统,模拟教师与学生的对话过程,却无一人把现实中的童年当作小说化的对象,用一种虚拟的叙事方式将童年的美好或烦恼记录下来。塞居尔夫人在"苏菲三部曲"(即《苏菲的烦恼》《小淑女》《苏菲的假期》三部小说)中选取日常生活中随处得见的女孩作为主人公,人物的优点和缺点都具有极大的普遍性,其成长过程也能让小读者感同身受。加之塞居尔夫人语言简明,便于理解,且在情节安排上擅长调动读者情绪,所以其著作仍未丧失"为儿童所读"的价值。

第三共和国的公民教育与《二童子环游法国》

如前所述,19 世纪下半叶法国儿童文学的黄金时代,是公民教育普及与现代出版发展共同造就的结果。为配合教育改革,在阿歇特、埃泽尔出版的商业童书之外,出版商还发行了大量教学用书和配合教学使用的课外读物(livres de lecture scolaire)。因其性质特殊,很多课外读物虽本身带有一定的文学性,亦不免兼任政府宣传的喉舌,肩负了传达主流价值观的使命。普法战争后,保皇思想仍有很大影响力,地方保守主义也日趋

---

① 转引自 Marc Soriano, «SÉGUR SOPHIE ROSTOPCHINE comtesse de (1799—1874)», *Encyclopædia Universalis*. Adresse URL: https://www.universalis.fr/encyclopedie/sophie-segur/,2022-08-12.

② 如《加斯帕的命运》(*La fortune de Gaspard*)中的 Frölichen 先生。

抬头,政教分离的原则仍未得到有效贯彻,新成立的第三共和国举步维艰,亟须向民众宣传共和国的价值观。儒勒·费里担任教育部长后,不仅通过法令将接受小学教育变为所有公民必须履行的义务,还交托给了小学教师们一个新的任务,即施行"公民教育"(instruction civique)。1883年11月27日,费里给全法的小学教师写了一封公开信。信中指出,"公民教育"应与宗教意识完全脱离,旨在培养学生的世俗道德,其内容应建立在共和国公民的"义务与权利"两个核心概念之上。① 于是,从这个时代起,"公民教育"被纳入法国小学课程纲要。按照纲要规定,小学每个年级的学生都有需要学习的道德要点,如"热爱祖国""保持仪容整洁"等。可见,"公民教育"是一种培养集体情感、规范自我行为的思想道德教育。

为配合新的教育需求,很多作者与出版社都着手开发新的课外读物。而在整个第三共和国时期,该品类的图书中最为知名的无疑是富耶夫人(Mme Augustine Fouillée,笔名 G. Bruno)创作的《二童子环游法国》(*Le tour de la France par deux enfants*)(1877)(见图 2.14)。这本实为课外读物的儿童小说在社会生活中已成为第三共和国的世俗"圣经":它"实现了一项壮举,同时受到成人与儿童的喜爱;无论是在教会学校还是世俗学校,人们都用它作为教学素材[……];它混合了各种语体、各种体裁,既是成长小说,也是关于如何获得幸福的专论,更是填写行政表格、救治生病奶牛和在邮局寄件时可参阅的指南"②。这种对普通人生活的深刻融入让《二童子环游法国》的文学生命延续了近一个世纪:截至 1972 年,这本书已有三百多个版本,总销量达 834 万余册。③

---

① Jules Ferry, «Lettre aux instituteurs français» (Le 27 novembre 1883). Adresse URL:https://enseignement-moral-civique-pedagogie. web. ac-grenoble. fr/content/jules-ferry-1832-1893-lettre-aux-instituteurs,2022-08-12.
② Pierre Nora (dir.), *Les lieux de mémoire*, tome I, Paris: Gallimard, 1997, p. 278.
③ Marc Soriano, *Guide de littérature pour la jeunesse*, p. 105.

图 2.14 《二童子环游法国》1883 年版封面

(封面上注明这是该书的第 268 版,

符合 1882 年 7 月 23 日新颁行的教学大纲的要求)

作者富耶夫人的第二任丈夫阿尔弗雷德·富耶(Alfred Fouillée)是一位与费里过从甚密的哲学家,赞同费里的教育改革思想。① 他的这一倾向可能影响了作者:自 1877 年以笔名出版本书后,她数次根据"公民教育"的新要求修订本书内容,新修版图书的封面上也会注明这一新版本符合哪一版教学大纲的要求(见图 2.14)。但本书的中心思想却始终如一,那就是"爱国与责任"。作者于"序言"中即表明:"对祖国的了解是所有真正的公民教育的前提。"② 而她选择的书写对象,则是小学高年级的学生(即 cours moyen,对应年龄为 9—10 岁),因为"对祖国的爱"是他们所处

---

① Pierre Nora (dir.), *Les lieux de mémoire*, tome I, pp. 290—291.
② G. Bruno, *Le tour de la France par deux enfants*, Paris: Belin, 1907, p. 4.

年级的公民教育的核心要点。结合时代背景,作者给主人公安排了一个最易唤醒爱国情感的身份:小说的两位主要人物是一对来自刚被普鲁士人占据的洛林地区的兄弟,分别是 14 岁的安德烈(André)与 7 岁的朱利安(Julien)。他们的父亲是一位木匠,因意外事故而丧命,临终遗愿是让二子迁居到"真正属于法国人的土地"上。但按照普鲁士占领方的法令,想要离开本地并保留法国国籍的未成年人需有成年监护人签字首肯,所以两个孩子就踏上了前往马赛的旅途,去寻找他们据说住在那里却久不通音讯的叔叔。这一情节显然近似传统的成长小说:借着游历,二人每至一地,便能领略当地的风土人情,了解历史、人文和地理常识,也因此实现了个人的教育和成长。

在知识传授以外,这本书的重点更在于宣传共和国价值观。第三共和国成立初期,因其匆忙成立的内阁并未考虑到政体的持久性,一直等待合适的时机以重建君主制,故而采取的是过渡政府的策略,无意与普鲁士人继续军事对抗。这一绥靖政策也反映在小说主要人物的言行中:两个孩子都不曾表达过对普鲁士人的怨恨,只是哀叹战争的残酷。离开洛林以后,他们仅返回故乡一次,返乡的目的是完成必要的行政手续,以重获法国国籍。此后,兄弟二人于布列塔尼的一家小农场成家立业,并无任何收复故土或返乡探亲的打算,这显然是第三共和国初期的"鸵鸟政策"的一种表现。

但在宣传共和国的价值观上,两位主人公却不遗余力。作为土生土长的洛林人,他们的法语似显太过流利,又对其他地方的土语表现出与二人温和性格不符的敌视态度。行至普罗旺斯时,朱利安甚至因当地居民无法听懂他所说的法语而哭泣,又在遇到会说法语的孩子时"幸福地迎上去"①,显然是第三共和国语言统一政策的忠实拥护者。且他们虽然并未奢望收复故土,对祖国的爱却无可辩驳。朱利安无论走到哪里,都不会忘记读书自学,目的是成为班上的第一名,就像"法国也应是世界

---

① G. Bruno, *Le tour de la France par deux enfants*, 1907, p. 165.

第一国"①一样。当他们穿越孚日山,到达法国境内时,更曾激动大喊:"亲爱的法国,我们是你的儿子,我们会用尽一生来努力,以便配得上这个身份。"②

然而,法兰西第三共和国信奉资产阶级自由派的政治理念,强调保护私有财产,不提倡社会阶层间的人员流动。所以无论安德烈与朱利安的学业成绩如何优秀,他们自始至终的心愿都是成为出色的工人或农民,并未试图体验其他职业。这充分体现了即便在法国儿童文学的黄金时代,童书也绝非儿童心理的忠实反映,而是所谓儿童性、教育需求和经济利益三方博弈的结果。

第五节 图书经济的时代:体裁、主题多元化

进入20世纪以来,法国儿童文学经历了更大规模的市场化与多元化,儿童的阅读行为获得了更大的关注与更丰富的解读。当代儿童观的变迁对法国儿童文学的发展也产生了巨大影响:从对童年的认知角度来看,儿童心理学成为一门独立学科,成人对儿童的特殊性有了更客观的评估,双方之间的主体间性在某种程度上被弱化;从社会及家庭组织的层面来看,自20世纪60年代的"婴儿潮"之后,法国人口出生率一直呈下降态势,"核心家庭"(les familles nucléaires)成为法国社会中最主要的家庭形式,孩子开始充当当代家庭生活的主轴;在法规方面,未成年人的权利得到进一步保护。1989年,联合国《儿童权利公约》颁布,"最大限度地确保儿童的存活与发展"成为普遍共识。以上变革都导致了新型儿童观的出现:曾作为成人附属品的儿童已经被视为完整、独立的人类主体,其在认知、情感与社会角色上的特殊性也得到了充分承认。

儿童观的当代演化也伴随着图书编辑、印刷技术的进步,催生了绘

---

① G. Bruno, *Le tour de la France par deux enfants*, 1907, p. 85.
② Ibid., p. 25.

本、连环画等新体裁。1931年,让·德·布吕诺夫发表《小象巴巴尔的故事》,书中每一页内容都配有独立插画,且文字所占页面的比例远低于图画。同年,保罗·福谢(Paul Faucher)创办"海狸爸爸"丛书("Le père Castor"),其中最先面世的两册绘本《我剪》(*Je coupe*)和《我自己做口罩》(*Je fais mes masques*)由弗拉马里翁出版社(Flammarion)出版。布吕诺夫和福谢的创新性尝试让1931年成为法国绘本"元年"。

相较绘本,连环画在法国起步稍晚。诚然,在欧洲其他法语国家中,受到美国以超级英雄为主要人物的漫画书(comic books)的启迪,早在20世纪20年代就出现了较大规模的连环画创作,如比利时画家乔治·雷米(Georges Rémi,笔名Hergé)自1929年起,就在儿童周刊《20世纪儿童版》(*Le petit vingtième*)中连载《丁丁历险记》(*Les aventures de Tintin*)。但法国本土连环画的起步则要等到二战之后,标志性事件是连环画杂志《飞行员》(*Pilote*)的创立。该杂志网罗了包括阿尔贝·乌代尔左(Albert Uderzo)、勒内·戈西尼在内的知名作者,二人的代表作品有"阿斯泰里克斯与欧拜力克斯"(Astérix et Obélix)系列、"唐杰与拉威尔图尔(Tanguy et Laverdure)历险记"系列等。

概括而言,20世纪以来法国儿童文学发展的主要趋势是体裁、主题的多样化。第一,在长篇小说、短篇小说、童话等传统文体之外,童书作者和出版社对图像语言的重视催生了许多"亚文体"。20世纪的法国儿童文学的确见证了许多上述传统体裁的代表作的诞生,如长篇小说中的《小王子》《星期五或原始生活》,短篇小说类的"小尼古拉"系列,还有童话范畴内的《捉猫故事集》。但法国童书的体裁多样化仍在更大程度上得益于图像语言的引入。越来越多的作者和出版社参与到绘本、连环画等图文体裁的写作、出版与编译中,甚至开始探索创作面向0—3岁儿童的"无文本"图书的可能,如布偶书、音乐书、玩具书等。此类不能称为文学体裁的"亚文体"也在客观上拓宽了儿童文学受众的年龄阶段,丰富了书籍的呈现形式。且包括连环画和绘本在内,这些极大仰赖图像语言的新艺术形式在市场上经历了极快的更新迭代:"每十年都会出现新的艺术家,他们有时会创设新的丛书,有时会和重视图画的小型出版社合作。"①

第二,童书探讨的主题也愈发"不设限",传递的价值观趋向多元化,带有道德说教意味的读物不再受读者青睐。一战至今,说教性图书唯一曾大行其道的时期就是两战之间。这一时期,法国出现了空前绝后的民族主义浪潮,很多童书都在宣扬"法德世仇",要求一战的战败方德国为此前割占阿尔萨斯与洛林的行为付出代价。从事此类童书创作的作者中,较为知名的有阿尔萨斯插画家让-雅克·瓦尔兹[Jean-Jacques Waltz,笔名汉斯叔叔(l'oncle Hansi)]。他创作了《三色天堂》(*Le paradis tricolore*)、《幸福的阿尔萨斯》(*L'Alsace heureuse*)等插画书,呈现了1918年阿尔萨斯回归后法国民众兴奋欢腾的场景。但在二战之后,童书出版中虽然仍有审查行为的存在,但一些卢梭式"纯真童年"视角下的禁忌话题也开始被谈及,如青春期性行为、毒品、性别议题等。②

而在当下这个时代,市场化、多元化、国际化的童书出版体系给法国儿童文学提出的挑战恐怕还不止于此。《小王子》、"哈利·波特"系列等"跨界文本"的存在更是引发了"儿童文学究竟为谁所读"的疑问,模糊了儿童读者这一儿童文学的唯一身份标志物。时代仍在演进,法国儿童文学亦然。因与当代的法国儿童文学仍缺乏必要的时间距离,所以我们难以从其纷繁的创作中剥离出一个最鲜明的特性,但"丰富、多元、异质化"应是该文学创作在未来很长一个时期内的主基调。

保罗·福谢与"海狸爸爸"系列

绘本是20世纪的法国儿童文学迎来的最重要的新文体之一,"海狸爸爸"系列绘本则是其奠基之作。自1931年创立以来,这一系列共计出版了386册绘本,至今仍不断有新书面世。丛书得名于绘本中的主要人物海狸爸爸(le père Castor):他每次都借故事给孩子们传授知识,讲述道

---

① Isabelle Nières-Chevrel, *Introduction à la littérature de jeunesse*, p. 51.
② 关于儿童文学中的禁忌问题,参见本书第三章第一节。

理,而他的孩子们,也就是卡丽娜(Câline)、格利涅特(Grignote)和本杰明(Benjamin)这三只小海狸,则是求知若渴的小读者在绘本中的形象化。

不过,"海狸爸爸"这一形象并非在每部绘本中都有出现,真正为孩子带来这一系列故事的,其实是丛书创始人、书商保罗·福谢。福谢自青年时代起,就深受 19 世纪末至 20 世纪初在欧洲兴起的"新教育运动"(L'Éducation Nouvelle)的影响。这一运动反对强调教师权威的传统教育理论和方法,主张用现代教育的新理论、新内容来发掘儿童的潜力,培育其创造力。福谢对该运动的代表人物之一、捷克教育家法朗蒂赛克·巴居莱(František Bakulé)的主张深为信服,据此发展出了自己的教育理念。1957 年 5 月 18 日的一次会议中,他发言称儿童教育中有且只能有"自主活动、自我管理、手工活动学校(écoles actives)、工作学校(Arbeitschule)和儿童解放"①。为宣传新教育运动的理念,他于 1927 年在弗拉马里翁出版社创立了"教育"丛书("Éducation"),收录有阿扎尔的《书,儿童与成人》,也有安德烈·费里埃尔(André Ferrière)将巴居莱介绍给法国公众的《新教育运动的三位先驱》(Trois pionniers de l'Éducation Nouvelle)。

作为书商,福谢很快想到将"新教育运动"的精神贯彻到童书出版中。在他看来,所有的儿童都需要阅读,即便是那些拒绝阅读的孩子,也可以借语言简明、情节有趣的作品培养他们对书籍的热爱。②他尤其关注低龄儿童,认为市场上适合这一年龄段阅读的书籍寥寥无几,所以亟需开发新的图书品种,向他们传递"自由发展和手工活动的火种"③。当时的法国童书市场上也有传统的图画书,但普遍价格高昂,外观厚重,篇幅较长,不是孩子们日常阅读的对象。福谢针对这种现状提出了变革思路:

不要那些沉闷厚重、价格高昂、装帧精美、成本极高的图画书,新

---

① 转引自 Marc Soriano, *Guide de littérature pour la jeunesse*, p. 232。
② Marc Soriano, *Guide de littérature pour la jeunesse*, p. 233.
③ Ibid., p. 232.

的图画书应该包含易于消化的丰富内容,页数不太多,可以满足一些严苛的艺术标准,但价格低廉,在大多数儿童读者的负担能力之内。[……][新的]图画书的外观设计应当能让排版更自由,页面更大,字体更粗。通过利用不同的开本和印装方式,图画书的形式可以随心而变,变成一套卡片、一个游戏盒子,或者是——这也是我最喜欢的——可以进行手工活动的材料书。①

丛书最先面世的两部绘本,即娜塔莉·巴兰(Nathalie Parain)编绘的《我剪》和《我自己做口罩》,就是福谢构想中的"活动书"。书中附有图样,标明了剪裁虚线,按照指示对书本纸张进行剪裁即可进行手工游戏,如《我剪》即引导孩子剪出不同人种的小朋友的面部轮廓。活动书之外,丛书还推出了若干经典绘本,如《三只小猪》(Les trois petits Cochons)和《好朋友》(Les bons amis)等,至今仍不断重版。绝大多数的绘本页数均在 16 页至 40 页之间,以平日常见的动物为主人公,旨在让孩子在非强制的情况之下接受关于自然、乡村、生活的教育。例如,《好朋友》一书就讲述了在严酷的冬天,小兔、小羊、小马、小鹿等好朋友间互帮互助、互相馈赠食物的故事,是一堂关于友爱的课程。

福谢本人并不直接参与丛书的图文创作工作,但他组织了一个由数十位作者、画家组成的个人工作室,保证了丛书出版的数量与质量。截至 1967 年福谢离世之前,他的工作室共创作了 320 余本儿童书籍,总销量达两千万册以上,为法国儿童文学贡献了多本畅销与常销书。2018 年,"海狸爸爸"丛书被联合国教科文组织列入"世界记忆目录",理由是作为"儿童经典读物,[它们]已经被翻译成二十多种语言;这些故事对儿童道德教育的价值不可估量"②。索里亚诺则认为:"[福谢]的绘本带来了对儿童绘本和儿童插画的新观念,这一新观念基于心理层面上对儿童真正

---

① Marc Soriano, *Guide de littérature pour la jeunesse*, p.234.
② 参见 https://www.culture.gouv.fr/Regions/DRAC-Nouvelle-Aquitaine/Actualites/Le-Pere-Castor-consacre-par-l-Unesco,2022-12-15。

需求的满足、对小读者群体的尊重,当然还有对艺术质量的追求。"这些都是本系列图书获得极大成功的原因。

让·德·布吕诺夫和小象巴巴尔

"小象巴巴尔"的形象与"海狸爸爸"系列同年诞生。与后者不同的是,它并非诞生自创造者对儿童教育的宏伟愿想,也不是什么规模巨大的出版计划,而是起源自一个极其日常的家庭场景。它的创作者布吕诺夫是一名专精印象派风格画作的职业画师,某天晚上听到妻子在给两个孩子讲故事。他被故事吸引,就把情节诉诸图画。他的妻兄当时供职于时尚之苑出版社(Éditions Jardin des modes),见到布吕诺夫的手稿后,决定将其出版。布吕诺夫本人创作的、以巴巴尔为主人公的绘本的出版顺序依次如下:《小象巴巴尔的故事》(1931)、《巴巴尔的旅行》(*Le voyage de Babar*)(1932)、《国王巴巴尔》(*Le roi Babar*)(1933)和《巴巴尔 ABC》(*ABC de Babar*)(1936)。1936 年,阿歇特出版社购得该系列绘本的版权,同年出版《泽菲尔的假期》(*Les vacances de Zéphir*)(1936),后又发行布吕诺夫的两部遗作《巴巴尔和家人在一起》(*Babar en famille*)(1938)、《巴巴尔与圣诞老人》(*Babar et le père Noël*)(1941)。

在其创作中,布吕诺夫注重图画与文字的有机结合,给小读者提供亲近、温馨的审美体验。该系列绘本的文字由作家本人手写而成,相较印刷体更有私密的交流感。外界甚至曾一度为此指责布吕诺夫欺骗小读者,有意让其误会本书是专为他一人而作。① 绘本图画的风格也加重了这种亲密感。几部绘本的初版皆采用 36.0 厘米×26.5 厘米的大开本,巴巴尔巨大的灰色身影占据了整个画面,让小读者直观上与大象的庞大身躯产生视觉接触。不过,在大多数情况,巴巴尔均身着暖色服装,画面上其他的人物形象、背景也多用暖色,营造了温馨的氛围。只有《巴巴尔的旅

---

① Laura Noesseur, «BRUNHOFF JEAN DE(1899—1937)», *Encyclopædia Universalis*. Adresse URL: https://www.universalis.fr/encyclopedie/jean-de-brunhoff/,2022-08-12.

行》一书是个例外;因故事发生在海上,所以作者不得不使用了大面积的蓝色。①

而在巴巴尔的世界中,图画不仅会与文字合作营造氛围,更会引导故事节奏,补充文字意义,延伸文本效果。该系列的第一部《小象巴巴尔的故事》中,主人公共有四套装扮:一是巴巴尔幼时在丛林中不着任何服饰,仍四脚着地行走②;二是他来到城镇中,一个好心的太太给他买了一套绿色的西装,配了礼帽,还教授他社交礼节,象征着巴巴尔接受社会规训的开始,绿色这一跳脱的亮色又暗示着他未曾磨灭的自由天性③;三是巴巴尔住到这位太太的家中后,着装更为得宜,穿上了格纹西装和紧身马甲,打了领结,在壁炉前向来访的客人讲述他的丛林生活④;四是巴巴尔回到森林里,先穿着绿色西装,与赤身裸体的族人形成鲜明对比⑤,后又在自己的婚礼上着国王长袍⑥。他的每次变装都与情节发展、场景转换和人物境遇息息相关,即便小读者不懂文字,也能从画面上捕捉到叙事进程。此外,图像同样能表文字之未言。《小象巴巴尔的故事》开篇处,巴巴尔的母亲被猎人用枪射杀。配图文字只说"巴巴尔哭了",但画面上扑在母亲胸口处的幼象巴巴尔紧皱的眉头和满脸的泪水,显然更能让读者感同身受。

布吕诺夫于 1937 年去世后,"小象巴巴尔"系列的创作一度中断。但他的儿子洛朗·德·布吕诺夫(Laurent de Brunhoff)自 1946 年起继承父亲衣钵,成为绘本作者。洛朗扩展了"小象巴巴尔"系列的宇宙,编绘有《巴巴尔一家的野餐》(*Pique-Nique chez Babar*)(1949)、《巴巴尔在纽约》(*Babar à New York*)(1966)等作品。他尤其注重巴巴尔周边文化产品

---

① Laura Noesseur,«BRUNHOFF JEAN DE (1899—1937)».
② Jean de Brunhoff, *L'histoire de Babar, le petit éléphant*, Paris: Hachette, 1979, pp. 9—17.
③ Ibid., pp. 19—26.
④ Ibid., p. 27.
⑤ Ibid., pp. 41—46.
⑥ Ibid., pp. 47—48.

的开发,曾为多部动画片授予版权,让这只小象甚至在大洋彼岸的美国比在法国本土更为知名。①

本章回顾了法国儿童文学简史,对每一发展阶段的重要史实做出了梳理。这一回溯工作向我们揭示了儿童文学的生成、发展和接受与特定时期的儿童观密切相关,受到社会心态、教育观念及出版考量等多种因素影响:中世纪时儿童尚未显形,便无人创作严格意义上的儿童文学读物;文艺复兴时期人文主义者的教育理想催动了对儿童的第一次发现,法国儿童文学也在17世纪中后期迎来了最终的奠基之作;启蒙时代卢梭让人们第二次发现儿童,童书行业开始产业化;而从第二帝国时期开始,大批出版商的入场则让儿童文学成为一门"图书生意"。在某种意义上,我们可以说儿童文学是一门"被动的"文学,小读者甚至从未参与其间,只能被动接受每个时代的成人提供给他们的阅读素材。换言之,本章的史学书写尝试印证了第一章中论及的儿童文学交际的非对称性,也诱导我们思考成人发起儿童文学交际的目的:既然几乎每场儿童文学交际都是由成人主导的,那么后者一定会试图借此达成某项目的或实现某一意图,这让"功用性"继"非对称性""被动性"之后,也不免成为儿童文学的重要特征。

---

① Laura Noesseur, «BRUNHOFF JEAN DE(1899—1937)».

第三章 功用论：徘徊在教育性与娱乐性间的法国儿童文学

无论是对其文体身份的捕捉，还是对发展脉络的梳理，皆可证明儿童文学是一场由成年人来制定规则的游戏。一本书之所以为童书，除极少数由小读者自主择选的情景之外，总不免有成人推波助澜。而成人为儿童发起或促成某项文学交际的原因，大抵是为了让文本于儿童处实现某种功用，古今皆然：从14世纪的《教女用书》到20世纪的《小象巴巴尔的故事》，童书或着眼于教育，或着眼于娱乐，或二者兼而有之，但小读者却几乎未能在"如何教育""怎么娱乐"这两个关键问题上发出些许自己的声音。

换言之，成人是儿童文学交际的施行者与决策者，在这场非平等的对话中占据压制性地位，可让文本完全服从于己方的交际目的。故而，上一章结尾处论及的"目的性"或"功能性"(fonctionnalité)成为儿童文学的突出特征，如尼埃尔-舍弗莱尔所言："儿童与青少年文学首先就带有可疑的功能性：它被创作出来，就是用于教化，用于教育的。"①

尼埃尔-舍弗莱尔的评断至少揭示了部分真相：很多情况

---

① Isabelle Nières-Chevrel, *Introduction à la littérature de jeunesse*, p.195.

下，成人仅看重童书的教育功能。但是，为了实现教育功效的最大化，他们也不得不考虑小读者的阅读兴趣，由此催生了儿童文学的另一个功能，即娱乐功能。事实上，这两大功能的共生与结合贯穿了整部法国儿童文学史：无论是费讷隆"让学习变得舒适"，抑或埃泽尔"教育与娱乐是两个相互融合的概念"，甚至马尔古安和舍勒布尔在回顾该文体发展历程的主要史实后，所说的"传授却避免烦扰，娱乐而又教育，这正是儿童文学最大的要旨"①，都证实了"寓教于乐"原则的悠久传统。近些年来，儿童心理学的快速发展更为此背书，让儿童文学两大功用的结合方式更为贴近孩子的心理现实。本章兼论儿童心理学的若干成果，旨在剖析教育、娱乐两种功用的内涵和实现手段。

第一节　用于教育的童书

教育（éducation）无疑是成人创设儿童文学的最初动因，教育读物也是童书的最早形态。教育功用曾在长至几个世纪的时间里占据主导地位。"直至 20 世纪后半叶，它［儿童文学］仍然被教化（instruct）、教育（educate）孩子成为好基督徒与好公民的渴求所统御。虽然近年来，尤其是在近三十年间，或许特别是在 20 世纪 90 年代，［这一情况］已然多有改变，但很多儿童读物中的教化与教育倾向仍亟待消除。"②"教化""教育"两个不同的动词也提示了儿童文学教育意涵的丰富性。我们至少可以从中读解出两重可能性：一是人格养成（édification），关乎"道德与意识形态的养成"③，即"教化"；二是偏重知识传授（transmission des savoirs）的"教育"，旨在向小读者传授语言内或语言外的知识。

---

① Christian Chelebourg，Francis Marcoin，*Littérature de jeunesse*，p. 79.
② Torben Weinreich，*Children's Literature*：*Art or Pedagogy*，translated by Don Barlette，Roskilde：Roskilde University Press，2000，p. 16.
③ Christian Chelebourg，Francis Marcoin，*Littérature de jeunesse*，p. 24.

一、人格养成

(一) 做符合主流价值观的好公民

儿童的价值观尚在形成期,儿童文学因此成为社会主流意识形态宣教的重点场所。此处"意识形态"(idéologie)一词指代某一时期、某一社会中综合性的价值体系,"是与一定的社会组织和政治、经济权力相关的特定观念,包括信仰、恐惧、欲望与世界观"①等。在法国儿童文学史上,最早渗透其中的意识形态内容当属宗教思想。直接以此作为主要题材的儿童读物就有教理问答、弥撒用书、少儿版圣经,天主教信仰更是在各种教育用书、文学创作中无处不在,直至19世纪末费里法案确立了教育中的"政教分离"原则,情况才有所改变。除上一章引用过的《烤猪肉或教授孩子阅读的极简易教材》的卷首祷词之外,典型例证还有《教女用书》里,拉图尔郎德利爵士在本书第二章中就教导三位女儿,告诉她们每日晨起后,第一件要做的事情便是"向主人及造物主表达感激,念诵日课与祷词,[……]欣悦他,赞美他,口称'万国都赞美上帝,保佑父与子'(Laudate Dominum, omnes gentes, benedicamus patrem et filium)"②。博蒙夫人的《儿童杂志》虽于女性教育上颇具先锋意识,书中对物理、生物、天文等学科知识的讲授也体现了启蒙时期崇尚科学、理性的精神风貌,却亦有三分之一的篇幅用于对圣经故事的重述,伏尔泰因此认为她的作品不过是一种花样翻新的教理问答。③ 同一作者后期编写的《少女杂志》更是强化了这一宗教倾向,申明"按照我所奉行的[教育]方法,书中内

---

① Beauvais, Catherine. «Le tabou en littérature de jeunesse», publié le 20 novembre 2011. Adresse URL: http://clementinebleue.blogspot.fr/2011/11/le-tabou-en-litterature-jeunesse.html, 2015-02-18.

② Geoffroi de la Tour Landry, *Livre pour l'enseignement de ses filles du chevalier de la Tour Landry*, texte établi par Anatole de Montaiglon, p. 6.

③ Voltaire, *Correspondance and related documents*, in *The Complete Works of Voltaire*, Vol. 116, Banbury: Voltaire Foundation, 1974, p. 166.

容若涉及信仰,我会忠实引用教义,不加一个字的评论、解读或阐释"①。18、19世纪,陆续涌入童书行业的出版商们也未忽视宗教用书这一巨大市场。1736年出版的《供小儿使用的教理问答摘要,或天主教至理的教学》(*Abrégé du catéchisme ou Instruction sur les principales vérités de la religion catholique à l'usage des petits enfans*)是法国第一部在现代出版的框架内发行的、专门以儿童为目标市场的宗教图书②。之后的"七月王朝"直至第二帝国时期,历史小说的风行也促使出版商译介了一大批苏格兰作家沃尔特·司各特(Walter Scott)、德国作家克里斯托弗·冯·施密德(Le chamoine Christoph von Schimd,亦称施密德神父)以十字军东征为题材的历史小说。即便在今天,各大出版社的目录中也不难找到含宗教内容的童书,只是同之前相比,这些新近的出版物更强调潜移默化。2021年,贝亚尔出版社童书分社(Bayard Jeunesse)重版了《像小说一样的耶稣》(*Jésus comme un roman*)。按照出版社图书目录,该书属"宗教启蒙"类别,建议年龄段为10岁以上,附广告词如下:

> 得益于玛丽-欧德·米拉耶(Marie-Aude Murail)日常、简单的口吻,小读者在读耶稣的故事时,就像在品味一本很棒的小说。对不了解耶稣的人来说,耶稣是一个奇怪的人,他从不随波逐流,勇于破除禁忌,拒绝诉诸暴力。对于已经了解耶稣的读者而言,耶稣会显得更为亲近,承载着关于爱的讯息。③

可见,宗教内容的呈现虽是历史久远的主题,但阐释方式还是出现了巨大变化,从直接灌输转为间接熏陶,兼有对宗教人物神性的消解和日常化。但是,任何文学都不免受到社会主流价值体系的影响:虽然费里法案

---

① Jeanne-Marie Leprince de Beaumont, *Magasin des adolescents*, tome I, Londres: J. Nourse, 1760, «Avertissement», p. IX.
② Françoise Huguet, *Les livres pour l'enfance et la jeunesse de Gutenberg à Guizot*, Bruxelles: Klincksieck, 1997, p. 290.
③ 参见 https://books.google.co.jp/books/about/J%C3%A9sus.html?id=qjofAAAACAAJ&source=kp_book_description&redir_esc=y, 2023-04-19。

的颁布令宗教内容自儿童读物中渐趋消退,但这并不意味着儿童文学中意识形态教育的消失,而更多体现为宗教道德让位于共和国道德。1879年3月15日,费里向国民议会提交的法案中的第五条,就明确禁止任何神职人员从事教育工作。1883年11月27日,在写给全国小学教师的公开信中,他进一步阐明,教育改革的目的是"把学校与教会分离开来,确保信仰自由及教师、学生的自由",区分"属于个人的、自由且多样化的信仰领域和属于公共的、对每个人都具有不可或缺性的知识领域",以便"在任何人都无法忽视的、最重要的责任及权利的概念之上"建立真正的国民教育。① 随费里的新举措而来的,就是推行"公民教育",将新建共和国的道德准则融入儿童读物。《二童子环游法国》不同版本间的差别即可充分展现这一点。该书于1906年经历了第331次修订,若将其与1877年面世的,即费里教育改革前刊行的版本相比,可以轻易地在这一新版本中发现大量删改。书中,安德烈和朱利安每至一地,就会学习当地先贤的事迹,而本书最初的版本对圣路易(即法王路易九世)、博絮埃、费讷隆等具有宫廷或教会身份的人物也不乏介绍。新版本里,这些人物的生平被删减,主人公参观巴黎圣母院等宗教场所的段落也被拜访当地小学校的桥段所取代,甚至人物的对话也有变动。如两个孩子刚离开故乡法尔斯堡(Phalsbourg)时,第一个投奔对象是亡父老友埃迪安(Étienne)。两个版本对他们站在后者门前的心理活动分别做了如下描写:

1877 年初版	1906 年第 331 版
"朱利安",他[安德烈]说,"这间屋子是制木鞋的匠人埃迪安的,他是父亲的老朋友:我们不应害怕向他寻求帮助。让我们向上帝祈祷,	"朱利安",他说,"这间屋子是制木鞋的匠人埃迪安的,他是父亲的老朋友:我们不应害怕向他寻求帮助。"

---

① Jules Ferry, «Lettre aux instituteurs français» (Le 27 novembre 1883). Adresse URL: https://enseignement-moral-civique-pedagogie.web.ac-grenoble.fr/content/jules-ferry-1832-1893-lettre-aux-instituteurs,2022-04-03。

(续表)

1877 年初版	1906 年第 331 版
望他能好好接待我们。"两个孩子害羞地敲响房门,心里默默念诵着:"我们在天上的父啊,今天也请赐予我们每日的面包。"①	两个孩子害羞地敲响房门。②

另需指出的是,以《二童子环游法国》为代表的课外读物并不满足于洗脱旧制度或教会的印记,而还会帮助第三共和国政府传达某些不便宣之于口的政策导向。上一章中,我们已提到,《二童子环游法国》的作者的家人与费里等共和国当权人物过从甚密,支持资产阶级自由派的政治主张,所以在书中隐晦维护建立在财产私有制基础上的社会秩序。与之相关的另一面,就是《二童子环游法国》试图掩盖并否认在19世纪末的法国普遍存在的、仍非常尖锐的劳资矛盾。"在两个孩子的环法行程中,大型工厂少有踪影,更没有什么无产阶级。工厂和那些漂亮的机器们占用了大约二十页纸和数幅图画,至于矿山和里面的童工,只能拥有这二十页里的几行字。[……][按书中所言,]'棒极了'的生产工具的周围,只簇拥着满心都是劳动的喜悦的孩子,还有'正直的工人们'。"③此外,该书拒绝借助武力来解决普法之间遗留的领土问题,与同属第三共和国治下的、一战前后的儿童文学中澎湃的复仇欲望形成鲜明对比,说明了童书是社会精神与政府导向的折射。在那个时代,《二童子环游法国》与《小男孩让》(*Petit-Jean*)(1846)、《弗朗西耐》(*Francinet*)(1869)等书籍一道,共同开创了"公民教育"中课外读物(lecture courante)的传统。今天法国童书市场上各种各样的"公民教育读物"(lecture d'instruction civique)即是对该传统的继承,折射了主流价值观对儿童文学创作取向的影响。

---

① G. Bruno, *Le tour de la France par deux enfants*, Paris: Belin, 1877, p. 6.
② Ibid., 1906, pp. 6—7.
③ Daniel Halévy, *La République des ducs*, Paris: Hachette, 1995, p. 257.

(二) 不容忽视的道德教育

意识形态与道德(morale)之间并无绝对界限。此处我们将"意识形态宣传"和"道德教育"二者分列,仅试做权宜区分,将更受特定时代、特定社会环境制约的价值规范视为"意识形态",而将更具时空普遍性的行为准则归于道德。道德教育自 17 世纪末法国儿童文学诞生以来即于童书中随处可见,内嵌于拉封丹、贝洛等人的创作意图中。《寓言诗》第一部卷首诗《献给王储殿下》中曾有"我是利用动物来教育人"的表述。诗前亦有拉封丹自序,序中表明作者意在用脱离现实但具体生动的动物寓言来讲述抽象道理:

> 就是因为这些原因,将荷马逐出他的理想国的柏拉图,却在其中给伊索留了一个十分尊崇的位置。他希望孩子在吸吮奶的同时也吮吸寓言,他还建议乳母给孩子讲寓言;因为让人去习惯智慧和美德,总是不会嫌太早。与其日后迫使其改正习惯,不如趁他们还漠视善恶时让他们变好。还有什么比这些寓言更有效呢?跟一个孩子说,克拉苏(Crassus)在与帕提亚人交战时,没有预先考虑到如何脱身;于是即便他努力想要撤退,他和他的军队仍不免于覆灭。还是向同一个孩子讲,狐狸和山羊喝水时一并落入井底,狐狸用山羊的肩膀做台阶得以脱身,山羊却因没有足够的预见性而被困在井底。我想问一问,这两个故事中的哪一个会对孩子更有说服力呢?难道他不会将注意力停驻在第二个故事上吗?毕竟后者与他的智力更为相符,也少了些不协调。①

《寓言诗》中,道德宣教的文字常以超文本(hypertexte)的形式出现,即悬浮于叙事层面之上。《狼和小羊》中,故事开场前便有说理者的声音出现,强调"最强者的道理总是最大道理"②,《青蛙想要大如牛》则为道德

---

① Jean de La Fontaine, *Œuvres complètes*, préface de Pierre Clarac, présentation et notes de Jean Marmier, Paris: Seuil, 1965, pp.62−63.
② 拉封丹:《拉封丹寓言》,第 20 页。

寓意另辟了一个诗节,附于篇末,阐发道:"世上许多人不见得比这青蛙明智:/普通市民攀比大贵族,要建豪华府邸,/ 小小公国君主也往列国派大使,/区区侯爵却想有青年侍从。"①贝洛创作故事时也有类似的"超文本"道德宣教尝试,在每篇童话之后都加上些似是而非又颇为玩世不恭的道理。诸如《蓝胡子》末尾有寓意诗(moralité),提醒人不要因好奇心而逞一时之快:"好奇心无论有什么吸引力,/都会招致某些悔恨;/每天都有上千个前车之鉴。"②在这个意义上,贝洛同拉封丹一样,虽写作动机实为实现个人意图,却以道德教化为遮掩的借口。③ 他的两卷故事集都强调该文体的教育意义:《鹅妈妈的故事》前有题为"致小姐"的献辞,说明故事在"小民"的家中正是用于儿童教育。"这些家庭中,父母几乎是令人称道地不耐烦去教育子女,才想出这些不符常理的故事,正适合还不通事理的孩童。"④《故事诗》前的自序亦指出,故事最大的好处是,"我们乡间的故事虽然在讲述时没有希腊罗马人那些优雅和乐趣做点缀,却下了苦功,故事里都含着一条极值得被称赞、极有教育意义的道理。善良总是得到报答,罪恶永远受到惩罚"⑤。

除拉封丹、贝洛等人开创的以超自然题材传扬道德的传统之外,另一常见做法就是求诸现实主题,为小读者树立模范或反例。代表作家有塞居尔夫人,她的"苏菲三部曲"均属此类。《苏菲的烦恼》中,每个章节看似都关乎小主人公的某件烦心事,实际是为了指出她的一个缺点。章节常以指摘人物过失开场:《小鱼》一章的开头便是"苏菲很冒失,她做事常常不计后果"⑥。而"冒失"的苏菲不仅害死了妈妈养的小鱼,还蓄意欺瞒,险些导致照料小鱼的佣人失业。但描写缺点只是手段,最终目的还是帮

---

① 拉封丹:《拉封丹寓言》,第7页。
② Charles Perrault, *Contes de Perrault*, édition de Gilbert Rouger, Paris: Garnier, 1967, p. 128.
③ 关于拉封丹、贝洛的实际创作动机,参见本书第四、五章。
④ Charles Perrault, *Contes de Perrault* édition de Gilbert Rouger, p. 89.
⑤ Ibid., p. 5.
⑥ 塞居尔伯爵夫人:《苏菲的烦恼》,第23页。

小读者明确道德规范,展现苏菲如何在母亲的细心教养下成为诚实懂礼、善良友爱的小淑女。

(三) 教化的视角与儿童的自我代入

如前所言,价值观宣教与道德教育常以超文本的形式出现,但为加强交际效果,亦会诉诸文本世界的人物之口。儿童文学中常见的说教者形象有两类。一类是天然占据居高临下的态势的成人形象。成人说教者可能是超自然生物,也可能是现实存在的人,但均裹挟着人生经验赋予的天然权威,可化身"道德导师"为儿童人物辨清错对。博蒙夫人的《儿童杂志》成书于启蒙时期,这一时代对超自然主题的鄙夷让书中仅录有数篇"仙女故事"。相较路易十四统治末期、处于其黄金时代的"仙女故事"创作,博蒙夫人的故事没有太多天马行空的想象,而是对超自然主题进行了"理性化""说教化"的改造。在她笔下,仙女很少出场,只有两类场景是例外:一是必须以超自然力量解决主人公所遇难题时;二是需点明故事道德主旨,针对主题做出升华时。《谢里王子》(Le prince Chéri)中,仙女给了谢里王子一枚戒指。每当王子做了错事,戒指就会刺痛他的手指,并传来仙女的教诲。有一次,谢里踢了小狗一脚,仙女便在他的内心世界规劝道:

> "我没有作弄您,"一个声音在回答谢里的想法,"您并不是犯了一个错误,而是犯了三个:首先,您动了怒,因为,您不喜欢受顶撞,您以为一切动物和人生来是应该服从您的;您发了怒,这就更不妥了;最后,您还残忍地对待一只无辜的小动物。我知道您远比一只小狗强大,但是强者虐待弱者如果被认为是合理和可以允许的话,我现在就可以打您、杀您,既然仙女比一个人强得多。一个大帝国的王者,其好处不在于想干什么坏事就可以干,而是可以给所有人带来福祉。"①

可见,与贝洛、多尔努瓦夫人笔下那些随意浪漫的仙女们相比,博蒙

---

① 佩罗等:《法国童话》,艾珉译,北京:人民文学出版社,2010年,第133页。

夫人的仙女更热衷于条分缕析地进行道德规劝,符合启蒙时代儿童文学中的说教化倾向。仙女以外,说教的主体也可能是儿童身边的天然权威,如父母、长辈、教师等。第三共和国时期,"公民教育"的推行将上帝都排斥在课堂之外,更不可能接受仙女等"异教信仰"。因此,《二童子环游法国》中的教化者角色就由两名孤儿路遇的各个成人来承担,包括商人杰尔塔(Gertal)、曾为他们提供食宿的老妇人热尔特律德太太(Mme Gertrude)和船长纪尧姆老爹(le père Guillaume)等。其中大多数成人传授的都是生活及劳动常识,只有热尔特律德太太因婚前曾担任过小学教师,"非常博学"①且富有教育经验,所以更适合进行心灵引导。一天,朱利安考了班级第一名,取得好成绩的喜悦冲昏了他的头脑。他不仅向热尔特律德太太一再自夸自己是班级里年纪最小的学生之一,还在经过另一位同学家门前的时候嘲笑这位同学年长自己两岁,成绩却一塌糊涂,甚至说他是"傻瓜"②。这为热尔特律德太太提供了一次循循善诱的机会:

"不过,朱利安,"热尔特律德太太说,"你会不会有些虚荣了?我的孩子,之前我不知道你有这个缺点。见你沾染上了这个毛病,我真的很伤心。"

"热尔特律德太太,拿了班级第一名,难道不应该骄傲吗?"

"我的孩子,你可以为在班级中拔得头筹而开心,但你不能因此嘲笑别的同学。也请你想一想,即便是你没有别人那么愚钝,这也不是一个你用以满足虚荣心的理由:难道你忘记了,你是什么样的,不是由你自己决定的。还有,我的孩子,没有什么能向我证明,被你嘲笑的那位同学不是比你更有天分。好吧,我想给你讲一个故事,这或许能减轻你作为好学生的虚荣心,告诉你不要凭借表面现象来判断。"③

---

① G. Bruno, *Le tour de la France par deux enfants*, 1907, p. 42.
② Ibid., p. 55.
③ Ibid.

接下来,热尔特律德太太就为朱利安介绍了画家克洛德·洛兰(Claude Lorrain,即 Claude Gellée)的生平,重点对比了洛兰稍嫌鲁钝的儿童时代与其成人后绘画天赋的迸发。另外,《二童子环游法国》在这一章的题目下方,还特意用不同字体标注了一则道德寓意:"如果您希望别人心里称许您或口上称赞您,那就千万不要自己开口。"[①]与该道德寓意相配合,热尔特律德太太这位成人说教者完成了道德引导和知识传授的双重使命。但在儿童文学中,道德启蒙者的角色亦有可能由儿童扮演,或者说,未成年人本身就是童书中的第二类说教者。相较成人,儿童角色更让小读者有亲近感,便于其自我代入。这一类角色所传达的教益常常是他们自我反思后的结果。德国作家施密德神父的创作常以宗教、道德教育为目的,篇幅短小、语言浅白,主人公多为儿童,在整个 19 世纪中都深受法国小读者欢迎。他的代表作《小亨利是如何了解上帝的》(*Wie Heinrich von Eichenfels zur erkenntniss Gottes kam*)(1817)在法国就分别于 1820 年、1834 年、1835 年、1846 年经历了多次再版。《写给孩子的新短篇故事》(*Nouveaux petits contes pour les enfants*)(1835)是印刷商杜朋(J. Dupont)为他创作的故事编辑的法文选译本,里面很多故事的主人公也叫小亨利(le jeune Henri)。得益于其对小亨利形象的熟稔,在阅读本书的过程中,小读者可与年龄相仿的小亨利产生共鸣,对后者领悟出的道理也愈发认同。《家庭疗方》(*Le remède domestique*)中就讲述了这样一个故事,下为全文:

> 小亨利的父母很富有,他被他们宠坏了。但他很早就失去了父母,迁到乡下,住到了舅舅家里,舅舅让他很勤奋地劳动。另外,他还要满足于简单、俭朴的食物,与他在父母身边时品尝的讲究、精致的菜肴很是不同。
>
> 亨利很快就感受到这种对他而言是如此新鲜的生活的好处。以前他面色苍白,总是生病,现在他体魄强健,面颊像玫瑰花一样粉嫩。

[①] G. Bruno, *Le tour de la France par deux enfants*, 1907, p. 54.

第三章　功用论：徘徊在教育性与娱乐性间的法国儿童文学

所以他常说："舅舅是对的，工作与休息，再加上懂得节制，比医生开出的最好的处方还要好。"①

故事设置了极端的场景，用父母双亡来引导小亨利感悟生活的真谛。或会引人诟病的是，文本未给出任何细节（如小亨利父母的死因、变故前后主人公生活的场景、舅舅的性格等），缺乏叙事文本的阅读乐趣。小亨利的人物塑造也违背了主人公这一年龄阶段的特质与游戏天性，完全为传达最后的道德寓意而存在。现今，这种过于直白的说教方式越来越受到批判，儿童读物更倾向于采用另一种同样颇具传统的方式，即依靠自我代入（identification）机制，潜移默化地令小读者感知其中的道理。依照心理学家布鲁诺·贝特尔海姆（Bruno Bettelheim）的分析，"仙女故事"就堪称便于自我代入的典范文本。在此类故事营造出的超自然世界里，读者跟随同为少年的主人公克服重重困难，而后者在成长过程中所遇到的超自然生物其实就是现实世界里正义或邪恶的力量的具象化。跟随文本的叙事进程，读者"亲眼"得见，主人公借助好仙女或神奇动物的帮助，打败坏仙女或食人魔（ogre），正义终将战胜邪恶。这一过程及其赋予读者的情感体验往往要比单纯的说教更深刻。② 博蒙夫人的《美女与野兽》中，作者开篇即凸显美女（La Belle）的人格魅力，让小读者与漂亮、善良的主人公共情。当故事的结尾处，这么一位慷慨、孝顺、勇敢、友爱、好学的角色最终得到仙女的帮助并得配佳偶，而她两位贪婪、懒惰、阴险、浅薄的姐姐受到魔法的惩罚，只能变成石像见证妹妹的幸福时，文章劝人向善的主旨即已浮现，引导小读者像美女一样，把未来人生的幸福建立在美德的基础上。

无论成人教化视角还是对儿童角色的代入，均是儿童文学实现道德传达的叙事手段。作为该体裁主要的教化功能之一，道德教育对小读者

---

① 转引自 Isabelle Nières-Chevrel, *Introduction à la littérature de jeunesse*, pp. 113—114。

② 布鲁诺·贝特尔海姆：《童话的魅力：童话的心理意义与价值》，舒伟、丁素萍、樊高月译，北京：社会科学文献出版社，2015 年，第 8—11 页。

的人格发展而言尤为必要。正如皮亚杰所言,儿童个体没有任何承继自先天的道德现实,他只有在与成人的互动(奖励或惩罚)中才能逐步建立道德观念。在其道德发展早期,儿童的道德观全然是"单向尊重"(le respect unilatéral),表现为对成人的服从;后期才发展为"双向尊重"(le respect mutuel),即逐步理解道德原则的内涵并能在具体情况中加以使用。① 正确的道德引导是帮助未成年个体从"单向尊重"向"双向尊重"转变的基本前提。但仍需注意的是,道德成分不应过度妨害阅读乐趣,这二者间的平衡将是儿童文学领域的永恒议题。

二、知识传授

就其文体身份而言,儿童文学具备一定的"文学性"(littérarité),这是它与教材、教辅用书、百科全书等知识性工具书间的重要区别。但若同许多成人文学文本相比,该体裁又显露出一种将自身作为教学用具的"自我工具化"倾向,表达出一种传授知识及经验的交际意图。某种意义上说,儿童文学的知识价值,就是其文学属性、读者适用性与教育意图三者之间的微妙平衡。此处,为探讨儿童文学教育功用的第二大要点,即知识传授功能,我们按照翁贝托·埃科在《故事里的读者》(Lector in fabula)中提出的分类法②,将知识分为两类:语言知识(connaissances linguistiques)与语言外知识(connaissances extralinguistiques 或 connaissances encyclopédiques)。

---

① Clémentine Beauvais,《Le tabou en littérature de jeunesse》.
② Umberto Eco, Lector in fabula, pp. 64-65. 关于阅读中所可能牵涉的知识/能力类别,不同的学者提出过各异的分类法,如 C. Kerbrat-Orechionni 将其分为语言能力(la compétence linguistique)、百科能力(la compétence encyclopédique)、修辞及实际应用能力(la compétence rhétorico-pragmatique)和逻辑能力(la compétence logique)。此处为便于讨论,采用埃科"语言知识"(les connaissances linguistiques)与"百科知识"(les connaissances encyclopédiques)的二分法,两类知识中也包括"如何使用该知识的知识",即"能力"(compétence)。M. Lederer 亦采用近似分类法,将读者的知识划分成"语言知识"(les connaissances linguistiques)和"语言外知识"(les connaissances extralinguistiques)。参见 Marianne Lederer, La traduction aujourd'hui: le modèle interprétatif, Caen: Minard, pp. 30-31.

(一)语言学习

文学读物在儿童语言能力的发展中扮演重要角色,对阅读与书写两大能力皆大有裨益,这一点已形成广泛共识。法国国家教育部(Ministère de l'Éducation nationale)2008 年 6 月 19 日颁布的《幼儿园与小学教育培养计划》[1]中,充分肯定了儿童文学文本在法语学习中的作用,提出要将文学阅读与学生的语言发展结合起来。其中,幼儿园阶段的语言学习重点是在口语和笔语间建立联系,所以适合使用的文学素材有儿歌(comptines)、歌谣(chants)以及"其他文学体裁(如儿童文学中的故事、传说、寓言、诗歌及叙事)"。通过学习和阅读,学生在幼儿园学业结束时应当"可将简短话语在口头和笔头上对应起来,能辨认并书写字母表中的大部分字母,能将读音和单词关联起来"[2]。小学的语言学习则按年级分为两个阶段,即一、二年级(CP, CE1)阶段和三、四、五年级(CE1, CM1, CM2)阶段。第一阶段里,应借用"本国文学遗产中或面向儿童的作品中的选段,包括诗歌",侧重培养阅读能力,让学生"初步掌握笔语",逐步"习得教师要求他们阅读的文本中涉及的词汇和必要知识"。针对第二阶段,该培养计划中专设"文学"版块,对如何使用儿童文学文本做出了如下规定:

> 文学教学需从本国文学遗产中或今昔儿童文学里选择素材,让每个学生都能有与其年龄相称的阅读量。学生可以借此构建系统的文学常识体系。

> 每一年度,国家教育部会定期印发儿童文学书目,学生应全文阅读儿童文学经典及上述书目中隶属不同体裁的选题。此类泛读行为旨在让学生发掘阅读的乐趣。

> 学生需撰写阅读报告,记录阅读体会或见解,就上述内容与老师、同学进行交流,并尝试在文本间建立关联(依照作者、主题、表达

---

[1] 颁布上述培养计划的政府公报原题为 *Bulletin officiel*, *hors-série N°3 du 19 juin 2008*。参见 https://www.education.gouv.fr/bo/2008/hs3/default.htm, 2022-08-07。

[2] 转引自 Christine Boutevin, Patricia Richard-Principalli, *Dictionmaire de la littérature de jeunesse: à l'usage des professeurs des écoles*, Paris: Vuibert, 2008, p.7。

的思想、人物、时间、时空背景、悲观或乐观的语调等标准……)。若学生对文本有不同阐释,应回归文本以对其加以检验,看文本是否支持上述阐释。①

如引文所言,法国国家教育部每年都会为"第三教育阶段"的学生(Cycle 3,含小学四、五年级和初中一年级,对应年龄为 9—11 岁)发布建议阅读书目,供学生、家长和教师参考。大量的阅读是为了实现以下读写能力目标:

> 研读文本,尤其是文学文本,是为了培养理解能力,并促进对独立写作的学习。②

上述培养计划中的规定可视为官方对借文学读物培养儿童语言能力的政策性指导。实践层面上,针对"如何利用儿童读物发展其语言能力"这一问题,学龄前后的小读者的确表现出不同的倾向与偏好。进入小学前,儿童对笔语相对陌生,可为其选择的文本常为儿歌等口语化素材。这一类文本涉及的知识多为基本常识,旨在让儿童将语言中的基本概念(如颜色、日期、月份、动物、数字等)和外界的客观现实联结起来,是帮助儿童深化对世界的指认的手段。如下面这一首帮助孩子记忆一周七天的名称的儿歌:

> 周一、周二,是节日;
> 周三,或许吧;
> 周四,是圣尼古拉节;
> 周五,不工作;
> 周六,不太忙;

---

① 转引自 Christine Boutevin, Patricia Richard-Principalli, *Dictionnaire de la littérature de jeunesse: à l'usage des professeurs des écoles*, p. 9。

② Ibid.

周日,去散步。①

对照其法文原文来看,一周七日的名称均以[di]音结尾,形成了句内韵脚,句尾韵脚则呈现为"AABBCC"的结构;儿歌每行均为六音节,但不同行的断句间隙在不同的位置(如第一句为二音节/二音节/二音节,第二句变为三音节/三音节),节奏较为多变;描写主题则是较为符合儿童游戏天性的贪玩、闲散的心态。从这一范例可知,儿歌这一类的文本便于诵读,可初步培养幼童的语言兴趣。而进入小学之后,儿童就不会满足于此类音韵上的游戏,可以开始阅读故事、寓言、诗歌、小说等体裁。对这些体裁的阅读不仅能帮助他们体会法语的使用习惯,掌握理解、分析文本的方法,更为孩子提供了观察他人书写的契机,可培养他们自主写作的能力,丰富其掌握的词汇、句式、修辞手段和写作技巧。"不同的剧情、人物形象、场景和典型性格都是必要范例,在[熟知这些的]基础上学生才能自行写作。"②法国国家教育部 2018 年印行的儿童文学参考书目③中,都德(Alphonse Daudet)的童话名篇《塞根先生的山羊》(Le chèvre de M. Seguin)再次入选。该童话的灵感来自普罗旺斯民间故事,最早发表在 1866 年 9 月 14 日的《事件》(L'événement)日报中,是都德写给友人皮埃尔·格兰古瓦尔(Pierre Gringoire)的信的一部分。当时,格兰古瓦尔想辞去一家报纸的专栏作者的工作,转而做一位独立诗人,都德不赞成他的决定,便给他讲了这个因追求自由而丧命的山羊的故事,希望他引以为戒。针对这一经典篇目,参考书目的撰写人认为,该童话不止有一种可能的阐释,每个人都可能在自由与稳定间做出不同的取舍。据此,参考书目

---

① 转引自 Marc Soriano, *Guide de littérature pour la jeunesse*, p. 270。法文原文为"Lundi, mardi, fête ;/Mercredi, peut-être ;/Jeudi, le Saint-Nicolas; Vendredi, on ne travaille pas;/Samedi, petite journée;/Dimanche, on va se promener."

② Document d'accompagnement «*Lire et écrire au cycle 3* », CNDP, 2003. 转引自 Christine Boutevin, Patricia Richard-Principalli, *Dictionnaire de la littérature de jeunesse: à l'usage des professeurs des écoles*, p. 99.

③ 文件全称为 *La littérature à l'école: Notices des ouvrages de la liste de référence 2018*。可参见 https://eduscol.education.fr/114/lectures-l-ecole-des-listes-de-reference, 2022-04-23.

给出练习建议,让学生借用都德的素材并对情节稍加改写,将之变为支持格兰古瓦尔辞职决定的故事;还提出亦可从格兰古瓦尔的视角入手,重写这则故事,作为给都德的回信。以上这些建议其实都是儿童文学文本所提供的语言学习的可能性。

1. 口语性

为实现其语言教学功能,儿童文学的语言常具有鲜明的口语性(oralité)。按照让·贝塔尔(Jean Peytard)的定义,口语性是口头生成且准备被口头聆听的语言所具有的特性,所以若想在书写时营造口语性,需考虑到"俗语插入、韵律、语调、语速、重音、停顿"等专属于口头的要素。①事实上,口语化并非成人文学语言的必备要素,却在儿童文学中颇为突出。这可能是因为创作者可以借此模拟本身就满是重复与停顿的儿童语言,营造活泼有趣的氛围,激发小读者的阅读兴趣。

文本的口语性首先体现在词语选择和句子结构层面:童书作者倾向于选择口语中的常用词与短小轻便的句式,以模拟儿童话语的灵动轻巧。《小象巴巴尔的故事》诞生于睡前故事的讲述场景,天然适于口头表达。绘本开篇处,作者用短短两页的图文交代了故事背景:

> 在大森林里,
> 一头小象出生了。
> 它叫巴巴尔。
> 他的妈妈很爱他。
> 为了哄他睡觉,
> 她用鼻子摇晃它,
> 唱着甜甜的歌。
> 巴巴尔长大了。他和别的小象一起玩。他是最善良的。他用贝

---

① Jean Peytard, «Oral et scriptural: deux ordres de situations et de descriptions linguistiques», in *Langue française*, N° 6, 1970, p. 35.

壳挖沙子玩。①

　　这几句话字数较少,多为简单句,采取"主语＋谓语"或"主语＋谓语＋宾语"的结构;所用的名词、形容词均极为常见,动词描绘的也都是睡觉、唱歌、玩耍等日常行为。而儿童文学的口语性不仅意味着词句像口语一样简单,同时也要便于诵读,有一定的韵律感和音乐性。除之前引用过的儿歌这一最易体现韵律感的体裁外,其他来自口传传统的文体也常留有讲述痕迹。如民间故事在经历文学改写之前,本就适用于茶余饭后的讲述场景,所以需要在话语中加入重复的句子,以制造某种叙事节奏,吸引听众的注意力,并加强后者对某些情节的记忆。贝洛故事中就有若干此类"魔法句子"(formulettes magiques)②。如《穿靴子的猫》(*Le Chat botté*)中,猫在主人与国王同游时,冲在前方开路。为了给国王留下主人坐拥巨额财产的印象,它胁迫路上遇到的所有人都必须说这个地方属于"卡拉巴斯公爵"(这是它给主人编造的名字),否则"你们就会被剁碎,像肉酱一样碎"(hachés menu comme chair à pâté)。又如《蓝胡子》里,女主人公恳求丈夫在杀死自己之前,给自己留下向上帝祈祷的时间,实则偷偷向自己的姐姐安娜求助,让安娜确认两位兄长是否已赶来救急,询问了数次"安娜,我的安娜姐姐,你看到有什么过来了吗?"(Anne, ma sœur Anne, ne vois-tu rien venir?)③这些本就自带一定韵律感的句子恰如歌曲里的副歌,其音乐性加强了表达效果,便于听众或读者识记。

　　儿童文学口语性的第三个表现,就是对话在文本中通常占据很长篇幅。与成人文学常用洗练的语言描绘场景、铺陈情节不同,儿童文学倾向使用直接引语来构建交际场景,方便小读者代入其间。《塞根先生的山

---

① Jean de Brunhoff, *L'histoire de Babar, le petit éléphant*, pp. 7–9. 原文为:"Dans la grande forêt,/ un petit éléphant est né. /Il s'appelle Babar. /Sa maman l'aime beaucoup. /Pour l'endormir, elle le berce avec sa trompe/en chantant tout doucement."(p. 1) "Babar a grandi. Il joue maintenant avec les autres éléphants. C'est un des plus gentils. C'est lui qui creuse le sable avec un coquillage."(p. 2)译文保留了原文的排版方式。

② Charles Perrault, *Contes de Perrault*, édition de Gilbert Rouger, p. 127.

③ Ibid., p. 139.

羊》就是突出一例,故事中所有的情节冲突[塞根先生丢羊,唯一留下的小山羊布朗盖特(Blanquette)因渴求自由而与主人发生争执,小山羊遭遇野狼并与之战斗一整夜]都是以内心独白或对白的形式来呈现的。布朗盖特与主人就其"是走是留"进行的争论尤为著名:

> 塞根先生清楚地认识到他的山羊有些心事,但他不知道到底是什么……一天早晨,他给小羊挤完了奶,小羊转身面向他,用自己的方言对他说:
>
> "听我说,塞根先生,我在您这里很是烦闷,请让我到山里去吧。"
>
> "啊!上帝啊!……它怎么也这样!"塞根先生震惊地叫了起来,手里的盆子也掉到地上。他坐到小羊身旁的草地上:
>
> "怎么,布朗盖特,你要离开我!"
>
> 布朗盖特答道:
>
> "是的,塞根先生。"
>
> "这里的草不够吃吗?"
>
> "啊!不是的!塞根先生。"
>
> "是栓你的绳子太短了吗?你是想让我再放长一些!"
>
> "不用了,塞根先生。"
>
> "那你想怎么样!你要做什么啊?"
>
> "我要去山里,塞根先生。"
>
> "可是,小可怜,你不知道山里有狼……要是狼来了你怎么办呢?"
>
> "我用角撞他,塞根先生。"
>
> "狼才不在乎你的角呢。它已经吃了我好几头和你一样有角的母羊……去年还在这儿的可怜的雷诺德,你听说过吧?它是一头了不起的母羊,像公羊一样强壮凶狠。她和狼战斗了整整一夜……到了早上,狼就把她吃掉了。"
>
> "天哪!可怜的雷诺德!……没关系的,塞根先生,让我去山里吧。"

第三章　功用论:徘徊在教育性与娱乐性间的法国儿童文学　　99

"仁慈的天主啊！……"塞根先生叹了口气,"我的山羊们到底是怎么了？狼又要吃掉我一只羊了……好吧,不行……不管怎样我一定要救你,小家伙！为免你扯断绳子,我要把你关在牲口棚里,你就一直在那儿待着吧。"①

相较"布朗盖特坚持要去山里,而塞根先生却将她关在牲口棚中"之类的简要概括,大段对话的插入延缓了行文节奏,却凸显了人物性格。小山羊所使用的词汇简单,句式短小,同主人说话的语气礼貌而不失坚定,无论对方如何晓之以利害都坚持要追求自由;塞根先生的句式更为多变,常用感叹句和反问句,表面上设身处地地替小羊着想,实际语气中却有难掩的权威和独断。他们的对话让文本更贴近日常的口语交际,小读者因此更易追随文本节奏,代入故事场景。

2.可读性

儿童文学语言的另一特性为可读性(lisibilité)。作为语言学、文学、翻译学等相关研究领域的重要概念,对可读性的定义向来众说纷纭。部分学者认为可读性是一种文本结构标准,意即文本的逻辑或叙事结构可以为读者所理解,但此处我们仅聚焦于语言层面:当一个文本的词语、句子和其他语言要素允许小读者于阅读中"规律前行"且"有余裕从文本中获得乐趣"时,它就是"可读的"(lisible)。②

为儿童读物设立语言可读性标准,对保障小读者阅读的顺利进行及其在阅读进程中对语言知识的获取尤为必要。若说青少年读者(adolescents,一般指12岁以上的未成年人)中已有很大一部分拥有了与平均意义上的成年读者相似的阅读能力,儿童时期则仍是语言发展和形成阶段:儿童读者所掌握的词汇、表达法和句型数虽有个体差异,但仍不免受其年龄限制,甚至可以说"以普通儿童为例,无论其文化背景如何,都

---

① Alphonse Daudet, *Les lettres de mon moulin*, Paris: Bibliothèque Charpentier, 1895, pp. 41—42.

② Denise Escarpit, «Plaisir de lecture et plaisir de lire», in *Communication et langages*, N° 60, 1984, p. 25.

在口头和书面语言的发展中表现出明显的规律性"①。以"0—3岁"这一年龄段为例,从大约1岁起,儿童会开始模仿成人的发音与语调,在进入幼儿园(3岁)之前完成日常词语的原始积累。但他们掌握的词汇仍极为有限,法国3岁儿童的平均词汇数仅为639个,且其中大多为与日常生活密切相关的具象名词,所能运用的句式中也有相当一部分单词句(mots-phrases)或简单句(phrases simples)②。而进入幼儿园后直至开始小学教育(3—6岁),儿童在语言上又会经历新一轮发展。首先是词汇数量的快速增加。5岁孩子的词汇量平均为1954个单词,到了7岁这一数据可增长至2903个,且词汇的类别也有所转变,从之前以名词为主过渡到形容词和动词逐步占据较大比例,开始运用"好""美""悲伤"等抽象形容词。③ 其次是句法的丰富化。儿童开始掌握基本的造句规则,凭借其与生俱来的"语言习得装置"(language acquisition device),可以根据数量有限的语法规则生成数量无限的现实句子④,并在语法上将正确的句子和错误的表达区分开来。最后则是在口语与笔语之间建立起连结。虽然这个阶段的儿童尚不清楚笔语的生成与书写规则,但他们已经可以开始借用某些词汇在拼写上的突出特性来将其辨认出来,正式进入"预阅读阶段"(stade de prélecture)。⑤

进入小学后,儿童开始系统学习书面语言的阅读、书写和生成规则,进入阅读阶段(stade de lecture)。然而,这并不意味着他在可读性上不再会遇到障碍。根据杰拉尔·舍沃(Gérard Cheveau)针对法国小学生阅读障碍进行的调查,发现问题主要存在于以下几个方面:(1)词汇方面。儿童仍会在辨识很多词汇时遇到困难,"要么就是无法认出它们,要么就

---

① Marc Delahaie, *L'évolution du langage de l'enfant. De la difficulté au trouble*, Saint Denis: Inpes, 2009, p. 17.
② Marc Soriano, *Guide de littérature pour la jeunesse*, pp. 166—167.
③ Ibid.
④ Jean Petit, «L'acquisition du langage par l'enfant», in *Recherches en linguistique étrangère*, Vol. 7, 1981, pp. 91—92.
⑤ Marc Delahaie, *L'évolution du langage de l'enfant. De la difficulté au trouble*, p. 29.

是读词速度很慢,非常犹豫"①。当然,儿童亦可快速辨认出部分字词,但他的"熟词库"却主要局限于常在家庭和学校中使用的短词。(2)句子方面。"儿童在处理词汇时常忽略文本背景,以及句法和语义上的限定;他很难在自己发现的语义单位间建立关系。"②一般而言,儿童读者在阅读简短的句子时更为高效,但若句群内部逻辑较为负责,则其阅读效率还不如逻辑清晰的复合长句。(3)语级(registre de langue)方面。比起典雅的语言,儿童往往更适应口头语言。③

可见,儿童的阅读行为具有鲜明的渐进性与发展性,阅读障碍几乎是不可避免的。为保障儿童文学的可读性,需要在词汇、句子、段落、语级等多方面对文本进行调整。简言之,口语性和易读性都是儿童文学语言的必要特性,可激发阅读兴趣,保障阅读行为的顺利开展,促进儿童对新语言知识的掌握。

(二)语言外知识的获得

儿童文学文本不仅承载着语言知识,同样也承载着语言外知识,这一点同样拥有深厚的历史传统。《忒勒马科斯历险记》作为法国儿童文学史上的第一部长篇小说,即在忒勒马科斯及其导师门托的历险中穿插了无数或隐或显的知识讲授环节。每当忒勒马科斯到达一个新地点,对作者而言,都是一个讲述该地的政治、经济、宗教、文化常识的机会。通过阅读本书,小读者甚至可以足不出户,就了解《奥德赛》中的整个古代世界。《儿童杂志》则试图用形象的方式向学生传授科学常识。博蒙夫人在复述圣经故事的同时,也没有回避教会眼中颇为敏感的天文学议题。她的主人公伯娜小姐利用了盘子、水、手、蜡烛等触手可及的工具,为学生解释潮汐、昼夜交替、四季轮换、日食等天体现象。如论及冬夏温差时,她就请学生以手模拟地球,用烛火代替太阳。夏天时太阳直射,恰似蜡烛燃在拳头上方;冬季阳光与地面有夹角,正如手不直面热源,自然不烫。而偏重教

---

① Gérard Chauveau, *Comment l'enfant devient lecteur*, Paris: Retz, 1997, p.135.
② Ibid.
③ Ibid.

育的儿童文学发展至今日,各类文本更是无所不讲。可以说,在今天的法国童书中,我们能找到几乎所有自然及人文学科的基础知识。

至于知识的传授方式,按照舍勒布尔与马尔古安的分类法,语言外知识的传递通常仰赖两种手段:"信息叙事化"(l'information narrativisée)与"叙事信息化"(la narration informée)。换言之,"要么就是作为叙事艺术的文学被完全等同于改写知识并向儿童进行传递的工具,要么就是知识被隐形融入将其呈现出来的文学叙事中"①。

"信息叙事化"意味着知识成为文本叙述的唯一对象。儿童读物常常借此手段,对神话和历史进行加工,如随处可见的《希腊神话儿童读本》(*Les mythes grecs pour les petits*)、《插图希腊故事》(*Mythes grecs illustrés*)或《引人深思的神话》(*Mythes pour réfléchir*)等书籍。拿当出版社(Nathan)自2011年起,开始出版"神话小故事"("Petites histoires de la mythologie")丛书,目标读者是9—12岁的少儿,旨在"培养他们对神话和阅读的兴趣"②。截至目前,丛书已收录32本书籍,包括《在特洛伊木马的腹中》(*Dans le ventre du cheval de Troie*)、《美丽的海伦》(*La belle Hélène*)、《忒修斯大战米诺陶洛斯》(*Thésée contre Minotaure*)等,奉行的出版方针是将耳熟能详的神话改写成短篇小说,丰富人物的互动、对白和情节以增加可读性。《美丽的海伦》一书讲述特洛伊王子帕里斯(Pâris)与希腊王后海伦(Hélène)间的故事及特洛伊战争的缘起,开篇就设置了悬念,令读者产生进一步探究情节的冲动。

> 赫卡帕在床上辗转反侧。突然,她停了下来。在她紧闭的眼睑之下,有一束微光在跳动。
>
> 微光越来越大,从黄色变成了橙色,又由橙色转为红色。
>
> 赫卡帕仍陷在梦境里,抚着肚子微笑着。她的孩子出生了!

---

① Christian Chelebourg, Francis Marcoin, *Littérature de jeunesse*, p.74.
② 可参见 https://site.nathan.fr/recherche?f%5B0%5D=collection%3A250&texte=&items_per_page=12&sort_bef_combine=field_ref_date_parution_DESC&f%5B0%5D=collection%3A250&sort_by=field_ref_date_parution&sort_order=DESC&page=4,2022-10-04。

>她的笑容又很快消失了。从她肚子里出来的东西并不像个婴孩。它没有有力的双腿,没有漂亮的胳膊,没有娇软的身体,没有圆圆的脑袋……
>
>不。
>
>她产下了一根燃着的火炬!①

赫卡帕(Hécube)是特洛伊王后,即特洛伊国王普里阿摩斯(Priam)的妻子、帕里斯的母亲。她当时正处于妊娠中,所经历的梦境预示着她将产下的孩子帕里斯会把特洛伊变为血与火之城。作者对通常遵循单一线性叙事的神话进行了再创作,选用简单的词汇、句式,从一个梦境导入以设置悬念,为读者提供近似短篇小说的阅读乐趣,属于典型的"信息叙事化"。

"叙事信息化"则是将信息融入故事。《二童子环游法国》的一个重要的创作目的就是让学生了解法国,因"对祖国的了解是所有真正的公民教育的基石"。

>人们一直抱怨,我们的孩子们对国家的了解还不充分:他们说得很对,如果孩子们能更好地了解祖国,他们就会更爱它,更好地为它服务。但老师们也都知道,给孩子呈现一个清晰的"祖国"的概念,是件很困难的事情,即便是简单地讲一下它的领土和物产也并不容易。对小学生来说,"祖国"只是个抽象的存在,我们可能都想象不到,在他们生命中的很长一段时间里,祖国就是个陌生的东西。想要给他们留下深刻印象,就要把祖国变得可见且富有生命力。为着这个目的,我们试着利用孩子对游记的兴趣。通过给他们讲述两个洛林的孩子游历法国的旅程,我们想让他们借此机会目睹并感知我们的国家。②

想让"祖国"变得可见,就需在文中加入介绍法国物产、地理、文化及名人的段落。安德烈和朱利安每至一域,都会或因成人引导,或因自行探

---

① Hélène Montarde, *La belle Hélène*, Paris:Nathan, 2014, p. 5.
② G. Bruno, *Le tour de la France par deux enfants*, 1907, «Préface».

索,发现他们"亲爱的法国"身上令人感叹的闪光之处。例如,两个孩子穿过孚日山口后,曾留宿于一位洛林农妇的家中,看到她在挤牛奶。作者没有浪费这一机会,待农妇介绍过乳牛的品种后,插入了图画及一段介绍文字(见图 3.1)。

布列塔尼乳牛:法国拥有众多品种优良的乳牛,其中就包括布列塔尼乳牛。如果能获得恰当的照料,这种牛能一边产奶,一边在田中劳作。弗拉芒乳牛和诺曼底乳牛的产奶量还要更大,但无法同时耕作。

图 3.1 《二童子环游法国》中关于布列塔尼乳牛的介绍①

严格来说,上述图画并未完全融入叙事进程,甚至显露出某种游离于故事之外的"超文本性",让本书的教育企图尤为清晰可见。而类似的补充并非作者的专利,改编者、译者甚至出版社都可能采用"叙事信息化"的手法,将语言外知识混入儿童文学文本。

知识学习及关于儿童读物教育功能的若干思考

若说语言知识的教育必然牵涉到儿童文学的可读性问题,那么语言外知识的传授同样与可接受性(réceptivité)问题有所关联。罗斯-玛丽·瓦萨罗(Rose-Marie Vassallo)曾提出一个著名的比喻,称儿童为"行囊轻

---

① G. Bruno, *Le tour de la France par deux enfants*, 1907, p.31.

薄的读者"(lecteur au balluchon léger)①,意即儿童的阅读能力与知识储备普遍低于成人。虽然目前少有儿童心理学研究成果梳理儿童的语言外知识的发展规律,但可以肯定的是,小读者的知识储备至少呈现出两大特征:第一是自我中心化(égocentrisme)。皮亚杰曾指出,儿童对世界的认知以其"自我"为唯一起点。换言之,他对外物的了解,主要基于他本身与世界产生的互动。正是在日复一日的互动中,儿童才得以建构起他的知识网络。诚然,成人也可以向他灌输所谓的"二手知识",但此类知识在儿童的知识总量中所占比例仍相对较小。② 因此,儿童所掌握的大多数知识都与他的日常世界密切相关。关于这一点,我们虽未能找到恰切的法文材料,但朱智贤发表的关于中国6—7岁儿童的成果或亦能折射儿童知识储备的日常化倾向。这一年龄段的儿童所能掌握的具体名词和抽象名词(及相关知识)的分类词汇情况见表3.1和表3.2。

表3.1 学前儿童具体名词分类词汇情况③

具体名词类别	3—4岁		4—5岁		5—6岁	
	词汇量	比率%	词汇量	比率%	词汇量	比率%
人物称呼	92	11.6	166	13.7	243	14.5
身体	65	8.2	98	8.1	144	8.6
日常生活用品	348	43.8	502	41.4	695	41.5
日常生活环境	218	27.4	345	28.5	459	27.4
交通工具武器	72	9.0	100	8.3	134	8.0
共计	795	100.0	1211	100.0	1675	100.0

---

① Rose-Marie Vassallo, «Une valentine pour le prof de maths ou l'arrière-plan culturel dans le livre pour enfants», in Paul Bensimon (dir.), *Traduire la culture*, Paris: Presses de la Sorbonne nouvelle, *Palimpsestes*, N° 11, 1998.

② Jean Piaget, *Introduction à l'épistémologie génétique*. Paris: Presses Universitaires de France, 1950, p.132.

③ 朱智贤:《儿童心理学》(1993年修订版),北京:人民教育出版社,1993年,第219页。

表 3.2　学前儿童抽象名词分类词汇情况①

具体名词类别	3—4 岁		4—5 岁		5—6 岁	
	词汇量	比率%	词汇量	比率%	词汇量	比率%
学习等正常生活	32	40.5	54	36.0	96	36.3
政治、军事	12	15.2	20	13.3	44	16.7
社交、个性	13	16.5	33	22.0	49	18.6
其他	22	27.8	43	28.7	75	28.4
合计	79	100.0	150	100.0	264	100.0

可见,无论是抽象名词还是具体名词,这一阶段的儿童了解最多的,还是与他们的日常生活内容密切相关的词。而且,若对他们掌握的抽象名词数和具体名词数进行比对,上述表格也揭示了儿童知识储备的另一重要特征,即高度具象化。美国心理学家墨菲(G. Murphy)在研究儿童的概念认知发展时发现,儿童对抽象事物的认知多停留在其表面的具体特征上。如向 6—11 岁的儿童提问"学校是什么",大部分回答都是"是一座很大的房子","那里有椅子、课桌、操场还有小伙伴",却没有人能够提纯出学校的抽象本质,将其定义为"学校是教书育人的教育场所"。② 这一具象化特征同样对儿童文学的知识传授功能的实现有所启发,提示儿童读物在创作时不要过高预设读者的阅读能力,要将新知识(尤其是非日常知识与抽象知识)的比例控制在儿童可接受的范围。

但另一方面,无论是语言知识还是语言外知识,儿童文学同样应当注重开发儿童的认知潜能。因为考虑小读者的阅读能力,并不意味着完全迁就儿童的现有水平,或放弃向其传播新知识。"书籍的用途之一,正是给他[儿童]带来未知的知识,给他带来在上下文、词典或者在一旁待命的

---

① 朱智贤:《儿童心理学》(1993 年修订版),第 219 页。
② Gregory Murphy, Douglas Medin, "The Role of Theories in Conceptual Coherence", in *Psychological Review*, No 92, 1985, p.20.

成人教育者的辅助下所能理解的新知识"①。在这个意义上,儿童文学知识传授功能的实现,正取决于成人创作者在儿童接受能力与其学习潜力间搭建的平衡。

至于平衡当往何处找寻,我们认为或可借助苏联儿童心理学家维果茨基提出的"最近发展区"(zone de développement proximale)概念。按照维果茨基的定义,最近发展区指"实际发展水平与潜在发展水平之间的差距。前者由儿童独立解决问题的能力而定,后者则是指在成人的指导下或是与能力较强的同伴合作时,儿童表现出的解决问题的能力"②。合理的平衡应处于最近发展区之内,属于儿童在工具和成人的辅助下可以触碰到的范畴。但这仍有一个必要前提,就是成人既要准确估计儿童的阅读水平,又要充分预判儿童所能借助的辅助手段。因此,儿童文学应当立足于童年的现实,对儿童的认知水平发展保有清醒的认识。

第二节 儿童读物的娱乐性

与历史悠久的教育功能相比,儿童文学的娱乐功能(récréation)长期被置于次要地位,被视为前者的辅助手段。在法国儿童文学史上,直至19世纪末、20世纪初,随着连环画、绘本等体裁的渐次出现,才出现了纯粹以娱乐为目的的儿童读物。事实上,有鉴于儿童与成人在兴趣机制及注意力着重点上的不同,儿童文学本应给予其娱乐价值以更多的重视,因为文本的娱乐性不仅可激发儿童的阅读兴趣,便利知识的灌输和传授,更能在阅读中为儿童构建舒适的休憩空间,是阅读行为得以顺利进行的前提和保障。不过,虽然获得的关注较少,娱乐功能也同样深刻影响了儿童文学的创作实践,这主要表现在人物塑造、文本主题、叙事结构和交际编码等层面上。

---

① Marc Soriano, *Guide de littérature pour la jeunesse*., p.165.
② Lev Vygotsky, *Pensée & Langage*, traduction par Françoise Sève, Paris: Éditions Sociales, 1985, p.270.

一、激发机制

我们日常对儿童阅读实践的观察可证明,当文本过于无聊、枯燥或纯粹由成人强加而来时,儿童很容易中止阅读或将配合度降至最低。如何激发他们的兴趣并在整个文本接受过程中将之保持在可使阅读行为继续的水平,是法国儿童文学领域最重要的理论议题之一。代表性观点有博博维茨与迪马斯科维奇(Bobowicz & Tomaswkiewicz)提出的"激发机制"(mécanismes de fascination)一词。他们的立论点在于"对于成人阶段应具备的,有关现实及语言、智识、情感机制的经验,儿童仅掌握了其中的一部分"[1],所以考虑到后者阅读能力的有限性,应在文本中以最简单、最直白、最富有趣味的方式将创作意图传达出来,以实现文本交际效果的最大化。结合其他学者的同主题研究,"激发机制"可概括为以下几点:

第一是情感维度的重要性。相比理性的判断,儿童更愿意进行情感代入,所以创作者在进行评断人物和讲述事实时应避免中立态度,确保"每一句话都是因情感而生发的,而这一情感又会于小读者处激发他的感情"[2]。因此,成人创作者需试着揣摩小读者的心理,努力激发读者共情,令其随着书中人物的命运起伏而欢笑哭泣。

第二是在人物设定上,应充分利用代入机制。相较成人,儿童读者的注意力更易波动,如果"他感受不到自身与阅读材料间的关联性,或者无法在文本中找到与他的喜悦或痛苦产生共鸣的东西,他就会拒绝阅读"[3]。而增加关联性的最简便的做法,就是"谈论他[小读者]本身,通过与他相似的主要人物,将他置于有共情力的场景中"[4]。这种儿童读者和与其年纪相仿的人物间的共情力,或许可以解释为何诸多成人文学中以

---

[1] Zofia Bobowicz, Teresa Tomaswkiewicz, «La théorie et la pratique de la traduction de littérature pour enfants et adolescents», in *Études de linguistique appliquée*, N° 52, 1983, p. 82.

[2] Ibid.

[3] Ibid.

[4] Isabelle Nières-Chevrel, *Introduction à la littérature de jeunesse*, p. 164.

儿童为主人公的作品,最终都进入了儿童文学范畴,诸如儒勒·瓦莱斯(Jules Vallès)的长篇自传体小说《孩子》(*L'enfant*),还有儒勒·列那尔(Jules Renard)同样带有自传色彩的小说《胡萝卜须》(*Poil de carotte*),甚至雨果《悲惨世界》中关于加弗罗什(Gavroche)的选段也屡屡以单行本童书的形式发行。有趣的是,这一基于年龄相似性的代入,不仅见于人类人物,同样也会发生在超自然角色(如类人动物或魔法造物)的身上,小象巴巴尔和匹诺曹都是典型代表。此类超自然角色通常尚在稚龄,其性格于非人性中融入人性,儿童读者不难在它们身上发现自己的影子。《小象巴巴尔的故事》中,在妈妈被猎人射杀后,巴巴尔逃到了一座城市,而帮助他脱离悲伤情绪的重要情节,却是前往百货商场游览。

> 他给自己买了:
> 一件带领子和领结的衬衫,
> 一身很舒服的绿色的西装,
> 然后是一顶漂亮的圆顶礼帽,
> 最后是一双带护腿套的鞋子。①

上述类人的置装行为模糊了幼象与幼童之间的界限。而在该绘本的续集《巴巴尔的旅行》里,已经成为大象国王的巴巴尔携妻子塞莱斯特(Céleste)乘坐热气球旅行,不幸遭遇事故落入海中,后被过往船只救起,却因丢失了王冠和袍服而被船长关到了牲口棚里。巴巴尔愤怒地大喊:"他们让我们睡在草堆上!""让我们吃草料,像对待驴子一样!门还被锁上了。我要把这些都弄坏!"②可见,和人类一样,外在的衣饰已经成为两只象身份认同的一部分。这种超自然性中混入的人性尤易让小读者产生共鸣。

第三项"激发机制",是体现在角色、情节与背景世界等层面上的万物有灵论(animisme)。儿童在阅读中一直对超自然人物、世界和主题表现

---

① Jean de Brunhoff, *L'histoire de Babar, le petit éléphant*, p. 19.
② Jean de Brunhoff, *Le voyage de Babar*, Paris: École des loisirs, 1931, p. 23.

出强烈兴趣。儿童心理学家塞尔玛·弗雷伯格(Selma Fraiberg)曾如是概括少儿对世界的认知:"人类生命中最初的几个年份是充满魔法的,孩子就是大魔法师。毕竟孩子并非成人的缩小版,而是一个生活在动物也会说话的魔法世界里的[完整的]人。"①贝特尔海姆也引用过皮亚杰的话,解释因孩子所掌握的科学知识不足以让他们理解世界的运转,尤其是无法理解无生命物体的运作方式,故此他们倾向于用超自然逻辑解释自然现象。这一坚信万物都具有主体意识的万物有灵论,也就成为青春期以前的儿童的世界观的重要特性。

> 正如皮亚杰所表明的,儿童的思维在青春期之前一直是泛灵论的。他的父母和老师告诉他,无生命的东西既不能感觉,也不能行动;他尽可能假装相信这一说法,以迎合大人,或者避免被人笑话,但在内心深处,他却另有一番见解。由于屈从于其他人的理性教导,儿童只能把他的"真实知觉"藏在心灵深处,让它潜伏起来,不受理性的影响;但是童话故事所讲述的东西使它得以成形,得到培育。

> 对一个八岁的小孩来说(引用皮亚杰的例子),太阳是活着的,因为它发光(人们也可以补充说,它之所以发光是因为它想发光)。对于儿童的泛灵论心理,石头是活的,因为当它滚下山时,它也能跑动。甚至一个十三岁半的孩子也相信河流是活着的,因为它的水在流动不已。儿童相信,在太阳、石头和水里居住着像人类一样的精灵,所以,它们也能像人一样感觉和行动。②

所以,"对儿童来说,有生命的物体与无生命的物体之间没有清晰的界限;任何有生命的东西都过着和我们非常相似的生活"③。这可以解释儿童对"鸟言兽语"的"仙女故事"、寓言和幻想小说的偏爱,也部分说明了

---

① 转引自 Riitta Oittinen, *Translating for Children*, New York: Garland Publishing, 2000, pp.48—49。
② 布鲁诺·贝特尔海姆:《童话的魅力:童话的心理意义与价值》,第66页。
③ 同上。

超自然角色(尤其是动物、神仙等)为何在儿童文学中占据如此之大的比例。按照尼埃尔-舍弗莱尔的观点,动物或其他非人生物的出现,映射的虽然仍是儿童日常生活中的场景,但在语气、表达上可以更为自由。她举了《苏菲的烦恼》中的一例:文中,苏菲和妈妈去到饲养家禽的院子里,发现一只黑色的母鸡一直啄它刚出生的孩子。

"我们该拿这只小鸡怎么办?"她[德·雷昂夫人]自言自语,"不能把它丢在狠心的鸡妈妈身边,它会啄死它的;它那么漂亮,我真想养大它。"

"听我说,妈妈,把它放到大篮子里,把篮子放到我的玩具室;我们喂它吃东西,当它长大后,我们再把它放回鸡窝里。"

"我看你说得对;把它放到你的拎篮里带走吧,我们给它准备一张床。"①

母亲的照护是幼儿得以生存、发展的重要条件,而母亲施与的虐待则是儿童文学中最为敏感的主题之一。此处,塞居尔夫人表面上描写母鸡与小鸡的亲子关系问题,实际上也透过动物角色做出了间接的隐喻,触及了这一幼儿心中最深的恐惧,将他们的担忧具象化了。借助这一情节,她向小读者展示,世界上的确存在可怕的母亲,但同时又通过苏菲及其母亲的介入,为这种不幸提供了解决方法和心理慰藉。相较于直接描写人类世界中的母子关系,"以动物喻人"的手法显然更为隐晦且自由。

第四是叙事结构的简单化。受其注意力发展水平所限,儿童不喜欢平淡的叙事,而更青睐充满情节起伏和激烈冲突的文字。且因其难以理解复杂的情节逻辑,所以儿童文学文本的叙事结构通常以下面三种为主:第一种是线性结构,或按格雷马斯(Greimas)的术语,可称为"五段式结构"。故事可划分成"初始情节—介入因素—情节波折—解决因素—最终

---

① Nières-Chevrel, *Introduction à la littérature de jeunesse*, p. 156. 译文引自塞居尔伯爵夫人:《苏菲的烦恼》,第 34 页。

情形"五个阶段,这一叙事模式几乎适用于所有的"仙女故事"①。第二种为嵌入结构,即以主人公的经历为主要脉络,穿插若干小故事。如《忒勒马科斯历险记》中,主人公的海洋漂流之旅就是主干,其每至一地串联起的风土人情和历史故事就是嵌入的旁支文本。第三种是对照结构,即让两个人物形成反衬与对照,使两条线索齐头并进。拉封丹的《野兔与乌龟》(Le lièvre et la tortue)就是其中典型,在两个人物自起点出发后采取了对称的叙事策略:一方面,"且说野兔忙里偷闲:他有时间吃草,也有时间睡觉,也可以听一听,是从哪儿刮来的风";另一方面,"乌龟出发了,/她奋力向前,/速度虽然慢,/却不断往前赶"。② 对称的结构不仅有助于儿童追踪情节发展,也突出了本首寓言诗的主题:"跑得快还不算,/及时出发是关键。/野兔和乌龟赛跑,/就能够证明这一点。"③

上述"激发机制"的存在往往是为确保儿童读物的娱乐性,是保障儿童阅读行为顺利进行的必要手段。但从另一角度来说,却意味着创作者要迎合儿童读物中的某些既成"套路",成为儿童文学创作所必须付出的代价,反而加深了公众对该文学门类的刻板印象,削弱了其文学价值。

二、图文关系

除去对其文学价值不无妨害的"激发机制",儿童文学娱乐价值的实现,也在很大程度上依托于该体裁文本编码的异质性或双重性。于承载其"文学性"的文字之外,图像也在儿童读物中占据不容忽视的地位,对唤醒小读者的阅读兴趣、满足其对读物的审美与娱乐期待有极大助益。儿童心理学领域的研究成果也为这种"图文并存"的必要性提供了论据。巴甫洛夫指出,图像和文字是两种截然不同的信号机制。相比属于抽象信号的文字,图像可以直接诉诸读者的感官,所以更适合抽象思维仍在发育的小读者。直到儿童完全掌握文字编码的规则与惯例之前,他们都会更

---

① 关于"仙女故事"的叙事结构,参见本书第四章第一节。
② 拉封丹:《拉封丹寓言》,第220页。
③ 同上书,第219页。

青睐图像语言①。

　　从年龄分段的角度来看,儿童对图像的偏好也表现出鲜明的阶段性。根据针对法国 3—6 岁儿童绘本阅读时的眼动行为进行的研究,处于这一年龄段的小读者会首先把注意力放在图画上:他们花在图像阅读上的平均时间是每页 8—9 秒,而阅读文字的每页平均时间只有 3 秒②;对于 6 岁左右的儿童,仍可以确信图画对他们理解文本、掌握新的字词和表达法有积极影响;而对于 9 岁以上的前青春期读者,只有在文本相对简单时,图像才对理解文字有积极作用,若文本较难,图像反而会干扰他们的注意力。③

　　作为儿童文学的重要显性特征,依照苏菲·范德林登(Sophie Van der Linden)提出的分类法,图文关系可分为重复关系(redondance)、补充关系(complémentarité)和分离关系(disjonction)三类。④ 第一类"重复关系"指文本与图像间出现了意义上的重复,即两种编码指向了同样的人物、场景和事件,本书第一章第三节中提到的"狼与小红帽初遇"的插画即属此类。贝洛原文为:"在穿过一片树林的时候,她[小红帽]遇见了狡猾又鲜耻的狼,狼很想吃掉她。"⑤随后小红帽就停下来与狼发生了对话。多雷用画笔忠实重现了这一场景。

　　"补充关系"指文字与图像间产生了互补,共同生成了一条意义讯息。这种情况下,图像往往补充了文字的未言之意。《小拇指》(Le Petit Poucet)中,小拇指和众兄弟被父母抛弃后,一直在森林中跋涉到午夜,才找到了一座亮着灯的房子,里面却住着食人魔一家。"他们敲响了房门,

---

　　① 转引自 Jacqueline Danset-Léger, *L'enfant et les images de la littérature enfantine*, Bruxelles: Pierre Mardaga, 1988, p. 32。
　　② Odette Brunet, Irène Lézine, *Le développement psychologique de la première enfance*, Paris: PUF, 1965, p. 61。
　　③ Ibid., p. 31。
　　④ 参见 Sophie Van der Linden, «L'album entre texte, image et support», in *La Revue des textes pour enfants*, N° 214, 2003, pp. 59—69。
　　⑤ Charles Perrault, *Contes de Perrault*, édition de Gilbert Rouger, p. 113。

一个女人给他们打开了门。她问他们要做什么;小拇指对她说,他们是些可怜的孩子,在森林里迷了路,希望她能好心容留他们一夜。"①多雷的插画(见图 3.2)给这几句文字提供了更生动的场景。

图 3.2 "小拇指到达食人魔家门前"插画(多雷绘)②

画面上,食人魔的人类妻子手持风灯,似乎是在审视这一群不速之客。她手中的光源是黑暗的森林中唯一的光明,也预示着这位善良的妇人最终会为孩子们提供过夜的居所。然而,她背后的房屋的大小却与孩子们的身材完全不协调,且墙上饰有蝙蝠和动物头颅,暗示房屋主人是以人类血肉为食的食人魔。因此,于孩子们而言,这座"食人魔之家"既是唯一的庇护所,又是危机四伏的陷阱。多雷的插画为原文本补充了很多未言明的细节,有助于故事氛围的营造。

而当图像语言与文字语言发生冲突时,两种编码之间就会表现为"分

---

① Charles Perrault, *Contes de Perrault*, édition de Gilbert Rouger, p. 191.
② Charles Perrault, *Les contes de Perrault*, illustration par Gustave Doré, pp. 8—9.

离关系"。《灰姑娘》里,女主人公匆忙离开舞会,落下了一只水晶鞋,王子于是命侍臣遍访全国适龄女子,邀请她们试鞋。侍臣来到其家中时,灰姑娘也要求试穿,但两个继姐却嘲笑她自不量力,一个"丑陋的灰屁股"(Cucendron)①居然妄想做王妃。原文为:"姐姐们都开始大笑,还嘲弄她。"②多雷所配的图画(见图 3.3)却为我们绘出了一位美丽的妙龄少女。

图 3.3 "灰姑娘试鞋"插画(多雷绘)③

画面上的灰姑娘身材纤细、皮肤白皙、体态优雅,与两个姐姐口中的嘲弄对象形成了鲜明比对。而图像与文字的相悖又进一步强化了表达效果,更突出了女主人公的美貌与两个姐姐的恶意。可见,儿童读物中文字与图画间的关系多样,图像不仅可以表达与图画相同的意思,也可以与其互为补充,甚至背道而驰。简言之,以上两种编码间的共生已成为儿童文学的重要特性,所以该体裁绝不仅仅是一门关于文字的艺术。

---

① 关于这一蔑称的具体含义,参见本书第四章第二节。
② Charles Perrault, *Contes de Perrault*, édition de Gilbert Rouger, p. 163.
③ Ibid., pp. 8—9.

本章以法国儿童文学的功用性为主题,对儿童读物的教育和娱乐功能及其实现手段做了盘点,却愈发凸显了该体裁的尴尬处境。在广义上的文学领域里,"去功能化"已成为文本文学价值的体现,而儿童文学想要实现自立,却不得不迎合成人及小读者的阅读期待,努力彰显其教育和娱乐价值。但这一努力的结果却事与愿违:越是强调功能性,就越是可能落入某些创作的窠臼,越有可能加深公众的成见,越会妨害儿童文学的"文学性",以至于对一本童书的最高评价,竟然是"它读起来不像童书"或"它不仅仅是童书"。更令人深思的是,这种"借否定自我来实现自我肯定"的窘境其实早就存在于儿童文学门类下几大体裁的经典著作中,存在于贝洛的童话、拉封丹的寓言和凡尔纳的科幻作品中,因为他们成为儿童文学经典作家的原因,恰在于他们的作品"不只是儿童文学",即在于其创作的双重面向性。

第二部分

文体实践

第四章　童话论:"仙女故事"与夏尔·贝洛

自本章起,我们进入对法国儿童文学的代表性体裁的讨论,首先进入我们的视野的便是童话。童话是儿童文学中最具标志性的文体。"在儿童文学领域的诸多体裁样式中,它最能体现儿童文学的审美特征,因此受到小读者的普遍欢迎,成为儿童文学中的主体"①,中法皆然。索里亚诺在评价贝洛童话集《鹅妈妈的故事》时,亦曾如此突出它在儿童读者中的地位:"《鹅妈妈的故事》之所以闻名,与读者的文化素养或所受教育并无多大关系。这是唯一一部法国孩子于上学前——学校也不会将之作为授课内容——就能熟记于心的经典,唯一一部他在通晓文字前就读过的作品,唯一一部他会永远铭记的著作,即便之后他不会重读或是不爱读书。"②

得益于《小红帽》《林中睡美人》《灰姑娘》等篇目的显赫声名,法国童话享誉全球,贝洛更被视为文学童话与儿童文学的创始人。彼得·布鲁克斯的观点可代表学界主流意见:"17 世纪末,当佩罗[贝洛]记录并出版了那些已流传不知多少世纪——

---

① 吴其南:《中国童话发展史》,上海:少年儿童出版社,2007 年,"序",第 3 页。
② Marc Soriano, *Guide de la littérature enfantine*, p. 393.

当然也将继续流传下去,并以各种版本被格林兄弟及其他民俗学者们搜集下去——的故事时,他看似在为儿童文学完成早期文学产生所必需的一项工作。也就是说,在此之前,我们只有神话和民间故事,而自此开始,我们有了儿童文学。记录与出版的行为兼具创造性与破坏性,它将我们从原始带向现代,并使各类故事及其主题进入了开化、文明和历史的进程。"①诚然,贝洛笔下保留的民间故事的质朴之美及其对此进行文学化的努力的确影响了后世对童话的审美倾向,对该体裁的形成颇具奠基之功,但这种说法无疑是强化了两个固有偏见:一是"童话"是一种普遍性文体,在法文、英文、中文中具备同样的意涵,以儿童为目标读者;二是贝洛是法国童话最具代表性的作者,以一己之力促成了"民间故事"到"文学童话"的转化。

事实上,法文中并无"童话"一词,甚至不存在"儿童故事"(即 contes d'enfance 或 contes enfantins)一类的惯用表达法。17世纪末以前,仅有"故事"(conte)一词可以指代此类文学创作,而"conte"则必然是源自民间、流于口传的,亦可译为"民间故事"或"民俗故事"。直至路易十四统治末期,随着以仙女为代表性超自然元素的故事于上流社会的沙龙讲述场景中风行,"仙女故事"(contes de fées)一词被创设出来,一跃成为最受人瞩目的故事类型,"fairy tales"即是英语对"仙女故事"的误译②,后又因其尤为受到小读者的喜爱,才逐渐演变为日文和中文中的"童话"。但就其源流来看,"仙女故事"仅为民间故事的一类,并非专有体裁名,实为由特定作者群体创作的沙龙酬答文体,只是阴差阳错地为儿童所读,才成为儿

---

① Peter Brooks, "Towards Supreme Fictions", in *Yale French Studies*, No. 43, 1969, p. 11. 转引自杰克·齐普斯:《作为神话的童话 作为童话的神话》,童趣出版有限公司编译,北京:人民邮电出版社,2020年,第19页。

② 事实上,"fairy"与"fée"并非同一种仙灵,"按照法国民间信仰,fée 的来源不明,以成年女性外貌出现,常来到人类社会中为新生儿赐福或向人施加诅咒,可左右人的命运;而盎格鲁-撒克逊传统中的 fairy 虽与 fée 有共同点,但生有双翅,是山林水泽间诞生的小仙灵,也包括小矮人、精灵等类人生物"。章文:《"仙女故事"与清末民初"童话"概念在我国的理论开拓》,《文化与诗学》2022年第2期,第109页。

童文学的一部分,不能将其定义成专为儿童写作的文体。

第二条偏见同样根深蒂固。作为法国最知名的故事研究者之一,米歇尔·西蒙森(Michèle Simensen)所著《民间故事》(Le conte populaire)一书的首句便是"说起'民间故事',人们就会立即想到贝洛"①。但这种定见同样意味着由来已久的误解:第一,贝洛并非19世纪法国浪漫派想象中的"民间故事的忠实传承人",而是对乡间故事进行了情节、主题和语言等层面上的改写甚至再创作;第二,以《鹅妈妈的故事》为法国童话的唯一代表文本无异于一叶障目,遮蔽了文学沙龙中女性作家群体对"仙女故事"体裁形成所做出的巨大贡献。故此,本章主要分为两部分:其一是界定"故事""仙女故事"等核心概念,展现"故事"如何演变为"童话",兼论"仙女故事"在法国的发展简史,力求公允再现17世纪末期的女性"仙女故事"写作风尚;其二是仍将笔触落回贝洛及其创作身上,由这一最著名的个案入手,呈现法国童话的特质与风貌。

第一节 故事与"仙女故事":从民间口传文学到沙龙讲述风尚

一、故事的定义与分类

若说"童话"并非普遍性概念,"故事"则在任何文化中都存在,其历史可追溯至先民时代。19世纪末至20世纪初是欧洲民俗学的大发展时代,各派学者针对民俗故事的起源提出了不同观点。顺着学科发展史来看,相继而起的有以下几个流派:先是德国学者麦克斯·缪勒(Max Müller)提出"印欧起源论"(la théorie indo-européenne),根据欧洲民间故事与印度神话间的相近性,主张各地的故事都是印度史前神话的变形

---

① Michèle Simonsen, Le conte populaire, Paris: Presses Universitaires de France, 1984, p. 2.

与误传。随后是德国学者泰奥多尔·本菲(Théodor Benfey)创立印度学派(la théorie indianiste),法国学者埃玛纽埃尔·考司昆(Emmanuel Cosquin)是他的忠实追随者。该学派同样认为所有故事的起源均在印度,但原文本并非古印度创世神话,而是局限在最早可以追溯到公元前6世纪的古印度寓言集《五卷书》。再之后则是以英国学者安德鲁·朗格(Andrew Lang)为代表的人类学派(la théorie ethnographique),朗格曾与缪勒展开大争论,力主超自然故事(les contes merveilleux)"远非上古神话的碎屑,而是原始社会的产物留存至今"①。在他看来,各地故事之所以在母题上极为相似,并非因为它们皆源自印度,而是因为人类自原始社会起的基本生存、发展需求都是相通的,故事呈现的是人类潜意识中承继自祖先的恐惧。现今,随着故事研究的学科发展,以上几位学者力主的"溯源派"已退出历史舞台,目前在法国学界占据主流的是普罗普(Vladimir Propp)开创的故事形态学(la morphologie du conte)与保罗·特拉吕(Paul Delarue)协同玛丽-路易斯·特内兹(Marie-Louise Ténèze)发扬光大的故事类型学(la typologie des contes)。但故事起源于极古老的时代,最初多为口传形式,之后才以文字形态落于文本中,这一点已成为东西方学界的广泛共识。早在20世纪初,甫接触西方民俗理论的周作人就做此概括:"童话(Märchen)本质与神话(Mythos)世说(Saga)实为一体。上古之时,宗教初萌,民皆拜物,其教以为天下万物各有生气,故天神地祇,物魅人鬼,皆有定作,不异生人,本其时之信仰,演为故事,而神话兴焉。其次述神人之事,为众所信,但尊而不威,敬而不畏者,则为世说。童话者,与此同物,但意主传奇,其时代人地皆无定名,以供娱乐为主,是其区别。盖约言之,神话者原人之宗教,世说者其历史,而童话则其文学也。"②"童话者,艺文之一种,其源最古。在未有文字以前,文化渐进,民或采其美粹,融成英雄神话,如希腊阿迪修斯故事,流传为诗。而纯朴野

---

① 关于该学术发展史,参见 Michèle Simonsen, *Le conte populaire français*, Paris: Presses Universitaires de France, 1981, pp. 31—35.

② 周作人:《周作人论儿童文学》,第 25 页。

人,则犹口相授受,不失其旧。西方童话,亦散在民间,近始辑存之,如德格林兄弟所编书,最闻于世,此皆自然童话也。"①因相关术语曾在西文与中文间流变,周作人笔下的"童话"实际指民俗故事。他的概括表明了故事、传奇(légende 或作为其中一种的"世说",即 saga)、神话均传自上古,系出同源。西蒙森在阐释故事起源时也提出了类似表格(见表 4.1)。

表 4.1 欧洲民俗文学主要叙事体裁一览②

文体	态度③	形式	主要人物	社会功用
神话(Mythe)	真实	诗歌	神祇、英雄	礼仪
武功歌(Geste)	真实	诗歌	人、宗族、世系	政治/娱乐
传奇(Légende)	真实	散文	神祇、超自然生物、圣人、人	道德或智慧教益
故事(Conte)	虚构	散文/韵文	人、超自然生物、动物	娱乐
逸事(Anecdote)	真实	散文	人	信息/娱乐

由此可见,故事是一种源自上古的,"呈现一连串本为*虚拟且以虚构形象出现的事件的散文体叙事文本,创作目的为娱乐*"④。"普赛克与丘比特"相关母题的一系列文本就是故事的悠远历史及其与其他文体的同源性的最好证明。普赛克是希腊神话中的灵魂女神,丘比特却是罗马神话中神祇的名字,对应希腊神话中的爱与情欲之神厄洛斯。这一系列的故事的口头版本已渺不可考,文字记述则最早以神话的形式出现,记录于古罗马诗人奥维德讲述天地混沌之际种种变化起源的神话诗《变形记》中。公元 2 世纪时,古罗马作家阿普列乌斯在《金驴记》中首次以故事的形式讲述了"普赛克与丘比特"的故事,成为现代民俗学家公认的"寻找消失的丈夫"(la recherche de l'époux perdu)这一故事类

---

① 周作人:《周作人论儿童文学》,第 90 页。
② Michèle Simonsen, *Le conte populaire*, p. 14.
③ 指叙事者希望听众或读者如何看待文中讲述的事情。
④ Michèle Simonsen, *Le conte populaire*, p. 14. 斜体为原书作者所加。

型的最早版本①。1648年，该故事的单行本在法国出版并引发文艺界对该母题的兴趣，拉封丹于1669年发表《普赛克与丘比特的爱情》(*Les amours de Psyché et de Cupidon*)，1671年莫里哀、高乃依、基诺(Quinault)和吕利将之改编为芭蕾舞剧，1678年托马·高乃依(Thomas Corneille)又据此编成音乐剧，在上流社会风行一时。同一世纪末，"仙女故事"之风在路易十四宫廷中蔚成风气之后，又有多尔努瓦夫人、贝洛、贝尔纳小姐(Mlle Bernard)等多位作者改编这一故事类型，证实了故事母题长久的生命力及其与神话等文体间可能存在的亲缘关系。

然而，虽然故事的历史源远流长，其文体意识的觉醒却迟至17世纪才发生。这一点仅从作为体裁名称的"conte"一词的意义变迁就可窥见一斑。据西蒙森考证，"conte"一词最早出现在1080年，是动词"讲述"(conter)的派生词。后一词源自拉丁文动词"computare"，取"列举"之意，意为"列数某一故事的主要情节"，引申为"讲述"。"与它的民间起源相符，'故事'一词，同'讲述'(conter)和'故事讲述者'(conter)一样，都是属于日常用语的，所以指代常不明确。历史上，其词义也几经变换。直到马莱伯(Malherbe)的时代，它表达的还是'对真实事件的叙述'之意。文艺复兴时期，它兼具双重意思：'真实事件的叙述'，但同时也是'虚构事件的叙述'。1794版的《法兰西学院词典》(*Dictionnaire de l'Académie*)将故事定义为'对或真实、或神奇、或严肃、或逗乐的历险的讲述或叙事'，并补充说'神奇的或逗乐的更为常见'，由此体现了该词语向现代意义的过渡：它是'对幻想出的事实、事件的叙述，以娱乐为目标'。"②而这一过渡

---

① 按照阿尔奈-汤普森分类法，这一故事属于AT425型"The Search of the Lost Husband"，特拉吕和特内兹也曾梳理过这一类型在法国各时代各地域演变出的版本。参见 Paul Delarue, Marie-Louise Ténèze, *Le conte populaire français*, tome II, Paris: Éditions G.-P. Maisonneuve et Larose, 1964, pp. 72-105。这一类型的最大特色是男方通常以超自然形象（神灵、妖魔或动物）出现，而男女双方的爱情通常受到某种外力（如男女双方的长辈、种族差距、男方身上背负的诅咒等）的阻碍；后来通常因为女方打破了某一禁忌（如擅自窥探男方的面容）或坚持要暂离（如回家探亲）导致男方消失，需经历重重考验才能与男方重聚并实现真正的完满结合。

② Michèle Simonsen, *Le conte populaire*, p. 9.

显见是在17世纪末期才渐渐发生的。有大量资料可佐证,当时仍将所有的短篇叙事文本统称为"fable"①,如贝洛在1695年出版的诗体故事集《故事诗》的序言中,就声称:"我甚至要说,如果从道德寓意的角度来看,我的故事(Fables)比大多数古时的故事(Contes)还值得被讲述。"②恰是1690年之后,因"仙女故事"作为故事中最有代表性的一类在上流社会中风行,"故事"一词才拥有了独特的含义,成为一种承继自口头文学、对普遍母题进行改写且书写者与阅读者/聆听者都默认其情节为虚构的文学门类。这三点成为定义故事的核心要素,如索里亚诺就将之界定为"来自口传的叙事,其源流可能更在历史文明之前。在一个或另一个时期,故事可能会以各种改写的形式在文学中出现。它所讲述的事情不是作为真实事件被呈现出来的(这或许就是著名的'从前有……'这一表达法的意义,它唤起了某一个遥远的、非现实的时代的记忆)。"③

但即便"仙女故事"已在该文体内部占据了最为醒目的位置,也不应将之等同于"故事"。因后者至少包含三大种类,分别是"严格意义上的故事"(contes proprement dits)、"动物故事"(contes d'animaux)和"戏谑故事"(contes facétieux)。④ 依照西蒙森分类法,三类故事大致如下:

• 严格意义上的故事:主要包括"超自然故事"(即通常所说的"仙女故事")、"现实主义故事"[contes réalistes,即短篇小说(nouvelles)]、"宗教故事"(contes religieux)和"愚笨的食人魔的故事"(histoire d'ogres stupides)。⑤ 其中"现实主义故事"一说最受学界争议,因为很多所谓摹仿现实的故事(如《一千零一夜》中的很多篇章)虽然并未使用超自然元素,却包含大量的巧合、乔装、戏剧性的转折和不可能的结尾,均不属现实

---

① "fable"出自拉丁文"故事"(fabula)一词,在17世纪时可统指所有的短篇叙事文本,亦可代指叙事文本的情节,现专指寓言。但这一现有定义也是17世纪中后期拉封丹对该文体进行明确与发展后的产物。

② Charles Perrault, *Contes de Perrault*, édition de Gilbert Rouger, 1967.

③ Marc Soriano, *Guide de la littérature enfantine*, p. 151.

④ Michèle Simonsen, *Le conte populaire*, pp. 16—17.

⑤ Ibid., p. 16.

主义风格。①

• 动物故事:"这一种类在理论上很难成立,因为动物经常在超自然故事中扮演重要角色,且动物在某些戏谑故事中常以各种形象存在,即有时和人类在一起,有时和食人魔或其他动物一起出现,成为文本中的主要人物。这一命名法主要用于那些让动物来承担所有主要角色——包括主人公与反对方(opposants)——的文本。"②这一类型的故事继承了中世纪诗体文本《列那狐传奇》(Roman de Renart)的传统,虽有拟人化的动物,但并不强调动物的超自然能力,而是赋予动物人类的品格,借此折射人类社会的种种侧面。

• 戏谑故事:包括讽刺权贵阶层的故事,讽刺弱小者、残疾人、愚蠢者的故事[如著名的《大傻子让》(Jean le Sot)系列故事],讽刺主流价值观(如虔敬、贞洁、诚实)的故事,渎圣故事,"谎话故事"(contes de menterie,主要是吹嘘围猎成果或钓鱼收获的故事)和"回环式故事"(randonnées)③等。

二、从"仙女故事"到童话:路易十四统治末期宫廷中的女性故事写作风尚

可见,"仙女故事"(contes de fées)只是故事中的一种,名称得自其中以改变人类命运为乐的"仙女"(fées)。但因仙女亦非所有"仙女故事"的必要人物,而只是此类文本超自然侧面的代表性元素④,所以包括西蒙森在内的多位学者都认为该命名法并不妥当,宜改称"超自然故事"(contes

---

① Michèle Simonsen, Le conte populaire, p. 16.
② Ibid., pp. 16—17.
③ 关于"回环式故事",西蒙森给出的例子是:"Le valet appelle le boucher pour tuer le veau qui ne veut pas boire à la rivière qui ne veut pas éteindre le feu qui ne veut pas brûler le bâton qui ne veut pas battre le chien." Michèle Simonsen, Le conte populaire, p. 17.
④ 并非所有的"仙女故事"中都有仙女出场,很多故事也选择了其他的超自然元素。如《蓝胡子》中凸显神异的是男主人公与众不同的胡子颜色与沾血即无法擦拭的禁室钥匙[贝洛曾用"仙女"(fée)一词做形容词来描述这把钥匙,参见 Charles Perrault, Contes de Perrault, édition de Gilbert Rouger, p. 125],《穿靴子的猫》中则表现为口吐人言的猫和拥有城堡的食人魔。

merveilleux，偶见 contes surnaturels）①。这种说法不无道理，因"仙女故事"的最大特点就是超自然力量的介入：相关人物有仙女、食人魔（ogres）②、小矮人（nains）、会说话的动物等，物品有魔法棒（baguettes magiques）、七里靴（bottes de sept lieues）、神奇生物牵拉的车子、魔法戒指等，经典场景则包括诅咒、变形。且因此类故事均可追溯至先民时代，所以其中超自然世界的背景并非天主教信仰，而是古高卢时代民间信仰的残留，与后世的"宗教故事"在价值观层面上有显著差异。

同其他故事类似，"仙女故事"起源极早，可谓是"属于古代而不知时日的"。法国尼韦内（Le Nivernais）地区流传过的"鱼王"（Le roi des poissons）类型故事③，可归入特拉吕-特内兹分类法的第 303 类型（Conte-type 303）。但若按照国际学界通用的阿尔奈-汤普森分类法，该类型则被称为"双胞胎或血亲兄弟"（AT 303 The Twins or Blood-Brothers），可追溯至公元前 8 世纪的古埃及故事《两兄弟》。属于该类型的故事间共通的超自然元素是血亲兄弟的心灵感应：当一方的生命受到威胁时，另一方纵使不在场也会感到危险迫近，主动踏上寻访兄弟的路途。而除去此类时代模糊的口传版本，最早见于笔端的"仙女故事"雏形则出现在中世纪。这是一个民俗故事屡见记录的时代：《列那狐传奇》中已蕴含"动物故事"的萌芽，玛丽·德·法兰西《寓言集》（Ysopet 或 Isopet）内收录了不少戏谑故事④的先声，她的籁歌（lais）中也有数篇近似超自然故事的文本。《兰瓦尔》（Lanval）一诗讲述了亚瑟王麾下圆桌骑士兰瓦尔与仙女的爱情故事。与后世同属"寻找消失的丈夫"类型的故事类似，《兰瓦尔》的男女主

---

① Michèle Simonsen, *Le conte populaire*, p. 16.
② "食人魔"是常出现在民间故事中的超自然人物，形象类似巨人，以新鲜血肉为食，尤其垂涎年幼的孩子。
③ 特拉吕所搜集的尼韦内版本题为《磨坊主的三个儿子》（*Les trois fils du meunier*），参见 Paul Delarue, *Le conte populaire français*, tome I, Paris：Éditions G. -P. Maisonneuve et Larose, 1976, p. 147。
④ 《寓言集》中的很多故事准确来说既不属于寓言，也不属于故事，而是"讽喻诗"（fabliaux），即一种诗体讽刺故事。但其主题普遍为讥讽愚蠢、批判权贵或利用智计私下复仇，是后世戏谑故事的雏形。关于该体裁的更多详细信息，亦可参见本书第五章。

人公分归不同种族,其中属于人类的一方出于某种原因打破了超自然生物的一方设定的禁忌(如《普赛克与丘比特》中丘比特不许普赛克偷窥他的容貌,《兰瓦尔》中的仙女则禁止情人在别人面前称呼自己的名字),且身为超自然的一方以阿尔摩里克半岛(今布列塔尼)民间迷信中的"仙女"形象出现,初具"仙女故事"的特性。《约内克》(Yonec)一篇则属"化身为鸟的王子"(AT432 The Prince as a Bird/Le prince-oiseau)一类,描写了一名叫作约内克的贵妇人与她化身为鸟的其在高塔中幽会的情人的婚外情,多尔努瓦夫人的《青鸟》(L'oiseau bleu)一篇应受其影响。

若说中世纪文学创作中已可窥见"仙女故事"的雏形,后世童话的直系祖先还是要回溯至文艺复兴时期,尤其是 16 世纪末至 17 世纪初开创了以短篇小说①形式记录民间故事的传统的两位意大利作家乔万尼·斯特拉帕罗拉(Giovanni Straparola)与詹巴蒂斯塔·巴西耳(Giambattista Basile)。前者于 1550—1553 年间出版两卷本《可笑的夜晚》(Le piacevoli notti,法文称 Les nuits facétieuses),模仿薄伽丘的《十日谈》,将一群贵族男女聚集在威尼斯附近的穆拉诺岛(Murano)上,让他们轮流讲述故事以自娱,他们讲述的故事中就包括《穿靴子的猫》最早的文学版本;后者 1634—1636 年间用那不勒斯语发表《故事的故事》(Lo cunto do li Cunti,法文称 Le conte des contes),后世通用名为《五日谈》(Pentamerone,法文为 Pentaméron),是一部含有 49 篇民间故事的故事集,内有《林中睡美人》和《小拇指》的原型。

基于文艺复兴时期将民间故事文学化的传统,超自然故事于 17 世纪中后期进入法国上流社会,成为风行社交场合的娱乐文体。该体裁的风靡有多重缘由,尤应归因于路易十四统治中后期宫廷文化生活的繁荣。投石党运动(1648—1653)后,路易十四奉行中央集权政策,剥夺贵族阶级的政治权力,将地方大贵族齐聚凡尔赛宫廷,催生了多样的宫廷娱乐。直至 17 世纪末,宫廷风气均以奢华、夸张、浮靡、绮丽为上,尚武、勇敢等传

---

① 如《好笑的夜晚》中的很多篇目,用意大利语应称为 novella,即"短篇小说"或"短篇故事"。

统的英雄品质也被殷勤(galanterie)、风雅(préciosité)、礼貌(courtoisie)等新型行为规范所取代,女性因此在某种程度上成为社交生活中备受尊重的对象。她们游走于各个社交场合,靠主持文学沙龙和所谓的"闺中社交网络"获得了越来越大的文化影响力,而仙女故事、格言(maximes)、肖像(portraits)等"文字游戏"都是沙龙中常见的活动。"文学童话最早是作为一种客厅游戏,于17世纪中期从贵族妇女的沙龙中发展出来。正是在这些贵族沙龙里,女性通过各种对话游戏来展示她们的智慧和教养。事实上,那时的语言游戏常常成为即兴抒情诗和系列小说等文体的模范。男性和女性均参与到这些游戏中,并被不断激励着发明新的游戏,或者使之更显高雅。[……]妇女们在谈话中会自发地提及民间故事,并使用其中的某些主题。最后,她们开始把讲述这些故事作为一种文学娱乐和插曲,或者说,作为一种发明出来以愉悦听者的'餐后甜点'。"①女性的"仙女故事"写作于是在上流社会中蔚然成风,该风气从17世纪末一直持续到18世纪初。

除女性作家的群体力量外,饰以超自然元素的"仙女故事"得以风靡,亦同宫廷内部乃至路易十四本人的审美取向有着脱不开的干系。凡尔赛宫廷中的文化活动向来"以王上意愿为最高准则,旨在宣示'太阳王'的权威和荣光,风格上追逐夸张、盛大、梦幻。尤其是在路易十四统治前期,凡尔赛宫常举办规模在千人以上、持续数天的游乐会,如1664年'幻梦之岛的乐趣',六天时间里呈现了戏剧、芭蕾、音乐会、宴饮、马戏、喷泉等表演,国王同与会者都扮成历史或小说中的人物,符合气氛的神话或超自然主题成为戏剧舞台上的宠儿"②。此外,"宫廷娱乐中对类似主题的偏好迅速将国王的另一爱好推至台前:路易十四本人7岁前由来自乡间的乳娘教养,是在'仙女故事的摇篮中'长大的,他的贴身侍从拉波尔特(La Porte)在回忆录中记述,国王离开妇人的怀抱后'伤感于再无法听着

---

① 杰克·齐普斯:《作为神话的童话 作为童话的神话》,第21—22页。
② 章文:《为成人而作的贝洛童话》,《国外文学》2020年第1期,第135页。

《驴皮记》入眠',竟至命其晚间以'故事的语调'读梅兹莱(Mézeray)所书的历史。这份偏好显然持续很久,因半世纪后雷丽蒂耶小姐(Mlle L'Héritier)的《杂写》(Œuvres mêlées)一书中还描绘了勒卡米夫人(Mme Le Camus)在凡尔赛宫以故事取悦包括国王在内的众贵人的事略"①。在那样一个中央集权空前巩固的时代,国王的爱好自是推动了"仙女故事"之风。

在数重因素的推动之下,多尔努瓦夫人、雷丽蒂耶小姐、德拉福斯小姐(Mlle de La Force)、贝尔纳小姐、米拉夫人(Mme de Murat)等多位女性作者投身"仙女故事"创作。据统计,仅在1690—1705年间,上述女性作者及其沙龙同好们就创作了几十本童话集。② "仙女故事"之名则由多尔努瓦夫人创设于1690年③,本称为"仙女的故事"(contes des fées),在法文中既可解释为"关于仙女的故事",亦可会意为"仙女们所写作的故事",且两种理解均表现出创作者隐含的性别意识。其一,多尔努瓦夫人及其同辈作者抛却魔法师、先知、诸神等拥有超自然力量的男性角色,选择仙女作为左右故事走向的中心人物,本身就是一种对女性力量的期待和彰显。其二,在17世纪末"古今之争"④的大背景之下,捍卫古希腊罗马文学遗产的布瓦洛等崇古派毫不掩饰自己的厌女倾向,对身为厚今派温床的女性文学沙龙殊无好感;而以贝洛为代表的厚今派虽名义上站在女性一边,但在《格利齐丽蒂斯》等作品中颂扬的也都是服从、隐忍等男性

---

① 章文:《为成人而作的贝洛童话》,第135页。
② 同上书,第136页。
③ 一般认为最早的"仙女故事"是陀尔诺夫人于1690年收录在短篇小说《都格拉斯公爵伊波利特的故事》中的《幸福岛》(«L'Île de la Félicité»)一文。参见 Jack Zipes, *The Great Fairy Tale Tradition*: *From Straparola and Basile to the Brothers Grimm*, New York: W. W. Norton, 2000, p.858。
④ "古今之争"是17世纪中后期至18世纪初在法国掀起的一场大规模文艺争论,争论的焦点是古希腊罗马时代的创作与当时法国本土的创作相比,到底何者为优,参与争论的双方分称崇古派(Anciens)和厚今派(Modernes)。该争论自17世纪60年代即有萌芽,贝洛《路易大帝的世纪》一诗则将其推向了新的高潮。

凝视中的女性道德。① 多尔努瓦夫人及其沙龙同好们身为女性作者,虽从未公开在"古今之争"中表明立场,但因多数女性不通古希腊文和古拉丁文,无法从事崇古派推崇的诗歌或戏剧等"严肃文体"的创作,只能在"仙女故事"等边缘体裁中一展身手,所以天然属于厚今派。她们化身"比古时的仙女更博学、更知礼的现代仙女"②,创作了无数"属于仙女的故事",提升了女性在文坛上的存在感,展现了主动掌握自己命运的更具现代性的女性道德。

因此,自"仙女故事"诞生伊始,就有着与生俱来的贵族化与女性化倾向,是对乡间故事的再改写。诚然,与所有的故事类似,活跃于沙龙中的太太小姐们的创作也取材自民间版本,不可避免地保有口传痕迹且承继了主要母题,但她们既非民间讲述的忠实记录者,亦非下层民众的代言人,传达的都是群集在凡尔赛的上层社会认可的意识形态。事实上,路易十四的供养政策让凡尔赛宫廷成为贵族阶层社会想象的聚集之地,上流社会"深陷于自我优越感的幻梦之中,并无时无刻不想为之提供证明"③。这些作者对下层民众的态度往往是极为轻蔑的,如多尔努瓦夫人形容《格拉秀思与珀齐内》(*Gracieuse et Percinet*)中女主人公格拉秀思的继母格罗尼翁(Grognon,原意为"爱抱怨的")形象丑陋,就说她虽身为富有的女公爵,却"比一个农妇还要更丑,长得更坏"④。

为凸显该时期女性"仙女故事"创作的主要特性,我们拟从"贵族化"和"女性化"两方面来评述。首先,女性作者们贵族化的意识形态主要体现在她们的创作意图、背景世界和文后道德寓意三个层面。于这一时代的贵族女性来说,她们参与创设的体裁本质是用于沙龙酬答的娱乐制作,

---

① 参见章文:《为成人而作的贝洛童话》,第139页。
② 来自米拉夫人对多尔努瓦夫人的评语。Mme de Murat, «Anguillette», *Les nouveaux contes de fées*, 1699. 转引自 Marie-Catherine d'Aulnoy, *Contes de fées*, édition de Constance Cagnat-Debœuf, Paris: Gallimard, 2008, p. 40。
③ Raymonde Robert, *Le conte de fées littéraire*, Nancy: Presses Universitaires de Nancy, 1982, p. 330.
④ Marie-Catherine d'Aulnoy, *Contes de fées*, édition de Constance Cagnat-Debœuf, p. 61.

面向的是一小批封闭的贵族读者，唯一意图即是为参与沙龙文学游戏的女性读者提供娱乐价值。比起《寓有道德教育的昔日故事》的献辞中仍强调故事的教化作用的贝洛，女性作者的取悦倾向更为坦率。多尔努瓦夫人1697年出版的《仙女故事》(Contes des fées)的进献对象就是路易十四的弟媳、奥尔良公爵夫人伊丽莎白-夏洛特·德·巴维埃尔(Élisabeth-Charlotte de Bavière)，作者于献辞中署名"极卑微、极顺从、极感恩的女仆"，称"若我现在有可企望的事情"，那就是"以一种令人舒适的方式娱乐您"①。文本中亦有多处致意，暗示着这是专供上流社会某一女性封闭小团体阅读的作品。明显的致敬有《林中的牝鹿》(La biche au bois)里，女主人公长大成人并首次乘坐马车出行时，多尔努瓦夫人突然从散文体叙事中跳脱而出，插入了一段颇具"矫饰文学"风格的韵文，将之类比于一位令凡尔赛宫廷焕发生机的年轻公主："她与阿德莱德一样，/同样的魅力熠熠闪光，/婚姻之神充作向导，/引她来此缔造和平。"②阿德莱德即玛丽亚-阿德莱德·德·萨伏伊(Marie-Adélaïde de Savoie)，其父萨伏伊公爵维托里奥·阿梅迪奥二世(Victor-Amédée II de Savoie)于1696年与路易十四签订《都灵合约》，并约定将长女阿德莱德嫁给王太孙路易，时年11岁的阿德莱德因此来到法国宫廷接受教养，深受路易十四喜爱。可见，即便多尔努瓦夫人的目标读者并非阿德莱德本人或其周围的小圈子，也应是熟知宫廷近况的贵族女性。

为取悦目标读者并与之引发共鸣，女性作者群在营造故事的背景世界时，常选用"洛可可风格"③，以丰富的想象力辅以夸张、堆砌，迎合17世纪末贵族阶层对享乐主义和犬儒主义的偏好。多尔努瓦夫人就是其中的代表，雷蒙德·罗贝尔(Raymonde Robert)极其精准地指出，当民间故事对财富的想象力仅局限于货币（路易、皮斯托尔等）时，多尔努瓦夫人已将富有转化成种种难以想见的纷繁复杂的形式，如精美的织物、钻石、宝

---

① Marie-Catherine d'Aulnoy, *Contes de fées*, édition de Constance Cagnat-Debœuf, pp. 47—48.
② Ibid., p. 258.
③ 参见 Raymonde Robert, *Le conte de fées littéraire.*, pp. 349—357。

石、珍贵的木料等。其童话的主人公总是住在富丽堂皇的宫殿里,如《精灵王子》(*Le prince Lutin*)中,男主人公穿过纯金建造的宫殿内的重重套间:"其中一些摆满了中国运来的精致瓷器,颜色和图案不免怪异,气味却令人无尽欣悦;还有一些置放着精巧的瓷器,它们堆成了整面的墙,透过其间可以看到光晕;另有一些放着雕刻好的水晶,还有琥珀、珊瑚、天青石、玛瑙;公主的套间则全是大片的镜子:这么可爱的东西是不会嫌太多的。"①当时镜子全部从意大利穆拉诺岛进口,是极其稀罕贵重的物事,此种装饰风格显然是对凡尔赛宫中镜廊的影射。但多尔努瓦夫人笔下的奢华并非用于炫耀,而是服务于人物及与人物境况相似的读者的感官快乐。她所塑造的女主人公通常是富有生活乐趣的人,对甜食尤为钟爱,如格拉秀思每次举办宴会时,都要享用"数盆糖衣果仁,还有超过二十盆果酱"②,享乐至上、毋宁放肆的信条贯穿于人物的行为中。

而以女性为主要创作者的"仙女故事"的贵族化倾向还在于其在道德寓意上脱离民众所奉行的价值观,多关注贵族女性生活中的实际问题。道德教益通常是后世演变为童话的"仙女故事"的重要组成部分,往往旨在阐明"善良总是得到报答,罪恶总是受到惩罚"③。但此类符合乡民或小儿对社会秩序的美好想象的乌托邦式并非女性作者的阐扬重点,她们更愿向目标读者施以眼色,讨论后者可能在生活中遭遇的烦恼,即婚姻和情爱。特内兹在《作为体裁的超自然故事》一文中,总结出了"仙女故事"的固定模式:"[仙女故事]起始自某件坏事、某项缺陷,中途又经历了某些过渡性的环节,最终着落在一场婚姻或其他一些作为结尾的情节中。"④多尔努瓦夫人的所有童话几乎都以爱情为核心议题,以婚姻或再婚为解决问题的手段。这一点也反映在她每篇故事末尾用韵文写成的感言中,

---

① Marie-Catherine d'Aulnoy, *Contes des fées*, Paris: Bernardin-Béchet, 1868, p. 279.
② Marie-Catherine d'Aulnoy, *Contes de fées*, édition de Constance Cagnat-Debœuf, p. 49.
③ Charles Perrault, *Contes de Perrault*, édition de Gilbert Rouger, p. 5.
④ Marie-Louise Ténèze, «Du conte merveilleux comme genre», in *Arts et traditions populaires*, N° 18, 1970, p. 16.

如《青鸟》后就写道:"婚姻若非爱情所促成,/会变成一种奴役且置人死命。[……]出于利益或人性缔结的婚姻/往往是折磨人的,/如果没有爱,两颗心都将陷于不幸。"①且此类"情感心得"并不一定是符合道德规约的,德拉福斯小姐的《魔法师》(*L'enchanteur*)一篇颂扬的即是婚外情。文中的魔法师引诱王后,又因国王的突然死亡得以与之结为夫妻,而故事最终得出的道德寓意居然是偏离道德的感情才能促成夫妻相爱:"通往幸福有多种径路,/ 恶行可将我们带去,就像荣耀一样。"②

可见,"仙女故事"的着眼点不在于传递民俗故事中体现出的民众愿景,亦不在于维护通常意义上的公序良俗,而是响应某一女性小团体的潜在渴望,故同样体现出某种女性化倾向。当然,这些女性主义的成分是适度插入叙事进程中的,且以超自然元素做包裹,与现实间存在必要的审视距离,所以不应把创作故事的这些太太小姐们视为现代意义上的女性主义者,只能说她们的笔下有性别意识的流露,主要体现在人物塑造及女性人物对婚姻的看法上。大致而言,"仙女故事"中少有丰满的男性角色,即便是在贝洛的笔下,他们也多是以推动情节发展的"工具人"的形象出现,并无人格厚度。以多尔努瓦夫人为代表的女性作者则更多是因为个人经历③,常创设并不完美的男性角色,与传统民间故事中的完美英雄相距甚远:作为君王,他们治国无方,难以御下,如多尔努瓦夫人的《美丽的美人或幸运骑士》(*Belle-Belle ou le chevalier Fortuné*)开场时,女主人公所在国度的君王就已经被邻国击败,且受制于身为摄政王的长姐。作为父亲,他们仿佛家中的暴君,《格拉秀思与珀齐内》中格拉秀思的父亲就因垂涎格罗尼翁的惊人财富,才坚持迎娶她为妻并让她成为独女全然的"主人"。

---

① 佩罗等:《法国童话》,第 84 页。
② Charlotte-Rose Caumont de La Force, *Les contes des contes par Mademoiselle * * **, Paris: Simon Bernard, 1698.
③ 多尔努瓦夫人依父母之命,在 15 岁或 16 岁时与年长她二十多岁、因酗酒和风流闻名的多尔努瓦男爵结亲。婚后生活并不幸福,多尔努瓦夫人及其母亲曾罗织"冒犯君主罪"将其丈夫构陷入狱,后其丈夫洗冤被释放后,多尔努瓦夫人被迫流亡国外,直至其 38 岁(1690 年)时才返回法国。

作为丈夫或情人,他们或是有如兽般暴虐的一面,类似《野猪王子》(Le prince Marcassin)中男主人公因妻子被自己野猪般的外貌吓到,拒绝与之同床,便化出血红的双眼和长长的獠牙,威胁要吃掉她;或是懦弱至不堪托付,如《青鸟》中的夏尔芒王(le roi Charmant)在误以为爱人背叛自己之后,只会认命迎娶折磨过自己的、丑陋的特吕托纳(Truitonne),且吸食鸦片以逃避现实。

相较叛离传统的男性角色,女性角色则呈现出主动、勇敢、坚韧的气质。她们勇于追逐爱情,如《青鸟》的女主人公弗洛丽娜(Florine)在得知自己的继姐仗着仙女的帮助逼迫夏尔芒王与之成亲,且爱人已受蒙蔽之后,毅然踏上旅途,通过易装、魔法等多种手段引导后者发现真相。途中辛苦自不必说,"她不停地走了八天八夜,来到一座山脚下,这座山高入云霄,全部由象牙构成,陡峭得根本无法立足。她不知尝试了多少次都没能成功,她滑倒在地,疲惫不堪,但这些都没有令她灰心丧气。"① 而这在传统的故事叙事中,应当是专属男性角色的情节。女性角色甚至可以在家庭以外的场域中建功立业,《美丽的美人或幸运骑士》讲述的就是一个法国式的"花木兰的故事",家中最小的女儿"美丽的美人"代父从军,化名"幸运骑士",驱除敌军,勇斗恶龙,获得宝藏。她们不仅要做自己的主宰,甚至还要左右男性角色的命运。《金发美人》(La Belle aux cheveux d'or)中,邻国国王派遣年轻臣子阿沃南(Avenant,意为"讨人喜欢的")来向金发美人求婚,后者设下重重考验,在考验过程中金发美人爱上阿沃南并要求嫁给他,阿沃南却因对君上的忠诚拒绝了。后来国王因意外身死,金发美人快速控制局势并将身陷囹圄的阿沃南救出,宣布:"我要将你立为国王,且选你做丈夫。"② 性别的倒错也令女性角色不再以婚姻为命运的永恒归宿,有些公主甚至将婚姻称作"致人死命的奴役",夸耀起独身的好处。面对催促自己结婚的王后,《黄矮人》(Le nain jaune)中的极美公主

---

① 佩罗等:《法国童话》,第 77 页。
② Marie-Catherine d'Aulnoy, Contes de fées, édition de Constance Cagnat-Debœuf, p. 90.

(la princesse Toute-Belle)反驳道:"我是如此的幸福;母亲,我请您允许我停留在这种宁静的漠然中。"①《金树枝》(Le rameau d'or)中的特鲁农(Trognon,意为"极小的,极矮的")公主从不遮掩自己的丑陋:"我珍惜自己的不完美,只要我是独自承受它们。"②

正是在这样一种贵族化和女性化的书写行动中,"仙女故事"渐渐完成了它作为文体的"体裁化"与"机制化"(institutionnalization)。彼得·比格尔曾如是定义文体的"机制化":当人们面对一个文本,"所观察或推断的主要不是它的特殊性质,而是在一个特定社会或社会的某些阶级或阶层中规范它与同类作品交流的方式"这一条件达成时,文本机制即已形成。女性作家群体及与她们同时代的夏尔·贝洛共同为这一文体指定了初步的规范,影响了后世童话的生成、书写与接受。杰克·齐普斯(Jack Zipes)做出如下总结:

>"童话故事"(fairy tales)这个词语是在一个特别的历史关头出现在人类的语言当中,而在17世纪末和18世纪初由多尔努瓦夫人、雷丽蒂耶小姐、德拉福斯小姐、贝特朗小姐及其他女作家创作的故事中出现了明确的迹象,表明仙女被看作是一种与法国国王路易十五和他的贵族们相对立,与教会相对立的女性力量的象征性代表。的确,这些女作家故事中的一切力量——也包括这一时期许多男性作家故事中的一切力量——都归属于那些随意浪漫,甚至是有些古怪的仙女们。因此,"仙女故事"一词用于称呼她们的文学创作故事是再恰当不过的了……③

---

① Marie-Catherine d'Aulnoy, *Contes de fées*, édition de Constance Cagnat-Debœuf, p. 215.
② Ibid., p. 39.
③ Jack Zipes, *Breaking the Magic Spell: Radical Theories of Folk and Fairy Tales*, Lexington: University Press of Kenturcky, 2002, p. 28. 译文引自舒伟:《从工业革命到儿童文学革命:现当代英国童话小说研究》,北京:中国社会科学出版社,2015年,第25页,人名译法有改动。

三、"仙女故事"的生成、书写、接受及后世流变

然而,即便贵族女性在极大程度上促成了文学童话的诞生,但或许受制于其边缘化的文学地位与难免露出行迹的女性意识,多尔努瓦夫人等一众女性"故事讲述人"却成为被人遗忘的作者,而贝洛故事则遮蔽了她及同时代所有女性的创作,成为法国童话的代名词。这种历史错位固然有长期以来文学史书写者对女性作家群体的刻意淡化①,但亦有贝氏创作更为中性、质朴、简单的原因。换言之,"仙女故事"变为既成体裁之后,舍弃了其初代创造者赋予的贵族化与女性化气息,仅保留了文体身份中的若干核心要素,并历经时代变迁成为今天的童话。

这些核心要素体现在"仙女故事"的生成、书写和接受中。"仙女故事"衍生自民间故事,通常生成自对乡间版本的采集中,最著名的例子自然是德国格林兄弟为《儿童与家庭童话集》所做的搜集工作②。相较着眼于民俗讲述传统的德国浪漫派的童话创作,在其一个世纪之前即已形成规模的"仙女故事"风潮虽有贵族化倾向,但也均非写作者的个人创造,而是对口头讲述传统的继承。"夏尔·贝洛、雷丽蒂耶小姐、多尔努瓦夫人和其他出身外省贵族的故事讲述者们,其[故事]都来自对乳母或讲故事的乡民的聆听或搜集工作的结果。"③这一集体改写行为屡见不鲜,如围绕"灰姑娘"这一类型,贝洛与多尔努瓦夫人就分别写有《灰姑娘》和《菲奈

---

① 如 18 世纪时,梅耶骑士(le chevalier Charles-Joseph Mayer)等人编撰《仙女陈列室,或仙女故事及其他超自然故事选编》(*Le Cabinet des fées, ou Collection choisie des contes de fées et autres contes merveilleux*)一书,试图盘点 17 世纪末至 18 世纪初所有的仙女故事创作,却有意将大半篇幅留给贝洛并将之放在书的第一部分;19 世纪时,法国浪漫主义者仿效德国先例,开始关注民间故事,却将贝洛视为唯一的民间传统记述者。直到 20 世纪中期,才有学者开始关注 17 世纪末期文学沙龙中的女性书写行为。

② 一般认为,格林童话是从乡间采集而来,但事实上,他们的讲述者中有很多是受过贝洛故事影响的年轻贵族女性。《林中睡美人》就完全脱胎自贝洛故事,因为在贝洛之前,该篇并没有其他口传版本。参见 Harold Neemann, «La survivance de quelques contes de Perrault dans les Märchen des frères Grimm», in *Merveilles&Contes*, 1991, Vol. 5, N° 2, pp. 372—389。

③ Catherine Velay-Vallantin, *L'histoire des contes*, Paris: Fayard, 1992, p. 32.

特-桑德隆》(*Finette-Cendron*);"寻找消失的丈夫"①这一故事类型则至少被贝尔纳小姐、多尔努瓦夫人、贝洛三人改编过。"对于已知的故事或文学主题进行的修饰润色、即席创作和试验创新尤其得到重视。[……]叙述者被要求根据某一主题编出一则故事;其技艺熟练程度将根据讲述内容的创造性和讲述方式的自然性高低来衡量;[……]接着另一位听众成员被要求讲述另一则故事——不是为了与前一位讲述者进行比赛,而是为了让游戏继续下去,并使语言表达的可能性更为多样。"讲述者以民间故事为底本,这让他们在文本中保留了某种口语中的"自然性",在语言层面上常表现为语言层面的稚拙、滑稽、乡土。词汇上,象声词被大量使用[如多尔努瓦夫人的《青鸟》中仙蛋生出了一只鸭子,不断发出"康康"(can, can)的叫声],人物的口头语或相互间的称谓中亦不乏粗俗滑稽甚至渎圣的成分[类似《青鸟》中邪恶的继姐发出乡民般的感叹"看在上帝的分上"(vertuchou)②,《金发美人》中叙述者的声音发出"太太"(Dame)的感叹③,标准用法应是"我们的太太"(Notre Dame),即"圣母"]。句法分布层面,多篇童话中充斥着若干为便于听众记忆而不时闪现的副歌般的重复,如贝洛《小红帽》中那句著名的"拉一下小栓,门闩就掉下来了"(Tire la chevillette et la bobinette cherra)④,赋予了文本一种口头讲述场景中的节奏感。

若说语言只是浅层再现了故事生成时的民间源流,母体的承继则更深刻地说明了"仙女故事"与民间故事间的血肉联系。"仙女故事"生成于对民间版本的采集与记录,书写自对普遍母题的改写,往往是某一故事类型的变种。在这个意义上,任何故事都是对既有母题的改编,毕竟母题才是民间故事及其衍生物童话的普适性内核,是植根于不同世代、不同族群

---

① 法文为"À la recherche de l'époux perdu",按照阿尔奈-汤普森分类法和法国民俗学家特拉吕的分类法均属于 AT425。
② Marie-Catherine d'Aulnoy, *Contes de fées*, édition de Constance Cagnat-Debœuf, p. 51.
③ Ibid., p. 87.
④ Charles Perrault, *Contes de Perrault*, édition de Gilbert Rouger, p. 114.

心中"源于祖先的恐惧"。"仙女故事"亦非例外,几乎所有篇目都可归入某一故事类型。如多尔努瓦夫人尤其偏爱"寻找消失的丈夫"这一母题,《格拉秀思和珀齐内》《绵羊王》(*Le mouton*)、《绿蛇》(*Le serpentin vert*)都设置了作为超自然生物的丈夫角色。其中《格拉秀思和珀齐内》堪称追随一时潮流,模仿了阿普列乌斯《金驴记》中普赛克和丘比特的故事,与拉封丹版本在人物设定上基本一致,且屡有致敬。① 同象征灵魂的普赛克一样,格拉秀思(法文原名 Gracieuse 意思即为"优雅的,美丽的")有着惊人的美丽,"在这种情况下,即便是爱神之母维纳斯,也没有这么美丽"②;她的完美招来继母格罗尼翁的妒忌,后者象征着因普赛克的美貌及儿子对她的迷恋而产生嫉恨的爱神维纳斯;男主人公珀齐内(Percinet,词根为动词"percer",即"穿透")身上则有明显的对丘比特的指涉,不单名字暗指爱神的职责即是以剑射穿人的肌肤③,更有如"她看到珀齐内王子如爱神一般俊美"④的明示。

除人物设置外,《格拉秀思和珀齐内》与阿普列乌斯及拉封丹的版本在情节上也如出一辙。身为超自然生物的丈夫短暂离场期间,维纳斯给普赛克的三项考验分别是要将混作一堆的四种不同的谷物分开、取食人金羊的羊毛和去冥界取珀尔塞福涅的盒子,格拉秀思则被迫要将一团乱线解开、分开不同鸟类的羽毛及取来一个不能打开的盒子。⑤ 最后的结局也趋向一致,虽不免波折,女主人公仍在男主人公的帮助下得救并收获幸福,从而忠实复刻了这一母题最大的心理意义:经过重重考验,爱欲(Eros,即厄洛斯)与灵魂(Psyché,即普赛克)融合起来,外貌的吸引(格拉秀思)同忠诚的爱情(珀齐内对爱人始终如一的帮助)也结合在一起,向读

---

① Marie-Catherine d'Aulnoy, *Contes de fées*, édition de Constance Cagnat-Debœuf, p. 359.
② Ibid., p. 52.
③ Ibid., p. 358.
④ Ibid., p. 60.
⑤ Helena Taylor, «Gracieuse et Percinet», in *Op. Cit.: revue des littératures et des arts*, N° 23, 2021, p. 6.

者展示了通向最终幸福的不二径路。

可见,"仙女故事"的书写,即是围绕同一母题/故事类型进行的不同程度的改写。母题的固定性、传世性,再辅以文本中生成自民间传统的口传痕迹和17世纪末期沙龙作者惯用的创作定式,导致了"仙女故事"在其接受过程中,往往面对读者较为稳定的期待视野。甚至在翻开一则"仙女故事"之前,人们对其中的人物、主题、叙事结构、背景世界及惯用语就已经有了一定的期许。"仙女故事"虽脱胎于民间故事,但并非所有的乡土题材都是其改编对象,男性讲述传统中远行历险、勇斗恶龙的故事就未能入选,大多数篇目还是围绕着婚姻、家庭和情爱。且17世纪末至18世纪初,沙龙中的故事讲述人与聆听者同属贵族阶层,为引起听众共鸣,讲述人常以青年贵族男女为主要人物,其中多有王子、公主等。正面人物通常面貌美丽,兼具世间一切美好的品德;反面人物则面目可憎,人品堪忧。典型例子如《青鸟》中的弗洛丽娜(Florine①)公主"如花神般鲜妍、年轻而美丽,所以被传颂为世界七大奇迹之外的第八大奇迹"②,她的继姐特吕托娜(Truitonne③)"既无姿色又无风度","脸上满是雀斑,像鳟鱼一样;她的黑发老是那么污秽油腻,没人愿意抚摸;她的黄皮肤同样属脂溢型,总是油腻腻的"。④ 又如贝洛的《仙女》中,寡妇的两个女儿也成为美与丑、善与恶的对立的两面:"从前有个寡妇,她有两个女儿,大女儿的脾性和脸蛋都与她如此相像,以至于看到她的人就像是看到了她的母亲。她们两个人都是这么令人厌烦,这么傲慢,旁人无法同她们一起生活。小女儿的温柔与和气则是她的父亲的真实描画,有了这些,她就是人们见过的最美的姑娘之一。"⑤而这些大致上构成二元对立的人物所经历的故事则基本符合普罗普、格雷马斯等人发展的五段论故事讲述模式(le schéma

---

① 源自拉丁语"flos",即法语"floraison"(花期)。
② 佩罗等:《法国童话》,第54页。
③ 词根为"Truite"(鳟鱼)。
④ 佩罗等:《法国童话》,第54页。
⑤ Charles Perrault, *Contes de Perrault*, édition de Gilbert Rouger, p. 147.

第四章　童话论:"仙女故事"与夏尔·贝洛　　141

narratif):初始情形(la situation initiale)—介入因素(l'élément perturbateur)—情节波折(les péripéties)—解决因素(l'élément de résolution)—最终情形(la situation finale)①。人物彼此间的关系则对应格雷马斯行动元模型(le schéma actanciel),分为主体/客体、发送者/接受者、帮助者/敌对者(见图 4.1)。

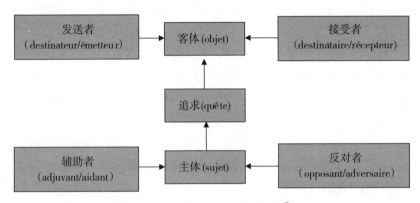

图 4.1　格雷马斯行动元模型②

以《仙女》为例,主体由姐妹二人担任,她们是故事中的主要行动者,需要完成一项任务。客体即是主体要获取的物品或完成的目标,对于饱受欺压的妹妹来说,她的目的是替母亲去泉边汲水;而姐姐再去往泉水处,是因为母亲期盼她能获得与妹妹同样的赐福。辅助者与反对者都是仙女,她或化身衣衫褴褛的老妇人,或装扮成衣饰华贵的太太,借赐福或诅咒改变了两姐妹的命运。发送者和接受者皆是母亲这一角色,她是任务的发起者和利益相关人。

---

①　以《仙女》为例,初始情形为"一位少女同母亲、姐姐一起生活,常受二人苛待";介入因素是"少女在取水的泉眼边偶遇仙女";情节波折对应"仙女为她赐福,赐福招致母亲、姐姐的妒忌,母亲也派姐姐去泉眼取水,后者却因傲慢的态度招来诅咒";解决因素为"少女偶遇王子";最终情形则是"少女因美貌和能吐出鲜花、珍珠、钻石的能力被王子迎娶为妻,被赶出家门的姐姐则饿死于森林中"。
②　参见 Algirdas Julien Greimas, *Sémantique structurale*, Paris: Presses Universitaires de France, 2002。

由此可见,人物设定、叙事模式和人物关系间的行动元模型决定了读者对"仙女故事"现实侧面的期待视野,但"仙女故事"另有超自然成分。其开篇通常营造不确定的时空背景,因此催生了著名的引入语"从前有一个"(il était une fois);在这个现实与虚幻交织的世界里,除去王子、公主之外,另有仙女、小矮人、食人魔、拟人化的动物等超自然角色,掌握魔法棒、七里靴(les bottes de sept lieues)、神奇钥匙等魔法道具,掌握变形、诅咒、赐福等能力。

"仙女故事"的上述生成、书写和接受步骤也解释了其为何会受到儿童喜爱,逐渐转变为后世的"童话":文字的口头性和叙述结构的线性确保了文本的易读性,便于儿童理解;对普遍母题(兄弟竞争、父母抛弃子女、对婚姻的恐惧、乱伦的禁忌)的改写切中了人类自先民时代即存在的普遍恐惧,可满足孩子的心理需求;人物设定非黑即白,能够帮助孩子以"善恶二元论"的简单视角梳理其眼中的世界的秩序,"使得儿童能够通过最基本的形式去把握出现的问题,而一个更复杂的情节会让孩子感到一片混乱"[①];超自然人物的存在契合儿童"万物有灵论"的世界观,帮助他们理解周边事物的运转方式,狼、食人魔等更是将他们心中无形的恐惧具象化了。更重要的是,当将自己代入主人公身上的小读者发现与自己境况相似的人物得以抵御重重磨难,最终获得幸福的时候,他所获得的精神鼓舞是巨大的。而这恰是童话的心理建构意义。

> 童话故事千方百计使儿童理解:同生活中的严重困难作斗争是不可避免的,是人类生存的固有部分——但如果一个人不是躲避,而是坚定地面对出乎意料而且常常是不公正的艰难困苦,他就能战胜重重障碍,取得最后胜利。[②]

或许正因如此,本为沙龙戏作的"仙女故事"自 18 世纪起就被默认为

---

① 布鲁诺·贝特尔海姆:《童话的魅力:童话的心理意义与价值》,第 9 页。
② 同上书,第 8 页。

面向儿童的体裁,融入大量说教成分,充作教育素材。① 19世纪时又在德国浪漫派的影响之下,被夏尔·诺迪埃(Charles Nodier)等法国的浪漫主义者当作对民间故事传统的忠实记述,从而成为儿童化、民俗化的文学门类,20世纪之后则吸引了马塞尔·埃梅、皮埃尔·格里帕里(Pierre Gripari)等作家对传统母题进行戏仿、改写甚至颠覆,成为今日所见的"童话"门类。

第二节　贝洛及其故事:游走于民俗传统与沙龙文学之间

若要进一步理解法国"童话",就必须再将笔触移至夏尔·贝洛其人其作。即便在17世纪末的"仙女故事"写作风潮中,贝洛并非最具典型性的作者,但他的创作无疑对"童话"文体的形成与发展产生了深远影响。对法国大众而言,"贝洛故事"约等于类别名词,可用于指代所有为儿童所写的超自然故事。然而,贝洛故事的创作过程远非如此简单,其中既有对民间版本的收集与继承,亦有女性沙龙文学的影响,更隐含作者本人的政治抱负与实际意图,以至于索里亚诺将之称为"谜题与悖论的聚集之地"②。浮于水面之上的谜题即有三点。第一,"贝洛故事"内部存在体裁上的异质性。1694年时,贝洛出版了第一本故事集《故事诗》,内含三篇诗体故事,即《格利齐丽蒂斯》(Grisélidis)、《驴皮》(Peau d'Âne)和《可笑

---

① 博蒙夫人的《美女与野兽》《谢里王子》(Le prince Chéri)等篇目即是说教童话的典型,作者抓住一切可能的机会向读者施加道德教育。如《美女与野兽》中,待仙女现身让野兽变回王子后,仍驻足阐明"善有善报、恶有恶报"的道理,对美女说:"来瞧瞧您的选择给了您什么报偿:比起美貌和聪明,您更喜欢善良。您应该找到一位集这些美德于一身的好丈夫。您会成为一位伟大的王后:我祝愿您登上宝座以后不至于毁掉您的品德。"类似的说教并不曾见于路易十四统治末期的"仙女故事"中。关于《谢里王子》中的说教倾向,可参见本书第三章第一节"人格养成"部分。

② Marc Soriano, *Guide de littérature pour la jeunesse*, p.393.

的愿望》(Les souhaits ridicules)。享誉后世的八篇散文体故事①则于 1697 年面世,初题为《寓有道德教益的昔日故事》(Contes ou histoires du temps passé avec des moralités),因扉页插画上呈现了保姆给贵族儿童讲故事的场景,人物身后绘有壁炉,壁炉上悬挂刻有"鹅妈妈的故事"的木板(见图 4.2),故常称为《鹅妈妈的故事》。第二,贝洛故事的作者身份尚有争议。若说三篇诗体故事毫无疑义地为夏尔·贝洛所做,且配有作者本人写就的序言、献词②,《鹅妈妈的故事》卷首"致小姐"的署名人却是"P. 达芒古尔"(P. Darmancour),即夏尔·贝洛的小儿子皮埃尔·贝洛(Pierre Perrault)。时至今日,散文体故事的作者之谜仍未解开,但绝大多数学者倾向于认为儿子参与了乡间故事的搜集与记录过程,但父亲才是改写并定稿的幕后之笔。第三,"贝洛故事"的来源尚有争议。这些广泛流传的篇目究竟是来自乡间口传,还是贝洛本人的创作?本节将探寻贝洛故事的起源、风格和创作目的,并借此管窥法国"仙女故事"的核心特质。

图 4.2 《寓有道德教益的昔日故事》扉页插画

---

① 八篇散文体故事依目录顺序分别为《林中睡美人》(La Belle au bois dormant)、《小红帽》(Le Petit Chaperon rouge)、《蓝胡子》(La Barbe bleue)、《穿靴子的猫》、《仙女》(Les fées)、《灰姑娘》(Cendrillon)和《一簇发里盖》(Riquet à la houppe)。

② 《格利齐丽蒂斯》据推测应是写给雷丽蒂耶小姐的,《驴皮》的写作对象是朗贝尔侯爵夫人(la Marquise de Lambert),《可笑的愿望》则是献给夏尔思小姐(Mlle Philis de la Charce)的。

一、口头传统的遗留与承袭

贝洛故事中最醒目的特质,就是口传文学的遗留痕迹,这一点在很长的时间里已成为民众乃至学界的定见。西蒙森曾言明:"自浪漫主义时代起,就有一个神话渐趋形成:贝洛被当作口头传统的忠实搜集人和记录者。这个神话至今仍在民众间幸存。"①这一观点也曾波及我国学界。针对《鹅妈妈的故事》的有限的批评文字里,倪维中言道:"贝洛童话的成功还应归功于它特有的艺术魅力。首先,这些故事是从普普通通的老百姓口中讲出的,通俗,简朴,粗犷,生动,具有浓郁的乡俚气息,表现了纯真的自然美。""它的内容反映了人民的愿望和理想:歌颂善良与光明,鞭挞邪恶和黑暗。"②

上述说法虽不无谬误,但也绝非空穴来风。1929年开明书店版《鹅妈妈的故事》的译序中,戴望舒也肯定过贝洛创作的民间源流:"这一集中所包含的八篇故事[……]都是些流行于儿童口中的古传说,并不是贝洛尔聪明的创作;他不过利用他轻倩动人的笔致把它们写成文学,替它们增了不少神韵。"③的确,在贝洛的十一篇故事中,除《林中睡美人》是对巴西耳《五日谈》中《太阳、月亮和塔莉娅》(《Sole Luna e Talie》,法语为《Soleil, Lune et Thalie》)一文的模仿,以及《一簇发里盖》的灵感似乎源自贝尔纳小姐的同名故事外,其余九篇都有确凿的民间源流。《小红帽》就是最知名的例子:1697年之前,这篇故事的确没有其他的文学版本,但到了20世纪50年代,特拉吕在法国乡间采集到三十多个版本的《小红帽》,其中约有二十个都与贝洛的版本并不相像。④ 由此可得出结论,应当是贝洛向民俗传统中借取了《小红帽》这个典型的"警示故事"(conte

---

① Michèle Simonsen, *Perrault*, *Contes*, Paris: Presses Universitaires de France, 1992, p. 23.
② 倪维中:《"鹅妈妈"三百年》,《读书》1992年第5期,第95—96页。
③ 贝洛尔:《鹅妈妈的故事》,戴望舒译,上海:开明书店,1929年,第xii页。
④ Marc Soriano, *Les contes de Perrault: Culture savante et traditions populaires*, p. 149.

d'avertissement)的某个版本。而在乡间,"警示故事"的流传其实颇为广泛,多由长辈向孩子讲述,目的是提醒他们生活中潜在的危险。

贝洛故事对乡间传统的忠实首先体现在情节方面,其中包含大量传统主题。口传故事大多依托讲述场景(scènes de contage)流传,西蒙森将常见的讲述场景分为四类:"集体守夜"(les veillées collectives)、"男性集会"(les assemblées masculines)、"女性集会"(les assemblées féminines)和"儿童集会"(les assemblées d'enfants)。① 四种场景中流行的故事类别各有不同,但讲述和倾听的主体仍多以成年人为主,反映的是乡民生活中普遍的焦虑、困境和愿望。换言之,在超自然元素的遮蔽之下,"仙女故事"折射的其实是一些可能真实发生在"小民家中"②的场景,诸如《穿靴子的猫》开篇处对父辈遗产的分割、《小拇指》中年长的兄弟对体格弱小的主人公的欺凌、《可笑的愿望》中樵夫夫妇间的争执,以及《林中睡美人》故事的第二部分中食人魔老王后对公主的厌憎里所暗示的婆媳间对家庭话语权的争夺。从这个意义上来说,即便贵族化的"仙女故事"的价值内核常常偏离普通民众的诉求,但对上述主题的保留还是复现了民间故事对听众/读者的心理慰藉作用。"童话具有治疗作用",一如因齐集诸般美德而获得超自然能力帮助的主人公,读者"从某个特定的故事对人的绝望、希望和战胜苦难的方法所做的暗示中,不仅能发现摆脱痛苦的方法,而且能发现找到自我的方法,就像故事的主人公所做的那样"③。

复现民间故事的主题之余,口头文学的传统同样存留于贝洛故事的语言中,突出特征为活泼、质朴、天真。如索里亚诺所说:"民间口吻的单纯与精准,恰在于[贝洛的]言说方式及所用词汇中。"④贝洛并不避忌俚俗或粗鄙的词句:《可笑的愿望》中妻子责骂胡乱许愿的丈夫就称其"蠢笨如牛"(être bien bœuf),《灰姑娘》中用了颇有乡间古韵的"montée"一词

---

① Michèle Simonsen, *Le conte populaire*, pp. 36—37.
② Charles Perrault, *Contes de Perrault*, édition de Gilbert Rouger, p. 89.
③ 布鲁诺·贝特尔海姆:《童话的魅力:童话的心理意义与价值》,第32—33页。
④ Marc Soriano, *Guide de littérature pour la jeunesse*, p. 395.

指代楼梯,《穿靴子的猫》为了营造回环往复的效果,让猫对田间耕作的乡民数次呼喊:"你们就会被剁碎,像肉酱一样碎。"① 甚至为营造出故事是由乡间老妇人所讲的逼真效果②,贝洛会刻意使用某些带有旧日时光痕迹的非常用词。诸如《小红帽》中提到"木栓"(chevillette)和"门闩"(bobinette)③,这一原始闭门工具在 17 世纪的法国乡村已少见存留;《蓝胡子》里试图拖延就死时间的女主人公询问登上塔楼的安娜姐姐两位哥哥是否已经到来,后者的回答里就用到了"poudroyer"(照出浮尘)及"verdoyer"(披上绿装)④ 两个古意盎然的动词;《驴皮》中借助生僻古词"drue"(既可指身体健壮,又可指敏捷灵活)一词形容驴皮公主⑤,"如此精当地描绘了女性人物既敏感又矫健的品格"⑥。梅耶(Antoine Meillet)如是评论贝洛行文中的古意:

> 正是这些表达方式中的古风、这一对于 16 世纪甚至更早的陈旧的词语的选择,给了它们[贝洛故事]古法兰西的韵味,让我们在这些短小的叙事中,忆起乡下纺纱的妇人那些永远讲不完的故事。⑦

遣词以外,贝洛在描写上也尽量模拟口传故事直接、高效的讲述风格,突出范例有《林中睡美人》的这一段:

> 十五六年过去了,国王和王后去一处离宫小住,有一天,小公主在城堡里跑来跑去,一直跑到主塔顶层的小阁楼里,那儿有个老妇人

---

① Charles Perrault, *Contes de Perrault*, édition de Gilbert Rouger, pp. 84, 157, 139. 穿靴子的猫呼喊的法文原句为"vous serez tous hachés menu comme chair à pâté"。
② 法文中亦将民间故事称为"contes des vieilles",意为老妇人所述、用于逗哄孩子的故事。
③ Charles Perrault, *Contes de Perrault*, édition de Gilbert Rouger, p. 114.
④ Ibid., p. 127. 原句为"Je ne vois rien que le Soleil qui poudroie, et l'herbe qui verdoie."
⑤ Charles Perrault, *Contes de Perrault*, édition de Gilbert Rouger, p. 70.
⑥ Antoine Meillet, «Les styles de Charles Perrault», in *Le français moderne*, N° 1, 1936, p. 327.
⑦ Ibid.

在独自纺线①。

此处的前置情节是老仙女因未获邀参加洗礼而诅咒公主,国王随即颁布敕令,禁止国中任何人使用纺锤。作者并未在叙事上迁延,一句话之间就将时间调至十五六年后,让女主人公于即刻遭遇要导致她睡上一百年的老妇人。索里亚诺概括道:"这是一种朴素、紧张、卓有效率的风格,让人想起民俗艺术那些最成功的瞬间。"②

诚然,贝洛对口传故事的模仿并不仅停留在主题与语言的层面。他同时也是一位颇具天赋的故事讲述人,对民间故事的艺术手段保持着极高的敏感性,善于借用大众认知中的固定人物来方便阅读,常常在叙事中加入重复桥段来缓解读者/听众的记忆压力,甚至于行文中营造口气的变化来引发情绪波动。

口传讲述情景中,聆听者对故事场景的快速融入及对人物的即时理解很大程度上依赖他们对人物的成见。这些成见已被听众中的绝大多数接受,恰如在所有的乡俗故事中,狼都是危险的,继母总是苛待继子女,家中的幼子幼女往往是被欺凌的对象。贝洛故事世界中也充斥着符合定见、少有人格厚度的人物。许多主要人物的存在意义即是推动情节发展,仅以头衔指代("王子""公主""国王"),或代之以外表上的特征("驴皮""一簇发里盖""蓝胡子")。加之贝洛身处女性创作"仙女故事"的风潮之中,更有淡化甚至矮化男性角色的倾向。男性角色在数篇故事中或者"不在场",如《灰姑娘》的父亲存在的唯一意义就是为后妻对独女的欺压提供便利,毕竟"新妻子已然完全掌控了他"③。或者是为单一的激情所驱动,《林中睡美人》中的王子出自年轻人的虚荣心才前往被诅咒的城堡,"听到这些话[农夫讲述了关于睡美人的传说],年轻的王子觉得全身的血液都沸腾了;他没有丝毫犹豫,就认定应由自己来终结这段美丽的传奇;在爱

---

① Charles Perrault, *Contes de Perrault*, édition de Gilbert Rouger, pp. 98—99.
② Marc Soriano, *Les contes de Perrault* : *Culture savante et traditions populaires*, p. 131.
③ Charles Perrault, *Contes de Perrault*, édition de Gilbert Rouger, p. 158.

情和荣耀的驱动下,他决定亲赴实地,看看是怎么回事"①。

贝洛故事也模仿了口传故事的讲述节奏。乡间故事口耳相传,讲述人为缓解听众记忆的压力,常重复词语、表达法和情节,给文本植入副歌回环般的内生节奏。贝洛善用重复的写作技巧体现在行文各个层面。如《小红帽》一文,其篇幅在八篇散文体故事中最为短小,但每当故事进入一个新的阶段(小女孩自家中出发、与狼在森林中碰面、抵达外婆家中),人物就会重复"带了一张圆饼和一小罐黄油,是我妈妈要给她[外婆]的"②,以标定故事进程。另外,口头讲述的故事多采取"三段式"的故事结构,即重复三次核心情节,旨在便于听众记忆之余增进情节跌宕,把握听众情绪。《驴皮》便是将公主未离家时的核心考验三重复现:面对心存乱伦爱欲的父王的求娶,公主为将之婉拒,依次向他索要"颜色如天空一般的裙子""拥有和月亮一样的颜色的裙子"和"比太阳更闪耀的裙子",最终才要求那头"出产金埃居"的驴子的皮③。而贝洛并非在所有故事中都将高潮简单复制,而亦会采用巧妙的"镜像游戏"④。他没有像民间版本那样,机械地让灰姑娘参加三次舞会,而是在第一次舞会之后,安排两位继姐返家后向女主人公炫耀式地重述舞会的过程,用两次舞会制造出"三段式"的效果。讲述视角的不同也增加了行文语气的多样性。

值得指出的是,贝洛故事并不是一次性写成的。《故事诗》成书于1695年,但《格利齐丽蒂斯》于1691年8月25日法兰西学院的集会上即已宣读,《风流信使》(*Mercure galant*)⑤1691年9月号就刊有评价:"这首诗中生动的描写为之赢得了不少掌声;从集会离开时,所有人都很满

---

① Charles Perrault, *Contes de Perrault*, édition de Gilbert Rouger, p. 101.
② Ibid., pp. 113—114. 原文为"vous/lui apporte une galette et un petit pot de beurre que ma Mère vous/lui envoie"。
③ Charles Perrault, *Contes de Perrault*, édition de Gilbert Rouger, pp. 61—63.
④ Marc Soriano, *Les contes de Perrault: Culture savante et traditions populaires*, p. 141.
⑤ 《风流信使》是法国当时颇有影响力的文娱性季刊,创刊于1672年,初期以宫廷逸事、民间趣闻、诗歌、史话等为主要内容,也是法国历史上最负盛名的文学刊物之一。

意。"①余下的两篇里,若说《驴皮》创作背景不详,《可笑的愿望》则发表于1692 年的《风流信使》中,题赠对象应是因领军对抗萨伏伊公国军队而于同年在巴黎社交圈中受到热烈欢迎的夏尔思小姐。《鹅妈妈的故事》收录的八篇作品中,可以确信的是,《林中睡美人》起初发表于 1696 年 2 月的《风流信使》,同一刊物 8—9 月号中刊发了匿名短篇小说《贝纳维尔男公爵夫人的故事》(*Histoire de la Marquise-Marquis de Banneville*),其中的人物于对话中就提到了《林中睡美人》。而《鹅妈妈的故事》的旧版本似乎还不止于此:1953 年时,人们意外发现了一卷日期署为 1695 年的《鹅妈妈的故事》手抄本,抄录者不详。这一发现将本书的成书年代提前到了 1695 年,且其与 1697 年版本间的几处不同也证实了最初的"贝洛童话"更为贴合口头讲述场景。如下列两处:

1695 年版本	1697 年版本
它们[故事]中都包含着明智的道德寓意,根据**听众**的投入程度,总能或深或浅地发现它们。	故事中都包含着明智的道德寓意,根据**读者**的投入程度,总能或深或浅地发现它们。
这是为了吃掉你。 [页边注] **大声将这句话读出来,以便让孩子害怕,感到狼马上要扑上来了**。②	这是为了吃掉你。③

两则文本的比对可以证明,至少在 1695 年时,贝洛似乎并不打算为"读者"创作阅读材料,而是依照沙龙传统,要为某些"听众"讲述故事;他甚至还为故事讲述人留下了一条评注,希望能在口头讲述场景中,助其引发儿童听众的恐惧。

---

① Charles Perrault, *Contes de Perrault*, édition de Gilbert Rouger, p. 11.
② 1695 年版本转引自 Marc Soriano, *Les contes de Perrault: Culture savante et traditions populaires*, p. 80。黑体为原作者所加。
③ Charles Perrault, *Contes de Perrault*, édition de Gilbert Rouger, pp. 89, 115.

二、文学改写工作与施加给"上流社会"的眼色

然而,贝洛版本与民间故事间的承继关系也不应"一叶障目,不见森林",甚至让我们将之错会为"人民之友"。事实上,这种迷思在很长一段时间里扭曲了法国学界对民间故事真实面貌的认知,让后者披上了一层文学化的外衣。西蒙森曾指出,对贝洛故事的理解"长期阻碍了对口传传统的认知,阻挠人们对直到第一次世界大战还活在法国乡间的几百个故事的了解"①。

纵观贝洛生平,很容易明确以其出身,这位"民间故事"的创作者几乎不可能站在民众一方。夏尔·贝洛1628年出生于巴黎,他的父亲是从属于巴黎高等法院(Parlement de Paris)的一名律师,1651年他自己也成为一位律师,属于所谓的"政法资产阶级"(bourgeoisie parlementaire),即当时社会中握有政治权力的资产阶级上层。如索里亚诺所说,"贝洛属于那一部分给自己购入了'官职'的资产者,将自己的利益与旧制度下的特权者捆绑在一起"②。投石党运动初期(1648—1649),这一阶层曾与民众结盟,希望从王权处攫取更多的利益,但到1649年就被运动的规模所慑,匆忙与王廷签订《吕埃合约》(La paix de Rueil)③。在贝洛的故事里,我们不难看到贝洛所在阶层对民众的轻蔑态度:《可笑的愿望》末尾,原本应当承担故事道德教化作用的最后一个诗节被用来旗帜鲜明地说明:"对于穷苦、/盲目、冒失、心神不定、善变的人来说,/心愿也没什么用处,/他们中很少有人能够/好好利用上天给予的赐福。"④小拇指的父母因灾荒抛弃孩子已是不负责任,待从森林中回转后,他们收到了村上领主一直未付的十埃居柴薪钱,贝洛便编排小拇指的母亲去肉铺,"因为她已经很久没

---

① Michèle Simonsen, *Perrault*, *Contes*, Paris: Presses Universitaires de France, 1992, p. 5.
② Marc Soriano, *Guide de la littérature enfantine*, p. 395.
③ 《吕埃合约》签订于1649年3月11日,缔约双方为王太后奥地利的安娜和巴黎高等法院。
④ Charles Perrault, *Contes de Perrault*, édition de Gilbert Rouger, pp. 85—86.

吃过东西了，一下就买了两人份晚饭的三倍还多"①。这无疑是对下层民众毫无远见的辛辣讽刺。这一对待民众的鄙夷态度与沙龙女作家多尔努瓦夫人等人颇为类似。

有鉴于贝洛对民众的真实态度，他对民间故事进行大幅改写和文学加工，也就是自然而然了。准确地说，贝洛其实是路易十四统治末期文学沙龙中仙女故事创作风潮中的一分子。作为御用文人和在卢浮宫拥有专属房间的高级官员，贝洛理应经常参加此类沙龙活动，与诸位女性故事作家过从甚密。可以确知的是，贝洛与雷丽蒂耶小姐间有表舅甥的关系，后者与贝洛全家都交往密切，曾将自己的故事集《玛尔摩瓦桑或无辜的谎言，及其他数篇韵文体或散文体故事》（*Marmoisan ou l'innocente tromperie, et plusieurs autres contes en vers ou en prose*）献给不知准确姓名的贝洛女儿，即"贝洛小姐"（Mlle Perrault）②。故此，在贝洛对民俗传统忠实的背后，不难察觉出上流社会文化对贝洛故事的影响，更有很多作者本人向其沙龙同好施加的眼色与示意。具体而言，贝洛对民间故事的改写主要体现在对主题的处理、背景世界的营造和语言风格三个层面。

民间故事一般不避粗俗指涉，甚至乐见有关身体的描写，贝洛却删去了所有这些可能令贵族阶层难以接受的细节。这一删减自也有迎合古典主义时代审美倾向的意图，"此类净化符合古典主义美学：节制感，优雅，拒绝过度的现实主义，推崇抽象的语言，重视合宜"③。索里亚诺如是总结贝洛的净化原则：

> 口传版本中常见的粗俗细节和大量的粗野话语都被小心删去了，如"灰屁股"（Cucendron）在火堆旁清除虱子的场景和解开的衣带这一有时用来终结《小红帽》的情节。传统故事中如此常见的、常规性的脱衣与穿衣场景，也都被删去了，可参见《蓝胡子》或《林中睡美

---

① Charles Perrault, *Contes de Perrault*, édition de Gilbert Rouger, p. 189.
② Michèle Simonsen, *Perrault*, *Contes*, p. 11.
③ David Ruffel, *Les contes de Perrault*, Paris: Hatier, 2006, p. 105.

人》的第二部分。①

可见，贝洛对待此类细节颇为审慎，以免让它们冲撞了同阶层读者的"高洁品味"。即便是在面对"超自然"这一"仙女故事"的核心主题时，他也表露出了某种节制感，以戏谑的语调谈论这些民间迷信中的"异教神灵"，试图与后者间拉开必要的审视与批评距离。古典主义时代推崇理性、节制，贝洛于此风影响下甚至着意为某些超自然生物的举止赋以逻辑支撑。当小拇指穿上食人魔的七里靴时，作者不忘煞有介事地解释："靴子又宽又大；但因为它是有魔法的，有根据穿着的人的腿脚尺寸变大或缩小的能力，所以它和小拇指的腿脚恰好合适，就像为他定做的一样。"②《灰姑娘》中还另有一个将"超自然"理性化的知名范例：仙女教母挥动魔法棒为灰姑娘送来出席舞会的行头，但被变化物与变化物之间存在着形式上的相似。只有挖去瓤的南瓜才能变成马车，蜥蜴才能变成穿着燕尾服的健仆，似乎昭示着仙女的神奇力量亦有局限性。换言之，贝洛创造了一种非典型的仙女形象，与民间故事中行为不受自然法则限制的仙女大相径庭。

除主题以外，贝洛故事的背景世界也浸润着"上流感"。不仅其中的人物类似其他女性读者的创作，多为王室、贵族之属，人物生活的世界也充斥着超出民间故事讲述者所知范畴的细节。故事人物的生活场景多次成为贝洛细致描写的对象。以下试举两例，先是《林中睡美人》里与凡尔赛宫互为镜像的城堡：

> 王子穿过一座铺着大理石的宽大院落，走上楼梯，进到侍卫室，看到侍卫排成队列，短枪还扛在肩上，很响地打着呼噜。他又走过了好多满是贵族男女的房间，这些人有的坐有的站，但全都睡着了[……]③

---

① Marc Soriano, *Guide de littérature pour la jeunesse*, p. 400. 斜体为原书作者所加。
② Charles Perrault, *Contes de Perrault*, édition de Gilbert Rouger, p. 196.
③ Ibid., p. 102.

亦有对发型、裁衣、饰物等女性时尚诸方面的指涉：

"我，"年长的继姐说，"我会穿上那件红天鹅绒的衣服，配上英格兰的饰物。""我，"年幼的那个说，"我会穿日常的裙子；但作为补偿，得配上饰金花的外袍，还有镶钻石的发带，这些可不是随随便便就能得见的东西。"人们派人去找好的梳头妇人，竖起两行编结的卷筒发髻，还去好的手艺人那里买来假痣。①

上述细节显然不是面对大众读者，更不是面向儿童，只有同样生活在凡尔赛宫廷中的贵妇人才能与之产生共鸣。而通过对贵族阶层生活的细致描写，贝洛也形成了一种在古典时代颇为新颖的语言风格。一般而言，古典时代的语言崇尚抽象与宏大，少见细节描写。贝洛则偏偏热爱对场景的精细刻画，"这种热爱体现在他为[人物]活动勾勒框架，为叙事提供精细描绘的布景，并通过赋予人物以玛黑区（Marais）市民或凡尔赛弄臣的服装、语言、忧虑、野心和欲望，让[读者]能够借人的生命力去体会这些神奇故事"②。这一充满现实生命力的语言更让他的创作完美融入了沙龙游戏的氛围。

最后值得一提的是，于稚拙、朴素、口传之外，贝洛的语言另有文学化乃至矫饰风（préciosité）的一面。即便是在散文体故事的行文中，他对俚俗成分的使用就是带有节制的。索里亚诺指出，当我们甫一阅读贝洛故事时，常有文中满是乡间口头表达的错觉，但若细加盘点，就会发现后者在数量上并不算多，作者只是"要么将其作为直接引语，要么将之放在具有战略性的位置，以突出显示，定下所谓的行文基调"。且于散文体故事主体叙事之外，另有文后所附的韵文体"道德寓意"（moralité），此外更有贝洛写成的诗体故事，其中皆惯用文学修辞。《故事诗》三篇常有矫饰文学中具有典型意义的夸张（le superlatif）、迂回（la périphrase）、拟人（la personnification）等修辞格。《格利齐丽蒂斯》中，为描写岁月更替，迂回

---

① Charles Perrault, *Contes de Perrault*, édition de Gilbert Rouger, p. 158.
② Antoine Meillet, «Les styles de Charles Perrault», p. 324.

述说太阳在黄道十二宫间轮转：

> 为了令四季轮转，太阳已经
> 轮流将黄道十二宫住遍，[……]①

为了突出王子集所有美好品德于一身，以"上天"(le Ciel)为主语，使用了拟人修辞格：

> 上天在创造他时，在他身上同时
> 倾注了那些最难得的东西，
> 将他和世上的庸常之人区别开来，
> 那是只有最伟大的国王才能拥有的东西。②

这些修辞方式显然不可能是民间版本的手笔，进一步标示了贝洛的文学改写之功。他的故事原型虽然出自民间，但在语言、主题、背景世界等方面都同口传版本拉开了距离。

三、贝洛故事的创作意图与"古今之争"

接下来要回答的一个问题，恐怕就是贝洛作为男性作者、御用文人、曾经的宫廷红人和法兰西学院院士，为什么要在六十多岁的年纪着力去改写民间故事。既然他对民众阶层殊无好感，又为何要记录下这些乡野怪谈？他在《故事诗》的序言中屡屡提及儿童，难道他这些充斥着上流社会生活细节的叙事当真是为孩子而作？事实上，关于上述谜题，贝洛于各种场合表述不一，令人倍感迷雾重重。

但是，如若想触及核心真相，恐怕还要先消解迷雾的第一层，即"贝洛童话究竟为何人所写？"《故事诗》的所属并无争议，《鹅妈妈的故事》的署名却不免启人疑窦，因书前有"P. 达芒古尔"写给路易十四的侄女伊丽莎白-夏洛特·德·奥尔良[时称"小姐"(Mademoiselle)]的题献。开篇为

---

① Charles Perrault, *Contes de Perrault*, édition de Gilbert Rouger, p. 37.
② Ibid., p. 16.

"一个孩子①会从编这本集子里的故事中得到乐趣,这本不会令人惊讶,但若是他还有那份莽勇,竟把故事呈给您的话,就颇让人诧异了",结尾署名为"极其谦卑、极其顺从的仆人 P. 达芒古尔",暗示这本书是由皮埃尔这个"孩子"编成。佐证皮埃尔是故事集作者的证据还有另外三个:一是 1697 年故事集得以印行,所获的印刷许可是颁给"P. Darmancour 先生"的。二是前文曾提到过的《贝纳维尔男公爵夫人的故事》里,主人公于对话中盛赞《林中睡美人》文风新颖优雅,并称:"当人们告知我作者姓名时,我一点都不惊讶。他是大师之子。"三是雷丽蒂耶小姐《玛尔摩瓦桑或无辜的谎言,及其他数篇韵文体或散文体故事》的献词中对"贝洛小姐"说道:"我希望您能将此书转致您可爱的兄弟,你们可以一起评断我的这篇故事是否可以被纳入他那本令人愉悦的故事集中。"②

不过,上述证据的存在并不足以让人相信儿子是真正的作者,事实上,绝大多数学者都倾向于认为父亲才是幕后之笔,皮埃尔至多是搜集者,即由他粗录故事后再经父亲润色。如此推断的深层原因自是因为将该书归于皮埃尔的名下,可给他带来实际好处,这一点我们稍后还会论及;浅层原因则是支持皮埃尔的证据均来自匿名人士或近亲属,这些人的说法或难以为凭,或有可能出自父子俩的授意而成为"同谋"。而支持父亲才是《鹅妈妈的故事》的作者的证据似乎更为坚实。杜波神父(l'abbé Dubos)于 1696 年 9 月 23 日和 1697 年 8 月 19 日分别致信哲学家皮埃尔·贝尔(Pierre Bayle),里面均提到贝洛新近创作了故事集,将交付出版商巴尔班(Barbin)。1697 年 1 月刊行的《风流信使》也在预告贝洛的另外两本著作《本世纪法兰西名流》(*Hommes illustres qui ont paru en France en ce siècle*) 和《古今对观》(*Parallèle entre les Anciens et les*

---

① 《鹅妈妈的故事》出版时,皮埃尔·贝洛 19 岁。他是贝洛的幼子,据索里亚诺(Soriano) 考证,此前贝洛为皮埃尔买下了一块名为"阿芒古尔"(Armancour)的领地,故按照当时贵族和大资产阶级家中幼子以封地为姓氏的惯例,皮埃尔·贝洛又称皮埃尔·达芒古尔(即皮埃尔·德-阿芒古尔,按法语语音规则需省音)。——笔者自注

② 此三则例证转引自 Michèle Simonsen, *Perrault, Contes*, pp.10—11。

Modernes)第四卷即将上市之际,特意提到了《鹅妈妈的故事》,并未说明这三本书出自不同的作者。后来,夏尔·贝洛去世后,1703 年 5 月号的《风流信使》发布的讣告中明确将其称为《鹅妈妈的故事》的作者;出版商巴尔班的遗孀于 1707 年再版此书时,也将贝洛列为唯一作者。①

由此可见,无论是当时还是现在,大多数人都以父亲为真正的作者,因为贝洛故事的创作与作者本人的政治意图及个人考量是完全吻合的。诚然,甫一翻开两本故事集,我们很难立时窥知贝洛的真实诉求,因为序言、题献等副文本都在强调故事的教育作用,似乎作者的确有心为孩子创作教育素材。《故事诗》的"序言"中就强调故事可以寓教于乐:

> 这些人[有好品味的人]很高兴地注意到,俚俗故事不仅仅是故事,它们包含着有益的道理,道理被包裹在有趣的讲述中,而选择这种方式,是为了让道理更容易地进入读者的内心里,还是以一种寓教于乐的方式。
>
> 父母在孩子还不足以品评坚硬且缺乏趣味的真理时,让他们喜爱真理,或者说用令人愉悦和适应儿童柔弱心理的叙述,包裹那些坚硬到令人难以接受的道理,让小读者吞下它们,这难道不是值得称道的事情吗?②

这些话语也有意无意地与《鹅妈妈的故事》中署名"达芒古尔"的题献里的若干表述构成呼应:

> 故事折射的都是小民家里的场景,这些家庭中,父母几乎是令人称道地不耐烦去教育子女,才想出这些不符常理的故事,正适合还不通事理的孩童;[……]③

显然,贝洛试图借助故事的教化作用来阐明自己创作的正当性。这恐怕与当时故事文体的边缘性地位难脱关系:纵使仙女们在沙龙中炙手

---

① Michèle Simonsen, *Perrault*, *Contes*, pp. 11−12.
② Charles Perrault, *Contes de Perrault*, édition de Gilbert Rouger, pp. 3, 6.
③ Ibid., p. 89.

可热,但关于她们的故事仍备受主流文化界蔑视,费讷隆就认为这些乡野怪谈会腐蚀人的心智,毕竟"关于那些异教故事,女孩子最好一辈子都没读过,因为它们是不纯洁的,充满了渎神的荒谬之处"①。贝洛应当是在作品出版之前就预见到了可能的嗤笑或指责,为防因以男性成名作者、法兰西学院院士的身份写作故事而遭到攻击,他决定预先采取守势,充分强调"有好品味的人"就能认识到故事的价值。不得不说这是一个聪明的决定,因为类似的口径能够让他迎合路易十四时期的儿童教育风尚,与他当时的个人境况也颇为相符:贝洛本是青年得志,自1663年就因诗作《论王上兼并敦刻尔克》(Discours sur l'acquisition du Dunkerque par le Roi)得到知名御用诗人夏普兰(Jean Chapelin)引荐,托庇于权相柯尔贝(Colbert),自此平步青云。他先升任"国王宫房总长官"(contrôleur des Bâtiments de sa majesté)(1665),专司王室房屋营造,负责重建卢浮宫并与其弟克劳德·贝洛(Claude Perrault)设计宫殿东侧柱廊。1671年他当选法兰西学院院士,次年被拔擢为该学院最高长官(chancelier de l'Académie française),作为路易十四的宠臣在卢浮宫内获得专属房间;1673年,贝洛连任法兰西学院最高长官,路易十四将上百册私人藏书交付于他,令其创立法兰西学院图书馆。1679年,他进入主要由柯尔贝亲信组成的"小学院"(la petite Académie),即后来的法兰西金石美文学院(l'Académie des inscriptions et belles-lettres)。1682年,因柯尔贝想将亲子安插在贝洛所占职位上,贝洛开始与之交恶。次年柯尔贝去世,与他和贝洛素有嫌隙的卢瓦(Louvois)上台,贝洛失去了法兰西学院院士外的所有头衔。② 这一被迫的退休让贝洛措手不及,但他表面上对此接受良好。在《我的人生回忆》(Mémoires de ma vie)一书中,他自称退休后,"我可以舒服地休息,隐遁出世,以全身心地投入孩子的教育中"③。还有一

---

① François de Pons de Salignac de La Motte-Fénelon, *Œuvres complètes*, tome XVII, Paris: Gauthier Frères, 1830, p. 67.
② 章文:《为成人而作的贝洛童话》,第137页。
③ Charles Perrault, *Mémoires de ma vie*, Paris: Éditions Paleo, 2009, p. 118.

个不应忽略的细节,可以佐证贝洛的确关注过儿童教育:1692 年,洛克的《教育漫话》一书面世,这一极大促进了对儿童的发现的著作立时被皮埃尔·科斯特(Pierre Coste)译成法文,在海峡的这一岸也引发了关于教育的思考热潮。索里亚诺认为:"贝洛自 1693—1694 年起就关注儿童文学,将很多时间花在孩子的教育上,他很可能在其出版后就读到它[《教育漫话》]。"① 所以,确实存在这种可能性,即贝洛受到洛克教育思想的影响,有意识地为孩子创作"如伊索寓言一般简单、怡人的书"②。

但是,即便儿童教育是贝洛的动机之一,也无法解释其口径与现实间可能存在的悖论:如果贝洛故事真是为孩子所做,他为什么要在小读者的视线之外向上流社会的女性读者施以这么多眼色?假若他对孩子的教育当真如此在意,为何不在其子女尚小时开始编撰故事?为什么要在 1695 年前后,也就是他最小的儿子皮埃尔也已经 17 岁时才正式出版故事?他对故事的热情不会来得太晚了些吗?换言之,我们或可承认儿童是贝洛故事可能的读者,却无法认同他们是排在第一顺位的目标读者。

事实上,如果对上文提及的贝洛年表细加研读,就能发现其中暗示了两个原因,可以解释这位年逾花甲的法兰西学院院士对故事迟来的热情。第一是"古今之争"。贝洛失宠的同一年,也就是在 1683 年,曼特农夫人秘密嫁给路易十四,她的影响力在宫廷内部日益增长。路易十四在重重考量及其新妇的影响之下,于 1685 年收回南特敕令,宫廷风气开始向虔诚、简朴转向。贝洛应当是于风气的扭转中感受到了某种政治投机的可能,希望能将自己同仍坚持颂扬古希腊罗马"异教"文化的布瓦洛、拉辛们区别开来,以呈现出一种虔诚的天主教作家的形象。于是他开始了复宠计划,"古今之争"即是他选取的核心策略。他会产生这种想法并非偶然,因为他自少年时代于博韦学院(Collège de Beauvais)求学时就常在课堂上质疑古典时代的权威性,后因在哲学课堂辩论中指责其他同学来自古

---

① Marc Soriano, *Les contes de Perrault : Culture savante et traditions populaires*, p. 324.
② 转引自 Marc Soriano, *Les contes de Perrault : Culture savante et traditions populaires*, p. 328.

希腊罗马经典的论据不如自己的论点新颖,加上与哲学老师的日常龃龉而退学,在家自行研读古典著作。但他对这些经典也少了几分尊敬,常用戏谑文风加以改写。① 至于真正将其对古典时代的质疑推至台前的,则是他 1687 年在法兰西学院当众宣读的《路易大帝的世纪》(Le siècle de Louis le Grand)一诗。诗的第一节尤为知名:

> 美好的古代总令人崇敬,
> 但我从不觉得它让人喜爱。
> 我看向先人时从不屈膝下拜,
> 他们伟大,这是真的,却和我们同样是人;
> 我们完全可以,而不必害怕失了分寸,
> 将路易的世纪比作奥古斯都的美好时代。②

贝洛读完本诗后,布瓦洛愤而起身抗议,"古今之争"进入一轮新的高潮。作为厚今派首脑,贝洛很快就将"原产"法兰西的民间故事当作对抗只关注古希腊罗马的"异乡"的崇古派的有力武器,借此向宿敌证明,法兰西也有自己的过去,这个过去同样可以成为文学灵感的来源。③《故事诗》序言中,他一意阐明本土故事的优越性,反复强调"希腊人中如此闻名以至于风靡雅典和罗马的米利都故事在体裁上与本书故事并无区别";"我甚至要说,如果从道德寓意的角度来看,我的故事比大多数古时的故事还值得被讲述,尤其是以弗所寡妇的故事和普赛克的故事,而道德寓意又是故事的中心组成部分,也是我们创作故事的原因";"我们乡间的故事虽然在讲述时没有希腊罗马人那些优雅和乐趣做点缀,却下了苦功,故事里都含着一条极值得被称赞、极有教育意义的道理"④。而《故事诗》中

---

① 贝洛写过《埃涅阿斯纪戏仿》(L'Énéide burlesque)等作品。
② Charles Perrault, Le siècle de Louis le Grand, Paris: Jean-Baptiste Coignard, 1687, p. 3.
③ Denise Escarpit, La Littérature de jeunesse: itinéraire d'hier à aujourd'hui, Paris: Magnard, 2008, p. 69.
④ Charles Perrault, Contes de Perrault, édition de Gilbert Rouger, pp. 3—5.

的三篇故事也均与"古今之争"相关。1691年,得知布瓦洛正在创作攻讦女性的《讽喻诗之十》(Satire X),贝洛即写就《格利齐丽蒂斯》,旨在颂扬女性的善良隐忍及对上帝的无限忠诚,并特意加上后记说明女主人公的耐心来自她坚信一切都是上帝加诸她的考验,突出天主教底色;《可笑的愿望》面世于1693年,以戏谑口吻谈及古希腊罗马神话;1694年的《驴皮》更让布瓦洛嗤笑题材之粗俗及诗体的不相称。① 除诗体故事以外,散文体故事也同样不免论争意图,因为"仙女故事"正是饱受贵族女性喜爱的"当代文体"。通过创作故事,可以获得颇具政治影响力的贵族女性的青睐,从而有可能重新进入政治核心。马克·埃斯高拉(Marc Escola)据此断言:"《故事》[《鹅妈妈的故事》]的出版不是出自将民间文学从遗忘中拯救出来的愿心,更无什么教育考量,虽然贝洛屡次重复这点;它是'古今之争'中特意被设计出的战争机器,或者更准确地说,它是一种引诱手段,想要将尚在犹豫的上流社会吸引到厚今派这边来。"②

此外,除去个人的政治目的,晚年的贝洛开始创作故事,恐怕还有身为人父的现实考量,这恰能解释"P. 达芒古尔"的署名之谜。《鹅妈妈的故事》出版于1697年,这同样是此书进献对象"小姐"的订婚之年。连年征战之后,路易十四同奥格斯堡同盟缔结《赖斯韦克条约》(Le traité de Ryswick),将法国长期窃据的洛林公国归还给流亡国外的洛林公爵利奥波德一世,同时为保障法国在洛林的利益,将侄女许婚于他。消息一出,各方适龄的青年贵族男子便开始觊觎这对新婚夫妇家中的家庭教师职位,希望能教育他们未来的子女,皮埃尔也是竞争者之一。《鹅妈妈的故事》的卷首献词反复强调故事的教育功能,以此来突出署名人的儿童教育意识,颇有凭此自荐的意味。遗憾的是,皮埃尔后来在一场斗殴中过失致人死亡,被投入夏特莱监狱。出狱后他离开巴黎到外地从军,又在1700年因病英年早逝。至于贝洛本人,直到他1703年辞世前,也未能从其处

---

① 章文:《为成人而作的贝洛童话》,第138页。
② Marc Escola, *Contes de Charles Perrault*, Paris: Gallimard, 2005, pp. 23—24.

心积虑掀起的"古今之争"中攫取实际的政治利益。①

而贝洛的这一番政治愿心也不免体现在文本细节中,更让我们坚信他的故事确有论争意图,也根据这些细节判断出它们不太可能出自一位十几岁的少年之手。《林中睡美人》在描述公主婚礼时,有一句话若有指代:"小提琴和双簧管演奏着旧时的乐曲,这些乐曲虽已有一百年不曾演奏过,倒确也不坏。"②按照索里亚诺的解释,这种针对崇古派的温和玩笑与贝洛身为厚今派的一贯口吻相符,正如他在《行猎》(*La chasse*)一诗的末尾曾说过:

> 我不爱打猎,也不爱猎犬,
> 唯爱猛烈追击崇古派
> [我的身上]哪里还能找出其他的怪癖
> 比这个更奇怪和更老练。③

除此之外,贝洛故事中更有多个专门面向女性受众的细节。《故事诗》的"序言"似想向我们表明,《格利齐丽蒂斯》是为了教育儿童所写,但实际上,本诗开头却是"致××小姐"的题献:

> [我]把这则耐心的典范献给您,
> 年轻智慧的美人,
> 却从没有期待过
> 您会或多或少地模仿它,
> 这未免是异想天开。④

《驴皮》开篇也是如此,此次贝洛的致意对象是"L×××侯爵夫人":

> 最完美的理智之人

---

① 章文:《为成人而作的贝洛童话》,第 140 页。
② Charles Perrault, *Contes de Perrault*, édition de Gilbert Rouger, p. 103.
③ 转引自 Marc Soriano, *Les contes de Perrault : Culture savante et traditions populaires*, p. 132.
④ Charles Perrault, *Contes de Perrault*, édition de Gilbert Rouger, p. 17.

第四章 童话论:"仙女故事"与夏尔·贝洛

也会因机警而困倦,
食人怪和仙女的故事
可以让他静下心来
安然入眠,
这又有什么奇怪的呢?

所以,我不害怕别人会指责我
在错误的事情上浪费闲暇时间,
为了满足您的正当需求,
我会给您从头讲一讲驴皮的故事。①

至于散文体故事,它们的末尾处也有韵文写就的寓意。这些"寓意"不为传达正统道德,倒是充满犬儒主义倾向,像是给上流社会太太小姐们的规劝或眼色。典型例子如《小红帽》,这一乡间的"警示故事"却在贝洛的笔下得到了另一种阐释:

有些狼显得温柔的样子
跟着美丽的姑娘,
一直跟到她家里,直到闺房;
但是,唉!谁不知道甜言蜜语的
是最危险的害人狼。②

可见,贝洛的劝诫脱离了原初情境,延伸至成年女性所面临的两性关系中,将《小红帽》变为一则适用于初入社会的年轻姑娘的情感寓言。更不用说《小红帽》中还有很多"少儿不宜"的情色暗示,如"小红帽脱了衣服,正要上床,却惊讶于她不穿衣服的外婆会是这个样子"③。《林中睡美人》内也有对女主人公新婚之夜的描写:"进过晚膳后,神父在城堡的

---

① Charles Perrault, *Contes de Perrault*, édition de Gilbert Rouger, p. 57.
② Ibid., p. 115.
③ Ibid., pp. 114—115.

礼拜堂里为他们主持了婚礼,一点时间都没有耽搁,侍从女官就为他们拉上了床帷:他们几乎一夜没睡,公主已经不太需要睡眠了。"①这些话都不应当是讲给孩子听的。和其他同时代的女性作者一样,贝洛创作的着眼点虽有不同,但终究是面向成人的,尤以上流社会的贵族女性为第一目标读者。

四、《灰姑娘》:贝洛故事与法国童话的典型样本

结束本章的讨论之前,我们将选取《灰姑娘》这一案例,试图展现以贝洛故事为代表的法国童话的具体特质。作为"仙女故事"的典型个例,《灰姑娘》同时具备故事文体的三大特性,即来源的口传性、母题的承继性和内容的虚构性。它是世界上传播最广的故事之一。关于这一点,特拉吕曾指出:"在不同的天空下,贝洛的灰姑娘有白皮肤、棕皮肤、黄皮肤或黑皮肤的姐妹,她们衣着各异、姓名不同,却很好辨认……在所有的欧洲、亚洲和北非国家里,[这个故事]都有很多动人的版本。"②《灰姑娘》的不同版本也一直是学界整理与研究的热点。玛丽安·考克斯(Marian Cox)早在1893年时,就出版了《灰姑娘:345个关于灰姑娘、猫皮和灯芯草帽的故事、摘要和图表以及中世纪异文的讨论和注解》一书;安娜·鲁斯(Anna Rooth)1953年发表《灰姑娘循环》(*The Cinderella Cycle*),其中列举了该故事的近一千个版本,并提出假设,认为"灰姑娘"类型的故事可能最早出现在中东,渐渐播散至亚洲和西欧。③

《灰姑娘》不同版本的广泛散布,证实了其题材的普适性,而这一普适性"使该故事得以产生强烈的有意识与无意识的感染力和丰富深邃的意义"④。贝特尔海姆从精神分析的视角着手,发现《灰姑娘》涉及了同胞相争、俄狄浦斯梦幻的破灭、阉割焦虑、由于在想象中贬低别人而导致的自

---

① Charles Perrault, *Contes de Perrault*, édition de Gilbert Rouger, p. 103.
② Ibid., p. 153.
③ Michèle Simonsen, *Perrault*, *Contes*, p. 87.
④ 布鲁诺·贝特尔海姆:《童话的魅力:童话的心理意义与价值》,第388页。

卑之感等青少年心理发展中的常见困惑。他认为,得益于本篇故事对这些困惑的讨论和呈现方式,《灰姑娘》能帮助青少年摆脱对自我的失望,"去发展自立自强的能力,培养任劳任怨的品质,建立积极的人格认同"①。而抛却潜藏的心理意义,《灰姑娘》本身也是一剂消除现实忧虑的良药:女主人公凭借同王子的结合,摆脱了原生家庭的苦难,实现了阶层跃升,于婚姻中获得了永恒的命运保险。这一对故事听众——尤其是女性听众——的"安慰剂"效用,让《灰姑娘》在法国同样有着悠久的传统,即便在纸端也并不鲜见。诺埃尔·杜·法伊(Noël du Fail)在发表于1547年的《乡间野谈》(*Propos rustiques*)中就提到"母驴皮"(Cuir d'Anette)的故事,故事中混杂了《灰姑娘》和《驴皮》的主要元素。② 及至17世纪末期,这一探讨未嫁女性在原生家庭中的生存困境及其婚姻梦想的主题在故事创作者中大受欢迎,贝洛和多尔努瓦夫人都曾据此创作。

原题为《灰姑娘或玻璃鞋》(*Cendrillon ou la petite pantoufle de verre*)的贝洛版本在各个方面都基本符合"仙女故事"的典型特征。它的背景世界融合了超自然元素:仙女教母的出场及其借挥动魔杖而展现出的超自然能力是女主人公命运得以扭转的关键。人类人物中,女性角色占据绝对多数。作者着墨最多的人物是灰姑娘和她的两个继姐,让她们有了一定的性格厚度,而男性人物或懦弱透明(如关于灰姑娘的父亲只有"新妻子已然完全掌控了他"③这一句描述),或面目模糊且仅有对情节的推动作用(如一直被女主人公吸引的王子)。人物的阵营分配也体现了善恶美丑的"二元论":灰姑娘无疑是美德的化身,"丈夫那边有个女孩,却有着闻所未闻的温柔和善良;这些她都承袭自她的母亲,后者是世上最好的人"。两个继姐继承了母亲的傲慢骄矜,容貌上也难与女主人公匹敌,"灰姑娘即使是穿着破衣服,也比身着华服的两个姐姐漂亮百倍"④。

---

① 布鲁诺·贝特尔海姆:《童话的魅力:童话的心理意义与价值》,第423—424页。
② Michèle Simonsen, *Perrault*, *Contes*, p. 88.
③ Charles Perrault, *Contes de Perrault*, édition de Gilbert Rouger, p. 158.
④ Ibid., p. 157.

《灰姑娘》的情节发展和人物关系也同经典的故事讲述模式及格雷马斯行动元模型相契合，进一步证实了其书写上的典型意义。故事可概述为被继母、继姐虐待的灰姑娘（初始情形）—舞会邀请（介入因素）—灰姑娘与王子舞会相遇却被迫逃走（情节波折）—留下一只玻璃鞋（解决因素）—灰姑娘与王子成婚（最终情形）。女主人公是绝对的主体，她接受了"国王的儿子"这一舞会发起人（发送者）的邀请，要实现的目标（客体）就是参加舞会。为她提供舞会行头的仙女教母是帮助者，阻挠她前往的继母和继姐是敌对者，但灰姑娘终偿所愿，从舞会中获益，所以也承担了最终的"接受者"的角色。若是照此分析，似乎贝洛的创作与各地民间版本也并无太大不同。

但贝洛既然有意识地参与到沙龙女性的"仙女故事"写作风潮中，就一定或多或少地遵从了"贵族化"和"女性化"的创作规范。这主要体现在人物塑造、背景世界营造和故事传递的意识形态三个方面。灰姑娘作为核心人物，并非如民间版本中所说，是乡村无产者或是格林兄弟笔下的商贾之女，而是"绅士的女儿"[①]；她的继母、继姐出身更为显贵，贝洛甚至说"她们在国中也是颇有影响力的人物"[②]，间接解释了为何灰姑娘的父亲对后妻的恶劣行径不置一词。人物出身的改写带来了故事所传递的价值观内核的转变：灰姑娘与王子的婚姻不再是"丑小鸭变白天鹅"的白日梦想，她只是需要一点机缘，就可以成就自己与王子间门当户对的婚姻。换言之，贝洛用一种超自然的方式委婉讲述了上流社会女性读者们对婚姻的合理期待，理应颇能引起贵族小姐们的共鸣。

而且，在混迹闺中的太太小姐们的眼里，灰姑娘也并不是一张白纸，而是自有其人格厚度。她出身不差，却饱受苛待和羞辱，继姐中年长的那一个因她总是坐在灰堆里取暖而蔑称她为"灰屁股"（Cucendron[③]），

---

① 法语原文为"fille du gentilhomme"，在旧制度时期的法国，"gentilhomme"一般指贵族男子。
② Charles Perrault, *Contes de Perrault*, édition de Gilbert Rouger, p. 158.
③ 由法语"cul"（屁股）和"cendre"（灰）二词结合而来。

所幸年幼的那个还为她留了些颜面，给她起了"灰姑娘"（Cendrillon①）这一绰号，意为"灰堆里的、干粗活的女佣"。但灰姑娘对继母、继姐的苛待却似乎不以为意，这固然与她纯良宽厚的天性有关，但更可能是因为她深谙明哲保身之道。西蒙森认为灰姑娘"首先是谨慎的，懂得待时而动"②，在她的两个继姐忙于为舞会置装打扮时，她还能"尽其所能地为她们提建议，还主动提出为她们梳头"③。两个继姐试探她是否有去舞会的心思，她却明哲保身，说道："唉，小姐们，你们又取笑我，这不是我应该去的场合。"④第一次舞会后，继姐们返回家中，刚刚在舞会上大出风头的灰姑娘却装作"打着哈欠"，"还揉着眼睛，伸着懒腰，好似刚刚醒来"⑤。故事的最后，灰姑娘成功穿上玻璃鞋并嫁给王子，却也没有为难两位继姐，而是"告诉她们自己完全谅解她们"，还"把她们嫁给了宫廷中的两个大贵族"⑥。最重要的是，面对王子这一可以改变自身命运的契机，她于奔逃间还记得有意或无意地"让一只玻璃鞋掉了下来"⑦。所以，"与民间故事中的小女孩不同，[贝洛的]灰姑娘不是民众的女儿。她的花招属于娇俏的女性，享受被人爱慕的感觉；她是个有产者，想给自己寻门好婚事"⑧。此类可为女性体察的心理细节或正是贝洛施与目标读者的眼色。

背景世界方面，贝洛保持了"仙女宇宙"兼顾超自然要素及现实世界的两面性。当然，他在超自然效果的营造上颇为矛盾，一方面创造了"玻

---

① 由法语"cendre"（灰）和"souillon"（干粗活的女佣）二词结合而来。相较中文的"灰姑娘"，法文的 Cendrillon 其实更具侮辱性含义。
② Michèle Simonsen，*Perrault*，*Contes*，p. 95.
③ Charles Perrault，*Contes de Perrault*，édition de Gilbert Rouger，p. 158.
④ Ibid.
⑤ Ibid.，p. 161.
⑥ Ibid.，p. 164.
⑦ 法语原文是"laisser tomber"（让……落下），无法判断灰姑娘是否有意为之。Charles Perrault，*Contes de Perrault*，édition de Gilbert Rouger，p. 162.
⑧ David Ruffel，*Les contes de Perrault*，p. 23.

璃鞋"(pantoufles de verre)①这样令人无限遐想的梦幻细节,一方面又保有一名法兰西学院院士对理性的尊崇,试图与超自然元素保持必要的距离,在限制仙女出场次数②的同时也让她的变形能力受到限制,试图于被变形物与变形物之间建立某种外在的相似性③。《灰姑娘》背景世界的现实一面则充斥着唯有贵族阶层才能理解的细节。自然,与奉行"洛可可"风格的多尔努瓦夫人等女性作者相比,贝洛的风格更节制、更简朴,但也满是对女性时尚和生活细节的指涉。最典型的段落莫过于对两位继姐为王子举办的舞会准备衣饰的一段描写:

> 她们十分高兴,忙于挑选最适合自己的衣服、发型;灰姑娘又有了新的苦役,因为她要给姐姐们熨衣服,还要给她们的袖边打褶。谈论的话题也只剩下了要穿什么。"我,"年长的继姐说,"我会穿上那件红天鹅绒的衣服,配上英格兰的饰物。""我,"年幼的那个说,"我会穿日常的裙子;但作为补偿,得配上饰金花的外袍,还有镶钻石的发带,这些可不是随随便便就能得见的东西。"人们派人去找好的梳头妇人,竖起两行编结的卷筒发髻,还去好的手艺人那里买来假痣。④

短短几句话之间,作者提到了很多路易十四统治末期流行于上流社会的女性衣装细节。需要"给袖边打褶"(godronner leurs manchettes)是因当时的女装袖边通常是平纹布的,想要在上面打出流行的圆形褶皱通常需要一到数个小时的时间;"卷筒发髻"(cornettes)是当时最为时髦的头发式样,女性甚至在夜间也不会拆散头发,以保持发髻的形态;"假痣"的材质则多为塔夫绸或黑天鹅绒布,可贴在脸上的不同部位,用以反衬皮

---

① 利特雷(Littré)和巴尔扎克曾以为此处是贝洛或其抄写者笔误,正确的应是"pantoufle de vair"(松鼠皮拖鞋),但其实此处应是贝洛故意选取了"verre"(玻璃)这一具有奇幻色彩的原材料。参见 Michèle Simonsen, *Perrault, Contes*, p. 95。
② 贝洛版本中的仙女教母仅出场两次,一次是为灰姑娘准备舞会行头,一次是在灰姑娘试鞋成功后,施法为她变换衣衫。
③ 参见本节前文中对南瓜马车和蜥蜴仆人的讨论。
④ Charles Perrault, *Contes de Perrault*, édition de Gilbert Rouger, p. 158.

肤的白皙。除去这些明确的描写外，故事中甚至还有一些不动声色的生动细节。舞会过程中，灰姑娘做出了如下举动：

> 她去两位继姐身旁坐下，对她们照顾有加：她与她们分食了王子给她的橙子和柠檬。①

在贝洛的时代，橙子和柠檬都是极其稀罕贵重的水果，甚至是上流社会的红男绿女们的"觊觎"对象。塞维涅夫人在1671年6月10日的一封信中专门提到："德·克罗瓜松小姐（Mademoiselle du Croqueoison）对杜·塞尔内小姐（Mademoiselle du Cernet）大加抱怨，因为塞尔内小姐某天举办的舞会上有甜橙，但没人分给她。"②仅仅是这一个细节，就能看出灰姑娘的处世风格，也同塞维涅夫人的描述间建立起了微妙的互文关系，可以让贝洛童话的贵族女性读者会心一笑。

贝洛这些刻有上流社会烙印的意识形态也体现在《灰姑娘》篇尾的"道德寓意"中。若是顺着故事的情节和逻辑，从中得到的教益似乎应该是"像灰姑娘一样善良的人最终一定会得到好报"。但贝洛却总结出了以下两则并"不道德"的道德寓意：

道德寓意

美丽之于这个性别是笔稀有的财富，
人们欣赏起来从不会厌倦；
但我们称之为优雅的东西，
是无价之宝，只会更有价值。

教母让灰姑娘看到了这一点，
装扮她，教导她，
如此用心，她把她变成了一位王后：
（这是我们要从故事中读到的道理。）

---

① Charles Perrault, *Contes de Perrault*, édition de Gilbert Rouger, p. 159.
② 转引自 Charles Perrault, *Contes de Perrault*, édition de Gilbert Rouger, p. 306。

美丽,这份天赋比好的发型更重要,
要赢得一颗心,要走到最后一步,
优雅的举止是仙女真正的赐福;
没有它我们什么都做不了,有了它一切都有可能。

寓意另一则
这无疑是个很大的优势,
聪明、勇敢,
出身高贵,通情达理,
还有其他类似的天赋,
上天将之分赠给人们;
但拥有它们还不够,
想要晋身,这些只是徒劳,
如果你没有教父或教母,
能帮你夸耀的话。①

  表面看来,第一则寓意邀请读者看重外貌之美,第二则寓意告诉人们人脉比能力和品德重要得多。它们毫不留情地击碎了少女们温情脉脉的幻想,以玩世不恭的姿态指出,若想崭露头角,人脉重于一切。这已不是脱胎于这个充满仙女和幻想的世界的浅显道理,而是指点女性如何上位的教科书。在这个意义上,恐怕只有与贝洛处于相同社会阶层的女性读者,才能读出《灰姑娘》中蕴含的各个层面的文本意义,品读出贝洛笔下的众多意图。

  经本章讨论可知,"仙女故事"本非童话,它只是故事的一种,承继着延续千年的母题,贯穿着自先民社会以来的口传文学脉络。17世纪末期法国文学沙龙的繁荣与"古今之争"的思辨背景偶然而又必然地促进了这一文学门类的机制化,让它逐步区别于其他故事,确立了专属的创作规

---

① Charles Perrault, *Contes de Perrault*, édition de Gilbert Rouger, pp. 164—165.

范。随着时间的流转,它"万物有灵论"的世界观、线性的叙事结构、活泼轻灵的语调和普遍性的主题与孩子的阅读兴趣发生了高度契合,从而成为儿童文学中的固定文体。实际上,单就法国童话的黄金时代来看,它生发在一个已经认识到儿童教育特殊性的时代,掩藏在"为儿童写作故事"的托词之后,却不能完全算是属于儿童的。好在诚如泰奥菲尔·戈蒂耶(Théophile Gautier)所言,以贝洛童话为代表的"仙女故事"是"美味的故事,无论是孩子天真的欣赏还是成年人理性的审视,都不会感到厌倦"①。童话问题的双重面向让该体裁成为后世影响最为深远的文体。

---

① 转引自 Charles Deulin, *Les contes de ma Mère l'Oye avant Perrault*, Paris: E. Dentu, 1878, p. 33。

第五章　寓言论:拉封丹与《寓言诗》

同童话一样,寓言也是儿童文学的重要组成门类。作为"带有劝谕或讽刺意味"的故事,它长期被成人用在儿童教育中,作为道德教化的素材,而其鸟言兽语的奇幻色彩、饶有趣味的短小叙事和言近旨远的表达方式也渐渐博得小读者的喜爱。事实上,仅就法国儿童文学的个案来看,寓言最初进入儿童受众视野,同样是遵从"读者选择"的逻辑,如索里亚诺所说,"小孩自有小孩的需要,他们自己会不顾一切想法子满足他们的需要"①。

法国寓言的诸多创作者中,拉封丹无疑开风气之先。他上承古希腊罗马的寓言遗产,下启法国乃至世界各国的寓言写作传统。他也充分强调了寓言可能具备的教育功用,所创作的三部《寓言诗》中有两部献给了所谓"儿童",分别是时年7岁的路易十四之子和作品面世时仅有12岁的路易十四之孙。时至今日,拉封丹的寓言仍广泛应用于法国的中小学教育中:小学阶段的必读篇目有《乌鸦和狐狸》(*Le corbeau et le renard*)、《狼和小羊*》(*Le loup et l'agneau*)、《知了和蚂蚁》(*La cigale et la fourmi*)等,初中时则会接触到文意更显幽深的《樵夫与死神》(*Le bûcheron et la Mort*)、《两个朋友》(*Les deux amis*)、《城里

---

① 转引自方卫平:《法国儿童文学史论》,第41页。

老鼠和乡野老鼠》(*Le rat de ville et le rat des champs*)等。或许拉封丹本人并未全然以儿童群体为写作视野,"但是,无论愿或不愿,这也是一位儿童文学作者。在法国,所有的孩子都会记诵他的一篇或几篇寓言"①。

那么,真相究竟如何?拉封丹到底是愿还是不愿呢?他对于寓言这个在自己手中臻于成熟的文体有怎样的观感和期待?以上皆是本章试图回答的问题。但在触碰拉封丹其人其作之前,对"寓言"一词的读解和对其作为文学体裁的发展脉络的梳理也尤为重要,可作为我们理解拉封丹《寓言诗》之承上启下地位的铺垫。

第一节 寓言的定名、简史及内涵

一、文体辨析:从"fable"到"寓言"

"寓言"(fable)一词在当下语境中已有明确的外延,《新小罗贝尔》(*Le nouveau Petit Robert*)词典中标注其常用含义为"散文体或韵文体的短篇叙事文本,旨在阐明一则教训",后附的同义词是"道德故事"(apologue)②。但至少在17世纪中叶,"fable"的含义还颇为宽泛:"在1660年,它既可指代一般意义上的虚构叙事文本,也能指代与古代③——尤其是异教时期的古代——有关的叙事文本[……](即希腊—拉丁神话),还能指代道德故事、真实的事情,或者是虚假的断言。"④这一宽泛的意涵对应的恰是《新小罗贝尔》词典上标明的"fable"一词的古意,即"(源自民间或艺术创作而成的)基于想象的叙事文本"⑤。可见在拉封丹的时代,该词语与"故事"(conte)、"道德故事"(apologue)甚至"神话"(mythe)

---

① Marc Soriano, *Guide de littérature pour la jeunesse*, p. 349.
② *Le nouveau Petit Robert*, p. 983.
③ 此处的"古代"专指古希腊、古罗马。——笔者自注
④ Aurélia Gaillard, *Fables, mythes, contes: l'esthétique de la fable et du fabuleux* (1660—1724), Paris: Honoré Champion, 1996, p. 12.
⑤ *Le nouveau Petit Robert*, p. 983.

等今天习见的文体名称并无清晰界限,常混杂使用。贝洛在《故事诗》的"序言"中就曾称这三篇诗体故事为"fable";拉封丹用《寓言诗》(Fables)为标题来指代自己的创作,但《寓言诗》第一部的"序言"中却有如下两处对相关文体名称的混用:首先是他为自己将这些以动物为主人公的叙事短文改为诗体而辩护,预见到某些读者可能会因此指责他破坏了原来的散文语体的简洁性,而简洁性则是"故事的灵魂"(l'âme du conte),可见在他看来,称这些寓言为"故事"也无不妥。其次是他在申明寓言写作的意义时,曾用"道德故事"(apologue)一词来指代该文体。"道德故事由两部分组成,其一可称为躯体,其二是灵魂。躯体是情节(fable),灵魂是道德寓意。"①且若细究拉封丹三部《寓言诗》所包含的文体类别,会发现里面不仅有寓言,还有超自然故事、哲理诗,以及近似牧歌(églogue)和悲歌(élégie)的爱情诗②。

上述事实不免让人对"fable"与"寓言"间的对应关系产生疑问。事实上,在法国古典主义的黄金时代,源于拉丁语动词"说"(fabulor)及其派生词"话语、故事"(fabula③)的"fable"一词本就意涵丰富,于艺术、神学、哲学、修辞学等领域均有应用,其不同含义之间的共通之处仅在于该词指代对象虽为虚构却对现实有譬喻(allégorie)意义④。具体到文学或诗学领域,"fable"一词可以涵盖所有在拉丁文中称为"fabula"的文本,主要包括两个大类,即希腊文所说的"秘索斯"(muthos)和"逻各斯"(logos),具体到实践中就是神话(mythologie)和有现实指向作用的短篇叙事文本(即

---

① Jean de La Fontaine, *Œuvres complètes*, pp. 61, 63.

② 超自然故事如《贝尔菲戈尔》(*Belphéghor*)、《米内的女儿》(*Les filles de Minée*)、《费莱蒙和鲍西斯》(*Philémon et Baucis*),哲理诗如《占星家掉到了井里》(*L'astrologue qui se laisse tomber dans un puits*),爱情诗有《蒂尔西斯和拉玛朗特》(*Tircis et Amarante*)、《两只鸽子》(*Deux Pigeons*)。参见 Hubert Curial, *La Fontaine: Fables*, Paris: Hatier, pp. 47—49.

③ 事实上,"fabula"一词不仅有"话语"或"故事"之意,亦可指代对话、寓言、神话、虚拟文本、剧作等多种文字形式。

④ Aurélia Gaillard, *Fables, mythes, contes: l'esthétique de la fable et du fabuleux (1660—1724)*, pp. 40—73.

当时统称的 fable)①。随着古今之争愈演愈烈,厚今派针对"异教古代"的神话的批评声越来越多,"fable"作为一个整体的内部分化也屡被提及。1660 年至 1680 年间,最有代表性的相关理论文字当属勒保絮(Le Bossu)所撰《论史诗》(«Traité du poème épique»)一文,里面涉及了"大叙事文本"(La Grande Fable,当时一般用来指代古代神话)与"小叙事文本"(la petite fable,主要包括今天所说的寓言)之争。他对"fable"的来源做出如下解释:

> 我们[今人]的言说方式是简单的、自发的,并无迂回;而古代人的言说方式则充满奥秘和譬喻。真理通常都被乔装成这些巧妙的文学创作,这些创作因其卓越性而被称为 Fables,也就是"话语"。②

所以 fable 的定义是:

> Fable 是被人创造出的言语,借着伪装成一个事件的、具有譬喻意义的[道德]指令,规范社会风化。③

按照勒保絮的构想,在这个大的范畴之内,"fable"可以依据个中人物分成三类:一是崇古派所宣扬的以人和神为主要人物的"理性"(raisonnables)类,对应"大叙事文本";二是引入动物的"道德"(morales)类,在这一类文本中,动物因"人分派给它们的人类性情而获得姓名",成为这些"小叙事文本"的主要人物;三是兼具以上两种人物却无法归入前两类的"混合"(mixtes)类。我们无法确知"道德"类具体何时成为 fable 的主流,但这一类文本能够最终胜出,可能与"古今之争"中为法兰西民族文学声张的厚今派终在历史走向中占据上风有关:毕竟 1700 年,崇古派的首脑布瓦洛也向贝洛致信,承认了法兰西在哲学、悲剧和小说上优于古希腊罗马。

---

① Aurélia Gaillard, *Fables, mythes, contes: l'esthétique de la fable et du fabuleux (1660—1724)*, p. 68.
② Ibid., p. 86.
③ Ibid., p. 87.

较易确定的是,到了 17 世纪的最后两个十年,"道德"类已在"fable"文体内部的对抗中渐渐获得优势地位。虽然将"fable"当作"大叙事文本"的倾向一直到 18 世纪初都存在①,但 1680 年里什莱(Richelet)编的《法语词典》(Dictionnaire français)中,"fable"词条的释意已变为"模仿现实的言语,目的在于以令人舒适的方式使人改正",1694 年法兰西学院编写的词典里,也有"用于教育或娱乐的假造和杜撰的事情"的解释,对寓言寓教于乐的特色有所提及。② 虽然以我们现有的材料,无法对这二三十年中"fable"所经历的语义偏移做出确切编年,但拉封丹的前两部《寓言诗》(分别出版于 1668 年和 1679 年)大获成功,且其中最有反响的篇目大多是他对伊索、费德鲁斯的"小叙事文本"的改写,这一点恐怕也会影响文化界乃至整个社会对"fable"一词的认知,让它变身成"小叙事文本"或"寓言"的代名词。

时至今日,"寓言"(fable)的词义已基本固定:它可用散文或韵文写就,旨在以轻松愉悦的方式传递某一教益或道理,常表现为以动物为主要人物的短小叙事文体。但即便是在拉封丹其人其作的框架之下,"寓言"仍有可能与"道德故事""故事""(教义)寓言"(parabole)和"讽喻诗"(fabliau)杂处混淆,此处试将上述概念厘清且与"寓言"区别如下:

1. 道德故事(apologue)。该文体的词源为希腊语的"言说"(Λόγος 或 logos),与拉丁文"fabula"几乎同义,与寓言体裁也最为接近。按照《修辞与诗学词典》的定义,"寓言是以譬喻性叙事的形式呈现的道德故事,通常将动物引入场景,附有道德寓意";道德故事"是一种叙事文本,一般以第三人称阐述某件逸事,以便被阐述的事件能具备范围广大的、普遍的表达价值,可以作为某一道德问题的例证。[……]这类故事的情节看起来

---

① 如丰特奈尔(Fontenelle)在写于 17 世纪末、出版于 1724 年的《论神话之起源》(De l'Origine des Fables)中,讨论的"fable"仅指神话一类。参见 Aurélia Gaillard, Fables, mythes, contes: l'esthétique de la fable et du fabuleux(1660—1724), p. 14。

② Aurélia Gaillard, Fables, mythes, contes: l'esthétique de la fable et du fabuleux (1660—1724), p. 12。

似乎是曾在现实中发生的,强调其文学想象的逼真性(vraisemblance)①,常用的手段有对无生命体、动物或神的赋生(animation)或类人化"②。由此可见,寓言和道德故事在含义上有类似之处,但后者的外延更为宽泛,除动物外亦常有其他人物的参与,且相较"鸟言兽语"的寓言,更强调审美层面上的逼真性。

2. 故事(les contes)。着手创作寓言之前,拉封丹曾依靠故事积累了最初的文学声名,写有《诗体故事和短篇小说》(*Contes et nouvelles en vers*,简称《故事诗》1665,1666),之后在《寓言诗》中也多次涉猎这一体裁。除上文提及的超自然故事外,他还另撰有《酒鬼和他老婆》(*L'ivrogne et sa femme*)、《恶婚丈夫》(*Le mal marié*)③等戏谑故事。古利亚尔(Curial)详细列举了故事与寓言间的区别:(1)篇幅长短。故事远较寓言更长。(2)道德寓意是否存在。有些故事中并没有后附的"道德寓意"。(3)动物角色是否缺席及人与动物间的变化逻辑。故事并不一定以动物为主要人物,寓言中通常是将动物拟人化,赋予动物以人的品格,故事则对这一修辞手法借用较少,却存在借助超自然手段将人变为动物的可能性。(4)是否为了乐趣而讲述④,这一点应是故事与寓言的根本区别。如上一章所说,故事的功用为娱乐,而寓言旨在寓教于乐,不免灌输教益。以《酒鬼和他老婆》为例,烂醉的酒鬼被妻子关进一座坟墓,妻子乔装成复仇女神阿勒克托来给他送饭,酒鬼在这种情况下还不忘向这位"神明"讨要酒水,这种情节更近于博人一哂的戏谑故事,并无道德教育意图。

3. "(教义)寓言"(les paraboles)。在《寓言诗》第一部的"序言"中,为

---

① "逼真性"是文学中的一类审美标准,它并不意味着文本所言是"真实的"或"曾经在现实中发生过的",而是"貌似真实的"或"在现实中有可能发生的"。

② Michèle Aquien, Georges Molinié, *Dictionnaire de rhétorique et de poétique*, Paris: Le Livre de poche, 1999, pp. 68, 538. 转引自 Isabelle Guillot, *Fables de La Fontaine. Leçon Littéraire*, Paris: Presse Universitaires de France, 2004, pp. 33—34。

③ 此处两则篇目的译名均出自李玉民译本。拉封丹:《拉封丹寓言》,李玉民译,北京:人民文学出版社,2021年,第97,247页。

④ Hubert Curial, *La Fontaine: Fables*, p. 19.

阐明寓言的功用,拉封丹特意将其与"教义寓言"相提并论:"我们看到真理可以借助教义寓言来跟人沟通;教义寓言与道德故事有区别吗? 道德故事不同样也是一个神异的例子,且更普通、更熟悉,所以就更容易渗透到人们的心中?"①此处"parabole"一词指代的是圣经中具备道德教化作用的教义故事。通过将"教义寓言"这一基督教的神圣话语与"道德故事"这一源自"逻各斯"(有"以神的名义发出的话语"之意)的体裁等同起来,拉封丹试图勾连古今之争时代的"异教古代"与"基督当下"的两大阵营。② 两种体裁间的区别也不言自明,教义寓言出自基督教的神圣文本,而道德故事或寓言传承自异教古代的鸟言兽语。

4. "讽喻诗"(les fabliaux)。13 至 14 世纪时,法国皮卡第(Picardie)、阿图瓦(Artois)等地区曾流行过"讽喻诗"这一文体,后对整个法国产生了广泛影响。"fabliau"一词亦出自拉丁文"fabula",是该词语在皮卡第语中的变种。因讽喻诗常描写动物,依民众固有定见赋予不同动物或狡猾或愚蠢或贫穷的性格,且长于社会讽刺,故应对拉封丹的创作亦有影响,题材层面也多有相似。③ 但讽喻诗在文体特征上表现出很多不同之处:其创作者多为匿名的神职人员,文本多以十音节诗行的形式呈现,目的也不在教育,而在讽刺和取乐,更多承担"社会镜鉴"的作用。如吕特伯夫(Rutebeuf)《驴子的遗嘱》(*Le testament d'âne*)一篇,讲述一个贪婪吝啬的神父为节省丧葬费,将死去的驴子葬入人的墓地,本区主教本有意借其将牲畜葬入基督徒墓地的事来为难他,却在收取贿赂后假装相信了神父说自己是在按信仰上帝的驴的遗嘱为它办理后事的鬼话④,只见社会讽刺意义,不见寓言的道德教化作用。

---

① Jean de La Fontaine, *La Fontaine: Fables*, p. 62.
② Isabelle Guillot, *Fables de La Fontaine. Leçon Littéraire*, p. 37.
③ Ibid., p. 30.
④ Rutebeuf, *Œuvres complètes*, texte établi par Achille Jubinal, Paris: Édouard Panier, 1839, pp. 273-279.

二、寓言的文体简史：拉封丹的上游和下游

"fable"一词在17世纪中后期经历的语义变迁，佐证了寓言体裁在该时代经历的界定与成熟。抛却古今之争的思想史背景，拉封丹的个人作用似也不可小觑，甚至远胜贝洛之于"仙女故事"的构建之功，因后者终归是一场时代风潮之下的集体创作，贝洛只是其中最具后世影响力的作者，而寓言远未如此流行，拉封丹是该门类中当之无愧的奠基者和最具代表性的践行者。诚然，拉封丹其作亦有其源流。同故事一样，寓言历史悠远，可以追溯到先民时代。仅就西方传统而言，公认的文学寓言之祖是公元前8世纪的古希腊诗人赫西俄德。他写给弟弟佩耳塞斯的训谕长诗《工作与时日》中，为了说明在某些人的心中"力量就是正义，虔诚不是美德"，插入了一段"夜莺与鹞鹰"的故事。故事中的鹞鹰即是强权者的代表，绝对的力量优势令它无视弱者夜莺的呻吟或反抗。①

赫西俄德之外，西方文学史上亦有其他创作寓言的先驱。拉封丹本人对寓言的历史源流其实就有清晰的认知，这体现在《寓言诗》第一部的"序言"里：

> 归于伊索名下的那些寓言才刚刚面世，苏格拉底就给它们穿上了诗神的华服。[……]除了真理，苏格拉底不会言说任何其他的东西。最终他找到了一个折中之计：那就是挑选一些蕴含着真理的寓言，比如伊索的篇章。在其生命的最后时刻，他致力于把伊索的篇章谱成诗行。
>
> 苏格拉底并非唯一一位将诗歌和寓言视为同胞姐妹②的人。费德鲁斯曾说过，他也赞同将寓言诗歌化。通过他的作品之卓越，我们可以想见哲学家中的王子③[就着伊索的篇章所写成]的作品的样

---

① 赫西俄德：《工作与时日 神谱》，张竹明、蒋平译，北京：商务印书馆，1991年，第7页。
② 诗歌（poésie）与寓言（fable）二词在法语中均为阴性，所以拉封丹用了"姐妹"一词。——笔者自注
③ 指苏格拉底。——笔者自注

子。费德鲁斯之后,亚微亚奴斯(Avienus)①也触及了同样的主题。最后就是现代人也追随了他们的脚步:我们不仅可以在国外看到类似创作,本国也是同样。②

在柏拉图的对话录《斐多》的开篇处,谈话者哲学家齐贝回忆道,苏格拉底在狱中"把伊索寓言翻成了诗"③,惜今已不存,所以拉封丹等后世作家只能直接阅读归于伊索名下的作品。拉封丹本人对伊索推崇备至,说柏拉图在《理想国》中"给了伊索一个极其尊崇的位置"④。虽然他并不能确定伊索是否真有其人,但他还是根据自己的想象和普拉努得斯的讲述撰写了《弗里吉亚人伊索的生平》(«La vie d'Ésope le Phrygien»)一文,放在《寓言诗》第一部的"序言"之后、题献诗《献给王储殿下》之前。《献给王储殿下》中亦明言:"我歌颂的人物伊索是父亲,/这些人物的故事虽为虚构,/蕴含的真理却可引为教训。"⑤

按照法国最为通行的艾米尔·尚博利(Émile Chambry)《伊索寓言》译本,托伊索之名的寓言共有358篇,而拉封丹《寓言诗》第一部的124篇作品中,就有超过一百篇取材自伊索寓言⑥,包括《知了和蚂蚁》《乌鸦和狐狸》《狼和小羊》等篇目。伊索留给后世的,不单有故事、题材和作为人物的动物,还有寓言借物说理的基本原则与简明扼要的风格,甚至如拉封丹所说,在后世读者眼中,这种简洁性已成为寓言的"灵魂"⑦。"在伊索的时代,寓言以简单的方式讲述,道德另附,此后就一直如此。"⑧的确,所谓的"伊索寓言"往往篇幅极短,文风简洁,叙事干瘪,少有来自文学想象的

---

① 正确拼写应为 Avianus。亚微亚奴斯生活在罗马帝国晚期,曾以拉丁韵文写作寓言42首。——笔者自注
② Jean de La Fontaine, *Œuvres complètes*, p. 62.
③ 柏拉图:《斐多:柏拉图对话录之一》,杨绛译,沈阳:辽宁人民出版社,2000年,第7页。
④ 根据马米埃(Jean Marmier)的注解,柏拉图实际上并未提到伊索。参见 Jean de La Fontaine, *Œuvres complètes*, p. 62。
⑤ 拉封丹:《拉封丹寓言》,第3页。
⑥ 方卫平:《法国儿童文学史论》,第42页。
⑦ Jean de La Fontaine, *Œuvres complètes*, p. 61.
⑧ Ibid., p. 63.

细节,多是在匆匆讲完一则以动物为主人公的轶事后,就另行分段以阐明要言说的道理。吉约(Guillot)因此认为:"[对后世作者来说],伊索的寓言就以一种主题库(topos)的形式留存①,[它们总是]指向一则道理,似乎其存在的意义就是为[关于道理的]言说增添装饰。"②人物塑造和叙事的生动性往往并非伊索寓言的着力之处,如《知了和蚂蚁们》(法译本称 *La cigale et les fourmis*)一篇:

> 是一个冬天;谷子潮了,蚂蚁们把它晒一晒。一只饥饿的知了向蚂蚁们讨吃的。蚂蚁们对它说:"你为什么不在夏天时也存些食物呢?""我没时间,"知了回答道,"我在动听地歌唱。"蚂蚁们当面嗤笑它:"好吧!"它们又对知了说:"既然你夏天唱歌,冬天就跳舞吧。"
> 这则寓言说明为了避免悲愁和危险,在任何事情上都要避免轻忽。③

伊索之后,在西方寓言传统中占据重要地位的是生活在公元前后的古罗马寓言作家费德鲁斯(拉丁文名 Caius Iulius Phaedrus)。他出生在希腊北部的色雷斯地区,曾在罗马宫廷为奴,后被奥古斯都释放,所以他的手稿中皆注有"被奥古斯都释放(Augusti libertus)的费德鲁斯"。费德鲁斯著有《寓言集》五卷,延续并发扬了伊索的创作传统。他将伊索视为寓言之父,称"伊索是找到了这些材料的第一人"④,但他也对该文体进行了形式与人物层面的创新,并对其功用进行思考。他将伊索讲述的故事转为诗体,"将它们[伊索作品]打磨成六韵脚拉丁诗"⑤。他还把寓言定义成虚构的叙事文体,人物也不必局限于动物:"对于那些要来不公地指

---

① 意为伊索寓言为后世作者留下了很多可借鉴的主题。——笔者自注
② Isabelle Guillot, *Fables de La Fontaine. Leçon Littéraire*, p. 24.
③ Ésope, *Fables*, traduction par Émile Chambry, Paris: Les Belles Lettres, 1927, p. 146.
④ Phèdre, *Fables*, traduction par M. E. Panckoucke, texte établi par E. Pessonneaux, Paris: Garnier Frères, 1864, p. 3.
⑤ Ibid. 译者原本译成"我将它们打磨成抑扬格诗行",此处笔者根据拉丁语原文有改动。

责我不仅让动物说话，还要让树木讲话的人，我要重申我此处是以单纯的虚构为乐。"①至于寓言的功用，他认为该文体需有寓教于乐的双重效力："这本小书有两重好处：它令人发笑，并针对人生操行给出智慧的忠告"②；"这一由伊索创立的体裁满是［具体的］例子，我们要在其中找到的，却是他写作这些寓言的目的，即改正人的错失，在读者身上引起激烈的竞争之心"③。除此之外，他最大的革新当属文风方面，让寓言中的故事获得了更多细节与或活泼、或讽刺、或戏剧化的语气。针对费德鲁斯为文体发展做出的贡献，拉封丹曾说道："费德鲁斯来了，却没有遵从这一规则［伊索的创作规则］：他美化了叙事，有时还将放在结尾的道德寓意移到开头。"④而这正是费德鲁斯有意为之："所以，我审慎地追寻那位弗里吉亚老人的踪迹；但是，如果我为了让叙事更多样而认为补充某些叙述是有益的，读者，也请你高兴地接受它。"⑤相较伊索，费德鲁斯寓言的篇幅更长，如他笔下的《蚂蚁和知了》（法译本称 La fourmi et la cigale）：

> 谁让自己的青春在游手好闲中流逝，不去顾及未来的需要，待到年老已至，岁重担来临时，他就会常需徒劳地哀恳他人的帮助。
> 一只蚂蚁，夏天时向它狭窄的地下回廊中，搬了些冬天要用的食物；于是，当雪让大地变白，且原野消失在一层冰壳之下的时候，它得以维持生活，不失平静而又不需对抗季节的严酷，就在它的斗室之中，凭借着它微微受潮的粮食。一只消瘦的知了，此前一直用它尖利的叫喊让整片原野厌烦，现在哀求着来找蚂蚁要些食物。它说，夏天的时候，当收割者在打谷场上击打金黄色的麦穗时，我用我的歌唱来消磨白日的时光。小蚂蚁笑了起来，如是对知了说（因为它们都盼望着与晴好的日子重逢）：多亏了那些让我得以积攒食物的辛勤劳作，

---

① Phèdre, *Fables*, p. 3.
② Ibid.
③ Ibid., p. 28.
④ Jean de La Fontaine, *Œuvres complètes*, p. 63.
⑤ Ibid.

我才得以在冬季享受舒适的闲暇。对你来说,既然在过去的季节里唱了这么多,现在就是你跳舞的时间。①

费德鲁斯的改写让故事场景更为生动,以冰雪覆盖原野的意象突出了冬天的严酷,收割谷物的细节也丰富了读者对夏天的想象。在他笔下,人物形象更加丰满,蚂蚁的生活环境("狭窄的地下回廊")、它与知了冬日境况的对比还有二者之间的对话都得到了呈现。且相较伊索,费德鲁斯版本的故事时间线也有所延长,于伊索讲述的冬日借粮之外又补充了发生在夏日的前因。这种针对叙述进行的生动化和丰富化正是费德鲁斯与伊索间的主要区别。后来,约公元4世纪时,罗马帝国晚期的诗人亚微亚奴斯也效仿费德鲁斯,将伊索和费氏的部分寓言改写成拉丁韵文,拉封丹的《褡裢》(Le besace)、《橡树和芦苇》(Le chêne et le roseau)等篇章就是不仅传承自伊索和费德鲁斯,也曾被亚微亚奴斯改写过。

但若从文体发展脉络来看,拉封丹在回溯古希腊罗马遗产之余,似乎忘记回首本土的文学传统。即便将《列那狐传奇》这样的不属"寓言"文体,却对以动物形象镜鉴人类社会大有启示的文本抛掷一旁,中世纪时也流传着多部"寓言集"(Ysopet 或 Isopet,意为"小伊索",是指代伊索寓言的专用词),借伊索式的故事和主题来讽喻法国社会现实。玛丽·德·法兰西即著有一部《寓言集》,其中除上一章提到的"仙女故事"和若干篇近似讽喻诗的作品外,更有部分寓言。拉封丹《狼和小羊》一篇应该也从玛丽·德·法兰西的同名诗作中汲取了部分灵感②。

随后我们要提及的寓言创作者,自然是拉封丹本人。他不是寓言的发明者,但在法国文学场域中,他却是奠基者和集大成者,其成就不仅遮蔽了同时代贝洛、费讷隆等人的寓言创作,甚至令后世的寓言作家也多沦为他的模仿者。在《本世纪法兰西名流》一书中,贝洛曾专门撰写题为《让·德·拉封丹,法兰西学院院士》(«Jean de La Fontaine, de

---

① Phèdre, *Fables*, pp. 186—187. 原诗为诗体,此处据法文本译出。
② Hubert Curial, *La Fontaine: Fables*, p. 29.

l'Académie française»)的文章，如是评述拉封丹的奠基之功：

> [与他相比]，再没有人配得上被称为原作[作者]，或被称作此类[作者]中的第一人。他耕耘其间，不仅发明了[寓言]诗歌这一门类，还把它带到了至臻的完美；他在这个领域是如此擅长，以至于别人永远只能在这种书写实践里争夺第二的位置。①

拉封丹一生共创作了238篇寓言，收录在三部《寓言诗》中。第一部出版于1668年，完整书名为《寓言选录：由拉封丹先生谱写为诗》(*Fables choisies: mises en vers par M. de La Fontaine*)，进献对象是时年7岁的王储，收有第一卷至第六卷(Livres I—VI)。第二部1678年面世，包括第七卷到第十一卷(Livres VII—XI)，献给路易十四的情人蒙特斯潘夫人。另有《写给德·拉萨布里埃尔夫人》(*Discours à Madame de la Sablière*)一篇讨论动物灵魂是否存在的哲学性论述文和论证人类与动物在举动上有相似性的《写给德·拉罗什富科公爵》(*Discours à Monsieur le duc de la Rochefoucauld*)，似乎暗示了拉封丹的寓言并非专为儿童所写。第三部仅含第十二卷(Livre XII)，写作对象是费讷隆的学生、时年11岁的路易十四之孙勃艮第公爵。费讷隆一直让这位学生将拉封丹的寓言改写成拉丁文，以充当文体练习，拉封丹便为勃艮第公爵创作了最后一卷《寓言诗》。

拉封丹寓言的巨大成功让他在18世纪获得了数十位模仿者，最为知名的是让-皮埃尔·德·弗洛里昂(Jean-Pierre de Florian)。弗洛里昂出版过五卷本《寓言诗》(*Fables*)，其作品的主要人物均为动物，但多为猴子、鲤鱼、蝮蛇等此前少见于拉封丹创作的种类。19世纪至20世纪又有弗朗-诺安(Franc-Nohain)《寓言诗》(*Fables*)(1921)、乔治·杜哈曼(Georges Duhamel)《我的花园的寓言》(*Fables de mon jardin*)(1936)等作品，但寓言这一体裁终未再获得与17世纪后期一样的关注和成功。②

---

① 转引自 Jean de La Fontaine, *Œuvres complètes*, p. 8。
② 参见 François Caradec, *Histoire de la littérature enfantine en France*, p. 60。

三、文体定义：拉封丹的寓言观

经上述简略回溯可知，拉封丹是法国寓言发展史中起承转合的重要人物。他的寓言观于极大程度上成为后世创作的规范，影响了公众对该文体的认知。阅读《寓言诗》的副文本（序言、题献等）和具体篇目可发现，拉封丹对寓言体裁已经形成了较为系统的认知。在他看来，寓言的本质特征在于："道德故事由两部分组成，其一可称为躯体，其二是灵魂。躯体是情节（fable），灵魂是道德寓意。"二者相互依存，"没有叙事，道德寓意会沦为一则格言。没有道德寓意，叙事就是一个故事"。① 但一般而言，在谋篇布局上，传统故事还是以道德寓意为核心。较拉封丹时代稍晚的寓言作者胡达尔·德·拉莫特（Houdar de La Motte）如是论述其在写作中的核心位置：

> 为了写一则好的道德故事，首先需要构想一条道德真理，将之藏在一个不妨害正义、统一和自然性的意象的譬喻之下；然后请来一些演员，让他/它们用熟稔却优雅、简单但智慧的方式讲话，点缀以最好笑和最优雅的东西，同时又要辨明好笑同优雅、自然与天真间的细微差别。②

拉莫特如此强调道德寓意的地位，恐怕应与贯穿17世纪法国文学的道德说教倾向有关。这一时期的文学创作中存在很强的说理倾向，热衷描画社会风俗，分辨美德与恶行。自1610年英国作家约瑟夫·霍尔（Joseph Hall）的《美德和邪恶的品性》（*Characters of Vertues and Vices*）被译成法文以来，法国文坛即掀起模仿浪潮，相似的作品有乌尔班·舍弗罗（Urbain Chevreau）的《智者学校，或美德与恶行之品性》（*L'école du sage, ou les caractères des vertus et des vices*）、让·德·拉布吕耶尔

---

① Hubert Curial, *La Fontaine: Fables*, p. 131.
② 转引自 Jean-Pierre de Florian, *Fables de Florian*, Paris: Louis-Fauche Borel, 1793, p. 11.

(Jean de la Bruyère)的《品性论》(Les caractères),另有拉罗什富科《道德箴言录》(Réflexions ou sentences et maximes morales)等其他类型的道德主义作品。寓言在某种程度上也暗合此种潮流,以动物或其他形象折射人类善恶并阐明道理。在其写就的绝大多数篇章中,拉封丹的确给道德寓意这一"灵魂"留有醒目的位置:或是在开篇,如《狼和小羊》的开场语"最强者的道理总是最大道理,/下面我们就来证实"[①];或是在结尾,如《狐狸与鹤》(Le renard et le cicogne)最后两行用"骗子,我这寓言写给你们欣赏,/你们等着瞧会有同样下场"[②]来告诫狐狸一样的骗人者,他们必因欺骗行径终尝恶果;或是在文中借某个人物之口来传达,如《乌鸦和狐狸》里,狐狸在奶酪得手后,忠告乌鸦:"老兄啊,千万记牢,/奉承者就靠爱听的人活着。/这一课完全值一块奶酪。"[③]

诚然,也不应因此将拉封丹视为完全的道德宣教者。在《寓言诗》第一部的"序言"中,他引用贺拉斯(Horace)的诗句,表示自己并不执着于为每个篇目都配上道德寓意:"'当他觉得无法做出出色处理时,他就会放弃。'当我对某些道德寓意的成功不敢抱有期待时,我就会对它们做同样的事情。"[④]《知了和蚂蚁》《橡树和芦苇》等篇目就并无明确的道德阐述,而将阐释的空间留给读者。如卢梭曾在《爱弥儿或论教育》中以《知了和蚂蚁》为例,认为孩子从这篇寓言中悟出的道理,可能并非"做事要有预见性",而是教人像蚂蚁一样"残忍无情"[⑤],而这种阐释的自由显然是由拉封丹预留下的。《寓言诗》中更有些篇章意在讽刺,教授的"道德"本就是"不道德"的,像《患鼠疫的动物》(Animaux malades de la peste)最后所说:"根据你是强大还是悲苦,/法院的判决可以翻转黑白"[⑥]。可见,拉封丹并未一心传授世人眼中正确的道德。

---

① 拉封丹:《拉封丹寓言》,第20页。
② 同上书,第34页。
③ 同上书,第6页。
④ Jean de La Fontaine, *Œuvres complètes*, p. 63.
⑤ 卢梭:《爱弥儿 论教育》,上卷,李平沤译,北京:商务印书馆,1978年,第134页。
⑥ Jean de La Fontaine, *Œuvres complètes*, p. 118.

至于篇章形式,拉封丹认同将寓言诗体化。若依照古典主义时期的审美标准,寓言是专属小儿和民众的文体,与诗歌格格不入。古典主义的"代言人"、崇古派领军人物布瓦洛在《诗的艺术》(*L'art poétique*)中遍论悲剧、史诗、喜剧等三大主要诗体及牧歌、悲歌、颂歌等十二种次要诗体,却从未谈到寓言。拉封丹显然与他持不同意见,《寓言诗》第一部的"序言"开篇就从自我辩护开始。他预见到定会有人反对他将寓言诗体化:"他①认为[……],诗歌带来的限制,再加上我们的语言的严谨性,会在很多地方妨碍我[指拉封丹],让这些叙事中的大部分篇目都失去简洁性,而这正是故事的灵魂,因为一旦失去这一点,故事定会无精打采。这种观点只能来自有着极好品位的人;我只是希望他能略宽容一点,能相信斯巴达的优雅未与法兰西的诗神敌对至如此地步,我们通常还是可以让它们携手共进。"②这一判断部分源自法语诗歌与拉丁诗艺的区别:费德鲁斯可以将伊索寓言谱成诗行却不妨害其简洁性,是因为拉丁文诗行基于音步(pieds),而法文诗艺的关键在于一行诗里的音节数(如八音节、十音节、十二音节等),所以拉丁文诗歌往往更为紧凑简洁。③ 但拉封丹对此并不以为然,他援引了苏格拉底的事例背书。《斐多》有载,苏格拉底临终前向齐贝述说,自己的梦中常有一个声音督促他与文艺女神结交,让他"创作音乐!培育音乐!"苏格拉底认为诗歌就是音乐,且"真正的诗人或创造者不仅把文字造成诗句,还该创造故事。我不会创造故事,就把现成熟悉的伊索寓言改成诗"④。可见即便在古代先贤的眼中,寓言、叙事、诗歌、音乐也是一体的,崇古派将寓言排除在诗歌的大门之外并无道理。诗体寓言因其文体上的韵律性和叙事上的想象性,天然属于诗歌范畴。事实上,拉封丹在《寓言诗》第二卷卷首篇《回敬挑剔者》(*Contre ceux qui ont le*

---

① 指时为法兰西学院院士的作家巴特吕(Patru),拉封丹在序言中并未点出他的名字。参见 Jean de La Fontaine, *Œuvres complètes*, p. 59.
② Jean de La Fontaine, *Œuvres complètes*, p. 59.
③ Hubert Curial, *La Fontaine:Fables*, p. 34.
④ 柏拉图:《斐多:柏拉图对话录之一》,第 7—8 页。

goût difficile)这一首传承自费德鲁斯的诗中,对崇古派的此类看法采取了更为犀利的态度:

> 我也许天生就接受了史诗缪斯
> 许诺赏赐给她情人的天赋,
> 要将这天分用于伊索式虚构:
> 历代的故事和诗歌都是朋友。[……]
> 我让狼开口说话,让小羊回答;
> 我还进一步,各种花草和树木
> 在我笔下变成会说话的人物。
> 谁看了不会感到一种惊喜?[……]
> 挑剔者先生,你们需要更真实、
> 更高雅的吗?请看特洛伊史诗:
> 希腊人围城苦战十年未攻陷,
> 各路将士都已厌战,[……]
> "够了,"有的作者就会打断我,
> "故事太长,总得让人喘口气儿;[……]
> 还不如狡猾的狐狸,
> 夸奖乌鸦声音多美,
> 写得高雅也不适宜。"
> 那好,就降低一度调门,讲一讲
> 心生疑忌的阿玛丽珥的情肠,
> 她想念阿尔西普,认为这心声,
> 只有她的羊群和狗可以证明。
> 蒂尔西斯发现她,便溜进柳林间,
> 听见牧羊女恳求清风把情话
> 传到她情郎的耳畔……
> "我得就此把您打断,"
> 挑剔者会立即对我说,

> "我认为这不合规矩,
> 也不合乎高尚品德。
> 这两句诗还得回炉……"
> 可恶,挑剔者还不住嘴?
> 总不让我讲完故事?
> 我若有意讨你喜欢,
> 这种意愿可太危险。
> 吹毛求疵者一生不幸,
> 总没有满意的事情。①

诗中明言,"历代的故事和诗歌都是朋友",所以所有与此唱反调的人,只能算是"挑剔者"。耐人寻味的是,拉封丹在诗中举出特洛伊史诗和有关阿玛丽珥、阿尔西普、蒂尔西斯的诗作作为反例,认为它们还比不上"狡猾的狐狸,/夸奖乌鸦的声音多美",但作为荷马史诗素材的特洛伊史诗和借自忒奥克里托斯与维吉尔作品的、以阿玛丽珥等人为主人公的牧歌体裁,恰是崇古派口中的古代经典。这种"今昔对比"令人回想起贬抑以弗所寡妇的故事以突出法兰西今日创作的厚今派首脑贝洛。拉封丹在古今之争中的定位因此显得颇为怪异:他虽然在晚年写过类似其"文学遗嘱"的《致于埃书》(Épître à Huet),在其中明确了自己作为崇古派的信念,且他的作品多是以模仿伊索、费德鲁斯等古希腊罗马作者为主,但他用诗体书写寓言这一崇古派眼中的非严肃文体,颇有厚今派的反叛意味,尤其是那句"挑剔者还不住嘴?"应有对崇古派的诘问之意。

而论及寓言的"身体",拉封丹的故事往往是在伊索和费德鲁斯版本基础上的扩写。他遵循伊索的传统,以动物为主要人物。"亚里士多德只允许动物进入寓言里;他排除了人和植物。"②这一点尤其为拉封丹早期

---

① 拉封丹:《拉封丹寓言》,第 41—43 页。
② Jean de La Fontaine, *Œuvres complètes*, p. 63. 但根据 Jean Marmier 的注释,亚里士多德并未发表过类似意见,这可能是来自某个亚里士多德的评注者。

的寓言所遵守:第一卷的二十二篇里,有十二篇专论动物;第二卷的二十篇里有十九篇以动物为主人公。随着时间的推移,在拉封丹后期创作的寓言里,人、神灵和植物所占的比例日趋增加,但动物仍然占据重要位置,如第十二卷的二十九篇寓言中仍有十六篇将动物作为主要人物。① 动物主人公通常成对出现,彼此间为对立关系,寓言标题中即已暗示二者间的对比或敌对;情节呈线性且简单,通常只有一到两个叙事事件,结尾则是两个动物主人公经历的双重反转。《狐狸与鹤》就是典型一例。寓言以两个动物为名,开篇是狐狸宴请仙鹤却故意将一点稀汤放在盘子上,让长嘴鹤气愤而返;鹤为报复,回请狐狸并把小肉丁装进细口瓶里,让狐狸饿着肚子回家;最后以"骗人者终被骗"(le trompeur trompé)的双重反转结束。

  以上讨论揭示了拉封丹对寓言的文体观:对他而言,寓言是作为"身体"的诗体叙事和作为"灵魂"的道德寓意的有机结合物,借用以动物为主人公的故事来传达道理。换言之,寓言是一种借助虚拟事件而进行的"欺骗"(mensonge),但此处的"欺骗"并非贬义。寓言家的创作属于文学虚构范畴,他赋予动物及其他非人生物以人的性格,令它们做出人的举动,显然有悖于逼真性(vraisemblance)。然而这恰是用非真实的方式来为阐述真理服务,这种"欺骗"正是寓言的文学理想。② 且拉封丹并不认为寓言低于其他貌似高尚的虚构文体。古利亚尔对《回敬挑剔者》一诗给出了解读:"他解释道,史诗也并没有更可信。荷马被认为是古代最伟大的诗人,但他也毫不犹豫地在《伊利亚特》和《奥德赛》中,加入了一些即便是与他同时代的人也不会信以为真的神异事迹。他描绘奥林匹斯山上的神祇,让他们说话,互相憎恶,在希腊人和特洛伊人之间选择一个阵营。那为什么一只狐狸、一只狮子或一头驴的话会比朱庇特的话更不可信呢?"③更重要的是,以非真实传达真理正是将寓言拒之门外的诗歌的重

---

① Hubert Curial, *La Fontaine：Fables*, pp. 9—19.
② Ibid., p. 117.
③ Ibid., p. 118.

要特征,诗歌也以非真实的方式反映世界,以高于现实的方式传达对现实的感知。① 所以,寓言和诗歌一样,是一种对现实的譬喻,甚至比所谓更有逼真性的文学创作更具自由度,让读者用令人舒适的方式咀嚼真理。

由此推导而出的自然是寓言的功用,那就是寓教于乐,正如拉封丹宣告的那样,"我是用动物来教育人"。以下是《寓言的威力》(*Le pouvoir des fables*)第二诗节的全文,拉封丹在其中以"寓言中的寓言"的形式坦陈了他对寓言的社会功用的理想:

在从前的雅典,人民浅薄又轻浮,
看到祖国面临危险,一个演说家,
走上讲坛,用他专横的艺术,
着重谈论国内众人的安危。
没有人听他说话:演说家借助
可以唤醒最迟缓的灵魂的
最猛烈的修辞格。
他能让死人开口说话,话语如雷,使出浑身解数。
一阵风带走了所有;没人受到感动。
那些有着轻浮头脑的动物,
习惯这些言语,甚至不愿去听。
所有人都看着别处:他看到他们的目光停留在
孩童打架上,却不为他的话语驻足。
演讲者要怎么办?他用了另一套手法。
"刻瑞斯②,"他开口说道,"有天在旅行
旅伴有鳝鱼和燕子;
一条河挡住去路,鳝鱼游水,
燕子飞翔,

---

① Hubert Curial, *La Fontaine：Fables*, p. 119.
② 农神,希腊名是得墨忒尔,刻瑞斯是其罗马名。——笔者自注

很快就过去了。"那一刻的人群
都一同喊道:"那刻瑞斯呢? 她做了什么?"
"她做了什么? 一阵迅疾的怒火
让她对你们怒不可遏。
什么! 她的人民为一些孩童的故事而烦忧!
面对威胁他们的危机
所有的希腊人中只有他们这么不知轻重。
你们怎么不问腓力二世①做了什么?"
人群听到这个指责
被这则道德故事惊醒,
专注于倾听演说家的话:
这恰是对寓言文体的致敬。
在这一点上我们都是雅典人,还有我自己,
在我说这则道德寓意的时候,
如果有人给我讲《驴皮》的故事,
我会无比开心。
世界很老,人们都这么说,我也相信;然而
我们还要像孩子一样与世界同乐。②

第二节 拉封丹其人其作:政治讽刺与古典诗艺

一、拉封丹生平及《寓言诗》的创作意图

不论是在上面这首诗里,还是在《寓言诗》的副文本及行文中,拉封丹时时标榜寓言的教育作用。但若我们对拉封丹其人稍有了解,便会对他

---

① 马其顿国王,南侵希腊,后获得希腊领导权。——笔者自注
② Jean de La Fontaine, *Œuvres complètes*, pp. 128—129.

的生平、为人及《寓言诗》所呈现的这副道德说教者的面貌间的矛盾产生疑问。拉封丹 1621 年出生于位于法国中北部的蒂耶里堡(Château Thierry),是当地的水泽山林管理人(Maître général des eaux et des forêts)夏尔·德·拉封丹(Charles de La Fontaine)和弗朗索瓦兹·皮杜(Françoise Pidoux)之子,依出身属于购买了官职的中上层资产阶级。他母亲的家族较为显赫,凭着母家亲缘,拉封丹与黎塞留(Richelieu)、拉辛都有表亲关系。拉封丹在故乡度过了青少年时期,很多学者都强调过蒂耶里堡的自然环境对他日后寓言创作的重要作用。如方卫平曾说:"小时候,他[拉封丹]常跟父亲到森林巡查捕猎。有时,他会独自钻进树林子里头闲逛玩耍。神奇美妙、多姿多彩的动植物世界深深吸引着他,既激发了他童年的想象,又培养了他对大自然的热爱,增进了他对乡村生活的了解。"①但拉封丹的传记作者奥里厄(Orieux)专门写道:"人们常认为拉封丹度过了一个乡野式的童年。他其实是资产阶级家庭的儿子,父母是一座小城市中的知名人物,这座城虽然小,但仍然是城市。然而,那里的人们很了解田野里的生活,蒂耶里堡的资产者们只需出了城门,就能于近在咫尺的地方找到为他们提供生活来源的农场,在马恩河畔散步,或者在森林中和闲置耕地上体验打猎的乐趣。像所有同阶层的人一样,拉封丹一家不会放弃乡下带来的乐趣和收入,但还是尽可能安详地生活在他们位于城市的家中。"②拉封丹在家乡接受了初步的教育,后前往巴黎学习神学,1641 年他进入巴黎奥拉托利修士会(Les Frères de l'Oratoire à Paris)充当神职人员。

拉封丹对这份工作不感兴趣,很快改学法律,并于 1649 年成为巴黎高等法院的律师。他在这一时期与保罗·贝利松(Paul Pellisson)、安托瓦纳·朗布耶·德·拉萨布里埃尔(Antoine Rambouillet de la Sablière)、塔尔蒙·德·里奥(Tallemant des Réaux)等青年作者组成了"圣骑士"

---

① 方卫平:《法国儿童文学史论》,第 41 页。
② Jean Orieux, *La Fontaine*, Paris: Flammarion, 2000, p. 25.

(Palatin,后改名为 Paladin)①文学团体,其中很多人——包括拉封丹在内——日后都从事过艳情文学创作。1647 年,为解决家里的财务危机,拉封丹与时年 14 岁的玛丽·艾力卡尔(Marie Héricart)结婚,1652 年,他的儿子夏尔出生,拉封丹也短暂返回蒂耶里堡担任水泽山林管理人职务,在此期间阅读了大量的古典作品并开始写作诗歌,且将古罗马作家泰伦提乌斯的剧作《宦官》(*L'Eunuque*)改写成法文。但依照奥里厄的记述,儿子的出生对拉封丹几乎没有任何影响,他将儿子的抚育完全托付给了挚友莫克鲁瓦(François de Maucroix)。②

1658 年,随着婚姻关系的崩溃和家庭财政状况的恶化,拉封丹重返巴黎,被引荐给了财政大臣尼古拉·富凯。富凯给他提供了一笔丰厚的年金,拉封丹成为富凯供养的文人。他这一时期的主要作品有取材自古希腊神话的亚历山大体牧歌《阿多尼斯》(*Adonis*)和颂扬富凯位于沃(Vaux)的城堡之富丽的《沃之遐想》(*Songe de Vaux*),后者因富凯被罢黜而一直未能完成。1661 年,富凯被指控贪污而下狱,他的政敌柯尔贝上台。拉封丹是少数几个为富凯鸣不平的人,1662 年先后写作取悦路易十四的颂歌《国王颂》(*Ode au Roi*)和为富凯祈求国王宽恕的《沃之仙女哀歌》(*L'élégie aux nymphes de Vaux*)。他对富凯的同情招致国王和柯尔贝的厌恶,被迫陪同被柯尔贝流放的雅克·雅纳尔(Jacques Jannart)③前往其流放地利穆赞(Le Limousin)。

拉封丹直到 1664 年才重返巴黎,成为奥尔良公爵夫人的侍从,与拉辛、莫里哀、布瓦洛等人交往甚密。1664 年至 1672 年是拉封丹的丰产时期;1665 年,他出版《诗体故事和短篇小说》,大多取材自薄伽丘、拉伯雷、阿里奥斯托等人的作品,包括很多含情色场面的艳情故事,颇受时人非议;1668 年,第一部《寓言诗》的出版进一步巩固了拉封丹的文学声名;

---

① 词源来自查理大帝麾下的十二近侍。
② Jean Orieux, *La Fontaine*, p. 85.
③ 应当是拉封丹妻子家族的男性长辈。参见 Léon Petit, «Autour du procès Fouquet», in *Revue d'histoire littéraire de la France*, N° 3, 1947, p. 193.

1669 年,《普赛克与丘比特的爱情》面世。

1672 年,奥尔良公爵夫人去世,拉封丹改由德·拉萨布里埃尔夫人供养,在其家中一直居住至 1693 年。1678 年,《寓言诗》第二部面世,持续的成功让拉封丹得以在 1684 年成为法兰西学院院士。1693 年德·拉萨布里埃尔夫人去世后,拉封丹转而住到银行家戴尔瓦尔(D'Hervart)家中,思想倾向转为虔诚、保守,公开否定自己青年时创作的《故事诗》等作品,直至 1695 年去世。

拉封丹有两首诗作,常被认为是他个人性格的注脚。一首是《致轻浮的快乐的赞歌》(Hymne à la volupté):

> 我爱游戏、爱情、书籍、音乐,
> 城市和乡村,总之就是一切;没有什么
> 对我来说不是极好的,
> 即便是一颗忧郁的心的暗沉的快乐。①

另一首是他为自己写作的墓志铭《一个懒汉的墓志铭》(Épitaphe d'un paresseux):

> 让走了,就像他来时一样,
> 花光了他的收入,然后是财产;
> 他觉得钱财是不怎么重要的东西。
> 至于时间,他也很会分配:
> 他分了两部分,他想这么过
> 一半用来睡觉,一半用来什么都不做。②

通过以上生平和自我评判,不难看出拉封丹并不是什么道德楷模,他除《寓言诗》以外的其他创作也同道德教化或儿童教育并无任何关系。那么解开这层道德教育家的表象,拉封丹寓言创作的直接动机究竟是什

---

① 转引自 François Caradec, Histoire de la littérature enfantine en France, p. 56。
② Jean de La Fontaine, Œuvres complètes, p. 459。

么呢?

这个问题的答案几乎毫无争议。如古利亚尔所说,"在其举重若轻的外表之下,《寓言诗》第一部(第一至六卷)是为其庇护者及朋友、前财政总监尼古拉·富凯写就的辩护之词"①。拉封丹想要通过一系列的写作达成两个直接目的,根据索里亚诺的猜测,第一重目的应是与拉罗什富科合作竞争王储教师的职位。自 1663 年起,拉封丹就与拉罗什富科建立了联系,他很欣赏后者的《道德箴言录》,也知道这位热衷道德宣教的作家希望成为王储的教师。他们二人有共同的政敌柯尔贝,很可能会联手争夺这个关键性的职位,这或许是拉封丹在该书序言、献词等处反复强调寓言的教育功能的原因。② 且拉封丹与拉罗什富科间的过从亦有若干旁证:《寓言诗》第一卷里《人和自己的形象》(*L'homme et son image*)一篇便是献给拉罗什富科,赞美他的道德箴言录是能忠实照出人类过错的清澈水渠③;第十卷里也有《写给拉罗什富科公爵》。第二重目的则是希望这本献给王储的书能够直达路易十四案前,向他痛陈柯尔贝的过失。第一部《寓言诗》中不仅有对柯尔贝本人的嘲笑,还有对他为政措施的指摘。第一卷的第三篇寓言《青蛙想要大如牛》(*La grenouille qui se veut faire aussi grosse que le bœuf*),讲述一只青蛙自不量力,拼命鼓气想要变得和牛一样大,最终胀破肚皮而死。拉封丹在篇末单列一个诗节来阐明道德寓意,似是暗讽市民出身的柯尔贝④:

> 世上许多人不见得比这青蛙明智:
> 普通市民攀比大贵族,要建豪华府邸,
> 小小公国君主也往列国派大使,
> 区区侯爵却想有青年侍从。⑤

---

① Hubert Curial, *La Fontaine: Fables*, p. 93.
② Marc Soriano, *Guide de littérature pour la jeunesse*, p. 353.
③ 拉封丹:《拉封丹寓言》,第 22—24 页。
④ Hubert Curial, *La Fontaine: Fables*, p. 94.
⑤ 拉封丹:《拉封丹寓言》,第 7 页。

第五章 寓言论:拉封丹与《寓言诗》

类似的批评或讽刺还有很多。1664 年,在法国于海外进行殖民扩张的大背景之下,柯尔贝创建东印度公司(La Compagnie des Indes orientales),同印度和马达加斯加通商;同年又创建西印度公司(La Compagnie des Indes occidentales),将锡兰、中国等远东国家的特产运至法国。但这两家公司很快遭遇经营困境,分别于 1672 年和 1674 年宣布破产。于是拉封丹在多篇寓言中批判这种盲目的冒险举动,指出海上贸易的风险,借以批判柯尔贝的海外政策。① 诸如《牧羊人和大海》(Le berger et la mer)一篇中,盲目卖掉羊群投资海运的牧羊人因船只遭难而血本无归,因此得出的教益是:"要安于自己的生活条件,/根本不听大海和野心/那种诱人的呼唤。/一人财运亨通,/万人叫苦连天。/大海尽管许下金山和银山,/请相信,风暴和海盗就会出现。"② 这里发财的"一人"自然是指柯尔贝。

除此之外,拉封丹还在寓言中对政治生活的方方面面表示了不满。《修鞋匠和银行家》(Le savetier et le financier)指责法国宗教节日过多,不允许手工业者在节日正常出工,影响他们的生计③;《退隐出世的老鼠》(Le rat qui s'est retiré du monde)讽刺教会不愿出资支援 1672—1678 年间的法荷战争。④ 然而面对路易十四,虽然拉封丹对这位君上对自己的不满心知肚明,但还是表现得尤为谦卑。即便是对于路易十四穷兵黩武、连年征战的政策,他也不乏溢美之词。《狮子出征》(Le lion s'en allant en guerre)称赞国王知人善任:

> 明君总是特别慎重,
> 了解不同的才能,
> 多么卑微的臣民,
> 都能才尽其用。
> 在有识之士的眼中,

---

① Hubert Curial, *La Fontaine : Fables*, p. 95.
② 拉封丹:《拉封丹寓言》,第 122 页。
③ 同上书,第 291 页。
④ 以上两个例子参见 Hubert Curial, *La Fontaine : Fables*, p. 95。

世上无一物不可利用。①

另有《虾和它的女儿》(L'écrevisse et sa fille)一篇,颂扬国王在大同盟战争(1688—1697)中的战略眼光,《尤利西斯的同伴》(Les compagnons d'Ulysse)则称许其在战争指挥中的分寸感。② 但尽管拉封丹竭力称赞,他口中这位完成了"一个君主所能实现的最伟大的功业"③的君王也并未对他施加青眼,他终身未能在宫廷中用文字成其功业,而是托赖于其他权贵的供养。

二、《寓言诗》的讽喻功能:拉封丹笔下的动物们

不过,即便政治目标是拉封丹的直接创作意图,也不应当将其寓言中的思想表达局限于对某一个人的献媚或不满。索里亚诺指出:"不应因此把拉封丹的寓言矮化成简单的'反柯尔贝小故事'(colbertade)。或许在最初的时候,拉封丹是因对朋友富凯的忠诚而卷入这场争斗;但他很快就明白在一个人的人生之外,[《寓言诗》]讨论的是所有人所能享有的自由。[……]它们[拉封丹在寓言中的表达]首先向我们展示了拉封丹的道德不是站定某个阵营,不是我们自以为从中读出的那种随波逐流的冷漠;恰恰相反,是对正义和真理的英雄般的追求。"④

这一追求很大程度上是通过《寓言诗》中的动物人物来实现的。如前文所说,拉封丹承继伊索传统,动物角色在其叙事中占据重要地位。根据米歇尔·巴斯杜罗(Michel Pastoureau)的统计,拉封丹的全部 238 篇寓言中共出现过近五十种动物,其中大多数是读者可以在农场、家中、田野上和森林里见到的。⑤ 从《寓言诗》第二部开始,受到法国社会中"东方热"的影响,客居德·拉萨布里埃尔夫人家中的拉封丹得以在其沙龙中

---

① 拉封丹:《拉封丹寓言》,第 200 页。
② Hubert Curial, *La Fontaine: Fables*, pp. 98—99.
③ Jean de La Fontaine, *Œuvres complètes*, p. 161.
④ Marc Soriano, *Guide de littérature pour la jeunesse*, pp. 352—253.
⑤ 转引自 Isabelle Guillot, *Fables de La Fontaine. Leçon Littéraire*, p. 62.

见到弗朗索瓦·贝尔尼埃(Bernier)、夏尔丹骑士(le chevalier Chardin)等多位亲赴东方的旅行家,且读到了译成法文、改称《光明书》(*Le livre des lumières*)的《五卷书》①,所以创作中出现了老虎、大象、犀牛等许多法国读者未曾得见的动物。

拉封丹对动物的态度一向是温和、怜悯的,甚至充满崇拜。虽然无从严谨论证拉封丹的自然观究竟从何而来,奥里厄也并不赞同"水泽山林管理人的经历让拉封丹与自然产生了紧密联结"的流行说法②,但拉封丹一定细致观察过自然中的动植物。相较伊索,他笔下的动物往往身具更多细节特征:拉封丹通常从它们的外貌入手,如《狐狸与鹤》中数次强调"长嘴鹤";然后根据其外貌和民俗文学中对这一物种的成见,给动物安排一个性格,如狐狸自然是狡猾且吝啬的;对于动物的动作和对话,他一般也不惜笔墨,《狐狸与鹤》就细写狐狸在愚弄鹤后仍保持体面人的嘴脸:"准时赶来赴约,/登门拜访鹤大姐,/盛赞女主人招待周到,/菜肴烧得正够火候",但被鹤教训后就失却风度,"他只好饿肚子回家,/一路上两耳耷拉,/还紧紧夹住大尾巴;/彻头彻尾的狼狈相,就像上了小鸡的大当"③。拉封丹赋予了动物灵魂,相信万物有灵,是对其时流行的笛卡尔"动物是机器"论调的驳斥。

事实上,拉封丹一直都旗帜鲜明地反对"动物机器论"。该论调缘起如下:自 1637 年发表《谈谈方法》(*Discours de la méthode*),直至 1649 年《论灵魂的激情》(*Traité des passions de l'âme*)出版,笛卡尔(René Descartes)创设了自成系统的"动物机器论"(la théorie de l'animal-

---

① 全名 *Le livre des lumières ou la conduite des rois*, composé par le sage Pilpay, Indien, traduit en français par David Sahib d'Isphahan, ville capitale de Perse. 拉封丹在《寓言诗》第二部书前的"警示"(Avertissement)中提到他受到了印度智者 Pilpay 的启发,Pilpay 即为《五卷书》传说中的作者毗湿奴舍里曼,法文正确的写法应为 Bidpaï。事实上,这个法文译本的真实性也应存疑,可能与原始文本出入极大。可参见曹顺庆、陈开勇:《东西文学影响渊源的典型个案——拉封丹〈乌龟和两只野鸭〉里的部派佛教文学因素》,《当代文坛》2007 年第 4 期,第 69—72 页。
② Jean Orieux, *La Fontaine*, p. 79.
③ 拉封丹:《拉封丹寓言》,第 34 页。

machine)。这一理论曾于1672—1677年间回潮,在法国社会中引起了巨大反响。笛卡尔立论的基础在于生理学角度机体器官运动的物质性和相关性,并且借机械唯物论学说强调了这种运动的规律性和客观性。① "无机的自然界是机械的,有机的植物界也是机械的,连动物界都是机械的。禽兽会自己做机械运动,会飞会走,会吃会唱,但这些都是位置移动,所以都是自动的机器。"② 在这个意义上,人与动物的躯体没有分别,心脏跳动、血液循环、肌肉作用都可视为机械作用,进行简单重复的规律运动。但人的高级之处在于他拥有灵魂:动物没有理性,所以不具备思考能力,无法用语言表达自我;它们仅凭借自身的本能行事,如狗见到山鹑就会飞扑上前,听到枪响就仓皇逃避,无法控制自己的本能和激情,这种对激情的驾驭是人类的特有能力。③ 这一忽视动物情志、将动物与人完全对立起来的激进判断自然多有漏洞,但在那个科学仍受神学压制的时代不乏进步意义。"笛卡尔的机械唯物论动物观是一种关于生命现象的激进的机械论观点,它不仅使肉体摆脱了神灵的掌控,为身体讨回了生存的权利,还证明了生命体的运作是不需要自由意志参与的,是被必然的因果定律所支配的。"④

不难想象,笛卡尔的学说在当时就激起了一部分学者的质疑。皮埃尔·伽桑迪(Pierre Cassendi)即是最知名的反对者之一。他以伊壁鸠鲁和蒙田为精神导师,1649年时用拉丁语出版《论伊壁鸠鲁的哲学》(*Traité de la philosophie d'Épicure*),阐述了他的世界观。"物质由原子构成,在造物的每一个等级都存在着不同层级的灵魂,直到最高的神。依照伽桑迪的思想,石头、植物、动物和人之间没有根本区别:树木受土地滋养;猪以土地的产出为食,人类又吃猪肉。"⑤ 所以,伽桑迪所宣扬的,是一种

---

① 张哲、舒红跃:《笛卡尔的"动物是机器"理论探究》,《南华大学学报(社会科学版)》2019年第20卷第5期,第26页。
② 转引自张哲、舒红跃:《笛卡尔的"动物是机器"理论探究》,第26页。
③ Isabelle Guillot, *Fables de La Fontaine Leçon. Littéraire*, p. 43.
④ 张哲、舒红跃:《笛卡尔的"动物是机器"理论探究》,第29页。
⑤ Isabelle Guillot, *Fables de La Fontaine. Leçon Littéraire*, p. 44.

原子论基础上的万物有灵论和"人与动物并无分别"的平等学说。弗朗索瓦·贝尔尼埃是伽桑迪的学生,1684 年发表了《伽桑迪哲学简明本》(*Abrégé de la philosophie de Gassendi*)的最终版。贝尔尼埃曾去往叙利亚、埃及和印度等地游历,是德·拉萨布里埃尔夫人沙龙中的常客,经常向其他宾客讲述远行经历。他及其老师对笛卡尔"动物机器论"的驳斥对拉封丹应亦有影响。①《寓言诗》第二部第九卷的末尾,有诗体的《写给德·拉萨布里埃尔夫人》。拉封丹举了若干例子来证明动物也有智慧和灵魂:鹿在被围猎时也会使用策略,故意弄乱自己的踪迹;山鹬会假装受伤,吸引猎人和猎犬的注意力,来挽救孩子的生命;海狸会筑起堤坝,抵御冬日的海浪。篇末作者还插入了一则寓言《两只老鼠、狐狸和鸡蛋》(*Les deux rats, le renard et l'œuf*),讲述两只老鼠找到一枚鸡蛋,狐狸却突然出现。老鼠们为快速将鸡蛋运走,其中一只将鸡蛋抱在怀里,背部着地,另一只老鼠则靠牵尾巴把它拉走。② 拉封丹认为这些都是动物也有智慧的明证:

> 我们都有双重的内在:
> 一个是我们每人都有的灵魂,
> 动物的名义之下,是包括我们在内的宇宙的所有主人,
> 智慧、疯狂、幼稚、蠢笨;
> 另外还有一颗[高洁的]灵魂,介于我们和天使之间
> 人和动物在某种程度上是相同的;[⋯⋯]③

既然人和动物拥有着相同的双重灵魂,那么二者就完全平等,甚至可以相互转变。吉约用"转化"(métamorphose)一词形容拉封丹笔下"人的兽化"和"兽的人化"这一双重运动:《寓言诗》的世界混同了两个宇宙:将动物拟人化,同时反向强调人身上的兽性,或者更准确地说,是人行为中

---

① Isabelle Guillot, *Fables de La Fontaine. Leçon Littéraire*, p. 45.
② Jean de La Fontaine, *Œuvres complètes*, pp. 147—148.
③ Ibid., p. 149.

的动物性。"①人并不比动物高贵,他的行动同样受进食等本能欲望所驱动,如《鱼和鱼鹰》(Les poissons et le cormoran)将动物界中的弱肉强食和人的残忍倾轧类比:"人们永远都不要相信,/那些吃人的人。[……]谁吃掉你,这重要吗？人或者狼,一切食欲/在我看来都是相同的。"②与此同时,动物却具备了人的品性。狐狸代表狡猾者(《乌鸦和狐狸》)、虚伪者(《狮子、狼和狐狸》(Le lion, le loup et le renard))和宫廷宠臣(《患鼠疫的动物》);狼象征着强大且残酷的贵族(《狼和小羊》《狮子、狼和狐狸》);驴是大人物面前悲惨的无产者[《患鼠疫的动物》《狮子、猴子和两头驴》(Le lion, le singe et les deux ânes)];老鼠是虚荣的化身(《老鼠和大象》(Le rat et l'éléphant)),也代表着自私自利的教士阶层(《退隐出世的老鼠》)。③ 在动物之间,也存在着如人类一般的社会关系:它们之间有政治地位的高低,《狼和小羊》中小羊称呼狼为"陛下"(Votre/sa majesté)和"王上"(sire)④;有社会角色的不同,《狼在猴子面前状告狐狸》(Le loup plaidant contre le renard devant le singe)中,胡乱审判的猴子是法官,狼和狐狸分别为原告及被告⑤;同一物种内部还组成了稳定的团体,《老鼠开会》(Conseil tenu par les rats)里,老鼠们也为解决生存危机,召开"朝廷的顾问"和"议事司铎"们常召集的会议⑥。

除去人与动物间互为映照的平等关系,《寓言诗》中的动物还可能高于人类,成为人类的导师和评判者。"寓言并不像表面上看的那种样子:/寓言中最普通的动物,/也能充当我们的老师。"[《牧人和狮子》(Le pâtre et le lion)]⑦它们直接以自己的口吻,指责人类的恶习。《中箭的鸟》里,鸟

---

① Isabelle Guillot, *Fables de La Fontaine. Leçon Littéraire*, p. 100.
② Jean de La Fontaine, *Œuvres complètes*, p. 150; Isabelle Guilliot, *Fables de La Fontaine. Leçon Littéraire*, pp. 67—68.
③ Hubert Curial, *La Fontaine: Fables*, p. 70.
④ Jean de La Fontaine, *Œuvres complètes*, p. 78.
⑤ Ibid., p. 83.
⑥ Ibid., pp. 82—83;拉封丹:《拉封丹寓言》,第 46 页。
⑦ 拉封丹:《拉封丹寓言》,第 204 页。

儿指责人类的残酷:"残酷的人,你们从我们翅膀上/拔掉羽毛制成飞箭把命伤!/不过,无情的种类,别得意忘形,/你们也会遭到我们的命运。/伊阿珀托斯①的子孙,总有半数/制造武器,半数要遭屠戮。"②人类不仅同类相残,还忘恩负义,《人和游蛇》(L'homme et la couleuvre)里的人将辛苦耕耘的牛杀死,故而蛇回敬他:"忘恩负义的象征,/可不是蛇,而是人类。"③人还虚伪自大,心口不一,《狮子和猎人》(Le lion et le chasseur)里的猎人先是吹嘘自己要亲手杀死狮子,结果"狮子突然出现,快步走来。/那吹牛的家伙仓皇逃窜,/'朱庇特啊!'他边逃边喊,/告诉我在哪儿藏身才好脱险!"④最终批判的则是人类自以为是的优越心态,如《尤利西斯的同伴》里,所有的动物都不愿变成人。狼对尤利西斯说:

> 考虑以上所有,我赞同你的看法,
> 若论阴险狡诈,
> 狼比人还要好一点。⑤

通过以动物映照人,令动物指责人,拉封丹实现了寓言的讽喻功能。但他笔下的动物形象终归是为人类服务的,逃脱不了"人本位主义"的色彩。这似乎也是古典主义时代所有动物研究的最终目的:"在寓言和这个时代所有的科学研究中,研究动物的唯一目的就是更好地理解人类。这就是为什么拉封丹笔下的动物几乎没有成为自然主义描写的对象,也应首先从人与动物的对照的角度去解读。"⑥

---

① 伊阿珀托斯:希腊神话中的提灯巨人,他是普罗米修斯的父亲。在西方文学中,伊阿珀托斯的子弟意味着人类的子孙。——原书译注
② 拉封丹:《拉封丹寓言》,第 51 页。
③ Jean de La Fontaine, *Œuvres complètes*, p. 149; Hubert Curial, *La Fontaine：Fables*, pp. 59—60.
④ 拉封丹:《拉封丹寓言》,第 207 页。
⑤ Jean de La Fontaine, *Œuvres complètes*, p. 163；Hubert Curial, *La Fontaine：Fables*, p. 61.
⑥ Isabelle Guillot, *Fables de La Fontaine. Leçon Littéraire*, pp. 71—72.

三、《寓言诗》的文体风格：拉封丹的诗艺

相较吸引了较多关注的《寓言诗》动物形象研究，拉封丹寓言的语言风格一向不是学界的关注重点；这或许是因这些篇目长期为儿童所读，而拉封丹遣词造句的幽微之处又较少能为语言敏感度偏低的少儿读者所感知。其实，与他同时代的人即已感知到拉封丹是一位"有着无可模仿的风格的模仿者"(un imitateur au style inimitable)①；拉布吕埃尔称他"是所写作门类中最卓越的唯一一人；或作或译，均别出心裁；拉封丹总是超出他所模仿的典范，他自己就是难以模仿的范例"②。塞维涅夫人向友人推荐《寓言诗》，极口赞誉道："赶紧寻来拉封丹的寓言：它们简直不可思议。[……]这种叙事手法和文风并不多见。"③后世又有瓦雷里、欧内斯特·哈勒（Ernest Hello）等一众人声称："那种令拉封丹不朽的力量，是他的文风。"④

然而，拉封丹的创作并非只有一种风格。他的《故事诗》满载艳情文学元素和矫饰文风，深受上流社会贵族读者的喜爱，显然与《寓言诗》的"天真活泼"大相径庭。事实上，其风格的多元性也体现在《寓言诗》的内部，在用词、人物塑造和作诗法上均有所表达。此处，我们拟从以上三点来概述拉封丹的风格。

若从文风上大略来看，《寓言诗》的风格呈现出某种叙事与说理间的割裂。说理部分常用迂回、夸张、隐喻、反讽等常见于矫饰文学的表达手

---

① Jean Dominique Biard, *Le style des fables de La Fontaine*, Paris: Éditions A.-G. Nizet, 1969, p. 11.

② La Bruyère, «Discours prononcé dans l'Académie française le quinzième juin 1693», in La Bruyère, *Les grands écrivains de la France: Œuvres de la Bruyère*, Vol. III, Paris: Hachette, 1922, p. 461. 转引自 Jean Dominique Biard, *Le style des fables de La Fontaine*, p. 11。

③ Mme de Sévigné, «Lettre à Bussy-Rabutin et à Mme de Coligny, 20 juillet 1679», in Mme de Sévigné, *Lettres*, Vol. II, Paris: Gallimard, 1955, p. 436. 转引自 Jean Dominique Biard, *Le style des fables de La Fontaine*, p. 12。

④ Ernest Hello, *L'homme*, Paris: Librairie académique Perrin, 1941, p. 408. 转引自 Jean Dominique Biard, *Le style des fables de La Fontaine*, p. 13。

法。《蝙蝠和两只黄鼠狼》(*La chauve-souris et les deux belettes*)一则中,蝙蝠先是掉进一只厌恶老鼠的黄鼠狼家中,为自保就坚称自己是鸟类,后又遭遇另一只讨厌鸟类的黄鼠狼,就自称老鼠,因此两次都得以转危为安。该篇寓言末尾的道德寓意为:"不少人也像蝙蝠这样善变,/一碰到危险就乔装打扮,/不断地变换绶带(écharpe)/就能从险境中逃出来。/智者(le Sage)说看人下菜碟,/国王万岁!联盟(La Ligue)万岁!"①用"变换绶带"来表示变换阵营本来就是迂回的说法;"智者"无疑是讽刺,讽刺的对象是见风使舵的人;"国王万岁!联盟万岁!"则是隐晦的指代,"联盟"指法国自 16 世纪起就一直存在的天主教联盟,两个口号分别象征支持王权或教权。而与颇有矫饰风格的说理部分相比,叙事部分通常节奏明快,用词生动,且常有古语(archaïsme)和民间语式,体现出寓言也是植根于口传文学的古老文体。拉封丹擅长用古语营造不同的表达效果。古语可以将寓言的背景移向一个古代的时空,如《狐狸、猴子和动物》(*Le renard, le singe et les animaux*)中,狮子去世,王冠被另存,"在一间密室(dans une chartre)里有一条龙看守"②。"chartre"就是古词,原意为"监狱",此处引申为"隐秘的地方",暗示读者文中的故事可追溯至遥远的历史。③ 带有特定语体风格的古词则可以塑造人物性格,《青蛙想要大如牛》里鼓气的青蛙问它的姐妹自己是否已经像牛一样大了,对方用粗俗的古词"nenni"(没有)来回答④,暗示了青蛙所处的社会阶层,也加深了对柯尔贝的讽刺效果。古语还可以做成文字游戏,《中年人处在两妇之间》(*L'homme entre deux âges, et ses deux maîtresses*)里坐享齐人之福的主人公有两位情人时常帮他"梳理头发"(testonner),该词恰有"梳理头发"和"殴打"两重意思,一语双关,全凭读者自己解读。⑤ 古语之外,俗语

---

① 拉封丹:《拉封丹寓言》,第 50 页。此处对原译文有微小改动。
② Jean de La Fontaine, *Œuvres complètes*, p. 112.
③ Jean Dominique Biard, *Le style des fables de La Fontaine*, p. 13.
④ Jean de La Fontaine, *Œuvres complètes*, p. 75;Jean Dominique Biard, *Le style des fables de La Fontaine*, p. 89.
⑤ Jean Dominique Biard, *Le style des fables de La Fontaine*, p. 90.

则常用来制造轻松诙谐的效果:虽然17世纪的古典主义者们并不赞同在行文中多用口语表达法,但后者还是常见于拉封丹的笔下。《马蜂和蜜蜂》(*Les frelons et les mouches à miel*)开篇就是俗谚"看到作品,就知道谁是工匠"(À l'œuvre, on connaît l'artisan)①;《修鞋匠和银行家》里修鞋匠说"节日里人们让我们破产"(on nous ruine en fêtes)②,抱怨"放一天假误一天,/神父先生还没个完,/不断推出新圣人,/规定节日做纪念"③。而这些正是当时法国手工匠人常挂在嘴边的话。④ 拉封丹甚至不避忌那些最粗俗,甚至有可能冲击上流社会读者"好品位"的词,诸如《老婆婆和两女仆》(*La vieille et les deux servantes*)里形容那位恼人的老太婆的裙子是"crasseux"⑤,就是俗语中说的"积满污垢的,脏得令人恶心的"。

人物塑造层面上,与伊索、费德鲁斯相比,拉封丹对人物的形象着力更多。对话在他的多则寓言中占据大量篇幅,人物在对话中的口吻也与其性格极为切合。《乌鸦和狐狸》里,狐狸称赞乌鸦:

> 您是多么漂亮!您是多么美丽!
> 不说谎,如您的鸣啭
> 能和您的羽毛相称,
> 您就是树林里的主人的凤凰!⑥

为显庄重,狐狸第一、四句使用了史诗常用的亚历山大体,每句计十二音节;中间两句用了八音节诗行,且"鸣啭"(ramage)和"相称"(plumage)

---

① Jean de La Fontaine, *Œuvres complètes*, p. 81 ; Jean Dominique Biard, *Le style des fables de La Fontaine*, p. 97.
② Jean de La Fontaine, *Œuvres complètes*, p. 127.
③ 拉封丹:《拉封丹寓言》,第291页。
④ Jean Dominique Biard, *Le style des fables de La Fontaine*, p. 97.
⑤ Jean de La Fontaine, *Œuvres complètes*, p. 106 ; Jean Dominique Biard, *Le style des fables de La Fontaine*, p. 100.
⑥ 法文原诗为:"Que vous êtes joli ! Que vous me semblez beau ! /Sans mentir, si votre ramage/se rapporte à votre plumage,/Vous êtes le phénix des hôtes de ces bois."Jean de La Fontaine, *Œuvres complètes*, p. 75.

二词为富韵(les rimes riches),词尾有三个音节重合,让两行诗间的音韵关系更为紧密且营造出回环往复的效果。狐狸还善用修辞格,第一行的"漂亮"(joli)同"美丽"(beau)两个形容词之间有程度上的渐进,能逐步激发乌鸦的虚荣心,最后还用了迂回的表达法,将群鸟称为"树林里的主人"(les hôtes de ces bois),乌鸦则是鸟中之王"凤凰"。这些表达技巧都突出了人物巧言善辩的特质。而《青蛙想要大如牛》中青蛙的话语却透露出完全不同的气质:

> [它]说着:"快看好了,姐们儿;
> 够了吗?跟我说。我是不是还完全没到呢?"
> "不行?""现在呢?""差得远。""怎么样?"
> "根本就不行。"①

上面所引的几行诗中,第一行也是八音节,第二、三行是十二音节,但完全没有上一篇中狐狸的话语所营造的庄重效果。这几行诗用词简单,断成了数个三音节短句的诘问和互答,词句的平庸影射了青蛙的自不量力和卑微出身;奇数音节的断句则让文风更为活泼。此处也反映了拉封丹在作诗法上的不拘一格,善用混用各种诗体:它常用亚历山大体来表示严肃庄重,《寓言诗》中国王和神灵的话语就常用此体;也有些寓言用传统诗体故事所使用的十音节诗;八音节和奇数音节也常常出现在他的笔下。②

古利亚尔还分析了拉封丹诗行中的停顿和诗行间的断句③。传统的亚历山大体应当在句半(hémistiche)处有一个顿挫(césure,用//表示),且前后两个半句中各在一个重读元音后增加一个停顿(coupe,以/表示)。但拉封丹的很多诗句并不遵守这个规律,营造出了不规则的音韵效果。如《公共马车和苍蝇》(Le coche et la mouche)中的这一行:

---

① 法文原诗为:"Disant: «Regardez bien, ma sœur ;/Est-ce assez? dites-moi. N'y suis-je point encore? /—Nenni.—M'y voici donc? —Point du tout.—M'y voilà? / Vous n'en approchez point. »" Jean de La Fontaine, *Œuvres complètes*, p. 75.

② Hubert Curial, *La Fontaine : Fables*, pp. 172—173.

③ Ibid., pp. 174—177.

> Femmes/，Moine/，Vieillards// ；tout était descendu.
> 女人/，修士/，老人//；所有人都下来。

另有彻底取消了所有停顿的诗行,像《鹭鸶》(*Le héron*)的这一行:

> Le Héron au long bec emmanché d'un long cou.
> 长嘴的鹭鸶配着一根长脖子。①

且如果诗行总音节数为单数,拉封丹还经常将停顿设在不同的位置,以使节奏更为多样。至于诗句之间的节奏,他则常借用跨行(enjambement)和反向倒移(contre-rejet)。跨行是指一个诗句中并不包含完整的句式语法结构,需要延续至下一行,如《乌鸦和狐狸》中:

> Maître renard, par l'odeur alléché,
> Lui tint à peu près ce langage. ②
> 狐狸师傅,受到香味吸引,
> 对他大致说出了这番话。

反向倒移则是指句子的主要部分在下一行诗中,但上一行诗也包括了一部分,如《患鼠疫的动物》中的一句:

> Je me dévouerai donc, s'il le faut ; mais je pense
> Qu'il est bon que chacun s'accuse ainsi que moi. ③
> 我可以牺牲,如果需要;但我想
> 最好是大家都像我一样自省。

以上这些词汇的选用、对话的编排和作诗法的运用都证明了拉封丹的寓言既非对伊索或费德鲁斯的简单模仿,也不是对所谓民间遗产的抄袭或誊写。虽然《寓言诗》读起来清新生动,连孩子都能轻易感知到故事和人物的魅力,但背后隐藏着炉火纯青的语言运用艺术。如古利亚尔所言:

---

① 以上两例转引自 Hubert Curial, *La Fontaine：Fables*, pp. 174—175。
② Jean de La Fontaine, *Œuvres complètes*, p. 75。
③ 转引自 Hubert Curial, *La Fontaine：Fables*, p. 177。

这象征着被掌控的古典主义。在其最为自然的外表之下，掩藏的是思考、努力和天赋。读者可以根据他的欣赏水平决定是沉溺在这片简单的幻象中，还是欣赏拉封丹创造这片幻象所使用的［语言］艺术。在任何情况下，《寓言诗》都是一堂关于文体的课程。①

四、《寓言诗》的典型：《知了和蚂蚁》

《知了和蚂蚁》居于《寓言诗》第一部第一卷的第一篇，是拉封丹最为知名的寓言之一。它能生动体现拉封丹寓言乃至法国寓言的核心特色，也是对这一文体定义的最好注解。全文如下：

La cigale et la fourmi	知了和蚂蚁
La cigale, ayant chanté	知了高唱了
Tout l'été,	一夏天，
Se trouva fort dépourvue	北风一送来秋凉，
Quand la bise fut venue.	她就闹了饥荒。
Pas une seul petit morceau	没有储存一点点
De mouche ou de vermisseau.	苍蝇或者虫肉干。
Elle alla crier famine	她只好去找邻居蚂蚁
Chez la fourmi sa voisine,	向她哭喊饥饿。
La priant de lui prêter	求她帮帮忙，
Quelque grain pour subsister	借点活命的粮食，
Jusqu'à la saison nouvelle.	好熬到下一年。
«Je vous paierai, lui dit-elle,	"我会还的，"知了说道，
Avant l'oût, foi d'animal	"八月之前，连本带利少不了，
Intérêt et principal.»	我用动物的诚信来担保。"

---

① Hubert Curial, *La Fontaine : Fables*, p. 180.

La fourmi n'est pas prêteuse ;	蚂蚁最小的缺点
C'est là son moindre défaut.	就是助人借物不情愿。
«Que faisiez-vous au temps chaud?	"天热的时候你在干什么?"
Dit-elle à cette emprunteuse.	蚂蚁问这个求借者。
—Nuit et jour à tout venant	"白天黑夜任何时候
Je chantais, ne vous déplaise.	我都在唱歌,如果没有令您不快的话。"
—Vous chantiez? J'en suis fort aise.	"您在唱歌? 我很开心。
Eh bien ! dansez maintenant.①	那好吧! 现在就跳舞吧。"②

　　本篇目取材自伊索和费德鲁斯寓言,拉封丹的版本相较前两者对话更多,更近似于一部独幕剧(saynète)。寓言用词简单,内容浅显,即便是儿童读者,也不难从中解读出"凡事要预先准备,辛勤工作才能防患于未然"的道德寓意,是一则典型的寓教于乐的、以动物为主人公的道德故事。只是拉封丹并未另附道德寓意,为不同视角的读者预留了解读空间。

　　知了与蚂蚁两虫作为本文的主要人物,其对立自标题处已言明。蚂蚁是实用主义的代表,勤劳、务实却缺乏同理心;知了是享乐主义的象征,懒惰、无预见性但具备艺术修养。二者的冲突其实是价值观和生存方式的冲撞,隐喻了人类社会中持有不同生活态度的个人。

　　从诗歌写作的层面看,本诗主体为七音节诗行,只有第二行"一夏天"(tout l'été)是三音节。相较音韵更为平稳对称的偶数音节诗行,奇数音节诗体更为活泼,三音节诗句的插入既变换了诗内节奏,也强调了知了一整个夏天都在无忧无虑地歌唱。按情节来说,寓言中的故事可分为两段,一是知了来借粮,持续到第十四行,二是蚂蚁回答并讥讽,从第十五行直至诗末。拉封丹有意为这两段情节设置了不同韵脚。第一行至十四行皆为平韵(rimes plates 或 rimes suivies),韵脚结构为"AABBCCDDEEFFGG";第

---

① Jean de La Fontaine, *Œuvres complètes*, p. 75.
② 拉封丹:《拉封丹寓言》,第 5—6 页。对原译文有部分改动。

十五行起更改为交叉韵(rimes croisées),韵脚结构变成"HIIHJKKJ",与蚂蚁拒绝后故事情节走向的急转直下的态势相配合。

但是,言及本诗的道德寓意,还是有若干未明之处供我们思考。长期以来,多数读者认为拉封丹对蚂蚁和知了的态度是爱憎分明的,甚至认为在作者眼中,知了这种好逸恶劳的代表不配获得同情。但若是细细分析两只虫的举动,就会发现拉封丹赋予了知了若干美德。作为借方,它态度谦恭,彬彬有礼,述说自己夏日歌唱时还要加上"如果没有令您不快的话";它似乎也颇有诚信意识,不仅主动提出要付蚂蚁利息,"我会还的"(je vous paierai)也是表示确定性的简单将来时,而非更具猜测性的条件式,所求的不过一点"活命的粮食"(quelque grain pour subsister)。反观蚂蚁,它的话语则较为尖酸刻薄,不仅一贯不情愿帮助别人,还要抓住机会讽刺知了,建议它去跳舞。故此,结合拉封丹本人的生平,另一个猜测同样合理:作者可能更同情知了这样一个不事生产的艺术家形象,对吝啬务实的有产者蚂蚁没有太多好感。

可见,《知了和蚂蚁》不仅符合法国寓言的主要特性,是一篇兼具"身体"和"灵魂"、以动物故事讲授道理的虚构叙事文本,还保留了拉封丹寓言特有的开放性阐释空间,体现了拉封丹独特的文体观。

与童话相仿,臻于成熟的寓言文体同样是法国古典主义时代的产物,其构建、发展都与某一个体作家的写作实践密切相关。拉封丹寓言传承自伊索、费德鲁斯、亚微亚奴斯等古希腊罗马时代的作家创作,糅合了玛丽·德·法兰西、中世纪讽喻诗等本土文学遗产,加之他个人的文体观,成功将寓言定义成"通常以动物为主人公、以寓教于乐为目的的虚拟性、譬喻性的短篇叙事文本"。虽然他的直接创作目的并非为儿童提供阅读材料,其诗艺也在很大程度上超出了低龄儿童的欣赏素养,但《寓言诗》仍成为法国儿童文学宝藏中最重要的一部分。我们以索里亚诺的这段话来结束本章:

> 在法国,我们的确幸运,因为我们的文学中最伟大的艺术家恰好选择了"使用动物",选择了用这个"动物流派"来进行自我表达,而这

—"动物流派"又因为[……]一些复杂的原因符合儿童的基本需求。如果我们能成功地让他被儿童所接受的话,我们可以用他[的作品]让孩子的文学品位更严格、更优美,以发展孩子的批评意识。①

---

① Marc Soriano, *Guide de littérature pour la jeunesse*, p. 358.

第六章　科幻小说论:儒勒·凡尔纳与《海底两万里》

与童话、寓言相比,在法国儿童文学的框架之内谈及科幻小说(la science-fiction),似乎显得有几分牵强,毕竟在某种意义上说,该文体既称不上"法国的",也称不上"儿童的"。英国科幻小说学者、素有"科幻教父"之称的布赖恩·奥尔迪斯(Brian Aldiss)在其详细回溯文体发展史的《亿万年大狂欢:西方科幻小说史》一书的前言中就开宗明义,直言:"科幻小说是 20 世纪后半叶的主要的文学成就领域之一。如今它主要是一种美国的艺术形式——这话既是强调,也是事实。它恰逢科技进步的伟大时代,也恰逢美国获得超级大国地位的时代。"①法国学者亦对其本土科幻创作的薄弱甚至是空虚有深刻的认知,让·加泰尼奥(Jean Gattégno)在《科幻小说》(La science-fiction)的开篇之处即已阐明:"[本书]第一部分的历史概述旨在限定本项研究的范围。[……]国内的大部分科学幻想文学均被排除在研究之外,重点放在美国文学上。这仅仅是表面的不公平,每一位诚实的读者,在试着将英国、美国、法国以及苏联之外的科幻文章获

---

① 布赖恩·奥尔迪斯、戴维·温格罗夫:《亿万年大狂欢:西方科幻小说史》,舒伟、孙法理、孙丹丁译,合肥:安徽文艺出版社,2011年,第2页。

取到手的时候,都会信服这一点的。"①

　　至于科幻文学与儿童读物间的联结,更是有松动的迹象。在法国,号称"为儿童创作"的凡尔纳的某些作品②中"存在很多反女性、反婚姻的论述,还可以从中品味出家庭生活的苦涩"③,这些特立独行的价值观显然不属于儿童文学的宣传主流。若将目光投向大洋彼岸,虽然连环漫画杂志(comic books,或称 comics)是美国科幻小说的重要载体,从而吸引了大量青少年参与此类阅读,但也不能否认成年人仍是该文类的重要读者群体。

　　但是,上述所有疑虑都可以被一个名字驱散,那就是儒勒·凡尔纳。他的科幻创作在法国虽然于很长一段时间里后继乏人,但他是"地地道道的科学幻想小说的鼻祖",这一点几乎不会招致任何异议。④ 且自1863年《气球上的五星期》面世以来,凡尔纳长期为埃泽尔旗下的《教育与娱乐杂志》供稿。所以无论作者本人所想为何,这一出版框架都决定了他的产出必然属于当时的儿童读物。换言之,凡尔纳的存在让我们在法国儿童文学的范畴内探讨科幻小说成为可能。本章拟分为两部分:第一部分聚焦文体本身,界定其范畴,回溯其历史,并简要回应围绕其文体身份而存在的若干疑问;第二部分则专注讨论凡尔纳,试图破解其小说创作中所折射的政治立场和社会理想等谜题,且辅以对《海底两万里》一书的大致解读。

---

① 让·加泰尼奥:《科幻小说》,石小璞译,北京:商务印书馆,1998年,第2页。
② 凡尔纳的小说中女性人物数量较少,其中大部分均美丽优雅、道德高尚、朴素坚强,但另有《旋转乾坤》(*Sans dessus dessous*)等较少为人所知的小说中含有部分厌女话语。如《旋转乾坤》开篇,主要人物马斯通先生(M. Maston)就声称妇女无法从事科学研究工作。
③ Marc Soriano, *Guide de littérature pour la jeunesse*, p. 523.
④ 彼得·科斯特洛:《凡尔纳传》,徐中元、王健、叶国泉译,吴呵融校,南宁:漓江出版社,1982年,第6页。

第一节 "科学幻想"的界定、由来和身份谜团

一、科幻小说的定义:"预测"还是"科学幻想"?

若将其视为有文体自觉意识的独立门类,法国的科幻小说的确起步较晚。直至 20 世纪 50 年代,"科学幻想"(la science-fiction)这一舶来的新词才因鲍里斯·维安(Boris Vian)、雷蒙·格诺(Raymond Queneau)、米歇尔·皮洛丹(Michel Pilontin)等人对美国科幻的大规模译介及推广而得以进入法文。如古安维克(Gouanvic)所说,法国当代的科幻小说是第二次世界大战后整体从美国"进口"而来:"这是个相对罕见的例子:某一类型的外国文本大量被输送至某一文化空间中,还伴随着对其出版机制的进口。"①

的确,虽然凡尔纳的先驱之作写于 19 世纪中后期,但"科学幻想"这一名称却是 20 世纪中后期的产物。当凡尔纳写作《气球上的五星期》、《海底两万里》、《八十天环游地球》(Le tour du monde en quatre-vingts jours)、《神秘岛》(L'île mystérieuse)等运用了广泛而相对准确的科学知识的小说时,或如加泰尼奥所言,当他首次在"虚构的幻想"和"科学的真实性"间建立平衡时②,他并没有意识到自己创设了一种新的文体。他或许以为自己写作的是笛福的鲁滨逊传统下的冒险小说(romans d'aventures),这也体现在"已知和未知世界中的奇异旅行"(Voyages extraordinaires dans les mondes connus et inconnus,以下简称"奇异旅行")这一丛书名称③中。而他的出版商埃泽尔则隐约感知到了科学元素在凡尔纳作品中的独特地位。丛书第一卷《北极的英国人,哈特拉斯船

---

① Jean-Marc Gouanvic, *Sociologie de la traduction: la science-fiction américaine dans l'espace culturel français des années 1950*, Arras: Artois Presses Université, 1999, p. 7.
② Jean Gattégno, *La science-fiction*, Paris: Presses Universitaires de France, 1992, p. 9.
③ 这套丛书由埃泽尔在 1866 年创立,专门收录凡尔纳的小说作品。

长历险记》(Les Anglais du pôle nord, aventures du capitaine Hatteras,以下简称《哈特拉斯船长历险记》)之前有他写就的"敬告读者"(Avertissement au lecteur),如是表述他对凡尔纳创作意图的认知:

> 他的目的是总结现代科学所凝聚的全部地理学、地质学、物理学和天文学知识,并以他独有的、充满吸引力的、生动的方式来重新书写整个宇宙的故事。①

其实更早以前,《气球上的五星期》初次刊登在《教育与娱乐杂志》上时,埃泽尔还曾向读者引荐这位当时尚名不见经传的作者:"这位年轻的博学之人想写一部科学小说(le roman de la science)。"②"科学幻想"一词在19世纪并不存在,读者群中对凡尔纳作品的文体认知也是倾向于将之同已有的作品比较。与凡尔纳几乎同处一个时代的戈蒂耶就评判道:"在儒勒·凡尔纳先生的身上,埃德加·坡(Edgar Poe)和丹尼尔·笛福的影子要比斯威夫特(Swift)更多。"③

英语世界中,与凡尔纳并称为科幻文体创始人的英国作家赫伯特·乔治·威尔斯(Herbert George Wells)为自己的作品贴上了"科学传奇故事"(scientific romances)的标签④。而在法语场域中,最广为流行的文体名称则是"预测"(anticipation),直到1951年,黑河出版社(le Fleuve noir)启动的科幻丛书⑤仍然以此为名。加泰尼奥认为这一命名法大大缩小了文体范围,把所有的科幻作品都错当成针对某个未来时空的预言,忽略了其中不做预测的其他类型的创作。⑥

严格意义上讲,"科学幻想"一词完全是当代美国大众文学体系中诞

---

① Jules Verne, *Les aventures du Capitaine Hatteras*, illustration par Édouard Riou et préface par Pierre-Jules Hetzel, Paris: Hetzel, 1866, p. 2.
② 转引自 Marc Soriano, *Guide de littérature pour la jeunesse*, p. 512。
③ 转引自 François Caradec, *Histoire de la littérature enfantine en France*, p. 169。
④ 可参见 Bernard Bergonzi, *The Early H. G. Wells: A Study of Scientific Romances*, Toronto: University of Toronto Press, 2016。
⑤ 这套丛书名为"预测"(*Anticipation*),专门收录科幻作品,以法国本土创作为主。
⑥ Jean Gattégno, *La science-fiction*, p. 12。

生的发明。1926年,卢森堡裔的美国出版人雨果·根斯巴克(Hugo Gernsback)创办了一本名为《神奇故事》(*Amazing Stories*)的杂志,副标题是"科学幻想故事"(scientification),专门发表科幻文学作品;1929年,他旗下的新期刊《科学奇妙故事》(*Science Wonder Stories*)面世,创刊号的"编者按"中将文体名称简化为"科学幻想"(science-fiction)。第二次世界大战之后,维安等一批参与"潜在文学工厂"(Oulipo,亦称"乌力波")的年轻著译者发现了这一在美国大行其道的新鲜文类,并不遗余力地将之在法国推广。除去大量翻译美国作品之外,他们还对"科学幻想"这一新名称给出了解读。1951年,维安与皮洛丹在《现代》(*Les temps modernes*)杂志上合撰题为《一个新的文学体裁:科学幻想》(«Un nouveau genre littéraire: la Science Fiction»)的文章,令法国文化界对此有了基本了解。自此,"科学幻想"一词随着美国作品、美国杂志和美国出版机制一起涌入:1953年,出版商莫里斯·雷诺(Maurice Renault)开始出版美国杂志《奇幻与科幻小说杂志》(*Magazine of Fantasy and Science Fiction*)的法国版,将之命名为《幻想》(*Fiction*),杂志封面上也印有"科学幻想"一词;同年,专刊科幻文学的《银河》(*Galaxie*)杂志面世,作为美国期刊《银河科幻小说》(*Galaxy Science Fiction*)的法国版,也保留了"科学幻想"作为封面上的副标题。随着时间的推移,"科学幻想"逐步取代"预测",成为法文中的文体名称。

如果从文体定义的角度来看,这一名称更替不能全盘归因于"强势的外来文化取代了本土创作",而是部分由于"科学幻想"涵盖范围更广,更能把握文体定义的两大核心要素,即科学性和文学性。事实上,虽然科幻小说尚无公认的权威定义,但文体界定仍需从这两方面着手。强调文学幻想的如根斯巴克,他称科学幻想故事是"一则吸引人的、小说般的故事,混杂着科学事实和先知视角。这些吓人的故事不仅仅是令人欲罢不能的读物,也应当富有教育意义"[1]。这一定义阐明了科幻文学需含有超出当

---

[1] 转引自 Jacques Baudou, *La science-fiction*, Paris: Presses Universitaires de France, 2003, pp.7—8。

下科技水平的科学性内容,但重点仍在于它能给读者提供的阅读乐趣,只是科幻故事"应当富有教育意义"之说似乎有些武断。另一方面,曾任《惊险科幻小说》(Astounding Science Fiction)期刊主编的约翰·坎贝尔(John Campbell)更愿突出该门类的科学合理性。在他看来,"科学的方法论建立在这样一个事实之上:一门科学理论应当不仅能够解释已知的现象,也能预言新的、未发生的现象。科幻小说要试图采用同样的方法:对于那些关于机器和人类社会的描述,我们应当用同样的方式预测,以故事的形式将之讲述出来"①。科幻文学创作应当与科学一样严谨,采取合理的方式去预见未来并将之融入文学叙事中。

　　以上两方面构成了"科学幻想"的主要视野。它区别于其他虚构文学的特征在于其在科学上的真实性和合理性。换言之,它构建的是一个合理和可能的未来,与我们现在的所知并不相悖,是"合乎理性的小说预设"(conjectures romanesques rationnelles)②。加泰尼奥如是解读西哈诺·德·贝热拉克(Cyrano de Bergerac)与凡尔纳之间的区别:"从这一点来看,正是这种对尚合情理的追求(文学的真实性在科学中的对应)构成了西哈诺·德·贝热拉克和儒勒·凡尔纳之间本质上的区别:朝露被太阳蒸腾③已被确定为不太可能的事,甚至完全不可能,而巴比康(Barbican)④的炮弹按照当时的弹道学知识却可能被发射出去。"⑤但这种合理性一定是超出当下时代的技术水平的,即并非"当下"的可能和合理。1953年,米歇尔·布托尔(Michel Butor)曾给科幻小说下过一个绝

---

　　①　转引自 Jacques Baudou, *La science-fiction*, p. 8。
　　②　Ibid., p. 6。
　　③　此处指贝热拉克的代表作之一《月亮王国滑稽故事》,书中主角为登上月球,在身上挂满了装有露水的玻璃瓶,在太阳照射下露水化为蒸汽,将他带离地面。本章后面部分会进一步探讨这部作品。
　　④　巴比康是凡尔纳小说《从地球到月球》(*De la Terre à la Lune*)中的人物。他担任巴尔的摩城大炮俱乐部的主席,提议向月球发射一枚炮弹。
　　⑤　Jean Gattégno, *La science-fiction*, p. 12;译文参考让·加泰尼奥:《科幻小说》,第6页。部分表述有改动。

妙的定义,称其是"所有讨论行星间的火箭的叙事文本"①。该定义在当时因便于读者捕捉文体内核而颇有影响,现在却只会令人疑惑:今天的技术条件已让"行星间的火箭"成为现实,不能再给读者提供来自未来的陌生感。

但与此同时,科幻文学也是虚构文体,其故事来自文学的想象。它不是科普文章,也不是现实记述,而是一种基于某一时空设定、发生在某些人物身上的某个故事,是建构在作者设想的某种"如果"上的文学文本。法国科幻作家莫里斯·勒那尔(Maurice Renard)认为科幻就是"如果的文学"(la littérature du Si)。他这样阐述文学想象和科学合理性间的关系:"在未知的黑暗和被我们的所知照耀的光明地带之间,有一片极具吸引力的地域,那是假设的领地。这片地方很狭小,但所有博学之士和哲学家的努力都汇聚于此。在那里,假设出的小说的人物躁动喧嚣。"②

正是在这一狭小的、由文学想象力和科学可能性交汇而成的地带,科幻小说在提供文学阅读的愉悦感的同时,也展示了未来科学可能产生的奇景,让我们有了读"仙女故事"一般的奇幻感、陌生感和震撼感,所以勒那尔称科幻等于"科学的超自然"(le merveilleux scientifique)。他并非唯一一个把科幻小说和童话类比的作者。索里亚诺认为"乌托邦文学、超自然文学和'仙女故事'在某种程度上已经是科幻"③,托多洛夫(Todorov)也认为科幻属于超自然范畴。事实上,若考虑到超自然故事与科幻小说都会给读者一种"惊奇感"(sentiment d'émerveillement)④,这一类比是有其道理的。

不过,必须注意的是,科幻小说和童话仍然是完全不同的虚拟叙事文体,最根本的区别就是二者的情节驱动力不同。"仙女故事"中左右故事走向和人物命运的是超自然力量,仙女、超自然生物或魔法物品是文本世

---

① Jacques Baudou, *La science-fiction*, p. 5.
② Ibid., p. 9.
③ Marc Soriano, *Guide de littérature pour la jeunesse*, p. 467.
④ Jacques Baudou, *La science-fiction*, p. 5.

界最高法则的制定者;但科幻创作中这种力量让渡给了科学,或者说是人的知识和他所制造、操控的机器,是19世纪以来科学大发展所带来的"人定胜天"逻辑的最佳注脚。两种文体代表着截然不同的世界观,人物在其中或等待自然中滋生的神灵的解救,或凭借自己的力量来征服自然。

除以"仙女故事"为代表的超自然故事之外,科幻小说还常与奇幻文学(le fantastique)和奇异幻想小说(fantasy)发生混淆。奇幻文学是法国文学乃至世界文学中的重要门类,兼顾恐怖与奇异,有时亦有科幻色彩,爱伦·坡《厄舍府的倒塌》《汉斯·普法尔历险记》等现被归入科幻类别的作品其实同时也是奇幻文学的杰作。但相较于奇幻文学,科学幻想仍有两点极大的不同:其一是奇幻文学往往以莫名的超自然力量对现实的入侵为开端,旨在于读者心中唤起弗洛伊德式的暗恐(Das Unheimliche,法文为 l'inquiétante étrangeté),类似莫泊桑《奥尔拉》(Le Horla)中,"我"疑似被一个隐形人奥尔拉所控制,从而疯癫失常,这一情节便足以引发将自己带入"我"身上的读者的恐惧。科幻小说虽亦有部分篇目存在恐怖成分或悲观主义,但同样可以表现为凡尔纳早期作品中对科学、对进步、对人类未来充满热情的乐观主义精神,于读者心中唤起惊叹而非惊惧。其二是奇幻文学的怪怖是无解的,科幻小说中偏离现实的元素却可以寻到理性的解释。博多(Jacques Baudou)的例子就极为精准:"为了解释科幻和奇幻间的区别,只要举一个人物作例子就可以:吸血鬼在古典奇幻文学中是最重要的人物之一,他的存在是作为一个未经阐述的事实被给出的,无法解释。而这个在中欧地区的迷信中属于夜晚的怪物,却被理查德·麦瑟森(Richard Matheson)改造成了纯粹的科幻小说中的人物。在他写的《我是传奇》中,一场病毒导致的传染病让人类的饮食结构有了彻底的改变,他们都变成了吸血的种族。这个科学——或者说是伪科学——的解释足以让这本小说从一个文体转向另一个文体,改变其文本属性。"[①]

而自《指环王》系列面世以来,奇异幻想小说风行欧美,其中不免借用

[①] Jacques Baudou, *La science-fiction*, pp. 6—7.

科幻小说、超自然故事甚至奇幻文学中的若干元素。博多认为,若以《指环王》这种传统的"剑与魔法"(sword and sorcery)类别的奇异幻想小说为例,后者仍有许多区别于科幻小说的特点,如背景世界带有中世纪色彩,人物多来源于民间传说,根据其所属种族拥有不同的能力,且故事结构常带有朝圣或寻找的元素,情节则往往靠善恶两方间的对抗来推动。① 除上述特性以外,奇异幻想小说还是一种典型的帮读者"逃离"现实的文学,但科幻小说往往与现实有所关联,表达的仍是对真实世界的思考。② 但在美式"英雄奇异幻想"(heroic fantasy)渐趋风靡的当下,科幻小说与奇异幻想的边界也日益模糊,如漫威旗下的超级英雄的诞生及其能力的获得,也可以部分用近似科学的方法来解释。所以奥尔迪斯会坦陈:"在经历了一番界定科幻小说的磋战之后,我们不得不承认在区别科幻小说与奇异幻想方面的失败。"③ 奇异幻想并非总是科幻小说,但科幻元素却渐渐成为奇异幻想中的一部分。

二、科幻小说简史:一部国别史?

经过上述讨论,我们或许可以给科幻小说下一个仍不完满的定义:科幻小说是以现实的科学知识为依据,对未来的科技成果进行展望并在此基础上进行虚拟叙事的文体。它兼顾科学性与文学性,同超自然故事、奇幻文学和奇异幻想小说最大的区别在于科学是其中情节发展的源动力,也掌握着文本世界法则的最高解释权。现在,从这一定义着手,我们将聚焦法国科幻创作,试图回溯该文体的历史发展脉络。但有鉴于其在"前凡尔纳"和"后凡尔纳"的时代都未能在法国取得突出进展,这一史学书写的尝试常被迫跨越法国的边界,投注到欧洲他国乃至整个西方世界,以重现"科学幻想"在每个阶段经历的重大转折。

与其他文体的情况类似,学者们一直难以给科幻小说寻找一个确定

---

① Jacques Baudou, *La science-fiction*, p. 124.
② Ibdi., p. 125.
③ 布赖恩·奥尔迪斯、戴维·温格罗夫:《亿万年大狂欢:西方科幻小说史》,第 6 页。

的起点。若将目光移回古希腊罗马,柏拉图所写的《斐多》中,临终的苏格拉底对人类以外的智慧生命的想象就可以视为科幻小说的先声。大多数学者则选择以玛丽·雪莱的《弗兰肯斯坦——现代普罗米修斯的故事》作为起点,认为这是第一篇因科学而发生的奇幻故事。加泰尼奥却认为只能从凡尔纳和威尔斯讲起,因为"真正说来,所有研究科学幻想的历史学家的错误在于他们都忽视了一点,那就是如果没有科学以及应用科学,就不可能存在科学幻想"。而这种"科学似乎要打破一切神话、实现一切梦想的时代"①,恰是在凡尔纳与威尔斯所处的19世纪中后期才得以实现的。但这种说法仍有以偏概全之嫌,因凡尔纳和威尔斯的作品也不是无源之水,如乌托邦主义者的想象、爱伦·坡的悬念都在凡尔纳的作品中留下了烙印。所以我们此处采取折中主义的方法,将科幻历史分为凡尔纳之前的"史前史"和之后的"历史"。

依照博多的看法,史前史的梳理应重点关注围绕两个主题的既有文本,即奇异旅行和乌托邦。② 旅行是科幻小说的重要题材:它或是空间上的,如凡尔纳横向跨越星球的《从地球到月球》和纵向深入地球内部的《地心游记》;或是时间上的,像威尔斯的《时间机器》。这一主题的文本的遥远祖先是罗马帝国时代希腊语讽刺作家琉善(Lucien de Samosate)创作的《真实故事》(Vera Historia)。琉善在小说中讲述了西方文学史上的第一次月球旅行:主人公乘坐的船只被旋风吹到月球,因此得以见证了月球王国与太阳王国争夺金星的战争,还亲眼得见其种族繁育由男性用腿肚子完成的月球人和青菜鸟、巨蜘蛛等外星生物。作者的初衷是为了讽刺文人学者的胡说八道:"我写的每件事都是亦庄亦谐,戏拟古往今来的某些诗人、历史家、哲学家,他们写出的诡谲怪异、荒诞不经的事情,真不知有多少。"③但阴差阳错,《真实故事》却被奉为科幻小说的鼻祖。④ 旅行

---

① 让·加泰尼奥:《科幻小说》,第5页。
② Jacques Baudou, *La science-fiction*, p.13.
③ 泰奥弗拉斯托斯等:《古希腊散文选》,水建馥译,北京:商务印书馆,2013年,第111页。
④ 李俊:《柏拉图与外星人》,《读书》2017年第3期,第143—144页。

之外,乌托邦同样是科幻文学青睐的题材,凡尔纳的《两年假期》《神秘岛》《机器岛》(L'île à hélice)及《蓓根的五亿法郎》(Les cinq cents millions de la Bégum)都呈现了游离于现实世界之外的乌托邦或反乌托邦社会。托马斯·莫尔的虚拟游记《乌托邦》是最早将空想社会主义的政治理想与文学想象结合起来的小说创作。这座名叫"乌托邦"的海岛政治制度健全,经济繁荣,学术昌明,人人优秀完美,构成了凡尔纳及其之后的科幻作家对美好社会的想象底色。

具体至法国境内,凡尔纳的先驱者主要有贝热拉克、丰特奈尔和伏尔泰三人。贝热拉克有两部可划归"奇异旅行"范畴内的作品,分别为《月亮王国滑稽故事》(Histoire comique des États et empires de la Lune)(1657)和它的续集——最终未能在作家生前完成的《太阳王国滑稽故事》(Histoire comique des États et empires du Soleil)(1662)。以前书为例,主人公"我"的月球之旅不乏奇绝的想象,如在身上挂满装着露水的瓶子,希望能靠水的升华克服地球引力,却因忽略了地球的自转而落在"新法兰西"①,后来又依靠一个类似火箭的装置得以成功登陆月球。但所有这些貌似科学的描写却全是对贝热拉克的社会讽刺意图的掩饰,夹杂着作者关于灵魂不死、上帝存在、贞操观念等议题的思考。如贝热拉克支持火葬,就借月球人之口说出这是月球人社会中最流行的丧葬方式:

> 除罪人以外,所有人都被焚烧:这是个很得体、很正当的习俗,因为我们认为火可以将纯净从不纯净中剥离,可以凭着通感把热量聚集起来。正是这种自然的热量催动了灵魂,让灵魂有气力一直上升,直至到达某个星宿[……]②

可见,贝热拉克所谓"科学幻想"的重点,并不在于科学要素。比他稍

---

① 新法兰西(La Nouvelle France)指 1534 年起法国在北美建立的殖民地,最终因拿破仑将路易斯安那卖给美国而宣告结束。
② Cyrano de Bergerac, L'autre monde et les États et empires de la Lune, texte établi par Frédéric Lachèvre, Paris: Garnier, 1938, p. 103.

晚的丰特奈尔写有《关于世界多样性的对话》(*Entretiens sur la pluralité des mondes*)(1686)，也提到了地外世界。书分六章，分别是"我"在六个夜晚与一位侯爵夫人进行的谈话，主要内容是笛卡尔和哥白尼新近普及的天文学知识，亦表达了丰特奈尔对形而上学的怀疑、对科学和进步的坚信，以及若干对宗教的思考。但与其说这是一部科幻作品，不如说是一本科普著作与哲学论集。类似的情况也见于伏尔泰的哲学故事《微型巨人》(*Micromégas*)(1752)。故事讲述了一个土星人和一个来自天狼星附近的恒星的外星人来到地球游历，却因其过大的体型，一开始并未发现人类的存在，即便鲸鱼在他们眼中也犹如跳蚤一般。伏尔泰的创作主旨首先是为了阐明哲学上的相对主义，说明任何生物在宇宙中都同时是"至小"（micro，来自希腊语 mikros）和"至大"(mégas)的。在这个意义上，虽然他的创作涉及外星人、星际旅行等科幻小说的常见主题，却只能算入"史前史"之内。

史前史之后自然便是严格意义上的现代科幻。但在过渡到凡尔纳之前，仍需提到两位英美作家的贡献。玛丽·雪莱1818年发表《弗兰肯斯坦——现代普罗米修斯的故事》，继承了哥特式文学[①]传统，因其首次将科学作为反思的对象和作品中体现出的科学实验精神而被认为是世界上第一部真正意义上的科幻小说。诚然，玛丽·雪莱"无法像一个现代作家那样，告诉我们生命是怎样被注入一个僵死的躯体，但是她能够悬置我们的疑惑"[②]。《弗兰肯斯坦——现代普罗米修斯的故事》游走在哥特式小说和科学幻想的边缘地带，但它给读者设置的震撼感却全然来自科学。"弗兰肯斯坦的实验是浮士德式的获得无穷无尽力量的梦幻，但弗兰肯斯坦没有与魔鬼订立任何契约。'魔鬼'属于一种被放逐的信仰体系。弗兰肯斯坦的勃勃雄心之所以获得成功，是因为他扔掉了那些属于前科学时

---

① 在此我们沿用奥尔迪斯的说法，认为哥特式文学的重心是遥远的年代、神秘朦胧的氛围和对悬念的使用，代表性元素有迷离恍惚的景物、孤零零的城堡、阴沉沉的古镇和神秘诡异的人物。参见布赖恩·奥尔迪斯、戴维·温格罗夫：《亿万年大狂欢：西方科幻小说史》，第20页。

② 布赖恩·奥尔迪斯、戴维·温格罗夫：《亿万年大狂欢：西方科幻小说史》，第29页。

第六章 科幻小说论:儒勒·凡尔纳与《海底两万里》

代的陈旧的参考书,并潜心在实验室里进行研究。这当然是现在普遍流行的做法。然而这个现在普遍的做法在1818年却是一个令人震惊的认识、一次小小的革命。"①换言之,科学主导的"新时代"取代了被无从解释的"超自然"统治的"旧时代"。

另一位永久影响了现代科幻小说风格的作家就是爱伦·坡。他兼具恐怖美感与科学要素的小说不免带有旧时的烙印,即恐怖的存在是无解的,诸如《厄舍府的倒塌》里,死亡又重归的玛德琳代表着无可侦知的神秘。②但他也有接近现代科幻的作品,类似《瓶中手稿》《威廉·威尔逊》《汉斯·普法尔历险记》,虽然在大多数情况下,他只是"把科学当成调味剂使用"③。坡对恐怖美学的把控让他"把'悬念'作为赠礼赋予这种'科学'小说,从此以后,'悬念'与人们后来所称的'科学幻想小说'密不可分了"④。在其文学生涯的早期和中期,坡并未在英语世界中受到关注,却因波德莱尔的译本在法国声名鹊起。1856年,波德莱尔将坡的短篇小说结集并以《奇异故事》(*Histoires extraordinaires*)为题翻译出版,凡尔纳的"奇异旅行"丛书就是对此的呼应和致敬,他1897年发表的短篇小说《冰上斯芬克斯》(*Le Sphinx des glaces*)也是对坡的长篇小说《亚当·戈登·皮姆的故事》的续写。坡的创作还启发了一位较凡尔纳稍晚的作者,即奥古斯特·维利耶·德·利尔-亚当(Auguste Villiers de l'Isle-Adam)。他1886年出版《未来的夏娃》(*L'Ève future*),书中与爱迪生同名的工程师制造了一个具有女性外表的类人机器人,她的诞生不仅借助了科学,还有秘术、超自然现象和发明者的幻想。

但即便有利尔-亚当的存在,19世纪中后期的法国文坛中也无人可以掩盖凡尔纳的开创性贡献。他的文本同样是幻想,但他的幻想都建立在似可实现、似可应用的科学假设之上,绝大多数的奇迹都可以用理性逻

---

① 布赖恩·奥尔迪斯、戴维·温格罗夫:《亿万年大狂欢:西方科幻小说史》,第27页。
② Jean Gattégno, *La science-fiction*, p. 11.
③ 布赖恩·奥尔迪斯、戴维·温格罗夫:《亿万年大狂欢:西方科幻小说史》,第56页。
④ 让·加泰尼奥:《科幻小说》,第15页。

辑来解释。他的传记作者科斯特洛曾说:"凡尔纳的特殊贡献是,他喜欢作准确的科学叙述,而这样的叙述在爱伦·坡或玛丽·雪莱的作品中常常是缺少的。"①《从地球到月球》的科学前瞻性就是一个著名的例子,凡尔纳为这枚发往月球的炮弹提供了一系列数字,包括航速、航时、发射位置和降落地点。为了确保科学性和准确性,他让从事数学研究的堂兄亨利·加塞——核实了数字和细节,最后选定的发射地点和1969年美国"阿波罗11号"宇宙飞船的升空位置几乎在同一维度上。② 埃泽尔也注意到了凡尔纳作品中科学所占据的史无前例的位置:

> 我们要知道,"为了艺术而艺术"已经不再适用于我们这个时代了,科学应在文学中占有一席之地的时刻已经到来。
>
> 凡尔纳先生的价值,在于他是第一个且以大师的姿态踏足这片新兴热土的人。③

"奇异旅行"丛书始于1866年,终结于1919年面世的凡尔纳遗作《探索之旅》(*Voyage d'étude*),后者由其子米歇尔改写并以《巴尔萨克考察队的惊险遭遇》(*L'étonnante aventure de la mission Barsac*)为题出版。丛书包括68本长篇小说和18则中短篇小说,开创了当今科幻文学中的数个主要母题:时空旅行(主要是空间上的)、"鲁滨逊式求生记"(《神秘岛》《两年假期》等)、超出时代技术水平的巨大机器(如《海底两万里》中的潜水艇"鹦鹉螺号")和巨大怪物(类似《地心游记》中的史前猛犸象)。若再加上威尔斯创设的时间旅行、外星人和星球大战等主题,以及这位英国作家与凡尔纳前期作品截然不同的悲观主义和他相较科学更关注科学时代里人类的处境的特点,甚至可以说现代科幻的主题积累在19世纪末期即已基本完成。

不过,遗憾的是,凡尔纳和威尔斯之后的科幻文坛经历了很长一段时

---

① 彼得·科斯特洛:《凡尔纳传》,第6页。
② 同上书,第99页。
③ Jules Verne, *Les aventures du Capitaine Hatteras*, p. 2.

间的断代,如加泰尼奥所说:"令人困惑的是,在生机勃勃的科学幻想小说领域,威尔斯和儒勒·凡尔纳居然都没有后继者。"①仅以法国为例,直到二战结束之前,科幻文体都几乎未能经历新的变革。古斯塔夫·勒鲁日(Gustave le Rouge)的《火星囚徒》(Le prisonnier de la planète Mars)(1908)、让·德·拉伊尔(Jean de la Hire)的"童子军历险记"(Les aventures d'un boy-scout)(1926)丛书延续了"奇异旅行"的传统,但对科学元素的使用流于表面,仅仅是为了增添夺人眼球的奇异色彩。② 唯一值得一提的作者是 J-H. 大罗斯尼(J.-H. Rosny aîné),他的代表作《火之战》(La guerre du feu)(1909)等让史前文明进入了科幻小说的视野,是一部关于旧时代原始部落追求生存的史诗,但其过于考究的文体风格也阻碍了大众读者对他的接受。

科幻再次焕发新生是在大洋彼岸的美国。20 世纪 20 年代,美国的大众文学迎来发展高潮,涌现了一批廉价的通俗文学杂志(pulp magazines)③,成为青少年人群中流行的娱乐。该类杂志的题材极为丰富,包括侦探、冒险、西部文学、间谍等,根斯巴克 1926 年创办的《神奇故事》也是其中的一种,专门刊登科幻文学。《神奇故事》在 20 世纪三四十年代达到销量顶峰,为科幻小说培养了忠实的读者群。1937 年,另一本科幻杂志《惊险故事》(Astounding Stories)迎来了新主编约翰·坎贝尔,他将期刊更名为《惊险科幻小说》,对作者素质和稿件质量都提出了严格要求④。美国科幻因此进入"黄金时代",部分地摆脱了"大众休闲读物"的尴尬地位,开始变为自成一体的文学门类。在这之后,美国科幻界又带动了世界科幻的两个新转折:一是 20 世纪 60 年代的"新浪潮"(New Wave)。美苏冷战等政治事件让科幻作家开始思考科技的意义,从描绘科学图景转为批判社

---

① 让·加泰尼奥:《科幻小说》,第 11 页。
② Jean Gattégno, La science-fiction, p. 31.
③ "pulp"意为"纸浆",用来形容该类廉价杂志所用的劣质纸张。
④ "对约翰·坎贝尔来说,科学幻想既不是令人愉悦的科普手段,也不是大众的娱乐文学。[……]它是科学的化身,而科学则是我们对宇宙的所知的主要来源。"转引自 Jacques Baudou, La science-fiction, p. 32.

会和政治,议题逐渐向通常意义上的严肃文学靠拢,开始加入越来越多的社会科学要素。二是20世纪80年代兴起的"赛博朋克"(cyberpunk)风潮,标志元素是日益进步的科技和逐渐崩坏的人类社会。时至今日,美国科幻仍然在不间断的更新代谢之中。

与美国科幻同步,二战之后的法国科幻也展现出了新的面貌。在维安、格诺、皮洛丹等一批知识分子的努力下,新的美式科幻刊物被创设出来,各大出版社也纷纷在出版目录中增添科幻门类,1958年还恢复了法国科幻界的大奖儒勒·凡尔纳奖(le prix Jules Verne)。该奖项由阿歇特出版社主办,获奖作品可以收录进阿歇特出版社和伽利玛出版社联合创办的丛书"奇幻书架"("Le rayon fantastique"),聚集了达尼埃尔·德罗德(Daniel Drode)、菲利普·古尔瓦尔(Philippe Curval)等一批代表性作者。1968年"五月风暴"之后,法国科幻也同美国"新浪潮"一起开始关注政治议题,如当代最有影响力的科幻作家之一塞尔日·布吕梭罗(Serge Brussolo)就尤其擅长用小说中光怪陆离的变形来揭示现实的荒诞与悲哀。20世纪80年代之后,又有法布里斯·高兰(Fabrice Colin)、托马·戴(Thomas Day)等一批作家参与了"赛博朋克"风潮。[1] 整体而言,从美国移植而来的法国新科幻进入了"后凡尔纳"的时代。

三、科学幻想:科学的、文学的还是儿童的?

在本节的最后,为了完善文体介绍并在其与儿童文学间建立联系,我们还需驱散若干围绕着"科学幻想"这一体裁的文体身份的疑云。长期以来,科幻小说的地位都透着几分窘迫,其中一个重要标志就是它被当作"副文学"(paralittérature),无法获得类似经典文学的社会认同,更难得成为学界的研究对象。时至今日,法国科幻研究的主要成果仍主要局限在两个方面:一是加泰尼奥、博多、博杰托(Bozetto)[2]等人的文体导论著

---

[1] 关于法国科幻创作的当代史,可参见 Jacques Baudou, *La science-fiction*, pp.57—60.
[2] Roger Bozetto, *La science-fiction*, Paris: Armand Colin, 2007.

作,二是对毫无争议的经典作家凡尔纳的作品评析。

针对科幻文学的质疑大多关涉三个要点:科学性、文学性和儿童性。"科学幻想"首先关于科学,但不同作品的科学观却存在异质化倾向,可能引发有关科学价值观的争议。科学进步主义(le progressisme scientifique)的突出代表就是早期的凡尔纳。为他赢得世界声誉的《八十天环游地球》中,主人公福格先生(M. Fogg)与仆人路路通(Passepartout)借助火车、热气球、轮船等新式交通工具,成功克服所有困难,体现了资本主义殖民扩张时期的社会风貌和对科技的无限信仰,彰显了人类战胜自然的古典审美倾向。但从其后期创作开始,及至威尔斯和现代科幻,人类的生活处境未能随着科技发展而同步获得改善,导致科幻作品也可能会蒙上一层悲观色彩。凡尔纳1895年出版的《机器岛》里,虽然这座用钢铁制成、马达驱动的机器小岛"标准岛"尽享科技进步的好处,基础设施完备且四季如春,居民都过着极度奢华的生活,但人类社群内部的对立仍让这一科技幻想最终覆灭。凡尔纳借此提出的是"科学进步是否能真正导向人类幸福"的疑问。20世纪中叶以来,原子弹的爆炸及一系列科技导致的危机更让悲观主义成为科幻作品的主流。美国科幻作家菲利普·K.迪克(Philip K. Dick)曾于1955年如是解释当时作品中弥漫的阴暗色调:"今天,我们在全世界都可以看到,人们对科技进步丧失了信心,这一信仰的丢失让我们无从期待令人奋发昂扬的明天或进步。科幻为人类的未来忧心,它也化身成为呈现这一系列[信念]震荡的剧场。科幻作家也预感到了这种即将来临的灾难,所以他们只是采取了任何负责任的作家都会采取的做法。"[①]

除异质的科学观外,科幻文体还可能因其科学性的缺陷或丧失而备受质疑。凡尔纳的创作以严谨著称,启动每项写作计划前都会仔细查阅相关材料,但其作品中的科学错误仍不胜枚举,像《气球上的五星期》里"维多利亚号"气球的氢气加热装置在现实中就可能随时让乘客因爆炸而

[①] 转引自 Jacques Baudou, *La science-fiction*, p. 35。

丧命。科斯特洛对此的评价是:"他那长篇大论的半技术性的胡扯,还是使那些不太苛刻的读者非常信服。"①而即便将注意力移至当代创作,也很难定义"蜘蛛侠因被变异蜘蛛咬伤而获得超能力"这种假设到底是科学还是伪科学。特别是"新浪潮"之后,科幻小说的重心从科技描写转到人文关怀,"硬科幻"同"软科幻"的分野逐步加深,加泰尼奥甚至不得不承认:"科学曾经在科幻文学中所占据的地位的确已经衰落了。"②针对这一点,法国科幻小说家杰拉尔·克兰(Gérard Klein)提出了一个较有说服力的论断:科幻小说并非直接基于科学本身,而是基于特定社会对科学的认知,是某个时代科学观的反映。③ 这一说法的确有助于弥合科幻小说于科学性上存在的悖论。

文学性方面,科幻小说一直无法获得主流学界的认同。这一在"纸浆"杂志中诞生的文学门类长期与低劣的印装质量、夺人眼球的封面、暴力色情等刺激感官的主题联系在一起,被认为是大众的、低俗的消费文学。加拿大科幻学者苏恩文(Darko Suvin)亦承认:"有百分之九十甚至百分之九十五的科幻小说作品从严格意义上看都是昙花一现的过眼云烟,是按照用过即弃的原则,为了出版商的经济利益和为了使作者获得其他短暂消费的商品而生产出来的东西。"④20 世纪 50 年代的美国同时存在着 36 本专门刊登科幻作品的通俗文学月刊,作品质量良莠不齐,出现了很多令人震惊的乱象。雅克·贝尔吉埃评论道:"超出了人们对愚蠢的想象,文笔糟糕,品位恶俗,低劣……所有一切我们能想到的坏东西。即便通俗小说或侦探小说也从未落至如此卑劣的境地。"⑤

以凡尔纳作品为代表的少数经典已不足以为该文体正名。然而,就是在这种境地之下,"低劣"的科幻小说又以连环漫画杂志的形式占领了

---

① 彼得·科斯特洛:《凡尔纳传》,第 81 页。
② 让·加泰尼奥:《科幻小说》,第 117 页。
③ Jacques Baudou, *La science-fiction*, p. 112.
④ 达科·苏恩文:《科幻小说变形记——科幻小说的诗学和文学类型史》,丁素萍、李靖民、李静滢译,合肥:安徽文艺出版社,2011 年,第 11 页。
⑤ 转引自 Marc Soriano, *Guide de littérature pour la jeunesse*, p. 468。

儿童阅读市场的大量份额,在美国乃至全世界都培养了忠实的读者群体。事实上,科幻小说与儿童文学的关联在法国自有其传统。且不论凡尔纳是如何以一个"儿童文学作家"的身份被埃泽尔推至台前,最初的一批威尔斯法译本也是以青少年为目标读者的。大罗斯尼文笔考究,他的小说却也不免被当成给孩子阅读的"奇幻故事"①。但把科幻小说当成儿童读物又会诱发两个方面的问题:第一,"儿童读物"之说削弱了凡尔纳、威尔斯、大罗斯尼等人的创作厚度;第二,大量的美国式通俗科幻里充斥着色情、暴力、种族主义和宣扬犯罪的内容,显然有悖于儿童文学的教育意图。美国精神病学家弗雷德里克·魏特汉在其著名的《诱惑无辜》(Seduction of the Innocent)一书中阐述了类似体裁的漫画阅读与青少年犯罪率升高间的关系,直接导致了美国漫画道德规范委员会的创建,可见相关顾虑并不完全是空穴来风。

那么,科幻小说是否就应被排除在儿童文学的门外呢?关于该体裁的儿童性,索里亚诺提供了一种更为中立的观点。科幻小说并不一定等同于儿童文学,但它经过筛选,仍可以遵从"读者选择"的逻辑,成为未成年人阅读体验的组成部分。他指出了阅读科幻的两重好处:

> 科幻浪潮为孩子带来了大量精准、生动且可即时消化的信息。这种[知识]普及还可以帮助对抗我们这个时代如此令人担忧、如此普遍的科学与文学间的分裂,并捍卫人文科学的正当性。让想象从科学起步,这也是在提醒读者:人类的知识一定是跨学科的,因为任何知识都反映了我们同世界间的关系,体现着我们改造自然的努力,同时也缅怀着我们的本心。

> 科幻还有另一层好处:无论是折射最近的将来[……]还是远期的愿景,它都能激发孩子对历史和时间的思考,这总是有益的。②

这两个论据在某种程度上捍卫了科幻文体进入儿童文学场域的正当

---

① Jean Gattégno, *La science-fiction*, p. 108.
② Marc Soriano, *Guide de littérature pour la jeunesse*, p. 470.

性,而科幻与儿童文学间的关系也将在凡尔纳的创作中得到进一步阐明和巩固。

第二节 凡尔纳的创作:科幻是一种意识形态?

一、职业作家凡尔纳:他是作家吗?

加泰尼奥在《科幻小说》一书的结论部分指出:"科学幻想,就像所有的文学一样,承载着某种意识形态。"[1]在科幻的经典作家中,凡尔纳无疑是在其传递的意识形态中将科学性、文学性和儿童性结合得最好的一位。我们可以以 1875 年出版的《神秘岛》为分界线:他在此之前出版的作品糅合了热情洋溢的科学进步主义、"人定胜天"的乐观精神、对被压迫的民族充满关怀的人道主义光辉和人类对自由的永恒向往,再加上新奇的科技奇观、紧凑的故事情节、不乏幽默的文笔,可谓既符合 19 世纪中后期的科学观,又不失经典文学作家的人文关切,更能切中儿童的阅读兴趣点。

但若是细读他的作品,就会发现凡尔纳作品内部的价值观存在很多不可调和的矛盾。这些矛盾不仅体现为他创作前期与后期间的分裂,更曾贯穿他的整个写作生涯,典型例子如他未正式踏足文坛时完成的作品《20 世纪的巴黎》(*Paris du XXe siècle*)。该小说早就预言了技术爆炸会改善人类的物质生活,但同样会诱发精神的极度空虚,令人揣测他早期作品中单纯明亮的色调是不是在埃泽尔的建议下有意为之。实际上,凡尔纳的作品中还有更多的矛盾之处:他看似对科学满怀信心,却在《神秘岛》等数本寓有乌托邦幻想的小说中为此类技术培育的"世外桃源"安排必然的覆亡命运;他在小说中支持欧洲各国民众的民族解放运动,也抨击过殖民主义,但同样也不掩饰自己的种族主义倾向;他笔下的人物有激进的无政府主义者,但他本人在多数时候却是资产阶级温和派政治秩序的忠实

---

[1] Jean Gattégno, *La science-fiction*, p. 121.

捍卫者。而以上所有的悖论都同时存在于他个人的不同侧面中,我们可以尝试从其生平里去寻找某种答案。毕竟他在 1895 年 4 月 10 日写给马里奥·图里埃洛(Mario Turiello)的信里坦陈"我感觉我是所有这些人中,最不被别人理解的人"①,那么理解凡尔纳本人也是解读其作品的重要一环。

儒勒·凡尔纳(1828—1905)出生于布列塔尼地区的滨海城市南特,该市素来有航海和国际贸易的传统,甚至还是当时黑奴贸易的重要集散中心。他的父亲皮埃尔·凡尔纳(Pierre Verne)是一名诉讼代理人,母亲索菲·阿洛特·德·拉·菲耶(Sophie Allotte de La Fuÿe)出身于一个有贵族头衔的、曾参与菲多岛(l'Île Feydeau)②建设的商人家庭。这一家庭环境决定了凡尔纳天然属于法国大革命后得以极大改善自身处境的中层资产阶级,而这一阶层一直是政治保守势力的中坚。③ 受到城市氛围的影响,凡尔纳自小就向往远航,正如他的侄子莫里斯·凡尔纳(Maurice Verne)后来追忆的那样:"我的伯父儒勒只有三大爱好:自由、音乐和海洋。"④1839 年时,发生了一件所有凡尔纳传记作者都会提及的事件:11 岁的凡尔纳私自登上了一条开往西印度群岛的帆船,因船出海前还要在附近小城潘伯夫(Paimbœuf)停泊,父亲皮埃尔才得以赶到潘伯夫将他带回。凡尔纳为此受到了父母的惩罚,并因此保证"我将只在梦中旅行"⑤。

1847 年,高中毕业的凡尔纳遵照父亲的安排,前往巴黎学习法律。皮埃尔的安排有两方面的意图:一是让长子继承父业,二是帮他回避表姐卡罗琳·特龙松(Caroline Tronson)的婚礼。凡尔纳自 12 岁起就对这位

---

① 转引自 Jean Chesneau, *Jules Verne: une lecture politique*, Paris: François Maspero, 1982, p. 19。

② 菲多岛原是卢瓦尔河(La Loire)中央的一座小岛,后因河流淤塞而与陆地相连。18 世纪 20 年代起,南特市政府开始开发此岛,本地富商也竞相在此兴建豪宅。凡尔纳就出生于此。

③ 彼得·科斯特洛:《凡尔纳传》,第 3—4 页。

④ 转引自 Marguerite Allotte de La Fuÿe, *Jules Verne: sa vie, son œuvre*, Paris: Simon Kra, 1928, p. 104。

⑤ 转引自 François Caradec, *Histoire de la littérature enfantine en France*, p. 157。

表姐深为迷恋，卡罗琳的婚姻给了他很大打击，也是他某些作品中厌女情节的根源之一。① 但这一时期处在 1848 年革命前夕的巴黎还是给他带来了另一场更重要的思想转变。他开始阅读雨果、大仲马等人的作品，并和大仲马、小仲马父子建立私交，日益同情革命，并产生无政府主义倾向。② 不过当他真正面对革命中的暴力冲突时，他还是感受到了恐惧，在 1848 年 7 月 17 日写给父母的信中表达了反感的心绪："真是一个可怕的场景！这让街上的那些巷战显得更不可理喻了！"③革命后的总统选举中，他对支持路易·波拿巴（Louis-Napoléon Bonaparte）的"梯也尔（Jean Adolphe Thiers）及其同僚们的镇定和稳健"有着深刻的印象。而这一派非激进的革命党"代表着'正常秩序'——这正是他父母的那个社会阶层所留恋的"④。

　　1850 年，凡尔纳正式踏入文坛，同年他与小仲马合作的戏剧《折断的麦秆》(Les pailles rompues) 在巴黎剧院中上演。此后他终生都对戏剧创作保有热情，后期也曾将《八十天环游地球》等小说改编为剧作，但他的戏剧成就却始终被他作为科幻小说家的显赫声名所掩盖。⑤ 这部剧作的成功激励了凡尔纳，让他决定违抗父命，留在巴黎开始文学生涯。不过，经济压力迫使他先在抒情剧院（le Théâtre-Lyrique）担任经理秘书，后又在巴黎证券交易所担任场外经纪人。在此期间，他于 1856 年同一位有两个孩子的寡妇奥诺丽娜·德·维亚纳（Honorine de Viane）成婚。1859 年，他同友人前往英国旅行，苏格兰的芬格尔大岩洞给他留下了深刻印象，为今后《地心游记》等作品中对洞穴的想象奠定了基础，英国的工业城镇也让他对该国产生了复杂的感情。凡尔纳"认为他们［英国人］是卓越的开

---

① 彼得·科斯特洛：《凡尔纳传》，第 16 页。
② 同上书，第 21 页。
③ Olivier Dumas, *Jules Verne, avec la publication de la correspondance inédite de Jules Verne à sa famille*, Paris: La Manufacture, 1988, p. 242.
④ 彼得·科斯特洛：《凡尔纳传》，第 29 页。
⑤ 参见 Sylvie Roques, *Jules Verne et l'invention d'un théâtre-monde*, Paris: Garnier, 2018, pp. 34—35。

拓者和科学工作者,但对他们有这么多人狂热地追求利润感到十分厌恶"①。儿子米歇尔出生之后,他频频混迹"科学媒体圈子"(le Cercle de Presse scientifique),在那里结识了圣西门主义者、摄影家、探险家纳达(Nadar),对借用气球进行空中旅行产生了浓厚兴趣。

凡尔纳人生最重要的转折就是1862年与埃泽尔的会面。《气球上的五星期》在被数家出版社拒绝之后,获得了这位曾参加过1848年革命的出版商的赏识。埃泽尔于同年10月13日同凡尔纳签订出版合同,约定凡尔纳每年都要写作一本与《气球上的五星期》同类型的小说,1865年重修的合同又将数量调整为两本。此举将凡尔纳变为一名职业作家:《地心游记》(1864)、《从地球到月球》(1865)、《哈特拉斯船长历险记》(1866)、《海底两万里》(1869—1870)、《八十天环游地球》(1872)、《神秘岛》(1875)都是他与埃泽尔合作早期的代表作品。尤为值得一提的是,他和弟弟保罗·凡尔纳(Paul Verne)曾于1865年前往美国旅行,这次旅行不仅为《海底两万里》提供了灵感,还让大洋彼岸的这个国家一度成为他笔下的梦幻之地②,证据便是凡尔纳有二十多部小说都以美国为故事的发生地。

《神秘岛》问世之后,凡尔纳的小说质量有所下降③,这直接反映在其小说的销量上:最受欢迎的《八十天环游地球》本土销量达108000册,而后期的《冰上斯芬克斯》等作品只能卖出6000册上下。④ 1872年,在妻子的要求之下,凡尔纳举家从巴黎迁居至奥诺丽娜的故乡亚眠(Amiens)。他在这里过着非常具有中产阶级特色的生活,购买游艇,举办舞会,积极参加本地的公众事务。他自此终身担任亚眠科学、文学与艺术学院(l'Académie des sciences, des lettres et des arts d'Amiens)的成员,

---

① 彼得·科斯特洛:《凡尔纳传》,第68页。
② 同上书,第111页。
③ 方卫平:《法国儿童文学史论》,第176页。
④ Charles-Noël Martin, *Jules Verne, sa vie et son œuvre*, Lausanne: Éditions rencontre Lausanne, 1971, pp. 302—303.

1888年还作为社会主义者和自由主义者的代表进入亚眠市政议会（Le Conseil municipal），虽然他之后推动的政策大多属于保守派。因其参选时选择的政治派别让部分保守派人士颇为震惊，他还特意在就职演说中强调："在社会学方面，我的口味：就是秩序。"①

1886年，凡尔纳在住宅附近被他患有精神疾患的侄子加斯东·凡尔纳（Gaston Verne）用枪打伤。这次事故让他直至1905年去世之前都不良于行，也极大影响了他的精神状态。凡尔纳后期的所有作品都偏向悲观，美国在其中也成为负面象征，不再是他眼中代表"新世界"的热土，如《迎着国旗》（*Face au drapeau*）中，美国政府就为了不让法国化学家托马·罗什（Thomas Roch）发明的武器流入别国之手而将他送入精神病院。"理想世界的幻灭"也因此成为凡尔纳留给科幻小说的重要遗产。

由以上生平可知，凡尔纳个人的思想倾向也有两个相悖的侧面：按照其社会地位、经济状况和为政举措，凡尔纳是一个再模范不过的中层资产阶级，谢斯诺（Jean Chesneau）因此说他的生活有一个"资产阶级的外立面"（la façade bourgeoise）。但与此同时，他青年时代的确受过革命浪潮的影响，熟读圣西门等空想社会主义者的著作，后来还因埃泽尔的关系与一些反帝制人士、激进主义者、巴黎公社成员来往甚密，并多次在作品里从正面角度宣扬他们的主张。但在此处，我们暂时将以上悖论留给本章稍后进行的凡尔纳作品主题批评，而先回应两个关涉他本人文学地位的问题，即自其生前就频频有人质疑的"凡尔纳是不是作家"和"凡尔纳是不是儿童读物作者"？

第一个问题看似可笑，却长期困扰凡尔纳本人。他虽然颇受读者欢迎，但很少得到严肃文学界的承认，更多被视为通俗文学及儿童读物作者。1867年，凡尔纳因其小说创作而和《教育与娱乐杂志》同获法兰西学院颁发的蒙迪翁奖（Le prix Montyon），这是他被主流文化界授予的首个文学大奖。受此激励，在埃泽尔的推动之下，凡尔纳于1876年、1883年、

---

① 转引自 Jean Chesneau, *Jules Verne: une lecture politique*, p.14。

1884年、1892年数次申请进入法兰西学院,却最终发现有投票权的其他院士几乎从未认真考虑过他的竞选要求。这显然是凡尔纳创作未被所谓"严肃文化界"承认的重要标志,以至于他本人在1893年的一次采访中也坦言:"我一生中最大的遗憾,就是从未在法国文学中占据一席之地。"①

针对其作品文学价值的尖锐批评也不一而足。在他的声名尚如日中天的1875年,文学评论家夏尔·瓦吕(Charles Wallut)就以夏尔·莱蒙(Charles Raymond)为笔名在文学杂志《家庭博物馆》(Le musée des familles)中发表数篇评论文章,抨击凡尔纳的作品不符合小说创作规范。典型评断如下:"严格意义上讲,凡尔纳甚至不是一位小说家";"爱情是一切小说的基础,却在他的大多数作品里因缺席而闪光";"女性几乎一直被迫退居次席,若您在《气球上的五星期》《北极的英国人》②中寻找[女性形象],只能是徒劳无功"③。这些批评在今天看来颇为可笑,却从侧面说明了凡尔纳并不擅长刻画人物及其情感。他的人物素以平面著称,性格流于表面,埃泽尔都曾写信责难他"不去利用[人物]这么鲜明的性格,不给他加些会话、对话,这简直就是犯罪……"④下文要分析的《海底两万里》中的主要人物阿罗纳克斯教授、他的仆人孔塞伊和捕鲸手内德·兰德都是典型例子。

批评家还经常指摘凡尔纳的文风。阿波利奈尔(Guillaume Apollinaire)曾感叹:"凡尔纳究竟是什么风格!全都是些名词!"可能因其作品最早在杂志上连载,凡尔纳为了扩充篇幅,经常堆砌词句。当然埃泽尔的指导或许也起了一定的作用,他一再向凡尔纳强调《教育与娱乐杂志》的刊载物要有教育意图,所以后者也会着意向文本中注入知识。凡尔纳的作品中因此充斥着"令人厌烦的离题之语"⑤,如《地心游记》甫一

---

① 转引自 Sylvie Roques, *Jules Verne et l'invention d'un théâtre-monde*, p. 16。
② 即《哈特拉斯船长历险记》——笔者自注
③ 转引自 Sylvie Roques, *Jules Verne et l'invention d'un théâtre-monde*, p. 17。
④ 转引自 François Caradec, *Histoire de la littérature enfantine en France*, p. 166。
⑤ François Caradec, *Histoire de la littérature enfantine en France*, p. 163.

开场,阿克塞尔(Axel)为了介绍他的叔叔、矿物学家里登布洛克教授(le professeur Lidenbrock),就先介绍了他学科内的一些专有名词:

> 在矿物学中,许多名称都采用半希腊文半拉丁文的方式,十分难发音,甚至诗人见了都挠头。
>
> 我这并不是在对这门科学大放厥词,我根本就没这个意思。可是,当你碰到一些专有名词,比如,"零面结晶体""树脂沥青膜""盖莱尼岩""方加西岩""铝酸铅""鸽酸锰""钛酸氧化铣"等时,口齿再伶俐的人读起来也会磕磕巴巴的。①

随后又为了突出叔叔的学术地位,写道:

> 在各高等院校及国家学术学会中,里登布洛克的名字是响当当的。亨夫里·戴维先生、亚历山大·德·洪伯尔特先生、约翰·富兰科林、爱德华·萨宾爵士等,每次路过汉堡,都要拜访他。此外,安托万·贝克莱尔先生、雅克-约瑟夫·埃贝尔曼先生、戴维·布雷维斯特爵士、让-巴蒂斯特·迪马先生、亨利·米尔纳-爱德华先生、亨利-艾蒂安·桑特-克莱尔-德维尔先生等也都喜欢向我叔叔求教化学领域里的一些棘手的问题。②

上述"冗余"的风格即便用科普意图解释,恐怕也会让成人读者厌烦,所以现在很多凡尔纳小说的新版本都删减了类似段落。且此类科普意图又提出了关乎凡尔纳文学地位的另一个问题,即他是不是一位面向儿童的作者。客观而言,凡尔纳的作品大多发表在《教育与娱乐杂志》上。这本杂志最初的受众群体是订阅自由派日报《时代报》(*Le temps*)的读者,售价不菲,可见主要面向富裕阶层的儿童。埃泽尔完全将凡尔纳作为儿童文学作家来打造,当时的社会舆论亦认为"科普读物"就应该是写给孩子的,左拉也曾在《费加罗报》(*Le Figaro*)上撰文称:"现下,公众喜好这

---

① 儒勒·凡尔纳:《地心游记》,陈筱卿译,成都:四川文艺出版社,2020年,第3页。
② 同上书,第4页。

些有趣的科普读物。我不想对该文体过多置喙,因为这可能会影响孩子们对此的看法。"① 凡尔纳本人虽可能不太情愿,却表现出了一位职业作家特有的"识时务"。他在给埃泽尔的信中说:"您的儿子儒勒·埃泽尔先生的批评对我来说非常有力,因为与其说是我在为他令人尊敬的父亲写作,不如说是我在为他创作。"② 直到他去世,法国各大报纸在讣告中给他的头衔都是"儿童小说家儒勒·凡尔纳先生"③。从某种程度上说,将凡尔纳定义为儿童文学作者是恰当的,因为他的作品至少部分"为儿童所写"且"定位于儿童"。

凡尔纳的大多数小说也的确适合小读者。除去超凡的科学想象和引人入胜的故事,伊莎贝尔·让、卡拉代克、索里亚诺还指出了三个凡尔纳文风的独特优势:一是丰沛的细节。让以《从地球到月球》为例,指出:"故事在一片数字丛林中发展,有统计数据、测量、计算。这一无休止的列举、从不中止的计算可能会让一般的读者不胜其烦,却能满足孩子对精准和竞争的渴望。"④ 二是凡尔纳的作品中从来没有生硬的说教。与同时期的另一位代表性作家塞居尔夫人相比,凡尔纳向来满足于讲述故事,从不灌输道理。⑤ 三是很多小说中,儿童均为主要人物⑥,便于小读者自我带入。不仅有《两年假期》之类以少年为主要人物的作品,"成人—孩子"的组合更在《地心游记》《格兰特船长的儿女们》(*Les enfants du Capitaine Grant*)等长篇小说中担任主要角色,继承了自费讷隆以来,成人就在类似"成长小说"中充当儿童人物精神导师的儿童文学传统。

当然,将凡尔纳视为完全意义上的儿童作家也是不恰当的。索里亚诺曾提醒我们注意一个细节:第三共和国时期是一个开始提倡全民教育、

---

① 转引自 Sylvie Roques, *Jules Verne et l'invention d'un théâtre-monde*, p. 17。
② 转引自 François Caradec, *Histoire de la littérature enfantine en France*, p. 166。
③ 转引自 Sylvie Roques, *Jules Verne et l'invention d'un théâtre-monde*, p. 17。
④ 转引自 François Caradec, *Histoire de la littérature enfantine en France*, pp. 163—164。
⑤ François Caradec, *Histoire de la littérature enfantine en France*, p. 168。
⑥ Marc Soriano, *Guide de littérature pour la jeunesse*, p. 523。

逐步消除文盲率的时代,那个时候的儿童读物与成人读本间的界限本就模糊不清。① 且凡尔纳的小说中还有另一个儿童难以读懂的层次,承载着作家的人道主义精神与社会理想,这也是我们接下来想要说明的。似乎还是将凡尔纳当作"跨界"(cross-over)作者更为妥当,因为他为不同年龄层的读者支撑起了多元化的解读空间。

二、政治"理想家"凡尔纳:1848年的革命一代还是保守主义者?

上一节中,对作家生平的回望揭示了凡尔纳其人其作中的内生矛盾。雨果一代的革命浪漫主义、1848年革命中盛行的无政府主义和与之相关的政治倾向似乎在他的现实人生中并未留下太多痕迹,很少给他作为中产阶级的平稳人生造成影响。关于谢斯诺指出的凡尔纳身上这一"资产阶级的外立面",此处还可以补充一些关键性的要点。经济层面上,凡尔纳于创作热情之余很清醒地将他和埃泽尔的合作视为一种谋生的手段,他曾对巴黎证券交易所的老同事们说:"如果它[他的小说写作]能成功,这就是一条黄金矿脉。"② 可见他的文学创作也完全是一种市场经济背景下的"文学生产"③。身处这种生产体系中,"有产者"凡尔纳积极捍卫私有财产,主张将作品版权作为遗产移交后代:"和拉马丁一样,很多有识之士都认为作品版权赋予作者的权利应当与一栋房子赋予所有者的权利一样。[……]现在这个[版权保护]期限是三十年,但所有的一切都让我们期待它会再度被延长。"④

作为"秩序"至上的市政议员,凡尔纳在政治层面上也抗拒一切破坏当前政治秩序的不安定因素。1887年的总统选举前期,与青年时代更支持"镇定和稳健"的梯也尔一样,他声称:"我是保守派,我会把票投给费

---

① Marc Soriano, *Guide de littérature pour la jeunesse*, p. 522.
② Marguerite Allotte de La Fuÿe, *Jules Verne : sa vie, son œuvre*, p. 82.
③ Jean Chesneau, *Jules Verne : une lecture politique*, p. 12.
④ Ibid., p. 16.

里。"①而儒勒·费里正是温和共和派的领袖。德雷福斯事件(l'affaire Dreyfus)中,凡尔纳选择的阵营则与左拉等积极控诉法国军方不公的左派知识分子相反,表现出保守主义与反犹主义倾向,他在 1899 年 2 月 11 日写给埃泽尔的信中就明言:"我在灵魂里就是反德雷福斯的。"②

这一或许延续自血脉的保守派中产阶级传统在凡尔纳的生活里也时有体现。谢斯诺用他在《一个怪人的遗嘱》(Le testament d'un excentrique)中的一句话,概括了他眼中的主仆关系:仆人应该是"一条忠诚的狗,当他们的主人因某人而愤怒时,要带着怒火撕咬上前"③。

以上凡尔纳私人生活中的只言片语,几乎与我们认知中的那个向往自由的作家全然相反,但它们也只不过是凡尔纳政治思想中的一个侧面。因为凡尔纳的作品中几乎没有情感元素,且很多长篇小说中都描绘了主人公在其他国度中的奇幻游历或于人群之外建立的小型社会,所以凡尔纳对这些"国度"或"社会"的评论或构想成为研究他个人政治思想的绝佳素材,对其政治思想的主题性研究也因此一直是法国凡尔纳研究的热点与重点。我们在此也试图对凡尔纳作品中体现的政治倾向进行梳理,希望更完整地再现其相关思想的全貌。

值得注意的是,温和保守的外表不应让我们忘却凡尔纳作品中的进步甚至激进倾向。谢斯诺《儒勒·凡尔纳:一种政治解读》(Jules Verne: une lecture politique)一书就历数了 1848 年法国"二月革命"给作者政治观带来的深远影响。雨果等人深植在凡尔纳灵魂中的首先是一种革命浪漫主义(un romantisme révolutionnaire)④。《海底两万里》中,他就借着尼摩船长的内室筑起了一座政治上的"先贤祠"⑤:

这时,墙上挂着的几幅蚀刻版画,映入了我眼帘。我第一次参观

---

① Jean Chesneau, *Jules Verne: une lecture politique*, p. 13.
② Ibid.
③ Ibid.
④ Ibid., p. 46.
⑤ Ibid.

的时候没注意过这些画,那些是把一生都献给了人类伟大理想的历史伟人的肖像:在"波兰完了!"的呐喊声中倒下去的科斯丘什科①、"现代希腊的莱奥尼达斯②"博扎里斯③、爱尔兰的保卫者奥·康乃尔④、美利坚合众国的缔造者华盛顿、意大利爱国人士马宁⑤、倒在奴隶主枪弹下的林肯和吊在绞刑架上的那个为黑人解放而牺牲的约翰·布朗⑥——那样子和维克多·雨果描写布朗被处死的可怕场面一样。⑦

被列举出的"历史伟人"的共通之处是为"人类伟大理想"而奋斗,也就是为民族独立、族群解放、人人平等而奋斗乃至牺牲。这关系到1848年法国革命中资产阶级自由派的两项重要主张:对外,他们要求支持欧洲其他国家的民族独立运动,撼动拿破仑战争后维也纳会议确立的欧洲地缘政治;对内,他们希望结束君主立宪制,放松国家对政治生活的管制。二者在凡尔纳的小说中皆有体现。欧洲其他国家的民族解放运动为他的数篇小说提供了时代背景,如《卡尔巴阡城堡》(Le château des Carpathes)发生在被奥匈帝国吞并的罗马尼亚特兰西瓦尼亚地区,主要人物鲁道夫·德·戈尔兹(Rodophe de Gortz)男爵是在反抗匈牙利人的战争中被迫伪装失踪的,而《威廉·斯托里茨的秘密》(Le secret de Wilhelm Storitz)中则有匈牙利人对彼时热衷扩张的普鲁士人的敌意。⑧凡尔纳作为布列塔尼人,对与其同属凯尔特人种的爱尔兰人和苏格兰人更是不遗余力地支持,体现出"某种凯尔特人的团结"⑨。而在《格兰特船

---

① 科斯丘什科(1746—1817),波兰民族解放运动领导人。——译者原注
② 莱奥尼达斯,古斯巴达国王。——译者原注
③ 博扎里斯(1788—1823),希腊爱国者。——译者原注
④ 奥·康乃尔(1775—1847),爱尔兰民族主义运动领袖。——译者原注
⑤ 马宁(1804—1857),意大利民族主义运动领袖。——译者原注
⑥ 约翰·布朗(1800—1859),美国奴隶解放运动领袖。——译者原注
⑦ 儒勒·凡尔纳:《海底两万里》,赵克非译,北京:人民文学出版社,2004年,第284—285页。
⑧ Jean Chesneau, *Jules Verne: une lecture politique*, p.44.
⑨ Ibid., p.130.

长的儿女》里,格兰特船长的梦想就是建立一个不受英格兰人控制、专属苏格兰人的殖民地。①

对内,凡尔纳深受1848年革命中自由派的个人无政府主义(L'anarchisme individuel 或称 l'individualisme libertaire)影响。一般情况下,"代表国家权力[……]的人员都是他谨慎却不乏精准的批评的对象",尤其是法官和警察。② 他笔下的法官往往目空一切,判案工作仅流于形式,像《亚马孙漂流记》(La Jangada)里的雅里茨法官(le juge Jarrigez)就不问是非曲直径自将主人公乔阿姆(Joam)收监;警察则缺乏原则和同理心,如《无名之家》(Famille-sans-nom)里瑞普轻易就可收买警察局长。③ 凡尔纳对当局权威的质疑甚至将他导向隐晦的无政府主义。尼摩船长因其下面这段著名的发言,而成为凡尔纳作品中无政府主义者的代表:

> 海洋不属于暴君。在海面上,暴君们还能行使极不公平的权利,他们可以在那里战斗,在那里厮杀,把陆地上的种种恐怖都带到海面上来。但是,在海面以下三十英尺的地方,他们的权力就不起作用了,他们的影响就消失了,他们的势力消失得踪影全无! 啊! 先生,在大海里生活吧! 留在海上! 人只有在这里才是独立的! 在这里,我不承认有什么主人! 在这里,我是自由的!④

还有,《约纳丹号历险记》(Les naufragés du Jonathan)的主人公勒柯吉(Le Kaw-djer)选择远离欧洲大陆,到南美大陆的尽头定居,以"没有上帝,也没有主人"(Sans Dieu ni maître)为信条,俨然是典型的无政府主义者。这种对压制的反抗和对自由的追求又导向了1848年革命留给凡尔纳的另一笔精神遗产,那就是反殖民主义(l'anticolonialisme)。后者

---

① Jules Verne, *Les enfants du capitaine Grant*, Paris: Hetzel, 1868, p.24.
② Jean Chesneau, *Jules Verne: une lecture politique*, p.79.
③ Ibid.
④ 儒勒·凡尔纳:《海底两万里》,第76页。

常以"反蓄奴主义"(l'antiesclavagisme)的面目出现,而"我们知道,经舍尔歇(Schœlcher)①提议,废除奴隶制正是巴黎[1848年革命后成立的]临时政府最早取得的成果之一"②。《烽火岛》(L'archipel en feu)以希腊民族解放斗争为背景,女主人公哈德济娜(Hadjine)将父亲的遗产全部捐出,用来拯救在战争中被敌人俘获、沦为奴隶的希腊人。《十五岁的小船长》中则直接借独立于篇外的叙述者之口谴责了这一血腥的贸易:

> 黑奴贩卖!这个词本不该在人类语言中存在,但所有人都知道它意味着什么。长期以来,那些拥有大量海外殖民地的欧洲国家从这项肮脏的买卖中获得了巨额利润。虽然多年前就已被明文禁止,但它依旧大量存在,尤其在中非一带盛行[……]
>
> [……]读者也应该知道,这种为了维持殖民地而使非洲大陆人口日益稀少的"狩猎"活动意味着什么;这种野蛮的抢夺活动是在哪里、怎样得以进行的;这种引发了无尽火灾、抢劫的"捕猎活动"是以多少献血为代价的;而这些,又是为了满足哪些人的利益需要!③

可见,这位关心人类"伟大事业"的作者在面对被压迫的民族时,也迸发出了人道主义情怀。1848年革命赋予他的不仅有革命浪漫主义、反殖民主义,还有国际视野下的人道主义。"1848年,那些人[建立法兰西第二共和国的革命者]于平等和自由之外,把博爱加入了新生的共和国的箴言里。他[凡尔纳]相信人类团结,也因此成为这些人的承继者。"④特别是在他的早期作品里,职业、国籍、种族、身份的不同都无法隔绝人心,凡尔纳的人物于不可避免的摩擦与竞争中达成了合作,彰显出了强烈的国际主义精神。《从地球到月球》中,巴尔的摩城大炮俱乐部主席巴比康、他

---

① 维克多·舍尔歇是法国著名的废奴主义者,致力于西印度群岛的废奴事业。——笔者自注
② Jean Chesneau, *Jules Verne: une lecture politique*, p.52.
③ 儒尔·凡尔纳:《十五岁的小船长》,李佶、叶利群译,曹德明校,南京:译林出版社,2006年,第171页。
④ Jean Chesneau, *Jules Verne: une lecture politique*, p.55.

的竞争对手暨费城铠甲制造商尼科尔船长(le capitaine Nicoll)和闻讯远道而来的法国探险家米歇尔·亚尔当(Michel Ardan)经历了重重矛盾,却最终得以互相尊重、精诚协作,实现了凡尔纳书中最大的一次科学壮举。①

然而,遗憾的是,有时凡尔纳在创作中又会让他"保守的资产阶级"的那一面占据上风,展现出不可遮掩的民族主义、沙文主义甚至是殖民主义倾向。凡尔纳早期确实欣赏过盎格鲁-撒克逊人的独立与开拓精神,但后期作品一直对英国人表现出浓重的厌恶(l'anglophobie)。索里亚诺分析过凡尔纳的这一情结,认为法国人对英国人的敌意起源自英法百年战争,之后英国又成为法国争夺欧洲霸权的主要对手,凡尔纳的时代这一"旧仇"又添上了争夺殖民势力范围的"新恨"。"英国[在他笔下]成为剥削劳动人民、富裕阶层压迫穷苦民众和殖民主义的象征。"②作者对法英两国的殖民行径明显有区别对待的意味。《机器岛》中将法国对塔希提岛的"庇护"一笔带过③,勾勒了一幅田园牧歌般的场景:"他们[标准岛居民]就能欣赏到太平洋上这颗美丽珍珠的全貌了,它正是被布干维尔④喻为新基西拉岛⑤的爱与欢乐的天国啊!"⑥英国人的殖民统治却招致事无巨细的揭露与毫不留情的谴责。尼摩船长在《神秘岛》中披露了身份,他实际是印度达卡王子,对英国殖民者没有感激,只有无边的愤恨:

> 但是,家庭生活的幸福、天伦之乐,并未让他忘记自己的祖国仍旧处于英国的奴役之下。他一直在等待着,等待着复仇的机会,等待着让祖国摆脱奴役的机会的到来。机会终于来临。

想必是英国人对印度的压迫剥削过于残酷,致使达卡王子终于

---

① Marc Soriano, *Guide de littérature pour la jeunesse*, pp. 518—519.
② Ibid., p. 519.
③ Jean Chesneau, *Jules Verne: une lecture politique*, p. 109.
④ 布干维尔(Bougainville),路易十五时期的航海家、殖民者。——笔者自注
⑤ 基西拉岛是爱琴海上的一座岛屿,有"爱与欢乐之岛"的美誉。——译者原注
⑥ 儒尔·凡尔纳:《机器岛》,刘常津、侯合余译,曹德明校,南京:译林出版社,2007年,第152页。

听到印度百姓的愤懑的声音。他将自己对外国侵略者的仇恨的种子播种在印度人民的心中,他走遍了印度半岛的仍保持着独立的地区,同时,他的足迹也踏遍了在英国铁蹄下讨生活的地区,向百姓宣传救国精神,号召大家从英国的奴役枷锁下挣脱出来。①

凡尔纳眼中的殖民统治也有高低之分:法国带来的是"爱与欢乐",英国则是"压迫剥削"。而"法兰西至上"的民族主义转移到当时深受压迫的弱小民族身上,就变为种族主义和大国沙文主义,之前那些充满人道主义光辉的句子也化成高高在上、虚情假意的怜悯。《空中村落》(*Le village aérien*)里,非洲黑人被形容为"可怜的黑奴""可怕的生物"②。而此一种族歧视并不专属于后期的凡尔纳,《气球上的五星期》也曾以自以为幽默的笔调调侃一群狒狒对"维多利亚号"的围攻:

> "真是一场突然袭击!"乔说。
> "我们还以为你遭到了土人的围攻了呢。"
> "幸好只是一群猴子!"博士答道。
> "亲爱的弗格森,从远处可看不大出来。"
> "近处看区别也不大。"乔附和道。③

当种族主义与凡尔纳一贯信奉的进步主义结合,它可能还会催生出一个更为惊人的版本:对殖民主义的颂扬。谢斯诺将之归结为圣西门思想对凡尔纳的影响。殖民主义被理解为一种促进全人类走向进步的手段:"在这种视角下,殖民者与土著民族间的关系是次要的;殖民统治在一个更高的层级上获得了正当性,即[……]'野蛮'和'文明'的冲突上。"④凡尔纳于《亚马孙漂流记》中发出了惊人之语:

> 这是进步的法则。印第安人会消失的。在英国人的面前,澳大

---

① 儒勒·凡尔纳:《神秘岛》,陈筱卿译,成都:四川文艺出版社,2018 年,第 398—399 页。
② Jean Chesneau, *Jules Verne : une lecture politique*, p.102.
③ 儒勒·凡尔纳:《气球上的五星期》,陈琳译,西安:太白文艺出版社,2005 年,第 82 页。
④ Jean Chesneau, *Jules Verne : une lecture politique*, p.112.

利亚土著人和塔斯马尼亚人都灭绝了。来自远西的征服者把北美印第安人也抹去了。①

今天看来,这类西方中心主义的话语不能不令人震惊。徘徊在革命浪漫主义、反殖民主义、国际主义与民族主义、种族主义、殖民主义之间的凡尔纳究竟希望将人类的前途归于何处呢?

三、社会"梦想家"凡尔纳:科幻乌托邦?

通读其作品,可发现凡尔纳的终极社会理想多由乌托邦的形式呈现。米内尔娃(Nadia Minerva)在《乌托邦边缘的儒勒·凡尔纳》(*Jules Verne aux confins de l'utopie*)一书中肯定了乌托邦主题在凡尔纳创作中的重要地位。虽然因其展现方式颇为隐晦且碎片化,少有学者对此进行系统研究②,但远离人群的"小社会"曾多次被凡尔纳构建于纸上:《神秘岛》、《理想之城》(*Une ville idéale*)、《蓓根的五亿法郎》、《两年假期》、《机器岛》、《永恒的亚当》(*L'éternel Adam*)、《巴尔萨克考察队的惊险遭遇》等作品中,都有从零开始建立集体秩序的小社会。

如索里亚诺所说,凡尔纳生活在一个社会生产方式历经极大改变的年代,阶级间的剥削与压迫被逐步揭示出来,他不可能对此一无所知。③ 在19世纪探索人类命运的众多理论中,这位保守温和的中产阶级作家选择了空想社会主义。凡尔纳笔下的乌托邦至少受过圣西门、傅立叶、欧文、艾蒂耶纳·卡贝(Étienne Cabet)、本杰明·沃德·理查德森(Benjamin Ward Richardson)学说的滋养。安德烈弗(Cyrille Andréev)认为,圣西门让凡尔纳坚信科学技术的力量,傅立叶向他揭示了科学的伟大,卡贝则为他具体说明了未来的社会应当如何。④ 米内尔娃又在这份

---

① 转引自 Jean Chesneau, *Jules Verne: une lecture politique*, p. 111.
② Nadia Minerva, *Jules Verne aux confins de l'Utopie*, Paris: L'Harmattan, 2001, p. 126.
③ Marc Soriano, *Guide de littérature pour la jeunesse*, p. 517.
④ 转引自 Nadia Minerva, *Jules Verne aux confins de l'Utopie*, p. 127。

名单上添加了欧文的名字①,并说明了作为医生的理查德森设想的乌托邦之城"海吉亚"(Hygeia)如何为凡尔纳的相关构想增添了公共卫生方面的细节。其中圣西门对凡尔纳的影响最为直观,不仅他的好友纳达是圣西门主义者,记者阿道夫·格鲁(Adolphe Guéroult)也与他交往甚笃,而这位在第二共和国时期颇有影响力的新闻界人士则是圣西门门人普罗斯拜尔·安凡田(Prosper Enfantin)的弟子。他的同乡昂日·戈班(Ange Guépin)医生也热衷研究空想社会主义,写有《19世纪的哲学:关于世界和人类的百科全书式研究》(*Philosophie du XIXe siècle, étude encyclopédique sur le monde et l'humanité*)一书,系统回顾了圣西门、傅立叶等人的思想。② 这些交游应当对凡尔纳的思想均有触动。

米内尔娃将凡尔纳小说中的乌托邦及反乌托邦分为两类:岛屿和城邦。岛屿如《神秘岛》中的林肯岛、《机器岛》里的标准岛、《两年假期》中十五名少年乘坐"斯拉乌吉号"(le Sloughi)漂流到的太平洋上的荒岛等,是乌托邦文学的传统元素,"岛屿求生"也是熟知《鲁滨逊漂流记》的凡尔纳最钟爱的题材之一。事实上,乌托邦文学的开山之作——莫尔的《乌托邦》就是讲述了一位名叫拉斐尔·希斯洛德的航海人来到南半球的一个岛屿上,见到了一个叫作"乌托邦"的国家,对这个国家的描述也全是以岛屿游记的形式呈现的。夏尔·格尔尼埃(Charles Garnier)也用"幻想旅行、想象、视野、神秘小说"(*Voyages imaginaires, songes, visions, romans cabalistiques*)来命名他那套编辑于1788—1789年之间、收录了多部乌托邦小说的丛书③,可见乌托邦文学常与旅行的主题相关,假托游记的形式讲述。而受游记文学影响,乌托邦小说也多遵从逼真性的审美

---

① 欧文对凡尔纳的影响少有人提及,米内尔娃提供了两条线索:一是凡尔纳作品中乌托邦社会的建立地点都是在美国,这应当是凡尔纳对欧文与卡贝的致敬;二是凡尔纳一部少为人知的作品《大臣号遇难者》(*Le Chancellor*)中,有一个性格恶劣但颇具反抗精神的水手,名叫欧文。参见 Nadia Minerva, *Jules Verne aux confins de l'Utopie*, pp. 45, 127。

② 关于凡尔纳与空想社会主义者的交往,参见 Jean Chesneau, *Jules Verne: une lecture politique*, pp. 70—76。

③ Nadia Minerva, *Jules Verne aux confins de l'Utopie*, p. 23.

原则,力图向读者证明书中的"乌有之地"是真实存在的。① 凡尔纳没有像莫尔一样绘出乌托邦的地图,但也选用了一系列的细节来增强可信度。林肯岛的大致经纬度被计算给出:

> "[……]一个钟头之后,我们就可以测算出林肯岛的位置了。我虽然没有太平洋的地图,但是我对太平洋南部的地理情况记得很清楚。根据昨天所测到的纬度,我们的西边是新西兰,东边是智利海岸,但这两个国家相距起码得有六千公里。因此,必须弄清林肯岛在这片茫茫大海之中,究竟是在哪一个点上[……]"
>
> [……]
>
> 工程师立即向大家宣布了这一测量结果。考虑到误差,可以肯定,该岛位于纬度三十五度到四十度之间,经度在格林尼治以西一百五十度到一百五十五度之间。一度为六十英里,五度误差为三百英里左右。②

事实上,在凡尔纳的作品中,仿似存在的岛屿并不是唯一的乌托邦承载物。相较于少数海难者筚路蓝缕耕耘的荒岛,若以城市为乌托邦的具象化形式,自然可以汇集更多的资源,建立更复杂的体制,实施更健全的社会纲领,类似《理想之城》中以戏谑笔调谈到的 2000 年的亚眠,以及《蓓根的五亿法郎》中与"钢城"(Stahlstadt)互为镜像的"法兰西城"(France-Ville)。后一部小说的初稿原由巴黎公社前成员安德烈·洛里(André Laurie)完成,埃泽尔为纾解他的经济困境买断了稿件,交给凡尔纳重写。故事梗概如下:印度贵妇人蓓根过世,留下五亿法郎的遗产,平分给法国医生萨拉赞(Sarrasin)与德国化学家舒尔茨(Schultze)这两位继承人。二人分别拿这笔钱在美国俄勒冈州各建起了一座城市;前者建立了名为"法兰西城"的理想之地,希望能用此来为人类服务;后者给自己的城市起名"钢城",实行集权统治,逼迫居民在工厂中制造武器,还意图用一尊巨炮

---

① Nadia Minerva, *Jules Verne aux confins de l'Utopie*, p. 24.
② 儒勒·凡尔纳:《神秘岛》,第 97—99 页。

炸毁法兰西城。法兰西城是凡尔纳乌托邦理想的集中体现,它的纲领是由书中一家名为《我们的世纪》(Uncere Centurie)的德国杂志转述的。现将其市政建设要点及人口素质要求摘录如下:

> 这座神奇的城市就像变魔法似地突然耸立在芳香的太平洋海岸上[……]
>
> 眼下这座还在不断扩大的城市所在的地方,五年前还只不过是一片荒野。它在地图上的准确位置是:北纬43度11分3秒,西经124度41分17秒。就像人们见到的那样,它位于北美俄勒冈州勃朗海峡以北20法里的地方,坐落在太平洋沿岸和落基山的第二支脉喀斯喀德山山麓[……]
>
> 到了1872年1月,这块土地就已经勘察、测量完毕,树立标志和勘探地质的工作也已经完成。一只由2.5万劳工组成的大军开始在500名工程师和工头的指挥下投入工作……
>
> 第一项大工程是修建一条铁路支线,将新城和太平洋铁路干线相连接,这样便可直达萨克拉门托城[……]
>
> 1.每座[居民居住的]房屋均需独立,不要相互连成一片,[……]
>
> 9.每座卧室均须附设一个卫生间[……]
>
> 那里的所有工业和商贸活动都是自由的。
>
> 若想取得法兰西城的居住权,必须提供真实可信的履历证件,证明其人能够在工业、科学或艺术领域内从事某项有益的专门职业或自由职业,并保证遵守该城市的法令。游手好闲的人是不允许在那里居住的。
>
> 那儿正建筑起很多公共设施,最重要的有大教堂,还有不少礼拜堂、博物馆、图书馆、学校和体育馆。这些设施都装饰得富丽堂皇,而且符合各种卫生条件,真正与大都市相称[……]
>
> 此外,个人卫生和公共卫生这个问题,也是法兰西城的创建者们所关心的首要问题。凡是有人类居住的地方,总会产生疫气等各种肮脏的东西,因此,不断地打扫、清洗直至彻底消灭这些肮脏东西,就

成为城市中央政府的一项主要工作[……]

　　尤其令人好奇的是,如果整个这一代人甚至几代人都坚持这种科学的保健制度,其影响是否会消灭疾病的遗传因素呢?这一点是值得研究的。

　　"抱有这种希望无疑并不过分,"这座令人惊异的城市创建人之一写道,"这样,最后的结果将会是多么伟大!因为那时人会活到90岁或者100岁,并且只会像大多数动物或植物那样老死,而不是病死!"

　　这样的梦想真是太诱人了!①

　　这段引言很长,却反映了各个空想社会主义者对凡尔纳的影响。凡尔纳显然读过卡贝这位被马克思誉为"最有声望然而也是最肤浅的共产主义的代表人物"②所著的《伊加利亚旅行记》(Voyage en Icarie),因为法兰西城俨然是伊加利亚的缩影。伊夫·舍弗莱尔(Yves Chevrel)曾枚举法兰西城与伊加利亚间的共同点③,米内尔娃对此做了总结:两座理想之地得以建成,都是因为创建者获得了一笔可观的财富;两座城市对居民的准入标准一致,设有公民委员会,重视教育、医疗,病死率、犯罪率极低。④圣西门、傅立叶、理查德森的影子也若隐若现。

　　乌托邦主义者将人类的终极幸福建立在生产力发展的基础之上,所以"所有的工业和商贸活动都是自由的"。而圣西门对大型工程的推崇是众所周知的,认为它们是科学和劳动的结晶。他的信徒安凡田等人一直积极推行铁路等基础设施的建设,修建了巴黎—里昂—地中海铁路,成为

---

① 儒勒·凡尔纳:《蓓根的五亿法郎》,佘协斌、胡章喜等译,北京:中国少年儿童出版社,1999年,第261—270页。
② 卡尔·马克思、弗里德里希·恩格斯:《马克思恩格斯全集》,第二卷,中共中央马克思恩格斯列宁斯大林著作编译局译,北京:人民出版社,1957年,第167页。
③ 参见 Yves Chevrel, «Questions de méthodes et d'idéologies chez Verne et Zola. Les Cinq cents millions de la Bégum et Travail», in François Raymond (dir.), L'Écriture vernienne, Paris: Lettres modernes Minard, 1978, pp. 69—96.
④ Nadia Minerva, Jules Verne aux confins de l'Utopie, pp. 132—133.

圣西门主义于现实中实现的重要成果之一。① 不仅法兰西城修建了直通太平洋铁路干线的铁路,《八十天环游地球》等作品中也常以抒情笔调提起英美等国在这一交通基础设施建设上的成就,如凡尔纳就热情地赞颂过美国的"大干线"连接两大洋,交通繁忙,是火车用七天时间才能跑完的"大动脉"。②

铁路等交通方式象征着人类社会间的连通,也意味着人类的活动范围进一步扩大,可以去以前难以企及的地方开发资源。法兰西城"魔法似地"出现在五年前还是荒野的地方,就是人类探索能力大大提升的明证,这又恰是傅立叶作品中常出现的主题。"凡尔纳应该读过1841年出版的《傅立叶全集》,并在《倒转乾坤》中发展了傅立叶的观点。这本书里讲了因为一次天象变故,人们去了本无法涉足的北极地区进行矿产开发。"③资源开发意味着在科技的帮助之下,人类的能力得以再次突破瓶颈,距离实现普遍幸福又进了一步。

法兰西城的另一特色是对公共卫生和个人健康的极度关注,"老死而不是病死"直到今天还是一个伟大的梦想。除去例行的打扫工作之外,萨拉赞医生设想的公共卫生工作还有以下要点:建筑房屋时在每堵墙中都留有空心管道,确保空气流通;食品卫生方面大力打击投机商,即便卖出一个臭鸡蛋也以投毒罪论处;医疗设施上发展家庭医疗制度,培训专门训练的护士;个人意识层面上加强公众教育,"每位市民来到这座城市时都会得到一本小册子,上面用浅显易懂的文字记录着符合科学的、有规律生活的重要原则"④。这些措施几乎全部照抄自理查德森1876年发表的演讲《海吉亚:一座健康之城》(*Hygeia: a City of Health*),凡尔纳在这一段落处也加有原注:"这些建筑方法以及福利方面的总体设想均出自知识

---

① Jean Chesneau, *Jules Verne: une lecture politique*, p. 68.
② 儒勒·凡尔纳:《八十天环游地球》,陈筱卿译,成都:四川文艺出版社,2020年,第214—215页。关于凡尔纳作品中的铁路描写,参见 Jean Chesneau, *Jules Verne: une lecture politique*, p. 68。
③ Nadia Minerva, *Jules Verne aux confins de l'Utopie*, p. 130.
④ 儒勒·凡尔纳:《蓓根的五亿法郎》,第264—268页。

渊深的伦敦皇家协会会员本杰明·沃·李却生[即本杰明·沃德·理查德森]博士。"①

诚然,凡尔纳于笔端建立乌托邦时是谨慎的,他对法兰西城的政治体制语焉不详,只以"召开公民大会"一笔带过。但即便如此,我们还是可以自他的蓝图展望一个没有犯罪和疾病,人人都得以享有好的居住条件、教育资源和经济成果的美好社会。那么,凡尔纳又如何想象这一社会中的人际组织呢?谁可以获准进入?谁可以担任领袖?人与人之间又是怎样的一种关系呢?

获取法兰西城的居住权的前提是"职业"或劳动,"游手好闲的人是不允许在那里居住的"。空想社会主义者强调劳动参与社会分配的平等权,傅立叶甚至主张"劳动分配至少应占利润的十二分之五,甚至还可考虑把它的份额提高一些"②。反之,他们反对不劳而获的寄生行为,乌托邦事业也是一场"针对游手好闲者的战争"(la guerre aux oisifs)③。谢斯诺认为《神秘岛》就是一则圣西门式的隐喻,书中五个流落林肯岛的海难受害者,凭借着自己的知识、勤劳、坚守和勇气,成功于短时间内复现了现代社会科技发展的大量成果。而尼摩船长也是在这些新移民展现出了劳动的热情之后,才主动给他们提供生产工具。④ 尼摩船长临终之前对众人的领袖工程师史密斯说:"你们爱这座岛,它因你们的双手而改变,现在它是你们的了。"⑤可见亲手劳动是获得理想生活的必要条件。反例则是作为"反乌托邦"的标准岛。这里的居民都是靠剥削他人而致富的美国大富豪,沉溺于安逸享乐,标准岛也最终因他们的内部矛盾而分崩离析,没入大洋。

除了从事劳动的成员以外,乌托邦社会尚需一位领袖。圣西门等人

---

① 儒勒·凡尔纳:《蓓根的五亿法郎》,第 264 页。
② 卢坤:《圣西门、傅里叶与欧文思想的政治伦理旨趣》,《社会主义研究》2010 年第 2 期,第 22 页。
③ Jean Chesneau, *Jules Verne: une lecture politique*, p. 61.
④ Ibid., p. 62.
⑤ Jules Verne, *L'île mystérieuse*, Paris: Jules Hetzel et Cie, 1875, p. 580.

认为只有劳动人民才能拥有政治权利,但仍需具备管理能力的社会精英充当领袖。① 凡尔纳作品中小社会的领袖角色通常由掌握丰富知识、德行出众的知识分子来担任。法兰西城的精神领袖无疑是建立者萨拉赞医生,他不仅愿意拿出遗产来实现多数人的福祉,还拒绝了冠名这座新城的荣耀。② 林肯岛上的核心人物是铁路工程师史密斯,他会生火、手作陶器,还在有限的物质条件下制成了炸药,且绝大多数关键性的决策都是由他做出的。莫雷(Marcel Moré)将这一父亲般的领袖人物的存在归结于凡尔纳的个人成长经历:自童年起父亲的权威让作者备受压抑却又不免依赖,所以在书中他也于潜意识中希望有一个权威角色可以负起所有责任。③

至于领袖与成员间的关系,应当类似一个团结友爱的父系家庭。乌托邦主义者崇尚集体生活,"社员以集体协作的方式共同生产、共同经营、集体消费、集体教育"④。而凡尔纳自少年时就对家庭式的集体生活充满向往,认为它是鲁滨逊主题的最优形式。他虽然承继了笛福的叙事传统,却更偏爱维斯的《瑞士鲁滨逊》。他在《童年及少年回忆》(*Souvenirs d'enfance et de jeunesse*)中解释如下:

> 在我童年时代读过的所有书里,我最喜欢的不是《鲁滨逊漂流记》,而是《瑞士鲁滨逊》。我很清楚丹尼尔·笛福的书更有哲学意味。那是一个自我奋斗的人、孤独的人、在沙子上赤脚踩下脚印的人!但维斯的书有更多的事实和曲折,对幼小的头脑来说更有趣。有爸爸、妈妈、孩子还有他们每个人不同的技能!我在他们的岛上度过了多少年的时光啊!我是怀着怎样的热情参与到他们的发现里!我有多么羡慕他们的好运!⑤

---

① 卢坤:《圣西门、傅里叶与欧文思想的政治伦理旨趣》,第23页。
② 儒勒·凡尔纳:《蓓根的五亿法郎》,第188页。
③ 转引自 Marc Soriano, *Guide de littérature pour la jeunesse*, p. 521。
④ 卢坤:《圣西门、傅里叶与欧文思想的政治伦理旨趣》,第23页。
⑤ 转引自 Nadia Minerva, *Jules Verne aux confins de l'Utopie*, p. 37。

所以凡尔纳的乌托邦从来不是个人构建的,而是一个小集体紧密合作的结果。在他从未出版的小说《鲁滨逊叔叔》(*L'oncle Robinson*)里,他甚至设想了一群被抛在荒岛上的人,引导他们的领袖是一位水手,外号就叫"鲁滨逊叔叔"。或许他认为这种团结一致的小团体,能够最大限度兼顾每个成员的幸福,是乌托邦社会的最优解。

然而,即便乌托邦是凡尔纳对人类社会的终极构想,也不意味着作者的态度是全然乐观积极的。值得强调的是,这种悲观情绪并非后期的凡尔纳所独有。在他未出茅庐就写就、生前却始终不得发表的《20世纪的巴黎》中,他就预见到了技术对人类的异化:职员们不仅被迫终日在类似电脑和打印机的机器前工作,诗歌也成为科学时代可有可无的点缀,音乐也变成机械的噪声。

凡尔纳这种关于乌托邦的悲观情绪首先折射在建成乌托邦的偶然性中。科技不一定会代表幸福,生产力的提升也并不意味着乌托邦一定能建成,因为掌握技术的人类可能会让它偏离初衷,甚至用来制造更大的灾难。钢城的创建者、化学家舒尔茨不仅折射了普法战争之后凡尔纳的反德心理,更代表着财富和科学可能走上的另一条路,即制造大规模杀伤性武器,攫取非法利益乃至毁灭整个世界。更耐人寻味的是,《蓓根的五亿法郎》里对钢城的描写是通过主要人物之眼直观描述,法兰西城的面貌却都是借助媒体和他人的转述来实现的,且舒尔茨差一点就炸毁了"理想之地"法兰西城。这是否意味着钢城才是触手可及的现实,而法兰西城仅仅是脆弱的镜花水月?钢城是必然,法兰西城却是偶然?这种偶然性中甚至还裹挟着别的阴影,如《20世纪的巴黎》中与科技进步接踵而来的精神空虚和文艺凋亡。

而且,乌托邦即便建成,人力也终究有限,无法抵御人祸或天灾。舒尔茨、《迎着国旗》中的罗什甚至尼摩船长都热衷于制造大规模杀伤性武器,人类文明随时可能毁于一旦。付出五人团体无数心血的林肯岛则因火山爆发这一毁灭性极强的天灾而沉没:"海水流入熊熊燃烧的深渊,化成蒸汽,发生爆炸,山石崩裂,四下散落。几分钟工夫,林肯岛已不复存在,成了一片汪洋。"①史密斯等人幸运地被驾船经过的格兰特船长的儿女救起,计划返回美国后重新建设一个类似林肯岛的美好所在。事实上,凡尔纳最先设定的结局是人们随着岛屿一起葬身海底,是埃泽尔为销量考虑,才要求他改成一个相对幸福的结局。② 在这个意义上,凡尔纳给科幻小说留下了一个经久不衰的主题:灾难或科学怪人导致的人类灭绝。

可见,乌托邦的兴盛和幻灭构成了凡尔纳社会理想的两面,正如反殖民主义和种族主义、革命者凡尔纳和有产者凡尔纳一样不可调和。哪一个才是真正的凡尔纳,我们永远无法得知,毕竟凡尔纳自己就曾经说过:"读者可以按照自己的心情,读出他想要的东西。"③接下来要读的《海底两万里》就可以为我们提供生动的事例。且过度苛求凡尔纳思想的一致性似乎也无绝对必要:"凡尔纳首先是诗人、艺术家,不应当期待从他那里得到论据充足的理论展示或讨论。"④但对凡尔纳政治思想的了解仍可以给我们提供一把钥匙,帮助我们理解其"科幻宇宙"的深层逻辑。

四、《海底两万里》:职业作家凡尔纳的典型创作

《海底两万里》是凡尔纳"海洋三部曲"(另外两部是《格兰特船长的儿女》《神秘岛》)中的第二部,也是一部从生成到书写都带有浓厚的凡尔纳特色的作品。书籍创作的直接动机是乔治·桑的建议,这一点就有鲜明的"现代文学生产活动"的色彩。读过《气球上的五星期》之后,乔治·桑1865年7月25日给凡尔纳写了一封信,里面强烈要求他继续创作:

> 先生,我感谢您可爱的字句,您的两本书引人入胜,让我从深沉的悲痛中解脱出来,也帮助我抵御了生活中的焦虑。让我难过的事情只有一件,那就是我已经把它们都看完了,也没有类似它的十几本书可以供我阅读。我希望您能很快将我们带到深海之中,让您

---

① 儒勒·凡尔纳:《神秘岛》,第423页。
② Nadia Minerva, *Jules Verne aux confins de l'Utopie*, p. 44.
③ 转引自 Jean Chesneau, *Jules Verne : une lecture politique*, p. 190.
④ Marc Soriano, *Guide de littérature pour la jeunesse*, p. 518.

第六章 科幻小说论:儒勒·凡尔纳与《海底两万里》

的人物在潜水器具里旅行,您的科学知识和想象一定能够完善这一题材。①

凡尔纳 1865 年乘船横渡大西洋时就已经有了创作《海底两万里》的灵感,乔治·桑的称赞与鼓励也促使他尽快投入小说的写作中来。与凡尔纳的所有著作一样,《海底两万里》的创作也是从搜集材料开始的。科斯特洛认为凡尔纳关于潜艇的知识有以下几个来源:美国南北战争中就使用过一艘由原籍南特的工程师维尔罗伊制造的核潜艇,这位工程师可能是凡尔纳青年时代的老师;凡尔纳 1865 年结识了发明家雅克·弗朗索瓦·孔塞伊,后者一直在研制一艘蒸汽驱动的核潜艇,凡尔纳也用了他的名字给阿罗纳克斯教授的仆人命名;法国海军 1863 年研制出了一艘名为"潜水鸟号"的潜艇,1867 年还曾在巴黎博览会上展示过,凡尔纳曾亲眼看见。② 这些真实存在的潜水器都构成了凡尔纳科学想象的基础。但他在设定人物形象时却与埃泽尔产生了分歧。科斯特洛说明了尼摩船长所经历的形象转变:

> 凡尔纳最初设想尼摩船长为一个波兰爱国者,因为全家人在一八六二年的叛乱期间被俄国人所杀害,而对俄国恨之入骨。但后来由于俄法之间微妙的政治局势和外交关系,凡尔纳被说服降低了调子,使尼摩船长对暴政的憎恶不那么强烈。但这样处理反而比他原来的想法效果更好,因为这就能使尼摩船长像一只孤独的狼似的潜游海底,为无名的仇恨寻找可怕的报复机会。③

另有一说是埃泽尔因担心该书在俄国市场上的销量而迫使凡尔纳改写人物出身。④ 尼摩船长因此在《海底两万里》中隐去出身,直至《神秘

---

① 转引自 Patrice Locmant, «Jules Verne et la Pologne», in *Revue des études slaves*, N° 3, 2019. Adresse URL: https://journals.openedition.org/res/3122#ftn20,2022-08-03.
② 彼得·科斯特洛:《凡尔纳传》,第 118—119 页。
③ 同上书,第 126 页。
④ Jules Verne, *Vingt mille lieues sous les mers*, préface par Christian Chelebourg, Paris: Le Livre de poche, 1990, p. VII.

岛》里才承认是印度达卡王子。作为一部"儿童小说",本书的情节并不复杂,具备一部通俗探险作品的特色:人们在海上发现了一只巨大的"怪物",博物学家阿罗纳克斯(Aronnax)应美国海军部之邀出海一探究竟,乘坐的舰艇却反被"怪物"重创,他和仆人孔塞伊(Conseil)、捕鲸手内德·兰德(Ned Land)坠海。"怪物"其实是潜水艇"鹦鹉螺号"(le Nautilus),三人被潜水艇的主人尼摩船长(le capitaine Nemo)俘虏,同他一起周游海底,见证了种种奇观,血战多类海洋生物,甚至和英国人展开了一场海战,最后在"鹦鹉螺号"将被漩涡吞没之际于千钧一发中逃生。为保持读者的注意力,悬念在故事讲述中起到重大作用,有时情节甚至因此失之乏味:第七章中阿罗纳克斯落入海中,为加强悬念,凡尔纳三次设置了他将溺水却分别为孔塞伊、内德和"鹦鹉螺号"所救的情节。另外,因为小说在印发单行本之前,先于1869年3月20日至1870年6月20日在《教育与娱乐杂志》上连载,每半月刊登一章,所以每章的末尾都于悬念处戛然而止,像第六章就停在阿罗纳克斯被撞击抛进大海里,生死未卜,第七章则完结于有蒙面人将三人带进潜艇,身份不明。这些写作"小技巧"都体现了凡尔纳作为埃泽尔旗下的签约作者的职业觉悟。

  背景世界方面,凡尔纳为本书营造了奇幻多姿的海底世界。旅行者们在大洋深处看到了海底的森林、煤矿,曾与巨鲨、大章鱼和濒临灭绝的大儒艮搏斗,还有红海珊瑚、南极洲冰盖,甚至想象中的亚特兰蒂斯。但凡尔纳融教育与冗余于一炉的风格在小说中也极为鲜明。为突出尼摩船长科学与人文并重的智者形象,"鹦鹉螺号"被打造成未来科技和人类文化遗产并重的内部空间。凡尔纳于环境介绍中大量使用了我们曾于别处见到的名词列举法。如尼摩船长的房间:

  "这些都是'鹦鹉螺号'航行时所必需的仪器。这里的仪器和客厅里的一样,我必须时刻都能看到,以便了解我在大洋里的确切位置和方向。有的您认识,像指示'鹦鹉螺号'内部温度的温度计,衡量空气重量和预报天气变化的气压计,指示大气干湿度的湿度计,风暴预测计——那个玻璃瓶子里面的混合物一分解,就预示着暴风雨的来临——确定航向的罗盘,通过测量太阳高度使我知道纬度的六分仪,测量经度的经线仪,还有白天和黑夜用的望远镜,'鹦鹉螺号'浮到水面上以后,我要用这些望远镜搜索洋面。"①

还有潜水艇上的图书室:

> 在这些书中,我发现了古代和现代一些大师的杰作,就是说,人类在历史、诗歌、小说和科学方面创作出来的最优美的作品,从荷马到维克多·雨果,从色诺芬尼到米什莱,从拉伯雷到乔治·桑夫人,应有尽有。不过,这间图书室里最多的还是科学著作,有机械学的,弹道学的,水道测量学的,气象学的,地理学的,地质学的,等等;这类著作所占据的位置,不亚于博物学著作。我明白了,艇长做学问靠的主要是这些书。我在书架上看到洪堡全集,阿拉戈全集,傅科、亨利·圣克莱尔·德维尔、沙勒、米尔恩-爱德华兹、卡特勒法热、廷德尔、法拉第、贝特洛、本堂神父赛奇、贝特曼、船长莫里、阿加西等人的著作,还有科学院的论文集,几家地理学会的刊物,等等,都摆得整整齐齐。②

称乔治·桑为"夫人"的"特殊对待"显然是为了向这位促使他投身此次写作计划的作家的致敬。如此看来,阿波利奈尔的戏谑之语也的确精准概括了凡尔纳文风的一个侧面,他的句子的确"全都是些名词"。而小说刻板平面的人物塑造也巩固了凡尔纳是一个"通俗小说家"或"儿童小说家"的既成印象。索里亚诺曾指出,凡尔纳小说是成见的巩固者而非打破者,他笔下的英国人总是冷静自持,德国人死板凝重,法国人轻浮却有创造性,美国人则满是开拓进取精神。③《海底两万里》中的人物塑造虽不强调国籍,却与人物身份紧紧贴合,其实也是另一种根深蒂固的职业或身份成见的具象化:阿罗纳克斯教授是一位以学识自负的知识分子,会抓

---

① 儒勒·凡尔纳:《海底两万里》,第 86—87 页。
② 同上书,第 78—79 页。
③ Marc Soriano, *Guide de littérature pour la jeunesse*, p.519.

住一切展示其知识储备的机会。被潜水艇上的水手俘虏之后,他为了说明身份,先后使用了法语、拉丁语跟对方交涉,又让孔塞伊、内德使用德文、英文讲述遭遇,却发现他们既不懂法国作家"阿拉戈的语言,也不懂法拉第的语言"①。夸张的是,他落入海中之后,于危在旦夕之际仍不忘引经据典,想的是"我是个游泳好手,虽不敢和拜伦或爱伦·坡那样的高手相比,但这样把我扔到海里,也还不至于就使我乱了方寸"②。他的仆人孔塞伊的性格特点则是冷静、谦卑、忠诚,任何时候都以主人的利益为先,他的语言用词简单却质朴有力,如落海时多次声称:"抛弃先生不管!绝不!""我已经想好,就是死也要死在先生前头!"③内德的举止则完全符合对体力劳动者的偏见,暴躁易怒,沟通不成就"暴跳如雷,指手画脚,大喊大叫"④。

尼摩船长则是小说的灵魂人物。他的名字象征着凡尔纳对《奥德赛》中的英雄奥德修斯的致敬:奥德修斯在智斗独眼巨人波吕斐摩斯时,曾告诉他自己叫"没有人"(拉丁语即 nemo)。而法国中世纪时曾经发生过一件著名的文坛轶事,有一位文化素养不高的职业抄写员在抄写《奥德赛》时,不知道"nemo"一词的意思,以为奥德修斯是编造了一个假名,就将"nemo"的首字母大写,变成"Nemo"这个专有名词。⑤ 凡尔纳用这个词给《海底两万里》的主人公命名,显然是将尼摩船长比作这位面对险阻时百折不挠的传奇航海者。尼摩船长也正是类似奥德修斯的完人形象。他不仅知识丰富、沉着勇敢,也承载了凡尔纳的无政府主义、反殖民主义和革命浪漫主义思想。他厌恶社会:"教授先生,我并非您所谓的文明人!""我已经和整个社会断绝了关系,理由是否正确,只有我一个人有权做出判断。因此,我不再服从那个社会的法则,我还要奉劝您,永远不要再在我

---

① 儒勒·凡尔纳:《海底两万里》,第 57 页。
② 同上书,第 43—44 页。
③ 同上书,第 46 页。
④ 同上书,第 57 页。
⑤ Marc Soriano, *Guide de littérature pour la jeunesse*, p. 520.

面前提起那些法则!"①但他并不厌恶人类,他愿意将海中沉船里的宝藏都用于人类的解放事业,对以采珠人为代表的弱者也充满同情,在埋葬被大章鱼杀死的水手时也表现出了深厚的同袍之情。

然而,尼摩船长究竟是不是完美,《海底两万里》的故事是否只有以他为人类解放的精神领袖这一种解读方法,仍然值得商榷。书中令人不安的情节有两处。一是第十章中,尼摩船长为了保障自己的自由,要求阿罗纳克斯三人永远不离开"鹦鹉螺号",触及了个人自由与他人自由间的边界问题。二是对人类命运如此关切的尼摩船长却毫无心理障碍地屠杀抹香鲸:

> "鹦鹉螺号"成了艇长手里挥舞着的一把吓人的捕鲸叉!潜艇朝密密麻麻的一大群抹香鲸冲去,从这头冲到那头,所过之处,留下的只是些还在蠕动的半截动物尸体。抹香鲸用力大无穷的尾巴猛击潜艇,潜艇浑然不觉;冲击抹香鲸群时潜艇所产生的震动,也大不到哪儿去。结果了一头抹香鲸之后,"鹦鹉螺号"接着就冲向另一头,原地转身,进退自如,不放过自己的猎物;它驾驶起来得心应手,左冲右突,抹香鲸跑到深水层去,它跟着一头扎下去,抹香鲸浮出水面,它也跟着冲出水面;它既能从正面攻击,也能从斜刺里攻击,既能把抹香鲸拦腰斩断,也能把它撕裂;潜艇的出击是全方位的,速度的快慢,运用自如,武器就是它那个可怕的钢铸的冲角。
>
> 真是一场大屠杀,血肉横飞!海面上响声一片,那些被吓得丧魂失魄的抹香鲸,发出它们特有的尖厉的呼啸声和咆哮声!②

抹香鲸并未危害"鹦鹉螺号"的安全,尼摩船长这场屠杀唯一的动机就是抹香鲸攻击了长须鲸。在他看来,除掉抹香鲸就是为弱者匡扶正义。但是人类杀害抹香鲸,难道不是另一种弱肉强食吗?是否可以仅以正义为借口,就挥刀向更弱者?在这一点上,关于人道主义和强权主义间的界

---

① 儒勒·凡尔纳:《海底两万里》,第70页。
② 同上书,第331页。

限,《海底两万里》为我们留下了很多思考空间。

科幻小说是19世纪才出现的文体,于凡尔纳的笔下经历了第一次繁盛时代。从拉封丹经贝洛再到凡尔纳,我们可以发现法国儿童文学经历了商业化、市场化的进程,不仅出现了专门为儿童写作的文学,文学创作也可以随着读者的偏好、出版商的意图予以调整。上述因素同19世纪人类社会的科技进步及社会变迁交织在一起,诞生了独特的"奇异旅行"丛书:它可以是中产阶级儿童茶余饭后的消闲读物,也可以是成人的政治、社会和科学寓言。而借着凡尔纳之手,以"奇异旅行"为代表的科幻小说也同童话、寓言一起,成为法国儿童文学的代表性文体。

第七章　翻译论:儿童文学翻译的理论问题与法国儿童文学在中国

在本书的最后一章,我们希望能跳脱出严格意义上的法国儿童文学的框架,从中法儿童文学间关系的角度探讨一下与儿童文学相关的翻译问题。儿童文学的本土创作与翻译活动之间一直存在紧密的共生关系。尼埃尔-舍弗莱尔曾在《儿童文学与翻译:一种历史视角》(«Littérature de jeunesse et traduction: pour une mise en perspective historique»)一文中,揭示过18世纪中叶欧洲国家之间的儿童读物互译行为是如何促进了儿童文学这一门类的自觉和自立。"18世纪后半叶,是在英国、在荷兰、在德国和在法国,诞生了第一批面向儿童的幻想文学。这一文学起初就是国际性的,很大程度上构建于翻译之上。"[1]且翻译行为对自我书写的启迪作用是多方面的:

> 开始时,译书提供了文本;它们帮助建成了一个小读者的群体,培养了后者的阅读习惯。随后,它们让本国作家熟悉

---

[1] Isabelle Nières-Chevrel, «Littérature de jeunesse et traduction: pour une mise en perspective historique», in Nic Diament, Corinne Gibello et Laurence Kiéfé (dir.), *Traduire les livres pour la jeunesse. Enjeux et spécificités*, Paris: Hachette, p. 18. (pp. 17—20) 转引自 Roberta Pederzoli, *La traduction de la littérature d'enfance et de jeunesse et le dilemme du destinataire*, p. 57.

了新的主题和文学规范。从18世纪起直至今天,[……]各国的儿童文学仍在互相借鉴出版理念、文体规范、主题和美学形式。①

这一评断同样适用于中国儿童文学。李丽于《生成与接受:中国儿童文学翻译研究(1898—1949)》一书中开篇即言:"以儿童为中心的中国现代儿童文学走过的是一条先有外国儿童文学作品和理论的译介,后有自身儿童文学创作和理论的道路。"②仅以我国儿童文学发生期与法国儿童文学之间的互动为例,就可发现后者曾充当过"启蒙者"的角色,不仅促进了中国人对童年的发现,更参与构建了文学实践体系:卢梭的《爱弥儿或论教育》自1903年起就在《教育世界》上连载,此后又多次重译,促进了"儿童本位论""童心观"等理论的提出;贝洛的童话、拉封丹的寓言、凡尔纳的科幻小说也屡屡被介绍给国人,推动上述文体成为我国儿童文学创作中的固定体裁。

但长期以来,儿童文学翻译获得的关注并不与其历史建构作用成正比。与经典文学相比,这一边缘文学门类的译介屡受忽视,译者也难获认同。出版者甚至着意掩藏这一行为,很多引进版童书的封面上并不会注明译者姓名,或者将其工作定义为"改写""编"或"编译"。此种刻意的忽视中法皆然,似乎有意让小读者认为自己手中的,便是未经语言转换或任何加工的原书。弗里奥(Bernard Friot)指出,在法国教育部推荐给小学高年级的180本阅读书目中,有62本是译作,但并未注明原书语种和译者姓名,可谓韦努蒂(Lawrence Venuti)"译者的隐身"之说的最佳体现。

至于学界,法国乃至西方的研究者们也是迟至20世纪70年代才将儿童文学翻译视为待挖掘的研究对象,逐步提出了系统理论,认识到该翻译实践的内生特质与社会历史环境对译介的深刻影响。本章因此分为两

---

① Isabelle Nières-Chevrel, «Littérature de jeunesse et traduction: pour une mise en perspective historique», p. 20. 转引自 Roberta Pederzoli, *La traduction de la littérature d'enfance et de jeunesse et le dilemme du destinataire*, p. 57。
② 李丽:《生成与接受:中国儿童文学翻译研究(1898—1949)》,武汉:湖北人民出版社,2010年,第1页。

部分:其一是回顾儿童文学翻译的理论史,梳理重要理论,明确其中存在的困难与挑战;其二是以简略断代史的方式评述法国儿童文学在中国的译介,思考这一"他者"对"自我"的滋养及"自我"对"他者"的接受。

第一节 儿童文学翻译:一项"目标导向"的实践

一、儿童文学翻译研究简史:从"规范式"到"描述性"

儿童文学翻译研究并非独立学科,而是来自对翻译学研究和儿童文学研究这两门关联学科的借鉴和思考。更准确地说,是 20 世纪七八十年代的赖斯、图里等翻译学先驱注意到了"为儿童而译"的特殊性,在其理论中融入了部分对于儿童文学体裁的思考,才引发了儿童文学领域的研究者对同一主题的关注。因此,儿童文学翻译的研究导向很大程度上受到翻译学发展趋向的影响,同样经历了从功能性理论、释意派理论等"规范式"理论流派(les études prescriptives)[①]到多元系统理论等"描述性"理论(les études descriptives)的转向。且翻译学自 20 世纪五六十年代诞生起就是一门国际性学科,现今法国的几位儿童文学翻译研究者也明显受到了域外理论的滋养,故而此处回溯的是整个西方学界针对儿童文学翻译进行的思考的发展脉络。

20 世纪六七十年代产生了第一批关注儿童文学翻译的学者,代表人物为格特·克林伯格(Göte Klinberg)、玛丽·奥尔威格(Mary Ørvig)等。因同时期的翻译学界为语言学派所主导,倾向于为"何为好翻译"确定标准,所以儿童文学翻译研究者的理论话语也打上了语言学的烙印,希望为相关的翻译实践指出唯一一条正确的路径。这表现在克林伯格等人在译本评析中更重视语言单位间的对等(équivalence),且在翻译主张上

---

① 与旨在客观描述某一时代翻译实践中突出倾向的描述性理论不同,规范式理论着重价值评断,即力图说明哪一种翻译方法才是"正确"的。

力图帮助译者在"直译 vs.意译"的两难困境中找出唯一一条正确的路径,带有明显的规范式理论色彩。可能是有感于当时的童书翻译实践中过度自由化的倾向,这一批学者普遍强调忠实于原文本的重要性,将儿童读物视为语言形式与文本内容的有机结合体,呼吁不可因传递文本内容而擅自改动语言形式,需给予儿童文学文本与严肃文学一样的尊重。1976年,位于维也纳的国际儿童文学及阅读研究院(Internationales Institut für Jugendliteratur und Leseforschung)召开第三次年会。本次会议由克林伯格和奥尔威格负责组织①,被认为是儿童文学翻译研究中的里程碑式事件。会议精神可由斯托尔特(Brigit Stolt)的以下这段话概括:

> 结论如下:[儿童文学的]原文本应获得与成人文学同等的尊重,我们应当努力创作尽可能忠实、尽可能对等的译文。在转写确有必要的地方,也应施以"轻柔之手",尽量减少改动且应在与作者合作的前提下进行。②

基于这一翻译原则,克林伯格于1986年出版《译者手中的儿童小说》(*Children's fictions in the hands of translators*)一书。他在书中首先肯定了儿童文学翻译中"转写"(adaptation③)的重要性,因为儿童文学本身就是因考虑到读者的"兴趣、需求、反应、知识和阅读能力"而生成的文学门类。更为难得的是,他可能受到多元系统理论的影响,认识到文本的语际传播意味着将原作者的话语从一个语言文化背景移植到另一个语言

---

① Emer O'Sullivan, *Comparative Children's Literature*, London/New York: Routledge, 2005, pp. 8—9.
② Brigit Stolt, "How Emil becomes Michel—on the translation of children's books", in Göte Klingberg, Mary Ørvig, Stuart Amor (dir.), *Children's Books in Translation: the Situation and the Problems*, Stockholm: Almqvist and Weksell International, 1976, pp. 130—146.
③ 该词亦有"改编"之义。但当它适用于某一字词、文化要素甚至是句子、段落,而非整个篇章时,所指的并非改编整个文本,而是对相应的对象做出适应译入语文化环境的"转写",如法文中的"奶酪"(fromage)就可以转写为中文的"豆腐",以便于读者理解。

文化体系。所以,他除了提到因为小读者的考量而进行的转写外,还说到所谓"背景转写"(contextual adaptions)①,即为适应新的文化背景而进行的转写。他还以翻译中的文化负载词(les références culturelles)为例,运用语言学派的分类方法,列举了文化负载词可能的种类及实践中常见的、包括转写在内的文化负载词翻译方法。但以上这些现实考量均不应成为译者随意改写原文的借口:如果原文即是以儿童为目标读者,那译文应当保持相同的难度,而不应过多地进行文本操纵以便于读者理解译文。② 因此,就整体而言,克林伯格强调对原作者、原文本的忠实,在一定程度上是"以源头为导向"(source-oriented)的。

进入 20 世纪 80 年代后,有两位重要的翻译学者曾讨论过儿童文学译介。第一位是功能理论(Skopos theory,亦称"翻译目的论")的创始人之一卡特琳娜·赖斯(Katharina Reiss)。功能理论以人类行为的目的为导向,是典型的"目的导向"(target-oriented)翻译学说。"Skopos"一词源于希腊语,意即"目的""意图"。在这一视角下,翻译是一种特定的人类行为,需借助译文这一结果来达成某一目的,所以译介中最重要的并非忠实于原文本,而是要实现目的,所有为实现翻译目的而对原文本进行的改写都具有正当性。赖斯于 1982 年发表《儿童及青少年图书的翻译:理论与实践》("Zur Übersetzung von Kinder-und Jugendbüchern. Theorie und Praxis")一文,其中她特别提醒学界注意:"几个世纪以来,[翻译]批评都围绕着复杂的、难懂的翻译现象所催生的理论与实践,却少有人对青少年图书的译介说上几句。"③她试图凸显儿童文学翻译的特殊性,列举了三个原因,试图说明儿童文学翻译为何需要特别关注:

1. 整个[……]翻译过程的不对称性,是成人在为青少年翻译

---

① Göte Klingberg, *Children's Fiction in the Hands of Translators*, Lund: Cleerup, 1986, pp. 11—12.
② Ibid., p. 63.
③ 译自 Emer O'Sullivan 的英译本。转引自 Emer O'Sullivan, *Comparative Children's Literature*, p. 66.

读物;

2. 有中介人的角色会向译者施加压力，让他遵守禁忌或服从教育原则；

[……]

3. 儿童和青少年对世界所知有限，人生阅历也较少。①

赖斯的讨论已经触及儿童文学翻译中的几个核心议题，即文学体裁中内生的不对称性、读者的特殊性（主要是知识储备和人生阅历的限制）和社会群体心理对译者行为的影响。而比赖斯稍早，多元系统理论（Polysystem theory，亦称"特拉维夫学派"）的代表人物吉迪恩·图里（Gideron Toury）也选择儿童读物作为阐释其"翻译规范"（translational norms）的素材。相较原文和译文间或多或少的对等关系，多元系统理论更关注译文作为一种文化产品，在译入语语言、文化、文学系统中的融入及流通。简言之，按照其创始人埃文-佐哈尔（Even-Zohar）的构想，多元系统理论将作为整体的世界文学视作一个巨大的、内部存在不同层级的异质系统，每一个民族文学都是其中的子系统；子系统又包括无数小系统，如经典文学、儿童文学都是其组成部分。任何系统内部都有中心和边缘之分，占据中心位置的子系统往往拥有更大的话语权，可以影响处在边缘地位的子系统的创作规范。② 通常情况下，经典文学会占据中心位置，而儿童文学处于弱势地位。图里发展了埃文-佐哈尔的学说，提出了"规范"一词，认为特定时代、特定社会文化环境中的译者在行为中会表现出一定的规律性，这种规律性可称之为规范。③ 但图里抛出"规范"概念的用意并不是要以此约束译者行为，而在于描述后者行为中的规律性，即创立一门"描述翻译学"（descriptive translation studies）。这构成了图里与

---

① 转引自 Emer O'Sullivan, *Comparative Children's Literature*, p. 66。

② 参见 Itamar Even-Zohar, *Polysystem Studies*, Durham: Duke University Press, 1990。

③ 参见 Gideon Toury, *In Search of a Theory of Translation*, Tel Aviv: Porter Institute, 1980; Gideon Toury, *Descriptive Translation Studies and Beyond*, Amsterdam/Philadelphia: John Benjamins, 1995。

克林伯格、赖斯等人在学说上的根本区别:后两者的理论话语是规范式的,旨在告诉译者如何做才是"正确"的,而图里却不进行任何价值评断,只想对某时某地通行的规范加以描述。

1980年,图里发表论文《希伯来语译文中的德国儿童文学:以〈马克斯和莫里茨〉为例》("German Children's Literature in Hebrew Translation: The Case of *Max und Moritz*")。① 他选取这一德国儿童文学经典文本的三版希伯来语译文为例,试图阐明一个中心论点:翻译是一种历史行为,受到译入语社会环境和文学系统规约的影响。例如,《马克斯和莫里茨》1865年出版的希伯来文译本因当时的希伯来语文学尚处萌芽阶段,内里相对空虚,所以跟随了当时的希伯来语文学中普遍以异化翻译为主流的趋向,对原文本较为忠实,却删去了其中所有有关宗教的段落;1939年面世的两个译本,又因为犹太民族与德意志民族间的历史问题及希伯来语民族文学已有初步基础的原因,所以采取了截然不同的翻译策略,对原文做出了不同程度的增删改写;1965年的译文则完全是一部典型的儿童文学译作,对原文的语言、专有名词等进行了简化。可见,原文与译文间并不存在恒定的关系,译文实为译入语社会、文学系统中的文化产品。

赖斯与图里对儿童文学翻译理论领域的介入催生了两项重要成果,这里我们以时间为序对此进行概述。多元系统理论在儿童文学翻译中的应用促成了特拉维夫学派的另一位成员佐哈尔·沙维特(Zohar Shavit)的《儿童文学之诗学》(*Poetics of Children's Literature*)(1986)一书。本书中,沙维特的着手点是儿童文学在某一特定文学系统中的地位:因童书在几乎所有的文学系统中都属边缘体裁,所以它无力确定专属于自己的翻译规范,易受处于中心地位的子系统的影响;且一般而言,一个文学门类的地位越是边缘化,社会及文化界对其译介活动投注的目光就越少,所以当严肃文学的译者并不敢对经典文本任意处置时,儿童文学的译者却

---

① 参见 Gideon Toury, *In Search of a Theory of Translation*, pp. 140—148。

享受着更大的改写自由。沙维特将童书译介中常见的改写行为分为两类:

> 顺着(某一时期的)社会的教育思想里"为孩子好"的原则,调整文本以使它对儿童而言适宜且有用;根据社会对孩子的阅读与理解能力的认知,调整情节、人物性格及语言。①

沙维特将儿童文学翻译中的文本操纵归结于"为孩子好"和"为便于孩子理解"两个原因,这一两分法对学界广有影响。更为难得的是,她敏锐地意识到儿童观对译介活动的指导作用;译者对文本进行改写时,依据的并非现实中儿童的心理状况或理解水平,而是某一时期的社会里主流的教育思想和"社会对孩子的阅读与理解能力的认知"。在这个意义上,沙维特是图里思想的发扬者,进一步证实了儿童文学翻译是一种历史性、社会性的行为。

世纪之交,儿童文学翻译研究领域又出现了一项与以赖斯为代表的功能理论互有共鸣的重要成果,即丽塔·奥蒂宁(Riitta Oittinen)的《为儿童而译》(*Translating for Children*)(1999)。继赖斯之后,功能理论的重要代表人物克里斯蒂娜·诺德(Christiane Nord)为缓和目的论视角下的翻译中,对原文的忠实和实现译文目的这两项意图间的激烈矛盾,主张用"忠诚"(loyalty)一词来替代"忠实"(fidelity),因为"忠实"只面向原作者和原文本,而"忠诚"的对象则可以包括一切翻译活动的参与者,即既含原作者在内,也包括译者的顾客和读者。② 奥蒂宁发扬了这一观念:她从巴赫金的对话理论入手,认为翻译是译者与译文读者间发生的一场异于原文文本交际的对话。为确保这场对话得以成功进行,译者应当对读者"忠诚",充分考虑后者的交际需求。所以,译者理应舍弃身为成人的高

---

① Zohar Shavit, *Poetics of Children's Literature*, Georgia: University of Georgia Press, 1986, p. 113.

② 参见 Christiane Nord, *La traduction : une activité ciblée*, traduction par Beverly Adab, Arras: Artois Presses Université, 2008, p. 167。

高在上的心态,全身心投入"狂欢式"(carnivalistic)的儿童文化中,把儿童读者当作"一个应被尊重、应被倾听、拥有选择能力的儿童"①。在这个前提之下,译者还需充分了解儿童的阅读习惯及偏好,并在此基础上对原文本进行改写。所以,奥蒂宁的翻译理论与克林伯格的主张既有相似之处又背道而驰:二者同样是规范式的,却分别"以源头为导向"和"以目标为导向"。

21世纪初的另一项重要的理论创新则归功于艾默·奥沙利文(Emer O'Sullivan)。她2005年出版《比较儿童文学》(Comparative Children's Literature)一书,尝试以比较文学及叙事学的视角剖析儿童文学翻译。她的理论创新之处在于强调译者的主体性和儿童文学文本交际中的主体间性:译者作为原作者之外的另一个叙述者,可以将他个人的价值观融入文本中,于译文里形成一种复调的文学交际。但在现实中的读者真正接触到译本之前,没有人可以预见到这一交际将往何处去,也没有人知道读者将如何阐释文本,因为译者只能为其想象中的读者写作,而读者阅读时于脑海中生成的也是想象中的作者或译者的形象。作者—译者—读者三者间的互相揣测和现实隔阂就构成了他们间的主体间性,而因主体间性导致的想象与现实间的偏差都可能导致交际效果的变动。②奥沙利文的贡献在于以叙事学为基础,构建了一门相对系统的儿童文学翻译理论,同时她对翻译实践中主体间性的揭示又让我们思考"为读者而译"的正当性。

随着儿童文学翻译研究的兴盛,《媒他》(Meta)、《我们要阅读!》(Nous voulons lire！)、《翻译工坊》(Atelier de traduction)等法国或法语学术刊物也相继推出专号,讨论这一翻译实践的特殊性及相关理论问题。目前法国学界的几位代表性学者的关切重点也与国际学界一致:维吉妮·道格拉斯(Virginie Douglas)从儿童文学的文体地位着手,思考

---

① Riitta Oittinen, *Translating for Children*, New York/London: Garland Publishing, 1999, p.53.

② 参见 Emer O'Sullivan, *Comparative Children's Literature*, pp.109—110。

"为儿童而译"的理论可行性①;尼埃尔-舍弗莱尔和弗里奥则采用近似"描述翻译学"的研究方法,剖析译介实践中特定时期、特定社会里的儿童观、文化观、出版社发行意图等因素对译者决策的影响,折射某一时期的翻译规范。下一节中,我们还会详述上述学者的理论思考。

二、儿童文学翻译的现实:以读者为中心?

可见,仅就其理论话语而论,儿童文学翻译学说可分为"出发语主义"(sourcier)与"目的语主义"(cibliste)两派,这与其他领域的翻译研究别无二致,反映了经典的翻译"二元论"困境。"出发语主义者"强调对原文和原作者的忠实,认为忠实于原文文字的翻译更符合翻译活动天然的伦理取向。如安托瓦纳·贝尔曼(Antoine Berman)所说,"翻译,因着它忠实的目标,天然属于伦理层面。这就是它的本质,它被在*自我*语言的空间中将*异者作为异者*来呈现的愿望所驱动"②。而抛开这一重日常难以触及的"伦理层面","将异者作为异者来呈现"的"文字翻译"(贝尔曼称为 la traduction de la lettre)亦可为"自我"带来好处:译介活动不仅可以向译入语空间中引入新的文本、主题和出版方式,还可以推动语言革新,拓展受众的文化视野。关于这一点,拉德米拉尔(Jean-René Ladmiral)曾指出,于"他者"处借来的新表达法可以"让[自我]语言中仍在沉睡的可能性乍然显现"③,而克林伯格则关注儿童文学应具备的、帮助小读者拓展国际视野的教育功能。

> 童书的目的之一就是拓展小读者的视野,增进国际理解。如果我们想要实现这一目标,对他国文化背景的了解和情绪感受恐怕就

---

① 参见 Virginie Douglas, «Les spécificités de la traduction pour la jeunesse», in Nic Diament, Corinne Gibello et Laurence Kiéfé (dir.), *Traduire les livres pour la jeunesse. Enjeux et spécificités*, Paris: Hachette, pp. 108—116。

② Antoine Berman, *La traduction et la lettre ou l'auberge du lointain*, Paris: Seuil, 1992, p. 75。斜体为原书作者所加。

③ Jean-René Ladmiral, «Sourciers et ciblistes», in *Revue d'esthétique*, N° 12, 1986, p. 40。

是必要的。①

若要达成这一目标,就需放弃因一味意译而拒斥异质文化的翻译方法,主动向异者敞开大门,因为原文本所带的异"对小读者来说本身就有价值,构成了翻译[原文本]的另一重理由"②。所以当今的法国学界中,有越来越多的研究者呼吁"在童书翻译中重返贝尔曼式的翻译观"③。但矛盾的是,在现实的译介实践中,儿童文学多是以"自由翻译"(la traduction libre)的形式被移交到目的语的小读者手中。"自由翻译"的动因,首先便是出自对读者"忠诚"的现实考量。奥蒂宁认为翻译意味着交际场景、交际目的、交际对象及交际参与者的变换,所以为新的目的、对象和参与者重新调整文本导向是译者的必然选择。译者需要为儿童读者负责。

如果我们对翻译采用功能论视角,并以儿童为"最高读者"(supraadressee),就必须考量他们的经验、能力和期待[……]

儿童生活于世的时间较成人为短,不具备同等的"世界知识",这是一个我们要向儿童比向成人解释得更多的原因。这也是考虑到读者的期待:可以称这种做法为"忠诚"。④

本书的第三章讨论过儿童的阅读能力、阅读兴趣及道德发展阶段,可知其阅读行为与成人确有区别。另还有两重外部原因佐证了为小读者改写原文本的可能性和必要性:一是儿童文学的边缘地位。道格拉斯指出:"翻译的严谨性通常与文学门类的地位和它享有的声誉成正比;当涉及儿童文学时,人们对译作的质量及其相对原文的忠实程度往往更为宽容。"

---

① Göte Klingberg, «Les différents aspects de la rechercher sur la traduction des livres de jeunesse», in Denise Escarpit (ed.), *Attention! Un livre peut en cacher un autre …*, Paris: Cahiers du Cerulej, 1986, p. 11.

② Bernard Friot, «Traduire la littérature pour la jeunesse», in *Le français aujourd'hui*, N° 142, 2003, p. 48.

③ Virginie Douglas, «Les spécificités de la traduction pour la jeunesse», p. 115.

④ Riitta Oittinen, *Translating for Children*, p. 34.

她以《小妇人》和《爱丽丝漫游奇境》为例,说明自18世纪起,这两部作品所经历的"经典化"(canonisation)进程左右了其重译本的策略选择,令近年来这两本书的法文版本更为忠实。① 然而,童书出版中多为新涌现的"非经典"作品,斧削删改已成常态。二是社会价值观的影响。儿童文学交际——包括翻译交际——中儿童的缺席,让成人本能地将儿童至于"低人一等"的学习者的位置,倾向于按照自己的儿童观、翻译观及社会主流意识形态来处理原文本。"为儿童翻译一则文本,要做的事情远不止翻译本身:这意味着将文本从一个规则不明确却相对固定、严苛的系统中,移植到依照另一些不明确的规则运转的另一系统中。"② 文化背景的转化要求译者将重新生成的"文化产品"融入新的价值观体系。

以上考量让儿童文学翻译在语言、文化要素传递和意识形态内容的传达上均倾向于"目的语主义",这首先体现在对原文本语言的处理中。同该领域的自主创作一致,引进版儿童读物的语言表达同样注重可读性。20世纪七八十年代,在语言学的影响下,法国儿童文学研究领域曾掀起探索文本可读性的评估标准的风潮,多位学者提出的、评估可读性的具体标准多是纯粹的语言学层面上的。梅纳瑞(Mesnager)就认为可读性主要同生词出现的频率及句法的复杂程度相关③,亨利(Georges Henry)则为可读性设置了六个变量,分别是"每句话中词语的数量、类符/形符比(type token ration)④、未出现在古根海姆⑤词汇表中的词语比重、人名在

---

① Virginie Douglas, «Les spécificités de la traduction pour la jeunesse», p. 110.
② Bernard Friot, «Traduire la littérature pour la jeunesse», p. 53.
③ Jean Mesnager, «Pour une étude de la difficulté des textes», in Le français aujourd'hui, N° 137, 2002, pp. 33—34.
④ "type"意为"类符",指文章中不重复单词的数量;"token"意为"形符",指文章所用的单词总数(包括标点数)。用类符数除以形符数,可以反映特定文章中所用词汇的丰富程度。——笔者自注
⑤ 指法国语言学家乔治·古根海姆(Georges Gougenheim),他编有《基本法语词典》(Dictionnaire fondamental de la langue française),内录3500词,均为日常基本词汇。参见Georges Gougenheim, Dictionnaire fondamental de la langue française, Paris: Didier, 1958。——笔者自注

对话中所占的比重、专有名词在指代具体事物的名词中的比重"①。他们推导出的结论大致如下:"当句子简短、词汇普通且对话中含有大量所指明确的内容时,文本就愈发可读。"②这与我们在第三章中引用过的、杰拉尔·索沃针对法国儿童阅读障碍进行的调查所获的结果基本一致。具体到翻译实践中,过于量化的可读性标准难以被译者所执行,但译者仍应"在常见词和罕见词、上位词和下位词③,也就是在易辨识、合适的词和需要解读的词之间寻找到合适的平衡",并借助简短清楚的句子,采取形象、准确的文风。

事实上,除让词句"因简单而可读"之外,译者还常从与可读性相关的语言标准性和口语性入手。前者通常出于教育考量,即译者和出版者希望能将最符合标准用法的语言表达传授给小读者。中国的儿童文学研究者对此早有关注:1934年,吕伯攸强调儿童文学中的句子需是"简短而具有主辞宾辞的完全句"④,钱耕莘则指出要"语气妥帖""用字适度""力避土话"⑤,这其实都是对语言标准性的关切。法国儿童文学中也有类似先例:在《木偶奇遇记》的众多法译本中,真正让该作品于小读者中风靡的是1921年让塞侯爵夫人(La comtesse de Gencé)的版本。为了给小读者呈现"书写得宜"的文本,她全部采用标准法文,删去了原书作者科洛迪带有托斯卡纳地域风格的表达法,去除了书中不同人物所使用的方言的痕迹,甚至删去了原文中所有口头讲述场景的语言标志。此外,她还规范了匹诺曹的口头语言,删减了其话语中若干冗长的列举,修改了匹诺曹对表因果关系的关联词常使用不当的语病。如尼埃尔-

---

① Georges Henry, «Lisibilité et compréhension», in *Communication et Langages*, N° 45, 1980, p. 9.

② Noëlle Sorin, «De la lisibilité linguistique à la lisibilité sémiotique», in *Revue québécoise de linguistique*, Vol. 25, N° 1, 1996, p. 64.

③ "上位词"指概念上外延更广的主题词,"下位词"是概念上内涵更窄的主题词。如"花"就是"玫瑰"的上位词,"玫瑰"则是"花"的下位词。——笔者自注

④ 转引自李利芳:《中国发生期儿童文学理论本土化进程研究》,北京:中国社会科学出版社,2007年,第190页。

⑤ 同上书,第191页。

舍弗莱尔所说,"科洛迪书写中所有的'疯狂'举动都在她[让塞侯爵夫人]的严谨控制之下"①。

口语化倾向则是让语言变得更加生动活泼,力图让译文语言符合小读者的阅读期待。常见做法有加大对话比重、细化人物动作描写、增加语气词,插入感叹号、问号等标点以变换语气等。如《小红帽》2013 年中译本中的一段,贝洛原文为:

> Il [le loup] lui demanda où elle allait ; le pauvre enfant, qui ne savait pas qu'il est dangereux de s'arrêter à écouter un loup, lui dit : Je vais voir ma Mère-grand, [……]②

译文改写成:

> 大灰狼扭扭身子,摇摇尾巴,装出一副善良的模样:"哟,这位小姑娘好可爱呀!你这是要去哪里呀?"
>
> 小红帽从来没见过狼,不知道这种动物是多么的残忍,也不知道和这样的坏家伙打交道是件多危险的事情。
>
> "我去看奶奶,她病了。"小红帽回答。③

原文中对狼和小红帽的相遇一笔带过,贝洛并未描写狼的肢体动作,也没有将小红帽的回答作为直接引语植入文本。但在译文中,大灰狼"扭扭身子,摇摇尾巴",且它接下来与小红帽的对话都是放在引号之内呈现的。狼不仅有"哟""呀"之类的语气词,还尝试用"这位小姑娘好可爱呀!"之类的感叹句来取悦小红帽。这一语言层面的改写无疑让译本语言在孩子的眼中更为生动。

---

① 关于让塞侯爵夫人对《木偶奇遇记》的改写,参见 Mariella Colin, «Comment Pinocchio a parlé français», in *Transalpina*, N° 9, 2006, pp. 149-168. 转引自 Isabelle Nières-Chevrel, *Introduction à la littérature de jeunesse*, pp. 195-196.

② 直译为:"它问她要去哪里;可怜的孩子不知道停下来跟狼说话是很危险的,跟它说:我去看外婆。"Charles Perrault, *Contes de Perrault*, édition de Gilbert Rouger, p. 112.

③ 夏尔·贝洛:《鹅妈妈的故事》,刘文英译,阿朗画,杭州:浙江少年儿童出版社,2013 年,第 75 页。

第七章　翻译论：儿童文学翻译的理论问题与法国儿童文学在中国　277

继文体风格之后，原文本中的文化要素也是儿童文学翻译改写的对象。克林伯格在《译者手中的儿童小说》中，将异质文化要素可能的显现形式分为十类："(1)文学参照①；(2)原文本中的外来词句；(3)神话与民间信仰；(4)历史、宗教、政治背景；(5)建筑、家居、食物；(6)习惯和礼俗、玩乐和游戏；(7)植物与动物；(8)人名、头衔、宠物名称、物品名称；(9)地名；(10)重量及长度单位。"②因儿童对世界的认识尚不充足，对异质文化的了解更是有限，所以为了促进同他们之间的文学交际，"需要借用不同的策略，根据文化负载词在文学交际中所起的作用来对其进行处理，必要时需要删除或转写"③。常见的文化要素翻译策略可分为三类，即转写、删除（omission 或 suppression）与明晰化（explicitation）。以《小拇指》中"樵夫夫妇回到家中后，村上的领主派人送来了很久之前欠他们的十埃居"④一句为例，可以看到三个中译本对"埃居"这一法国古币名采取了不同策略。

一是转写。这无疑是一种归化的翻译策略，可以用于某一个文化要素，也可以施加于原文本的整个背景世界，"将原文的整个文化设定移到与目标读者更近的位置"⑤。此一整体性的转写策略常见于清末民初的法国儿童文学译本，我们稍后还会述及。至于"埃居"一例，2009 年《小拇指》的中译本就借助了"转写"，将"埃居"转成译入语文化环境中的固有物。

　　樵夫夫妇回家不久，庄主给他们送来了十元钱。⑥

---

① 指原文本与其他文学文本出现了互文。——笔者自注
② Göte Klingberg, *Children's Fiction in the Hands of Translators*, p. 170.
③ Ibid., p. 19.
④ 原文为"Dès le moment que le Bûcheron et la Bûcheronne arrivèrent chez eux, le Seigneur du Village leur envoya dix écus qu'il leur devait il y avait longtemps." Charles Perrault, *Contes de Perrault*, édition de Gilbert Rouger, p. 189.
⑤ Göte Klingberg, *Children's Fiction in the Hands of Translators*, p. 19.
⑥ 皮埃尔·格里帕里、夏尔·贝洛：《法国经典童话》，少军编，天津：天津教育出版社，2009 年，第 103 页。

二是删除。克林伯格认为删除可能的对象包括词语、句子、段落甚至是描写了某一文化要素或习俗的整个章节。① 2009 年出版的另一个贝洛童话的中译本就直接删去了这一提到"埃居"的句子，只让"领主归还了钱"这件事在樵夫妻子懊悔的话语中有所体现。

"你瞧，村里的老爷刚刚送来了欠我们的钱，这笔钱能让孩子们好好儿地吃上一段时间呢！我真是后悔答应了你，现在他们在森林里干什么呢！"②

三是明晰化，指译者针对某一文化要素给出解释。译者给出解释的位置可能在文本内部，也可能在副文本中，如译注、序言甚至是绘本的封面。2010 年的一篇《小拇指》中译本就为"埃居"一词补充了脚注。

埃居，法国古代货币，一埃居约相当于三法郎。③

当然，无论译者采取何种方法进行文化要素的传达，其出发点均是为便于读者理解。但这些翻译策略的存在，却也能折射出翻译所关涉的两种文化间的非兼容性。这一非兼容性乃至互斥性在儿童读物译介的意识形态表达中得到了最鲜明的体现。目的语社会环境中的儿童观、儿童文学观，乃至对译出语文化的观感均会影响译文对原文价值观的传达。针对儿童观和儿童文学观对翻译行为可能产生的影响，尼埃尔-舍弗莱尔提供了一个非常生动的例子。埃泽尔一向强调儿童文学的教化作用。1880 年，他本人完成并出版了《小妇人》这一儿童文学经典的首个法译本，但可能是出于对销量的考虑，原作中的女权意识让他颇为不适，因此对原书的题目、人物、情节等进行了一系列改写。原书以《小妇人》之名，凸显几位女主人公独立自主的意识，埃泽尔却改为《马奇先生的四个女儿》（*Les quatre filles du docteur Marsch*）（1880），将重点放在父亲的权威上。二女儿乔是该书的核心人物，言谈举止都类似"假小子"，埃泽尔则把相关

---

① Göte Klingberg, *Children's Fiction in the Hands of Translators*, p.18.
② 贝洛:《贝洛童话》,张逸旻、维尼译,杭州:浙江少年儿童出版社,2009 年,第 37 页。
③ 佩罗等:《法国童话》,第 45 页。

第七章　翻译论：儿童文学翻译的理论问题与法国儿童文学在中国　279

描写全部删去，还在结局处让乔和劳里成婚。但在原书作者奥尔科特的心中，乔是不会轻易嫁给劳里的。她曾坦陈："有小读者给我写信，问我这些年轻女孩会嫁给谁，仿佛婚姻是女性生命的唯一结局和最终目标。但我不会为了取悦谁，就把乔嫁给劳里。"①而在原作意图和译入语社会的主流价值观之间，埃泽尔显然选择了后者。

对源语文化的认知同样会影响译本面貌，弗里奥为此给出了绝佳一例。德国作家、插画家沃尔夫·埃尔布鲁赫创作有原题为《迈耶太太，乌鸫鸟》(*Frau Meier，Die Amsel*)(1995)的绘本，同年被译为法文。在出版商的要求之下，译本题目定为《K 太太家中的骚乱》(*Remue-Ménage chez Mme K.*)，对原文的情节也做出了不同的解读。按照原书所说，主人公迈耶太太是一位五十岁上下的家庭主妇，她没有孩子，总是担心人生中可能发生的各种意外。有一天，她捡到了一只从窝里掉落的乌鸫幼鸟，向它倾注了全部的爱，最后还爬到树上，亲自为幼鸟示范该如何飞翔。但可能是因为 1968 年之后的德国儿童文学通常有女性主义色彩，法国的出版商和译者就据此做出了非常"政治正确"的解读。他们把 K 太太当作符号化的人物，认为她的飞行尝试代表着摆脱丈夫监管的渴望，并将原文中其丈夫对她的温情关怀全部删改，努力将 K 先生塑造成冷漠的配偶②，以改变原文的意识形态传达。

《迈耶太太，乌鸫鸟》一书在法国的经历也揭示了除整体性的社会心态之外，具体到某一译本上，出版商和译者均有可能对翻译策略施加影响。尤其是译者同样是具有儿童观、儿童文学观和翻译观的主体，他的上述观念均有可能让其出产变得不那么忠实。"儿童观是一件非常复杂的事情：一方面，它是独一无二的，基于每个人的个人经历；另一方面，它是某个社会的集体生成。"③简言之，译者、出版社，乃至每一个参与儿童文学翻译交际的成人，都有左右原文与译文间的价值观传递的可能性。

---

① Nières-Chevrel, *Introduction à la littérature de jeunesse*, pp. 194—195.
② Bernard Friot, «Traduire la littérature pour la jeunesse», pp. 49—51.
③ Riitta Oittinen, *Translating for Children*, p. 4.

然而，以上对语言、文化要素和意识形态内容的改写又让我们不禁回到问题的原点，即儿童文学翻译究竟该直译，还是意译？关于儿童文学译介中这一根深蒂固的意译传统，即便我们不再去重复第三章中提到的"最近发展区"概念和借直译来扩展小读者知识储备的可能性，也存在以下若干可能的质疑：第一，从文体身份来看，儿童文学是写给儿童的文学，所以翻译时也要以读者为先。但这种"读者中心"的逻辑究竟是否正当？道格拉斯就曾反问："比如说，专门为女性读者提供适合的翻译，听起来是不是很荒谬？"[1]第二，在文体地位层面上，多元系统理论的成果暗示着文体越是边缘化，其翻译越是自由。但现在儿童文学日益得到重视，其边缘化的境地也有所改善，是否也应以更严苛的标准来评估其译介，或者是试图加大直译的比重？第三，即便我们承认可以为儿童读者而译，作为接受群体的儿童真的有如此大的特殊性吗？他们所面临的知识匮乏、兴趣点特殊和较难接受敏感主题等问题，难道不是同样存在于成人读者之中吗？换言之，儿童读者与成人读者之间究竟是本质上的区别，还是程度上的差异？

在本章的框架之下，我们无从回答这些关涉翻译学理论根基的问题，更无法为走出"直译 vs. 意译"的永恒二元论提供一个导向。或许道格拉斯所指明的已是最现实的解决办法："需要找到最恰当的中点，也就是在出发语主义和目的语主义之间寻到第三条路。"[2]幸好儿童文学翻译的理论发展史已向我们证明，于直译、意译二选一的规范式理论之外，尚有图里、沙维特等人开创的描述性翻译学。接下来的一节中，我们将摒除所有价值评断，力图客观再现法国儿童文学在中国的译介与接受的主要脉络，证明儿童文学翻译是一种受到特定社会、特定时代影响的历史性行为。

---

[1] Virginie Douglas, «Les spécificités de la traduction pour la jeunesse», p. 114.
[2] Ibid., p. 116.

第二节 法国儿童文学的在华译介：
中法文学关系史的一个侧面

一、晚清民国法国儿童文学的翻译与中国儿童文学文体空间的开拓

相较 18 世纪至 19 世纪即已形成产业的法国儿童文学，中国儿童文学的文体自觉迟至 20 世纪初才发生，但在对域外养分的借鉴下发展迅猛，于短短二三十年中就经历了西方儿童文学的多个发展阶段。以童话文体为例，"这种借鉴不仅使中国童话以极快的速度走完从贝洛尔到安徒生的漫长道路，而且使中国创作童话一开始就有一个相当高的起点，为以后的发展奠定了良好的基础"①。

在这一历程中，外国儿童文学的翻译对我国儿童文学的本土创作和理论产生过重大影响，译介活动的发生甚至早于其文体自立。1898 年，梅侣女史翻译的《海国妙喻》在《无锡白话报》连载，成为儿童文学译介"元年"的标志。② 儿童文学的诞生则以 1908 为纪年，因孙毓修该年 12 月在《东方杂志》发表《〈童话〉序》一文，又于次年创立"童话"丛书，所以 1908 年被学界普遍认为是我国儿童文学的肇端。值得一提的是，"童话"丛书里录有孙毓修本人编译的《红帽儿》（即《小红帽》）、《玻璃鞋》（即《灰姑娘》）、《睡公主》（即《睡美人》）三篇贝洛童话；茅盾接手丛书编辑工作后，又译有《飞行鞋》（即《小拇指》）、《怪花园》（即《美女与野兽》）等"仙女故事"。所以从历史事实的角度来说，应是该丛书促成了法国童话与中国小读者的首次会面。

然而，来自法国的译介对我国儿童文学理论空间开拓的帮助远不止于此。其带来的变革首先是儿童观层面上的。菲力浦·阿利埃斯所说

---

① 吴其南：《中国童话发展史》，第 149—150 页。
② "梅侣女史"是裘毓芳的笔名，《海国妙喻》今译《伊索寓言》，《绝岛漂流记》即《鲁滨逊漂流记》。

的"儿童情感"是儿童文学诞生的先决条件,而卢梭的《爱弥儿或论教育》无疑促进了这一情感在中国社会中的发生。1901年,维新派人士叶瀚译有能势荣的《泰西教育史》,首次向中国读者呈现了卢梭的教育思想和《爱弥儿或论教育》五卷本的完整内容。能势荣认为卢梭教育的核心要点是强调自然而为;但书中同样对卢梭的思想提出了质疑:卢梭力主消极教育,让爱弥儿远离人群,不加教化,寄希望于其人性中的"良善",但在能势荣看来,对于"自放自肆未受庭诲之少年",不加扶助而令其成材"不可谓非妄想也"。卢梭关于女子教育的态度也在本书中受到批判:"氏所言女子教育之宗旨,泰西教育家颇斥其谬。以东洋锢蔽之风俗思想评之,或许有默许其言之合于心我者乎?"①1903年,金子马治著、陈宗孟译的《教育学史》也介绍了卢梭的自然教育和消极教育,于充分肯定其价值之余亦反问:"卢梭排斥人为唯取自然,然则人性果本来至善乎?"②1904年,《教育世界》杂志第53期至58期连载了《爱美耳钞》的译文,由中岛端自山口小太郎、岛崎恒五郎的日文本译出。译文于思想界中产生极大震动,王国维在《教育世界》上分别于1904年和1906年发表了《法国教育大家卢梭传》《述近世教育思想与哲学之关系》,并在后一篇文章中总结卢梭思想的三大传统是"感觉主义也(以感觉经验为重),合理主义也(以自由之思考、独立之判断为重),自然主义也(排斥人工的方法,循自然之进路)"③。其后十数年直至五四时期,评介卢梭教育思想的文章始终不绝。④ 1923年,魏肇基据英文节译版译出《爱弥儿或论教育》,由商务印书馆印行并多次重版。

卢梭教育思想对晚清民国儿童观的影响是多重的。他向知识界提示了儿童较之成人的特殊性,促进了"儿童本位论"的提出,这在鲁迅身上则

---

① 转引自王瑶:《〈爱弥尔〉中译本的诞生及卢梭教育思想在近代中国的输入》,《现代企业教育》,2014年第6期,第147页。

② 同上,第147页。

③ 王国维:《王国维哲学美学论文辑佚》,佛雏校辑,上海:华东师范大学出版社,1993年,第13页。

④ 如静观《卢梭及其学说》、叔琴《卢梭之教育说》等。关于卢梭思想在中国传播的事件史,可参见吴雅凌:《卢梭思想东渐要事汇编》,《现代哲学》2005年第3期,第42页。

表现为"幼者本位论"。①鲁迅在《我们现在怎样做父亲》中,就主张要把教育的中心放在孩子身上,反对"长者为尊"的封建伦常:"本位应在幼者,却反在长者;置重应在将来,却反在过去。"②而若要尊重幼者,"开宗第一,便是理解。往昔的欧人对于孩子的误解,是以为成人的预备;中国人的误解,是以为缩小的成人。直到近来,经过许多学者的研究,才知道孩子的世界,与成人截然不同;倘不先行理解,一味蛮做,便大碍于孩子的发达。所以一切设施,都应该以孩子为本位"③。周作人则充分肯定了儿童生活的独立地位:"以前的人对于儿童多不能正当理解,不是将他当作缩小的成人,拿'圣经贤传'尽量地灌下去,便将他看作不完全的小人,说小孩懂得什么,一笔抹杀,不去理他。近来才知道儿童在生理心理上,虽然和大人有点不同,但他仍是完全的个人,有他自己的内外两面的生活。[……]所以我们对于误认儿童为缩小的成人的教法,固然完全反对,就是那不承认儿童的独立生活的意见,我们也不以为然。"④在这个意义上,卢梭的思想与福泽谕吉普及教育的主张、杜威的"儿童中心论"等域外学说一起,推动了19世纪与20世纪之交中国人对儿童的发现。

卢梭的"消极教育"理论还引导了中国文化界反思填鸭式教育,尊重童年长度,从而重视儿童读物的娱乐、审美价值而非教化作用。胡适在教育部国语讲习所的演讲《国语运动与文学》中,强调了娱乐性读物对儿童的积极影响:"教儿童不比成人,不必顾及实用不实用。[……]新教育发明家法人卢梭有几句话说:'教儿童不要节省时间,要糟蹋时间。'[……]任他去看那神话、童话、故事,过了一个时候,他们自会领悟的。[……]——这不是我个人的私意,是一般教育家的公论。"⑤周作人后也指出儿童文学不必一定传授实在的经验,其最高境界应是以"专以天真而奇妙的'没有

---

① 宗先鸿:《论卢梭对鲁迅教育思想的影响》,《东北师大学报(哲学社会科学版)》2012年第2期,第177—178页。
② 鲁迅:《鲁迅全集》,第一卷,北京:人民文学出版社,2005年,第137页。
③ 同上书,第140页。
④ 周作人:《周作人论儿童文学》,第122页。
⑤ 胡适:《国语运动与文学》,《晨报附刊》,1922年1月9日。

意思'娱乐儿童的"①,这一观点未尝没有受到"消极教育"一说的影响。

此外,《爱弥儿或论教育》的译介还有另一重让人意想不到的效果,即促进了当时文化界对女子地位的思考。《爱弥儿或论教育》第五卷专论身为教育者的"我"为爱弥儿选定的未婚妻苏菲的教育,采取了颇令人震惊的男权视角,认为"妇女们的天职"是"使男人感到喜悦,对他们有所帮助,得到他们的爱和尊重,在幼年时期抚养他们,在壮年时期关心他们,对他们进谏忠言和给予安慰,使他们的生活很有乐趣"②。继能势荣之后,魏肇基也在《爱弥儿》卷首译序中慨叹:"本书底第五编即女子教育,他底主张,非但不彻底,而且不承认女子底人格,和前四编底尊重人类相矛盾;[……]所以在今日看来,他对于人类正当的主张,可说只树得一半。"③梁实秋却于1926年撰写《卢梭论女子教育》,坚称卢梭对女子的态度才是对女子天性的最大阐扬,"教育是因人而设的,那么女子自然应有女子的教育"。所以"他[卢梭]的主张非但极彻底,而且尊重女子的人格,和前四编的尊重人类前后一贯,此实足矫正近年来的男女平等的学说"④。鲁迅撰《卢梭和胃口》回击,称若按照梁实秋的荒谬结论,教育就只会加重人的缺陷而非健全受教育者的人格。"那么,所谓正当的教育者,也应该是使'弱不禁风'者,成为完全的'弱不禁风','蠢笨如牛'者,成为完全的'蠢笨如牛',这才免于侮辱各人。"⑤可见卢梭思想的引入也是20世纪二三十年代两性教育平权热潮的影响因素之一。

若说对卢梭的译介极大推动了晚清民国时期儿童观的发展,法国儿童文学作品的引入则丰富了中国儿童读物的门类和篇目选择。⑥ 全面抗

---

① 周作人:《周作人论儿童文学》,第141页。
② 卢梭:《爱弥儿 论教育》,下卷,第539页。
③ 卢梭:《爱弥儿》,魏肇基译,上海:商务印书馆,1923年,第2页。
④ 黎照编:《鲁迅梁实秋论战实录》,北京:华龄出版社,1997年,第85页。
⑤ 同上书,第90页。
⑥ 关于晚清民国时期法国儿童文学在中国的译介编目,可参见李丽《生成与接受:中国儿童文学翻译研究(1898—1949)》的书后附录"清末民初(1898—1919)儿童文学翻译编目"和"民国时期(1911—1949)儿童文学翻译编目"。

战爆发之前,我国文学界针对三个文体的引介最为可圈可点。第一就是响应梁启超"小说界革命"精神的科幻小说。最早舶来的是薛绍徽译《八十日环游记》(即《八十天环游地球》,1900),两年后有梁启超用"少年中国之少年"作笔名译的《十五小豪杰》(即《两年假期》),之后亦有包天笑的《铁世界》(即《蓓根的五亿法郎》,1903)、鲁迅的《月界旅行》(即《从地球到月球》,1903)、《地底旅行》(即《地心游记》,1903),奚若的《秘密海岛》(即《神秘岛》,1905)等。由于晚清时期,儿童文学其实尚未完全实现文体自立,所以这股"凡尔纳热"并非专以少年儿童为对象,其动机由来有二:一为鼓舞国民尤其是少年志气。《十五小豪杰》最早在《新民丛报》上连载,前四回都有梁启超所做的附记,剖白自己之所以用"中国说部体段"翻译本书,是因小说主人公"放假时,不作别的游戏,却起航海思想。此可见泰西少年活泼进取气概"①。他在译文最后一章的结尾处又痛陈翻译此书的必要性:"自此各国莫不有了这本《十五小豪杰》的译本,只是东洋有一老大帝国,从来没有把他那本书译出来,后来到《新民丛报》发刊,社主见这本书可以开发本国学生的志趣智识,因此也就把它从头译出,这就是《十五小豪杰》这部书流入中国的因果了。"②1947年施落英译《十五小豪杰》的书前小引中也有类似表述,例如:"尤其是冒险航海的小说,可以策励读者的志气,引起乘长风破万里浪的念头,实在是少年男女最适当的课外读物。"③二是为借科幻小说推动科学普及,扫除大众迷信。鲁迅《月界旅行》前有"辩言",用一整段话来说"科学小说"的好处。

  盖胪陈科学,常人厌之,阅不终篇,辄欲睡去,强人所难,势必然矣。惟假小说之能力,被优孟之衣冠,则虽析理谭玄,亦能浸淫脑筋,不生厌倦。彼纤儿俗子,《山海经》、《三国志》诸书,未尝梦见,而亦能津津然识长股奇肱之域,道周郎、葛亮之名者,实《镜花缘》及《三国演

---

① 李今主编、罗文军编注:《汉译文学序跋集 第一卷 1894—1910》,上海:上海人民出版社,2017年,第54页。
② 转引自方卫平:《法国儿童文学史论》,第292页。
③ 佛尔诺:《十五小豪杰》,施落英译,上海:启明书局,1947年,第1页。

义》之赐也。故掇取学理,去庄而谐,使读者触目会心,不劳思索,则必能于不知不觉间,获一斑之智识,破遗传之迷信,改良思想,补助文明,势力之伟,有如此者。我国说部,若言情谈故刺时志怪者,架栋汗牛而独于科学小说,乃如麟角。智识荒隘,此实一端。故苟欲弥今日译界之缺点,导中国人群以进行,必自科学小说始。①

梁启超、鲁迅等人的努力令凡尔纳的科学小说在我国开花结果,催生了一批科幻小说的创作,以至于"谈论晚清的科学小说创作,最直捷的思路,无疑是从勾勒凡尔纳之进入中国入手"②。典型例子如佚名作者托"荒江钓叟"之笔名于1904年在《绣像小说》杂志上发表的《月球殖民地小说》,书中主人公乘坐的交通工具、构建的时空观等都仿似《气球上的五星期》和《从地球到月球》的混合③,可见凡尔纳作品对中国本土科幻创作的启迪作用。

第二个文体则是童话。自孙毓修译介贝洛起,晚清民国时期对法国童话的翻译从未停止。1929年,戴望舒将《鹅妈妈的故事》中的八篇散文体童话全部译成中文,多尔努瓦夫人的"仙女故事"名篇如《青鸟》(译本出版于1946年)、《黄矮人》(译本出版于1932年)、《绵羊王》(译本出版于1933年)等也借罗玉君、张昌祈等人之译笔舶来中国,此外还有孟代(Catulle Mendes)《纺轮的故事》(Les contes du rouet,译本出版于1924年)张近芬(笔名CF女士)译本、缪塞《风先生和雨太太》(译本出版于1927)顾均正译本。法国"仙女故事"的引入极大启发并扩展了中文里的"童话"概念:孙毓修意识到了以贝洛童话为代表的"fairy tales"的特殊性,将之称为"神怪小说",在《欧美小说丛谈》中撰写了《神怪小说》《神怪

---

① 儒勒·凡尔纳:《月界旅行·地底旅行》,鲁迅译,哈尔滨:哈尔滨出版社,2015年,"辩言"第2页。
② 陈平原:《从科普读物到科学小说——以"飞车"为中心的考察》,《中国文化》1996年第1期,第114页。
③ 关于荒江钓叟创作对凡尔纳的借鉴,参见何敏、姚萧程:《中国科幻的异质性和民族性:论荒江钓叟对凡尔纳小说的吸纳与变异》,《燕山大学学报(哲学社会科学版)》2022年第23卷第5期,第37—45页。

小说著者及其杰作》两篇文章以探讨这一文体。但因这些"仙女故事"或他口中的"神怪小说"反而是他编撰的"童话"丛书中最受欢迎的篇目,所以大众读者反而把"童话"这一丛书名当成了"仙女故事"的代名词。周作人沿袭了当时社会中的这一命名习惯,将"童话"等同于英文词"fairy tales"及德文术语"Märchen",借用安德鲁·朗等人的人类学说论述称童话源自上古,是对原始礼俗的反映。虽然周作人对贝洛及多尔努瓦夫人创作特色的理解有所偏差,但他还是认识到了童话的发展路径是从民间口传传统向文学童话过渡。

法国的贝洛尔(Perrault)可以说是这派[民间传说]的一个开创者。他于一六九七年刊行他的《鹅母亲的故事》,在童话文学上辟了一个新纪元;但是他这几篇小杰作虽然经过他的艺术的剪裁,却仍是依据孩儿房的传统,所以他的位置还是在格林兄弟这一边,纯粹的文学的童话界的女王却不得不让给陀耳诺夫人(Madam d'Aulnoy)了。[……]她只要得到传说里的一点提示,便能造出鲜明快活的故事,充满着18世纪的宫廷的机智。以后这派童话更加发达,确定为文学的一支,[……]①

可见,在对法国"仙女故事"的接受中,周作人已发展出了我国儿童文学史上的第一个童话理论。之后,赵景深扩大了周作人所说的"童话"范畴,将"仙女故事"归入"民间的童话",将《爱丽丝漫游奇境》等"童话体的小说"视为"文学的童话",又在以上两类中拣选适合儿童阅读的,称为"教育的童话",这才有了现在中文语境内幻想小说和"仙女故事"在"童话"范畴内杂处的局面②。换言之,包括贝洛童话在内的法国"仙女故事"影响了中国儿童文学界对"童话"的界定和感知,对该文体理论空间的开拓起到了决定性作用。

---

① 周作人:《周作人论儿童文学》,第145页。
② 关于"仙女故事"与"童话"在概念上的互动,参见章文:《"仙女故事"与清末民初"童话"概念在我国的理论开拓》,《文化与诗学》2022年第2期,第106—120页。

第三个文学门类是寓言。1925 年,《小说月报》第 16 卷 12 号有徐调孚译《狐狸和葡萄》(Le renard et les raisins),副标题为"拉封登(La Fontaine)寓言",或许是中文中"酸葡萄"表达的源头。① 1926 年,该刊自第 17 卷 1 号起,刊载张谷若翻译的拉风歹纳(即拉封丹)寓言,有《二友人》、《雄鸡与愚人》(原题为《雄鸡与珍珠》,Le coq et la perle)、《鸢与黄莺》(L'Aigle et le Rossignol)等多篇,意味着拉封丹的创作也开始进入中国儿童读物的视野。

简言之,直至抗战之前,法国儿童文学翻译渐趋繁荣,文体齐备,但在全面抗战爆发之后,来自法国的童书译介慢慢步入低潮。整个抗战时期,译者选择的多是一些体现儿童苦难和下层人民抗争精神的作品。1937 年至 1945 年,最受青睐的法国儿童作家是埃克托·马洛。他的两部描述 19 世纪下半叶法国贫苦儿童生存境况的小说《无家儿》(Sans famille)和《孤女努力记》(En famille)多次再版,前者由何君莲译成《苦儿流浪记》(1937)、陈秋帆译为《无家儿》(1938),后者有赵余勋《苦女奋斗记》(1941)版本、唐允魁《苦女努力记》(1940)版本。另有同一作者讲述孤儿罗曼生平的《罗曼·卡尔布利斯》(Romain Kalbris)一书,曾两次被适夷译为中文,分别以《海上儿女》(1946)和《海国男儿》(1947)为题出版。

至于具体的翻译策略,新文化运动前后的译本于"直译"和"意译"间呈现出截然不同的取向。五四前的译本喜用"豪杰译"②,将翻译视为再创作,译者往往不称"译"而曰"译述",甚至不在译本中说明原作的作者、题名和版本。《十五小豪杰》自是"豪杰译"的始作俑者,林纾的童书翻译也多属此类。这一时期的译文在排布上常"托之说部"③,即采用传统章回体小说的形式。例如,《十五小豪杰》的每一章都配有对仗的标题,章前

---

① 秦弓:《五四时期的儿童文学翻译》(上),《徐州师范大学学报(哲学社会科学版)》2004 年第 30 卷第 5 期,第 42 页。

② 学界一般认为"豪杰译"之名源自梁启超译《十五小豪杰》,指译者赋予自己全然的改写自由,对原文本任意增加、删减、改写的翻译方法。参见蒋林:《梁启超"豪杰译"研究》,上海:上海译文出版社,2009 年。

③ 儒勒·凡尔纳:《月界旅行·地底旅行》,"辩言"第 2 页。

第七章　翻译论：儿童文学翻译的理论问题与法国儿童文学在中国　289

由译者作词以充起兴,如该书第一章就被梁启超命名为"茫茫大地上一叶扁舟　滚滚怒涛中几个童子",标题下另有一阙《调寄摸鱼儿》点明小说的主要情节和译者意图：

  莽重洋惊涛横雨,一叶破帆飘渡。入死出生人十五,都是髫龄乳稚。逢生处,更堕向天涯绝岛无归路。停辛伫苦,但抖擞精神,斩除荆棘,容我两年住。
  英雄业,岂有天公能妒。历险俨辟新土。赫赫国旗辉南极,好个共和制度,天不负,看马角乌头奏凯同归去,我非妄语。劝年少同胞,听鸡起舞,休把此生误。①

  而"豪杰译"对章回体小说的借鉴不仅存在于谋篇布局中,语言风格、叙事技巧上亦有体现。因考虑到儿童的接受程度,除林纾《爱国二童子传》(即《二童子环游法国》)(1907)等少数译本坚持使用文言之外,大多数译本的语言均采用与明清通俗小说类似的白话。"看官须知""且听下回分解"之类的套语在梁启超译本中比比皆是,孙毓修译的《睡公主》中在睡美人晕死过去之后,也不免说上一句："看官须知小公主形状虽然已死,她的生活机关,实在毫未损伤,决不会死。"②这种全然的归化策略也延伸至译文中对原文背景世界的塑造和文化要素的传递上。《睡公主》的开篇处是这样译的：

  三千年前,欧洲狮子国大力王在位之时,文会经邦,武会平乱,人民个个爱戴,邻邦处处来朝,好不荣耀。只有一样不足,因他年逾半百,膝下无儿,每与王后虑到身后之事,便不免长吁短叹。③

  (原文是：Il était une fois un Roi et une Reine, qui étaient si fâchés de n'avoir point d'enfants, si fâchés qu'on ne saurait dire.

---

① 朱尔·威尔恩：《十五小豪杰》,饮冰子、披发生译,上海：上海文化出版社,1956年,第1页。
② 孙毓修：《孙毓修童书》,第2册,北京：海豚出版社,2013年,第234页。
③ 同上书,第229页。

> Ils allèrent à toutes les eaux du monde; vœux, pèlerinage, menues dévotions, tout fut mis en œuvre, et rien n'y faisait.①)

贝洛原文中,国王夫妇的求子方式其实充满文化细节:当时人们认为某些天然泉水(les eaux)是治疗不孕不育的良药,尤其是普格(Pougues)和福尔日(Forges)两地的泉水。较有名的事例是路易十三的王后奥地利的安妮(Anne d'Autriche)婚后约二十年间都并未生育子女,1632 年她去福尔日泡浴泉水并服用,后于 1638 年生下路易十四。且按当时法国社会的风俗,用于求子的"小的虔敬之事"(menues dévotions)主要包括让未育女性用力拉动利斯(Liesse)圣母院大钟的钟绳,亲吻圣弗朗索瓦的长裤等。② 这些 17 世纪末法国人眼中治疗不孕不育的良方显然都被孙毓修截去了。他采用了克林伯格所说的整体性的"转写"策略,让儿童读者进入中式魔幻世界。"狮子国"以动物为名,与《西游记》中"狮驼国""宝象国""乌鸡国"存在互文关系;国王名号"大力",无可辩驳地具有佛教色彩,隋代阇那崛多译的《起世经》里讲宇宙缘起时的先王就有"大力王"。③ 孙毓修也规避了一些可能对五四之前的中国儿童来说过于敏感的细节,强调孝道、顺从等儒家品德。如贝洛原文中公主醒来后并未询问过国王夫妇的现状,只是急于成婚。而《睡公主》的女主人公甫一苏醒,"最关心的只有她的父母,因丢下王子,寻至百年以前她父母所住的地方。则见两个老人家,依然健在,也不曾添过几根白发。公主此时,自有说不出的喜欢"④。

五四前法国儿童文学中译本中对语言、文化要素和意识形态内容上的全盘"中国化"在五四后有很大改变。新文化运动之后,20 世纪 20 年

---

① 直译为:"从前,有一位国王和一位王后,他们伤心于没有孩子,伤心到无法形容。他们去到了世上所有的泉水旁;许愿、朝圣,还有些小的虔敬之事……他们什么都做了,却一点效果也没有。"Charles Perrault, *Contes de Perrault*, édition de Gilbert Rouger, p. 97.

② 参见 Charles Perrault, *Contes de Perrault*, édition de Gilbert Rouger, pp. 296—297.

③ 参见 Zhang Wen, «La restitution de l'effet-monde dans le récit», in *Forum: revue internationale d'interprétation et de traduction*, Vol. 17, N° 1, 2018, p. 86.

④ 孙毓修:《孙毓修童书》,第 2 册,第 240—241 页。

代的文学界中流行的是"直译"风潮。翻译连同胡适等人发起的文学革命一起,向汉语中输送了许多旧白话中没有的新词,引入了欧化汉语的句法①,确立了新的标点体系,意识形态的桎梏也陡然放松。儿童文学领域中,周作人等对教化功能的拒斥也让译者开始聚焦于原作的审美和娱乐效用。戴望舒1929年出版《鹅妈妈的故事》的全译本,就在其卷首"序引"中发扬了这一新的儿童文学主张。戴望舒或许是不了解贝洛创作的动机和篇后道德寓意的犬儒主义色彩,所以将贝洛童话称为让儿童"眉飞色舞"的"最称心的故事",强调原书出版后"欢迎的声音从法国的孩子口中到全世界孩子口中发出来,从17世纪的孩子口中到如今20世纪的孩子口中还在高喊着,法国童话杰作家贝洛尔的大名,便因此书而不朽"②。"序引"的末尾又拒绝在小读者身上施加道德教训:"贝洛尔先生在每一故事终了的地方,总给加上几句韵文教训式的格言,这一种比较的沉闷而又不合现代的字句,我实在不愿意让那里面所包含的道德观念来束缚了小朋友们活泼的灵魂,竟自大胆地节去了。"③可见,戴望舒的翻译策略与孙毓修的儿童文学教化观完全背道而驰。同样是《林中睡美人》的开头,戴望舒译作如下:

> 从前有一位国王和一位王后,他们为了没有孩子而忧伤,如此地忧伤,简直谁都说不上来。他们走遍了世界的浴池:立愿、进香,什么都做过了,可是一点成效也没有。④

虽然"小的虔敬之事"没有译出,但戴望舒的译文已堪称大体忠实,将"泉水"译成"浴池",可见他对原文的文化背景有所了解。此外,五四之后的童话翻译在传达的价值观上也颇为宽容。张近芬1924年出版译作《纺轮的故事》,原书作者是法国唯美派作家孟代。孟代是19世纪八九十年

---

① 关于翻译与现代欧化汉语之间的关系,可参见朱一凡:《翻译与现代汉语的变迁(1905—1936)》,华东师范大学语言学与应用语言学专业博士论文,2009年。
② 贝洛尔:《鹅妈妈的故事》,第vii,xi页。
③ 同上书,第xiii页。
④ 同上书,第1页。

代法国"世纪末"(fin-de-siècle)文学的代表,创作中涌动着享乐主义,亦写有《赤裸男人》(L'homme tout nu)等带有情色意味的作品。《纺轮的故事》也并非真正的童话,实是孟代对贝洛《睡美人》的戏仿,为女主人公安排了一个被王子唤醒后宁愿返回睡乡的结局。被王子唤醒后,公主如是应答:

> 我已经睡了一百年,这是真的;但这也是真的,我是做了一百年的梦呢。在我的梦中我是一个可爱的王国的王后呵!我的梦宫有白云堆成的墙壁。我有天使当宫人,有最美妙的音乐娱乐我。当我行走时,是踏在密布繁星的路上。至于我穿的华丽的衣服,放在我桌上的致精的果品,你亦许想象不出呵!论到爱呢,请你信我,我不是没有:因为在我梦中有一情人侍候,比尘世间所有的王子都要漂亮,他忠心待我已一百年了。从这各方面比较起来,我的爵爷,我不想离开我的梦境去享受什么了。我求你离开我,先生,让我再睡罢。①

这种沉溺感官乐趣的颓废语调绝不可能是以孩子为接受视野的。但周作人仍称之为"童话",盛赞其中神秘主义的颓废美,认为它是"文学童话"的好例子。他曾将孟代作品与王尔德童话相提并论,说"王尔德、孟代等的作品便是这文学的童话的最远的变化的一例了"②。他在为张近芬译本写作的附记《读纺轮的故事》中也盛赞孟代,这位"颓废的唯美主义的",却又表达出"快乐主义的思想"的作者:

> 他用了从朗赛尔集里采来的异调古韵作诗,他写交错叶韵的萨福式的歌,他预示今日诗人的暧昧而且异教的神秘主义。[……]颓废派大师波特来耳见他说道:"我爱这个少年,——他有着所有的缺点。"圣白甫且惊且喜,批评他道,"蜜与毒"。③

周作人的评论说明五四之后的儿童文学于包括法国创作在内的译介

---

① 孟代:《纺轮的故事》,CF女士译,上海:北新书局,1924年,第28页。
② 周作人:《周作人论儿童文学》,第146页。
③ 孟代:《纺轮的故事》,第213页。

活动的滋养下,已迎来多元化审美的阶段。遗憾的是,抗战的爆发减少了中法儿童文学之间的互动,需待新中国成立后才迎来另一次译介法国童书的高潮。

二、"十七年"间的法国童书翻译:繁荣局面中的教育性

20世纪的三四十年代象征着我国儿童文学发展史中的一个重大转向。国家与民族所面临的内忧外患让以周作人为代表的童心主义不再经得起新局势的检验,鲁迅、叶圣陶、张天翼等"左联"进步作家开始有意识地引导儿童文学向政治教育功能偏移,在给儿童的创作中表达自己对社会生活的理解,宣传社会理想,开辟了一条儿童文学中的革命道路。1949年至改革开放前近三十年的时间里,特别是在"十七年"(1949—1966)间,我国的童话创作仍然承袭了这一思路。20世纪50年代我国的儿童文学迎来了空前的繁盛局面,反映在翻译实践中则体现为外文图书译介数量的增长:1949年至1965年间,共有1176本外国童书被译成中文,其中来自法国的达27本。①

这一时期我国的儿童文学翻译活动,在思想上和形式上均以向苏联学习为主。60年代初,中苏关系虽有波动,但苏联文学"社会主义现实主义"的导向却得到了始终如一的发扬。1949年后的文学面临新的建设任务,对儿童文学也提出了反映新的社会现实、发扬新的政治思想的挑战。这种尝试不可能一蹴而就,因为"解放初从新民主主义时期进入社会主义时期的作家,虽多数人长期和共产党并肩作战,在抗击日本帝国主义和推翻国民党统治中做出了自己的贡献,但对革命人民的生活,对一个革命作家应该具备的立场、观点、方法,包括革命文学的读者对象及与他们进行对话的方式,都不熟悉;就是解放区作家,也有一个重新学习的任务"②。有鉴于此,建构社会主义新文学的一个重要措施,就是要学习苏联的已有

---

① 朱环新:《1949—2006年中国大陆引进版少儿文学类图书出版研究》,北京大学图书馆学专业硕士论文,2007年,第123页。

② 吴其南:《中国童话发展史》,第233页。

经验。1953年1月11日,《人民日报》转载周扬于前一年在苏联《旗帜》杂志上发表的文章《社会主义现实主义——中国文学前进的道路》,对社会主义现实主义阐释如下:

> 社会主义现实主义,现在已经成为全世界一切进步作家的旗帜,中国人民的文学正在这个旗帜下前进[……]
>
> "走俄国人的路",政治上如此,文学艺术上也是如此[……]
>
> 摆在中国人民,特别是文艺工作者面前的任务,就是积极地使苏联文学、艺术、电影更广泛地普及到中国人民中去,而文艺工作者则应当更努力地学习苏联作家的创作经验和艺术技巧,特别是深刻地去研究作为他们创作基础的社会主义现实主义。①

贯彻到儿童文学创作中,社会主义现实主义的精神要求批判地看待封建主义、资本主义社会的丑恶一面,同时以乐观主义态度呈现社会主义国家的现实场景,用工农兵类的正面人物来感召孩子,完成儿童读物的教育使命。为实现教育功用,"十七年"间译介了大量苏联儿童读物,总数达896本②,是来自法国的童书数量的三十余倍。但即便法国儿童文学译介不是这一时期的主流,但来自法国的27本译著③仍体现出鲜明的社会主义现实主义的导向。其译介特点可总结为以下四点:一是出版时间主要集中在"十七年"的前半期,即1960年之前。二是很多作品并非从法文直译,而是自俄文转译。类似乔玲译的《法兰西小英雄》(1951)本是雨果《悲惨世界》中关于加弗罗什(Gavroche)的片段节选,却是译者从察司娜俄文改编本中译出;吴墨兰译《穿长靴的猫》(即《穿靴子的猫》,1953)依托的原文是苏联教育家马尔夏克的改编本。甚至有些自法文直译的作品也要强

---

① 周扬:《社会主义现实主义——中国文学前进的道路》,《人民日报》1953年1月11日。
② 朱环新:《1949—2006年中国大陆引进版少儿文学类图书出版研究》,第123页。
③ 关于"十七年"间法国童书的译介目录,可参见 Zhang Wen,«La traduction pour la jeunesse et la formation politique de la "génération de relève": une étude sur la traduction des livres enfantins française en Chine à l'époque des "dix-sept ans"(1949—1966)», in *Revue de littérature comparée*, N° 2, 2022, p. 163。

调本书的教育价值已受到苏联儿童或专家的肯定,如罗玉君译乔治·桑《祖母的故事》(1955)于"内容提要"中特别说明原作作者"为她的孙儿孙女写了许多篇童话故事,很受世界各国孩子们的喜爱,特别是苏联的孩子们(见苏联大百科全书儿童文学栏)"①,仇标译《争取和平的马赛孩子》(1951)则称本书属于"苏联少年儿童戏剧丛刊"。三是被译者选中的作家通常可分为两类,除贝洛(如绎如《灰姑娘》,1955)、拉封丹(如倪海曙《拉·封丹寓言诗》,1958)、雨果等经典作家外,多是一些与法国共产党关系密切的进步作家。严大椿等译《法国码头工人的孩子们》②(1958)的作者安德烈·斯谛(André Stil,又译安·斯谛)是法共党员,曾任法共机关报《人道报》(*L'humanité*)主编,所撰三卷本长篇小说《第一击》于 1952 年获得斯大林文学奖;罗玉君译《自由的玫瑰》(1956)的原作由法共党员比·加玛拉(Pierre Gamarra)写成;胡毓寅译《瘦驴和肥猪》(*Histoire d'âne pauvre et de cochon gras*)(1960)的创作者保罗·瓦扬-古图里埃(Paul Vaillant-Couturier)更曾参与法共的创立。四是"十七年"的法国童书译介青睐讲述童年苦难的选题。《法国码头工人的孩子们》的时代背景就是 1949 年至 1950 年的法国码头工人大罢工,工人的孩子们深受食品匮乏、居住环境恶劣和美国驻军影响之苦。这些主题无疑都有助于社会主义现实主义的文学表达。

为突出教育主旨,"十七年"间的法国童书译本通常配有丰富的副文本,以介绍原著作者及创作背景。斯谛《法国码头工人的孩子们》里,严大椿、胡毓寅两位译者就撰写前言,先介绍了本书作者:

> 本书的原作者安德烈·斯谛是法国的青年作家[……]
> 斯谛在战争时期,加入了法国共产党。
> [……]的确,从斯谛的作品和他整个活动来看,除了保卫和平、

---

① 乔治·桑:《祖母的故事》,罗玉君译,上海:平明出版社,1955 年,封二。
② 本书是安德烈·斯谛长篇小说《第一击》(*Le premier choc*)中关于儿童生活的节选,故无法文原题。

维护法国的尊严和法国人民的利益之外,他并没有其他目的。

[……]1950年4月,法国共产党改选中央委员,斯谛被选为候补委员。5月底起,他就担任了法国劳动人民的大报纸——《人道报》的总编辑。

[……]斯谛在狱中的时候,并没有忘记自己应做的工作,他仍旧按照自己选定的正确道路,继续斗争。他写了许多信和文章,揭露了战争挑拨者和他们的帮凶们的丑恶面目,号召法国人民都行动起来,为祖国的自由和独立而做不懈的斗争。

斯谛在劳动人民中间生活过很久,很熟悉他们的生活、思想、感情、语言、愿望等等,并且善于把它们表达出来,所以他的小说写得既亲切又生动。因此,法国劳动人民都很爱读他的作品,并且公认他是一位具有卓越天才的优秀作家。①

关于本书的创作背景,译者也突出了美国驻军与当地人民的矛盾,强调了美国人的所作所为对儿童造成的苦难。

美军在法国的所作所为,使法国人民憎恨。认贼作父的法国反动政府,为了美国占领者要筑飞机场,就派了保安队去赶走农场主,企图占用他的农场,这件事遭到了码头工人和农民的反抗。在法国的街道上,法国人常常被美国军用卡车轧死。美国兵酗酒……法国变成了一个受污辱的国家。②

类似的作家、作品介绍也出现在《自由的玫瑰》的封底上。本书原题《加尔巴德斯的玫瑰》(*La rose des Karpathes*),讲述了罗马尼亚加尔巴德斯山脉中,一株有魔法的玫瑰帮助小女孩米阿扎一家除掉地主黑熊爵爷的故事。译者为突出主题,将之更名为《自由的玫瑰》,并在封底附解释如下:

---

① 安·斯谛:《法国码头工人的孩子们》,严大椿、胡毓寅译,武汉:长江文艺出版社,1958年,第1—5页。

② 同上书,第3页。

第七章 翻译论：儿童文学翻译的理论问题与法国儿童文学在中国　297

比尔·加玛拉生在1919年，是法国现代的诗人兼小说家，著有《魔字》等童话和《穷孩子》等小说，非常得到法国人民的喜爱。

《自由的玫瑰》原名《加尔巴德斯的玫瑰》，是作者在1955年圣诞节为法国儿童写的。全篇表现了剥削阶级的贪得无厌，凶恶残忍，也表现了劳动人民渴望自由和解放。自由的玫瑰象征着人民争取自由的决心和力量，它是所向无敌的。①

而对于传统儿童文学文本，译本则倾向于在人物塑造和背景世界营造中做出变更。绎如的《灰姑娘》(1955)译本弱化了贝洛创作中的沙龙文学传统，着意凸显这篇故事的民俗性，在"前言"里将之定义为"这是一则在欧洲流传甚广的民间故事"②。灰姑娘的出身也做了调整：她不再是贵族少女，而是一位"勤劳善良"的女孩，"始终乐观地劳动着，愉快地生活着，把美好的希望寄托在辛勤的劳作中"。她的父亲所属阶层不明，但作为反面人物的继母却是"一个有钱的寡妇"，属于"剥削阶级"。此外，为了让她更接近"十七年"儿童文学中饱受欺凌的儿童形象，译本还丰富了她的过往经历：

　　过了些时候，小女孩的父亲思念前妻，又不满意后妻这种粗暴恶劣的习性，因此郁结成病，终于一病不起，很快离开了人世。③

这样一来，由于灰姑娘父亲的去世和灰姑娘继母粗暴恶劣的习性直接相关，灰姑娘和富有的继母之间就有了无可化解的阶级仇恨。同时，对灰姑娘等正面人物的改写也伴随着对反面人物的重塑。在灰姑娘的两个继姐身上，绎如重点描绘的是她们的缺点。他为参加舞会前的两个姐姐补充了一个情节：

　　到了傍晚，后母便带着两个宝贝女儿出门，准备到王宫里去参加舞会啦。

---

① 比·加玛拉：《自由的玫瑰》，罗玉君译，上海：少年儿童出版社，1956年，封底。
② 贝洛：《灰姑娘》，绎如改编，杨英镖绘画，上海：上海人民美术出版社，2012年，"前言"页。
③ 同上书，第4页。

>刚走到门口,大姐一不留神,把长裙的裙边踩坏了。她一面急忙叫灰姑娘给她赶缝,一面因为二姐的埋怨耽搁了时间,就和二姐斗起嘴来。
>
>灰姑娘敏捷地把大姐的裙边缝好,大家正准备出发,不想二姐忘记了带扇子,她急忙叫灰姑娘上屋里去拿。
>
>刚才二姐埋怨过大姐耽搁时间,现在大姐自然也毫不客气地埋怨二姐,话说得更加难听。
>
>灰姑娘从屋里给二姐取来了扇子,同时也给大姐取来了她遗落在桌子底下的一只手套。这下,二姐又得理了,用话重重地反击大姐。①

贝洛原文中并无这一段冲突,译文中却详细叙述了两个继姐间发生的争执。二人被形容得一无是处:大姐仅仅是走路就可以把裙边踩坏,二姐丢三落四,她们都和细心、敏捷的灰姑娘形成了鲜明对比。最终灰姑娘得以嫁给王子,译本结尾传递的道德寓意也不是"善良的人会有好报",而是凸显女主人公勤劳的品德。

>关于灰姑娘的故事到这儿结束了。让我们学学灰姑娘吧!学学灰姑娘那种不怕辛劳的乐观性格,学学灰姑娘那种爱好劳动的美好品质!②

如此强调教化的文本要旨与贝洛文末施加给上流社会女性读者的玩世不恭的眼色全然不同。事实上,《灰姑娘》译本同《法国码头工人的孩子们》《自由的玫瑰》一样,都是"十七年"间法国儿童文学在中国的经历的缩影。这一时期的儿童文学译介受童书的政治教育功能和文学创作的主流规范影响大,在人物塑造上倾向于营造对比鲜明的正反面人物,在创作意图上试图将爱劳动、勤俭、乐观等品质教授给儿童,尤其是对一些传统文本改编幅度较大。到20世纪80年代,儿童文学的翻译主潮又回归五四时期的直译策略。

---

① 贝洛:《灰姑娘》,第27—31页。
② 同上书,第118页。

三、"新时期"法国儿童文学在中国：回归"忠实翻译"

"新时期文学"在我国当代文学史上是一个相对模糊的概念，一般泛指 1977 年至 1992 年间的文学活动。"文学性"是这一时期的主潮："新时期作家逆反于极左文学观念和'伪现实主义和伪浪漫主义'的创作方法，试图突破陈旧的文学观念和滞重的叙述模式，从而将文学的灵魂——'文学性'召回。"① 为了突破旧有定式、获取新鲜灵感，20 世纪 80 年代迎来了中国翻译史上的又一次高潮。原作的文学价值成为这一时期选择翻译对象的唯一标准，俄苏文学以外的创作也纷纷被引介过来。越来越多的译者和出版社参与到这场成体系的翻译活动中来：五六十年代的翻译家和 80 年代的新生代译者逐步合流，于修订旧译之余开发新的翻译选题，引介当代世界文学的新成果；人民文学出版社、上海译文出版社、译林出版社等出版机构有意识地丰富翻译图景，系列化、丛书化地推出外国文学译著文丛。尤为值得一提的是，80 年代的翻译为吸纳外国当代文学的新鲜笔法，多有意识采取"异化"策略。② 这恰印证了埃文-佐哈尔提出的假设，当一国文学处于新生阶段，位于全球文学的边缘化地位或面临危机、转型时，翻译文学就会处于文学系统的中心，且倾向于采取更接近原文的忠实翻译。③ 五四时期如此，20 世纪 80 年代亦是如此。

以上图景构成了 80 年代儿童文学译介的底色。1978 年，在庐山召开的"全国少年儿童读物出版工作座谈会"成为儿童文学创作的转折点。会议报告对儿童读物出版工作提出了如下意见："我们强调少年儿童特点，就是要求给孩子们出版的读物，从选题、内容、语言、表现形式或阐述方法，以至装帧插图、开本、印刷等方面，都照顾到孩子们的年龄和心理特

---

① 查明建、谢天振：《中国 20 世纪外国文学翻译史》，下卷，武汉：湖北教育出版社，2007 年，第 766 页。
② 关于 20 世纪 80 年代文学翻译的特质，参见查明建、谢天振：《中国 20 世纪外国文学翻译史》，下卷，第 771—779 页。
③ Itamar Even-Zohar, "The Position of Translated Literature within the Literary Polysystem", in *Poetics Today*, Vol. 11, N° 1, pp. 45—51.

征,考虑到孩子们的阅读能力、理解水平。不顾这些特点,主观地把成年人才能理解和感兴趣的东西,硬塞给孩子们,是错误的。"①报告还提倡要促进题材、体裁多样化,以改善少年儿童读物极度匮乏的局面。"要坚决贯彻'百花齐放,百家争鸣'的方针,敢于创新,努力克服题材狭窄、样式单调的缺点。要大力开阔少儿读物的写作领域,只要符合新时期总任务的精神,有利于少年儿童德智体的全面发展,什么题材都可以写。少儿读物的各个品种、小说、童话、寓言、诗歌、散文、故事、游记、传记、书信、歌曲、图画、戏剧、曲艺、猜谜、科技制作、自制玩具等,都要发展,并要在实践中不断创造更多的丰富多彩的新形式,对孩子们进行多方面的教育。"②

在这一指导精神的影响之下,法国儿童文学在中国的译介情况经历了新局面。据统计,整个80年代共有81本法国童书被引介③。译介活动表现出以下三个重要特征:

一是译介全面化。法国儿童文学的经典作品出现了全译本,如此前的贝洛童话只有戴望舒翻译的《鹅妈妈的故事》全本,尚无对同一作者的诗体童话的译介,1989年则出现了曹松豪译本,收录了连同《格利齐丽蒂斯》《驴皮》和《可笑的愿望》在内的全部十一篇童话。董天琦④、沈宝基⑤等译者也参与其中,改变了诗体童话无人问津的局面。且除贝洛、拉封丹等早已为我国读者所熟知的经典作品外,费讷隆⑥、博蒙夫人、塞居尔伯

---

① 引自1978年12月国家出版事业管理局、教育部、文化部、共青团中央、全国妇联、全国文联、全国科协向国务院提交的《关于加强少年儿童读物出版工作的报告》,参见 http://www.gov.cn/zhengce/content/2017-03/22/content_5179240.htm?trs=1,2021-03-06。

② 参见 http://www.gov.cn/zhengce/content/2017-03/22/content_5179240.htm?trs=1,2023-02-01。

③ 朱环新:《1949—2006年中国大陆引进版少儿文学类图书出版研究》,第123—124页。

④ 董天琦译《法国童话》应于1989年完成,1991年出版,其中收录了《牧羊女格丽施莉蒂》(即《格利齐丽蒂斯》)。参见董天琦、陈大国译:《法国童话》,上海:上海文艺出版社,1991年。

⑤ 沈宝基译有贝洛全部诗体童话三篇。参见佘协斌、张森宽选编:《沈宝基诗译文选》,合肥:安徽文艺出版社,2003年。

⑥ 郁馥、唐有娟、吴玲玲译的《法国儿童文学选》里收录有塞居尔夫人《贝隆蒂娜的故事》。参见江苏省儿童文学创作研究会编:《法国儿童文学选》,郁馥、唐有娟、吴玲玲译,南京:江苏人民出版社,1982年。

爵夫人、夏尔·诺迪埃①等作家也首次被译介。法国儿童文学的译介选题中也涌现了一些近现代作家的作品,诸如圣埃克絮佩里《小王子》(胡雨苏译,1981年中国少年儿童出版社版,该版作者译名为圣-埃克絮佩利)、埃梅《会搔耳朵的猫》(即《捉猫故事集》)(黄新成译,1982年重庆出版社版)、图尼埃《鲁滨逊和孤岛》(即《星期五或原始生活》,张良春选编,1992年湖南少年儿童出版社版)。由以上例子可知,该时期的法国儿童文学体裁覆盖全面,对历代法国儿童文学的代表性作品均有所介绍。

二是出版系统化。少年儿童出版社、人民文学出版社、外国文学出版社、江苏人民出版社等多家出版机构均参加了对法国儿童文学的译介工作。80年代的文学翻译中喜好以系列丛书的形式系统推介外国文学作品,如外国文学出版社"当代外国文学丛书""二十世纪外国文学丛书""非洲文学丛书"等。② 这一新风吹至儿童文学翻译领域,也催生了众多丛书选题。少年儿童出版社有"外国儿童文学丛书",录有托尔斯泰、C. S. 刘易斯等人的作品,法国童书包含方德义等的《蜜蜂公主》译本、法国当代作家勒内·吉约(René Guillot)的《丛林虎啸》(原题 *Prince de la Jungle*,严大椿、王自新译,1985年);人民文学出版社编辑了"世界儿童文学丛书",收入埃梅的《捉猫故事集》(李玉民译,1991年);江苏人民出版社"当代世界儿童文学译丛"不仅有郁馥等译的《法国儿童文学选》,还有《苏联儿童文学选》《日本儿童文学选》,将法国的儿童文学创作融入当时文学界希望了解的世界儿童文学图景。

三是翻译与研究相互促进。80年代法国儿童文学的译者中,有很多对法国语言文化有深入的了解,如曹松豪曾任职于中共中央对外联络部,已出版十余部译著;倪维中曾为我国外交部担任译审,长期从事法国文学翻译,另译有巴尔扎克《交际花盛衰记》;董天琦曾任教于华东师范大学,期间于刚果布拉柴维尔大学和法国巴黎第七大学访学,对民间故事

---

① 后三位作家的作品收录在倪维中、王晔译《法国童话选》中。参见贝洛:《法国童话选》,倪维中、王晔译,北京:外国文学出版社,1981年。
② 查明建、谢天振:《中国20世纪外国文学翻译史》,下卷,第774页。

和法国儿童文学颇有兴趣,曾发表过《我在刚果搜集民间故事》[载《湖北民族学院学报(哲学社会科学版)》2002年第4期]、《拉封丹年谱》(与李照女合写,载《太原师范专科学校学报》2001年第1期)。相较职业译者,这些研究型译者对原文本的理解更为深入,能更忠实地传达各层面的细节。

具体的翻译策略层面上,80年代的法国儿童文学译本几乎皆以异化翻译为主,这一点从贝洛的三篇韵文童话皆用诗体译出就可见一斑。为满足读者对域外文化的好奇,译本一般配有丰富的副文本,提供相关文学常识。倪维中等译的《法国童话选》含《列那狐的故事》及贝洛、多尔努瓦夫人、费讷隆等人的作品,每一节前均有对作家、作品的详细介绍。例如:"《列那狐的故事》是一部杰出的民间故事诗,是中世纪市民文学中最重要的反封建讽刺作品。这部故事诗的形成约在公元12至14世纪之间。"① 又如:费讷隆"是法国古典主义的最后一个代表。他出身于一个破落贵族的家庭,当过路易十四的孙子德·布高涅公爵的教师和冈布雷地区的大主教"②。郁馥等译的塞居尔夫人的《贝隆蒂娜的故事》的文前,亦加上作者介绍:"德·赛古尔伯爵夫人,是法国著名的童话作者。她的作品寓言简明易懂,故事情节曲折、动人,善于抓住儿童的心理,深受广大读者的欢迎。"③对于原著中蕴含的文化要素,也往往不遗余力地加以传达。《格利齐丽蒂斯》中,城中贵妇听闻王子有意娶妻的消息,都有意博得他的青眼。为打造贞淑低调的形象,她们做了如下举动:

> Elles radoucirent leur voix,
> De demi-pied les coiffures baissèrent,
> La gorge secouvrit, les manches s'allongèrent, [……]④

---

① 贝洛:《法国童话选》,第1页。
② 同上书,第246页。
③ 江苏省儿童文学创作研究会编:《法国儿童文学选》,第208页。
④ 直译为:"她们软化了自己的声音,/发式的高度也降了半尺,/衣服领口抬高,袖管加长。"Charles Perrault, *Contes de Perrault*, édition de Gilbert Rouger, p. 26.

此处贵妇的发式降低了半尺,指的是路易十四的宫廷中曾一度流行过丰唐热式女帽(les fontanges),后来随着曼特农夫人成为国王新妇,宫廷着装风气开始向朴素过渡,这种夸张样式的女帽逐步销声匿迹,与之伴随的还有衣服领口的提高、袖管变长等。译者为复现这一女性时尚的变迁,使用了儿童文学翻译中较少使用的译注:

> 语气音调婉转柔美,
> [……]头巾低垂[1],
> 胸脯遮严,袖管加长,[……]

> 1. 此种头饰在当时盛行一时,1691 年 5 月 15 日,德·赛维涅夫人称这种头饰样为"丰唐热式女帽的失败"。因为,当时路易十四时代正流行"丰唐热式女帽"(la fontange),即耸立在头上的藻纱头巾。丰唐热式女帽只是近 1713 年左右才最后销声匿迹的。①

塞维涅夫人的确在 1691 年写给夏尔那公爵(Duc de Chaulnes)的信中调侃道:"这的确是平裁款丰唐热式女帽的失败,不会再有这种耸入云端的头发式样了。[……]公主们看起来得比平时矮了四分之三。"②通过对这一译注的增补,译本成功再现了原作的互文关系与时代背景。

至于价值观的传达,该时期的译本也忠于作者原意。曹松豪译的《贝洛童话》虽然在"序言"里仍是遵循对童话的传统解读,称"这些童话作品的主题是歌颂光明、揭露黑暗;歌颂真诚,抨击虚伪;歌颂善良、鞭笞凶恶;歌颂美丽,暴露丑恶"③,但于篇后的道德寓意上保留了贝洛的犬儒主义倾向。以《可笑的愿望》为例,诗中最后一节体现了贝洛对下层民众的轻蔑。译者在"序言"中将贝洛的意图解读为:"《可笑的愿望》以夸张而讽刺的笔调,揭示了贪心不足最终导致奢望破灭的道理。"但译文中并未更改

---

① 董天琦、陈大国译:《法国童话》,第 602 页。
② Charles Perrault, *Contes de Perrault*, édition de Gilbert Rouger, p. 292.
③ 夏尔·贝洛:《贝洛童话》,曹松豪译,长沙:湖南少年儿童出版社,1989 年,第 3 页。

原作之意,仍为:"不幸的人"不配"利用丘比特赠送的礼物",即下层民众无法对命运的馈赠善加利用。

> Bien est donc vrai qu'aux hommes misérables,
> Aveugles, imprudents, inquiets, variables,
> Pas n'appartient de faire des souhaits,
> Et que peu d'entre eux sont capables
> De bien user des dons que le Cielleur a faits.①

> 因此,真正的善,
> 是不该让那些盲目、多变、
> 轻率、焦急、不幸的人提出心愿。
> 他们中间,只有极少数,
> 才能利用丘比特②赠送的礼物。③

整体而言,20世纪80年代法国儿童文学在我国得到了空前严谨的译介,这在一向以意译为主的儿童文学翻译中是极为少见的。这一时期的大规模翻译为现今百花齐放的儿童文学出版市场打下了基础,让我们迎来了市场化背景下法国儿童翻译的多元化格局。

四、图书经济视阈中的法国儿童文学翻译

20世纪90年代初社会主义市场经济体制的确立引发了一系列出版改革和书业变局。尤其是从90年代后期开始,包括儿童文学在内的文学出版业卷入了"图书经济"的竞争大潮。这一变局对儿童文学的影响是多

---

① 直译为:"所以这倒是真的,对于穷苦、/盲目、冒失、心神不定、善变的人来说,/心愿也没什么用处,/他们中很少有人能够/好好利用上天给予的赐福。"Charles Perrault, *Contes de Perrault*, édition de Gilbert Rouger, pp. 85—86.

② 译本中将原文里赐福的罗马神话里的众神之王"朱庇特"音译为"丘比特"。——笔者自注

③ 夏尔·贝洛:《贝洛童话》,第127页。

第七章 翻译论:儿童文学翻译的理论问题与法国儿童文学在中国 305

方面的:

第一,对出版资源的竞争日趋白热化。除了中国少年儿童新闻出版总社等专业的童书出版集团出现,人民文学出版社等老牌出版社也"抢滩"童书出版。出版机构争夺的对象不仅有《魔戒》、"哈利·波特"系列等经典作品及超级畅销书,还有国内外不断涌现的童书新作。① 为实现资源的最优化配置,出版人开始在图书营销上发力,"借助媒体宣传造势、与学者互动评论、建立小读者群体、创新新书首发式等书业现象都在新世纪呈现出来"②。编辑的职责范围和权限也进一步扩大,"明确选题的全程策划需要包括:①一般情况;②出版意图;③编辑计划;④整体设计;⑤市场分析;⑥宣传方案;⑦营销策略;⑧成本预算;⑨结果预测"③。编辑方针逐步多样化,"鸡皮疙瘩系列""冒险小虎队系列"等不同导向的小众丛书陆续出现。④

第二,引进版图书风头持续不减。2000年,"哈利·波特"系列登录中国,展示了引进版图书的巨大市场潜力,汤锐评论道:"[这]是一个偶然中孕育着必然的事件,它以一种空降的方式将儿童文学的商业化时代强加给了我们。"⑤中国少年儿童出版社2001年引进的"丁丁历险记"系列两年间发行55万套,超过千万册,成为现象级畅销书。⑥ "而发展到2003年,在少儿类畅销书榜TOP10中,除《中国少年儿童百科全书》以外,全部是引进版图书,在TOP30中,引进版品种更是占了23种。"⑦后虽经大力促进本土原创,但引进版童书仍占据儿童文学出版业的大半壁江山。"根据2013—2017年当当童书畅销TOP1000榜单,原创品类与引进品类的

---

① 崔昕平:《出版传播视域中的儿童文学》,北京:中国社会科学出版社,2014年,第156—157,164页。
② 同上书,第171页。
③ 转引自崔昕平:《出版传播视域中的儿童文学》,第158—159页。
④ 崔昕平:《出版传播视域中的儿童文学》,第171页。
⑤ 转引自崔昕平:《出版传播视域中的儿童文学》,第170页。
⑥ 崔昕平:《出版传播视域中的儿童文学》,第174页。
⑦ 转引自崔昕平:《出版传播视域中的儿童文学》,第175页。

比例基本保持为 3∶7。在 2017 年上半年的当当童书畅销 TOP1000 中，原创作品占 40%，引进作品占 60%。"①如崔昕平所说，引进版品种的盛行也引发了诸多问题：其一，引进图书出现了同质化倾向；其二，部分出版社不辨良莠，引进的图书质量参差不齐；其三，引进图书的本土化工作尚有不足，引发诸多翻译质量问题、出版问题；其四，引进版权愈演愈烈引发恶性竞争；其五，引进版充斥市场导致本土原创活力不足。②

第三，效益竞争引发观念转变，出版业开始切实关注小读者及其背后的消费者的兴趣点。1999 年，于友先在第五次全国少儿读物出版工作座谈会上发表讲话："首先，我们必须更深入地了解和观察现在的少年儿童读者即我们的读者对象。[……]其次，从现在已出版的少儿读物来看，知识陈旧的问题也还存在，成人化倾向比较明显。"③出版业的市场化终于改变了这一局面，童书出版机构开始探索"幽默文学""大幻想文学"等多种适应儿童阅读兴趣的美学趋向④，尤其是在"图文关系"领域发力。作为从日文引进的新名词，"绘本"作为新型图画书成为常销和畅销品种。"受众消费心态和能力的提升，阅读推广人，尤其是民间阅读团体的强力推荐，加之台湾地区成人绘本风靡的流行文化背景，催生了 2005 年以来图画书的大面积流行，形成了一股绵延至今的购书'时尚'。"⑤

上述儿童文学新浪潮也引发了法国儿童文学译介的新特征。

首先，翻译活动中同质化和多样化共存。法国儿童文学翻译于近年来迎来新高峰，2019 年法国驻华使馆文化与教育合作处的一次内部活动中，相关人员透露近年来法国童书对华版权输出量长期占法国全部图书门类对华输出量的一半以上。在当当网之类的购书平台上搜索可知，法国童书引进门类分布全面，既有玩具书，也有《拉鲁斯儿童百科全书》一类

---

① 张国龙、付晓明：《2017 年中国童书出版状况探察》，《中国图书评论》2018 年第 2 期，第 80 页。
② 崔昕平：《出版传播视域中的儿童文学》，第 175 页。
③ 转引自崔昕平：《出版传播视域中的儿童文学》，第 184 页。
④ 崔昕平：《出版传播视域中的儿童文学》，第 227 页。
⑤ 同上书，第 248 页。

的百科类书籍,另有"卡斯波和丽莎"等系列绘本、《三十五公斤的希望》等新面世的小说、"小恐龙大冒险"系列等科普读物。但丰富的引进品类的背后则是对传统选题的过度挖掘:贝洛童话、拉封丹寓言、凡尔纳小说等已过版权保护期的经典著作仍是很多出版社的"生蛋金鸡",据不完全统计,从 2015 年至今,贝洛童话已有四十多种不同版本。

其次,出版方针与翻译策略多样化。为细分市场,瞄准不同群体的特定需要,出版机构制定了不同的营销策略,将图书纳入不同丛书或系列,翻译策略也随之调整。仍以贝洛童话为例,呈现方式既可能是"影响孩子们一生的经典"(人民文学出版社 2010 年艾珉译本),也可能是配有英译本的"亲亲经典"(中国宇航出版社 2014 年王慧玉注译本),亦可能是"美国最高儿童文学奖作品系列"(哈尔滨出版社 2014 年李梵音译本),更有可能是"世界经典文学小学生分级阅读文库·春之声卷(注音版 适合一年级阅读)"(二十一世纪出版社 2014 年孙亚敏改写本)。

最后,关涉图文关系的绘本、插画书、连环画等领域大放异彩。虽暂无全面的统计数据,但常有法国绘本、插画书等进入中国图书馆编制的《绘本 100 目录》或进入图书销售网站的热搜位置,贝洛童话、拉封丹寓言、凡尔纳小说、塞居尔夫人作品等也常以插画书、绘本的形式被改编。

而因出版方针极其多元,趋同的翻译规范已难以定义现阶段的法国童书译介实践。此处仅以《林中睡美人》的两个译本为例,展现现今童书翻译里"极自由"和"极忠实"的两个极端,而于此两极之间,各种程度、不同层面的改写更是不一而足。2010 年北方妇女儿童出版社改编本将这则故事以绘本的方式呈现,将之列入"最美世界童话"丛书,上架建议是"3—6 岁儿童",强调童话的审美价值:"此系列图书装帧精美,文字优美并配有拼音,插图精美,可以培养孩子的审美能力。"①译本删除了原著中王子、公主成婚后王子的食人魔母亲试图吃掉儿媳和两个孙辈的情节,对原文做出了极大的简化,且添加了一些令人意外的情节。如该译本的开

---

① 夏尔·佩罗:《林中睡美人》,祖春明译,长春:北方妇女儿童出版社,2010 年,第 3 页。

头为：

> 从前,有一个国王,他和皇后结婚很久了,可是一直没有孩子。因此,他们非常渴望有一个孩子。
>
> 有一天,皇后在湖边洗澡的时候,出现了一只青蛙。青蛙对皇后说:"你马上会生一位公主!"①

贝洛笔下的国王夫妇为获得一个继承人所做的努力及与之相关的文化细节消失无踪。考虑到该译本面向学前儿童,这一点删减本无可厚非。但青蛙的预言是贝洛童话面世百余年后才在格林兄弟版本中出现的细节,加在这里颇显突兀,似乎说明译者依托的并非贝洛原文。本书的最后也有一个译者添加的大团圆结局:

> 王子望着沉睡中的公主,竟忍不住亲了公主一下。就在这时候,公主竟睁开了她的大眼睛,目不转睛地注视着王子[……]
>
> 过了不久,睡美人就和王子结婚了,而且举办了一个很盛大的结婚典礼,举国欢腾。王子与睡美人从此过着幸福快乐的日子。

原文里王子并未亲吻公主,他只是靠近公主床旁,后者就若有所感,随即醒来。且二人的婚后生活并非一帆风顺,经历了多次食人魔老王后的考验。但随着格林兄弟版本和迪士尼动画的风行,王子拯救睡美人的深情一吻与婚姻造就的美满结局已经成为中国小读者对《睡美人》的期待视野的一部分,译者应是据此做出了改写。

与该译本同年面世的还有艾珉译《法国童话》,收录有《林中睡美人》。译者夏玟,笔名艾珉,曾任人民文学出版社外国文学第一编辑室主任,主持出版过《巴尔扎克文集》《萨特文集》等多个大型项目,是一位学者型编辑。《法国童话》属于"影响孩子一生的经典"丛书,却强调阅读可能的跨界性:"这些童话故事生动,语言优美、幽默,充满生活情趣,字里行间洋溢着法兰西人的机智、俏皮和浪漫,不仅孩子喜欢,即便成年人读起来也颇

---

① 夏尔·佩罗:《林中睡美人》,祖春明译,长春:北方妇女儿童出版社,2010年,第4—6页。

有意味。"①这一版本复现了原作的全部情节,对文后的诗体道德寓意也予以保留。贝洛文本的背景世界也得到复现,如译者对开场处的不同处理:

> 从前,有一位国王和一位王后,他们因没有孩子而发愁。唉,简直愁得没法形容!他们遍寻天下所有的养生水^①;又是许愿,又是进香,又是祈祷,什么方法都使过了,可就是不管用。②
>
> ①有的泉水能养生,不生育意味健康欠佳,所以要喝养生水。

诚然,以上两个译本只是现今法国儿童文学翻译中的两个典型范例。但出版方针对翻译的巨大影响已然说明,在从 20 世纪 90 年代中期到今天的短短二十余年间,经济方面的巨大变革已经造就了多重力量参与的童书译介新格局。法国儿童文学仍在不断被译介,而改变也将持续发生。

自晚清民国时代开始,每个时代的法国儿童文学翻译都闪现出不同的特质。鲁-福卡尔(Geneviève Roux-Faucard)曾在评论不同时期的译本时说道,译本是"一个珍贵的角度,可以判断人们对该著作如何读解,可以了解原作者在另一种文化里的命运,因为翻译将其具象化"③。这样说来,法国儿童文学的译介与接受也展现了该文学门类百年来在我国所经历的理解和命运。另一方面,中法儿童文学间的互动也是中法间的文学、文化关系的一个侧面。"波尔·阿扎尔在《书·儿童·成人》一书中的说法是有道理的:'儿童的书的确有民族的感情,可是更重要的事含蕴着全人类的意识。'可以说,法国儿童文学在 20 世纪中国的传播,串起的不仅仅是时间,更是两个伟大民族共通的感情和意识!"④

---

① 佩罗等:《法国童话》,封底。
② 同上书,第 12 页。
③ Geneviève Roux-Faucard, *Poétique du récit traduit*, Caen: Lettres modernes Minard, 2008, p. 7.
④ 方卫平:《法国儿童文学史论》,第 304 页。

结　语

　　不知读者们是否还记得,在 20 世纪 30 年代,"新教育运动"的拥趸、幕后的"海狸爸爸"保罗·福谢创办过一套题为"教育"的丛书,其中收录有保罗·阿扎尔的《书,儿童与成人》。这本书一向被视作"法国儿童文学研究的奠基性著作",身为比较文学专家的阿扎尔在书中采用国际化视野,用抒情式的笔调揭露了"成人长期以来对儿童的压迫",又列举了欧洲各国"儿童对成人的抵抗"。在他看来,因为民族特质不同,所以这种抵抗表露在儿童文学上,就体现为各国童书不同的特质。至于他的母国法兰西,他用了三个词来形容本国的儿童文学,即"理性、智慧、优雅"[①]。而他引为论据的三个作家恰恰是本书研读过的作者:夏尔·贝洛是理性的代表,因为他笔下的"仙女们以她们独特的方式展现着笛卡尔式的仙女面貌",以至于灰姑娘的教母在让南瓜变为马车、老鼠变为车夫的时候,"始终保持着逻辑",这是"为了品尝只有在遵循逻辑时才能体验到的更细致微妙的快感"[②]。凡尔纳是"灵光闪动的天才",他象征着智慧。他"在八十天里完成了环球旅行,行完了海底两万里,在气球上待了五个星期",

---

[①] 保罗·阿扎尔:《书,儿童与成人》,梅思繁译,长沙:湖南少年儿童出版社,2014 年,第 151 页。

[②] 同上书,第 151—152 页。

"他就差没有想到,利用海洋中不同水层之间的温差能制造寒冷,以此转变各大州和地球的现状"。① 塞居尔伯爵夫人则是优雅的化身,她笔下的"小淑女们"生活在"一个夺人眼目的惊奇世界:高贵的女士们,重要的男人们,举止优雅的小女孩,都说着温文尔雅的语言;明亮的客厅,草地上的狂欢,会面,散步,晚宴和点心;遮阳伞和蓬起来的纱裙;背心和鬓角留起的胡子……一系列的贵族脸孔,一直到今天依然令孩子们喜欢"②。

阿扎尔之说不无道理,但似乎无法用典型个例的某一特性推导出法国儿童文学的全貌。若顺着他的逻辑,贝洛还给这一文体带来了贵族化和玩世不恭,凡尔纳也象征着旅行、孤岛求生与乌托邦的社会理想,塞居尔夫人的道德说教倾向不容忽视,拉封丹、费讷隆、富耶夫人等作者更是足以给法国儿童文学贴上"动物故事""成长小说""爱国的公民教育"等标签。多元化的创作赋予了法国儿童文学多样的侧面,远非阿扎尔拣选三个美好的字眼就能概括。有此"前车之鉴",我们放弃了在本书结语中用词句罗列法国儿童文学的表面特征,而是试图用另外三个词语,浅论这一文学体裁的三个更具普适性的特质,那就是异质性、不对称性和矛盾性。

法国儿童文学是异质的,这一异质性贯穿了这一文学交际包括生成、书写、接受和翻译在内的所有环节。并非所有的创作者在写作时都以儿童为目标读者,儿童读物在来源上至少可以分为动机上"为儿童所写",现实中"被儿童所读"和被成人中介者(出版商、父母、教师等)"重定位于儿童"三类,却一并进入了所谓"年轻人的文学"的范畴。这些文本来源各异,形式也绝不相同,拉封丹的诗体寓言就与凡尔纳的从无说教内容的长篇科幻小说毫无可比之处,拉图尔郎德利爵士的《教女用书》和布吕诺夫绘就的《小象巴巴尔的故事》也并无相似点。这一异质性可能发生在本土创作中,也可能发生在跨文化交际里,对儿童文学文本的多元化使用甚至会发生在同一个文本身上:贝洛童话近二十年来的中译本里既有一心"异

---

① 保罗·阿扎尔:《书,儿童与成人》,第155页。
② 同上书,第158页。

化"的忠实译本，也有面向 3—6 岁孩子的改编绘本。但以上所有的这些门类，也就是这些小说、诗歌、绘本、寓言，甚至活动书、动画书，都以一个和谐的方式摆放在同一个书架上，或者存在于同一个图书目录中，隐含着某种若有若无的同一性。这个同一性只能从小读者的身上去找寻，让儿童文学变成一场成人与儿童之间的、发生于现实中或意向里的文本交际。

然而，"小读者"这一群体也不过是异质的个人构成的统一体，被出版商用纷繁复杂的年龄分段法切分成一个个小团体。但更重要的是，儿童文学交际由成人主导，作为实际受众的儿童不具备任何话语权，完全处于被动接受的地位。而成人在发起"文本契约"时，他的意定对象并非实际中的读者，而是他凭借某一时期、某一社会中的儿童观和自我经历构建出的儿童形象。所以说，儿童文学的意向读者和实际读者之间，也存在着某种区别化和异质化的倾向，让这一文学体裁中唯一的身份承载物、唯一的"不变量"变得愈发难以捉摸。

在这一场成人把控一切的异质文学交际中，实际中的小读者被他们构想出的小读者所取代，导致儿童在儿童文学中的缺席。成人愈发可以毫无顾忌地占据高高在上的教育者的位置，让这些文本于儿童读者处完成他们所期待的教育或娱乐功用。于是，儿童文学交际的双方呈现出实力悬殊的态势：一方强势独断，一方默默忍受，引发了儿童文学的不对称性。不对称性又同儿童文学的功利性直接相关，法国的儿童文学史就是一部不对称的、功用化的文学交际史：中世纪时，成人尚未发现儿童在认知上的特殊性，《教女用书》等寥寥几部"儿童作品"只关注具体情境中的教育作用；文艺复兴以来，人文主义者的教育理想让大有教化意味的故事、寓言和成长小说体裁为法国儿童文学奠定了基础；启蒙时代卢梭的"自然教育"让强调知识、理性的《儿童杂志》一类创作成为时代主潮；第二帝国至第三帝国时期出版商的加入又令"寓教于乐"的课外读物、儿童读物大行其道，成为巨大的图书产业；市场经济时代思潮多元，童书的教化意味逐渐消弭，绘本、连环画等体裁的审美、娱乐作用得到重视。而在我们的这一长段叙事中，所有的主语都是成人，所有的承受者都是儿童。

两部历史已向我们证明，成人眼中所见，只有自己的交际意图，只有童书的功用，却少有儿童的心理和生理现实，所以在实现儿童文学教育功能和娱乐功能的过程中，才会有关于"如何实现道德教育""如何把握审查尺度""如何在书本传授的新知识和儿童的已知之间取得平衡"的争论，它们都来自成人的期许和儿童的实际间的分化与差别。不过，在绝大多数情况下，终究还是成人的诉求占了上风。他们对童书功能性的追求和强化，如保持儿童阅读兴趣的"激发机制"、对童书进行的图文关系植入等出版或创作手段，又让儿童文学陷入某种"套路化"，文学价值进一步遭到质疑，"儿童文学"成为"文学价值不高"的代名词，愈发陷入边缘化境地。"自卑感"成为法国儿童文学潜意识中的梦魇，诱发了其中无可掩藏的矛盾性。儿童文学学界为儿童文学选出的经典文本，恰恰是那些超出儿童文学范畴的、"不那么儿童文学"的，似乎当我们在肯定一本书全然属于儿童文学时，就否认了它成为经典的价值和潜力。贝洛童话、拉封丹寓言、凡尔纳科幻小说都是典型的例子：它们成为经典的原因，均在于带有某种跨界文学的双重面向性，即不仅可为儿童所读。这种成人本位性实际上也影响了本书的叙述逻辑：我们强调贝洛童话的"古今之争"背景，拉封丹《寓言诗》中的动物隐喻和作诗法，以及凡尔纳作品中相互矛盾的政治理想，不也是在强调这些作品的"成人性"，否认其"儿童性"，以期凸显作品价值，深化研究视野吗？试问是否还有另一种体裁，和儿童文学一样自相矛盾，需要用"非儿童性"来肯定其"儿童性"，用否认"自我"的方式来让"自我"更有价值？

以上三点特性恐怕不仅适用于法国儿童文学，更可见于世界各国的儿童文学创作中。儿童文学是儿童与成人间力量态势的具体显现，而二者间在社会关系上的不对等让这种异质性、不平等性和矛盾性几乎无可避免，甚至危害到了本研究领域的生存根基。除去泛泛呼吁成人给予儿童群体更多的尊重和关注，呼吁出版业在文本生产中多倾听实际读者的意见，本学科还需要进一步针对儿童文学的文体身份进行思考，构建专属于该体裁的分析与评价体系。

但是，上述这幅满是"阴霾"和阿扎尔所说的"欺压"的图景也不应让我们对法国儿童文学及其研究的未来失去信心。它的异质性也决定了这是一种开放性的文学，继 20 世纪陆续加入的绘本、连环画之外，将来一定会有更多受到儿童欢迎的体裁进入这一范畴，成为本学科新的学术生长点。且这一研究领域起步不久，理论工作亟待进一步开拓，多个经典作者、文本尚未成为研究对象，停留在故纸堆的尘埃中。而即便是贝洛、拉封丹、凡尔纳等"研究热门"，若是结合儿童心理学，换上小读者的视角，恐怕也可以得到另一种阐发。笔者不揣浅陋，但认为法国儿童文学终可以成为法国文学研究中的一片新兴热土。研究者唯一要做的，就是不再顾虑"失去成年人的骄傲与尊严"，"俯下头颅倾听童年"[①]，儿童文学的神异世界就会向我们打开大门。

---

① 保罗·阿扎尔：《书，儿童与成人》，第 5 页。

参考书目

外文文献

Anonyme. *La littérature à l'école: Notices des ouvrages de la liste de référence* 2018. Adresse URL: https://eduscol.education.fr/114/lectures-l-ecole-des-listes-de-reference, 2022-09-20.

Anonyme. *Dans la nature: livre musical*. Londres: Usborne, 2017.

Anonyme. *Le nouveau Petit Robert*. Paris: Dictionnaires le Robert, 1993, p. 983.

Anonyme. *Magasin d'éducation et de récréation*. Paris: J. Hetzel, 1er semestre 1864.

Anonyme. «Oraison», in *Roti-cochon ou Méthode très-facile pour bien apprendre les enfans à lire*. Dijon: Claude Michard, 1689—1694.

AQUIEN, Michèle; MOLLNIÉ, Georges. *Dictionnaire de rhétorique et de poétique*. Paris: Le Livre de poche, 1999.

ARIÈS, Philippe. *L'enfant et la vie familiale sous l'Ancien Régime*. Paris: Gallimard, 1960.

BACAUMONT, Jean; SOUPAULT, Philippe. *Les comptines de langue française*. Paris: Seghers, 1961.

BAUDOU, Jacques. *La science-fiction*. Paris: Presses Universitaires de France, 2003.

BEAUVAIS, Catherine. «Letabou en littérature de jeunesse». Adresse URL: http://clementinebleue.blogspot.fr/2011/11/le-tabou-en-litterature-jeunesse.html, 2022-08-12.

BECKETT, Sandra. *Crossover Fiction*. London/New York: Routledge, 2008.

BERMAN, Antoine. *La traduction et la lettre ou l'auberge du lointain*. Paris: Seuil, 1999.

BERGONZI, Bernard. *The Early H. G. Wells: A Study of Scientific Romances*. Toronto: University of Toronto Press, 2016.

BERQUIN, Arnaud. *Œuvres complètes d'Arnaud Berquin*, tome I. Paris: Masson et Yonnet, 1829.

BIARD, Jean Dominique. *Le style des fables de La Fontaine*. Paris: Éditions A.-G. Nizet, 1969.

BOBOWICZ, Zofia; TOMASWKIEWICZ, Teresa. «La théorie et la pratique de la traduction de littérature pour enfants et adolescents», in *Études de linguistique appliquée*, N° 52, 1983, pp. 81—92.

BOUTEVIN, Christine; RICHARD-PRINCIPALLI, Patricia. *Dictionnaire de la littérature de jeunesse: à l'usage des professeurs des écoles*. Paris: Vuibert, 2008.

BOZETTO, Roger. *La science-fiction*. Paris: Armand Colin, 2007.

BRUNET, Odette; LEZINE, Irène. *Le développement psychologique de la première enfance*. Paris: PUF, 1965.

CARADEC, François. *Histoire de la littérature enfantine en France*. Paris: Albin Michel, 1977.

CHARAUDEAU, Patrick. *Langage et discours: éléments de sociolinguisque*. Paris: Hachette, 1983.

CHELEBOURG, Christian; MARCOIN, Francis. *Littérature de jeunesse*. Paris: Armand Colin, 2007.

CHESNEAU, Jean. *Jules Verne : une lecture politique*. Paris: François Maspero, 1982.

COLLODI, Carlo. *Les aventures de Pinocchio*, traduction par Jacqueline Bloncourt-Herselin. Paris: Apostolat des éditions, 1972.

Comtesse de Ségur, *Les petites filles modèles*. Paris: Hachette, 1858.

Comtesse de Ségur. *Les malheurs de Sophie*. Paris: Hachette, 1918.

COX, Marian. *Cinderella : Three Hundred and Forty-five Variants of Cinderella, Catskin, and Cap O'Rushes*. London: Publications of the Folklore Society, 1893.

CURIAL, Hubert. *La Fontaine : Fables*. Paris: Hatier, 2006.

DANSET-LEGER, Jacqueline. *L'enfant et les images de la littérature enfantine*. Bruxelles: Pierre Mardaga, 1988.

D'AULNOY, Marie-Catherine. *Contes de fées*, édition de Constance Cagnat-Debœuf. Paris: Gallimard, 2008.

D'AULNOY, Marie-Catherine. *Contes des fées*. Paris: Bernardin-Béchet, 1868.

DAUDET, Alphonse. *Lettres de mon moulin*. Paris: Bibliothèque Charpentier, 1895.

DE BERGERAC, Cyrano. *L'autre monde et les États et empires de la Lune*, texte établi par Frédéric Lachèvre. Paris: Garnier, 1938.

DE BRUNHOFF, Jean. *L'histoire de Babar, le petit éléphant*. Paris: Hachette, 2018.

DE BRUNHOFF, Jean. *Le voyage de Babar*. Paris: École des loisirs, 1931.

DE FLORIAN, Jean-Pierre. *Fables de Florian*. Paris: Louis-Fauche Borel, 1793.

DE GRISSAC, Guillemette. « La littérature de jeunesse: un continent à explorer ». Adresse URL: https://www.youscribe.com/catalogue/documents/la-litterature-de-jeunesse-358619, 2022-08-12.

DE GENLIS, Stéphanie. *Les veillées du château*. Paris: Morizot, 1861.

DE LA FONTAINE, Jean. *Œuvres complètes*, préface de Pierre Clarac, présentation et notes de Jean Marmier. Paris: Seuil, 1965.

DE LA FORCE, Charlotte-Rose. *Les contes des contes par Mademoiselle* * * *. Paris: Simon Bernard, 1698.

DE LA FU ŸE, Marguerite Allotte. *Jules Verne: sa vie, son œuvre*. Paris: Simon Kra, 1928.

DELAHAIE, Marc. *L'évolution du langage de l'enfant. De la difficulté au trouble*. Saint Denis: Inpes, 2009.

DE LA MOTTE-FÉNELON, François de Pons de Salignac. *Les aventures de Télémaque*. Paris: Firmin Didot frères, 1841.

DE LA MOTTE-FÉNELON, François de Pons de Salignac. *Traité de l'éducation des filles*. Paris: Gauthier Frères, 1830.

DE LA MOTTE-FÉNELON, François de Pons de Salignac. *Œuvres complètes*, tome XVII. Paris: Gauthier Frères, 1830.

DE LA TOUR LANDRY, Geoffroi. *Livre pour l'enseignement de ses filles du chevalier de la Tour Landry*, texte établi par Anatole de Montaiglon. Paris: P. Jannet, 1854.

DELARUE, Paul; TÉNÈZE, Marie-Louise, *Le conte populaire français*, tome II. Paris: Éditions G.-P. Maisonneuve et Larose, 1964.

DELARUE, Paul. *Le conte populaire français*, tome I. Paris: Éditions G.-P. Maisonneuve et Larose, 1976.

DEULIN, Charles. *Les contes de ma Mère l'Oye avant Perrault*. Paris: E. Dentu, 1878.

DIAMENT, Nic; GIBELLO, Corinne; KIEFE, Laurence (dir.). *Traduire les livres pour la jeunesse: enjeux et spécificités*. Paris:

Hachette, 2008.

DIÉNY, Jean-Pierre. *Le monde est à vous : La Chine et les livres pour enfants*. Paris: Gallimard, 1971.

DUCHÉ, Dider-Jacques Duché. «Enfance (les connaissances) — Développement psychomoteur», in *Encyclopædia Universalis*. Adresse URL: http://www.universalis-edu.com/encyclopedie/enfance-les-connaissances-developpement-psychomoteur/, 2022-08-12.

DUMAS, Olivier. *Jules Verne, avec la publication de la correspondance inédite de Jules Verne à sa famille*. Paris: La Manufacture, 1988.

DURAND, Marion; BERTRAND, Gérard. *L'image dans le livre d'image pour enfants*. Paris: École des loisirs, 1975.

ECO, Umberto. *Lector in fabula*, traduction par Myriem Bouzaher. Paris: Grasset, 1985.

ESCARPIT, Denise (ed.). *Attention! Un livre peut en cacher un autre …*. Paris: Cahiers du Cerulej, 1986.

ESCARPIT, Denise. «Plaisir de lecture et plaisir de lire», in *Communication et langages*, N° 60, 1984, pp. 13—29.

ESCOLA, Marc. *Contes de Charles Perrault*. Paris: Gallimard, 2005.

ÉSOPE. *Fables*, traduction par Émile Chambry. Paris: Les Belles Lettres, 1927.

EVEN-ZOHAR, Itamar. "The Position of Translated Literature within the Literary Polysystem", in *Poetics today*, Vol. 11, No. 1, 1990, pp. 45—51.

EVEN-ZOHAR, Itamar. *Polysystem Studies*. Durham: Duke University Press, 1990.

EWERS, Hans-Heino. *Fundamental Concepts of Children's Literature*, translated by William J. McCann. London/New York: Routledge, 2009.

FRIOT, Bernard. « Traduire la littérature pour la jeunesse », in *Le français aujourd'hui*, N° 142, 2003, pp. 47—54.

GAIGNEBET, Claude. *Le folklore obscène des enfants*. Paris: Maisonneuve et Larose, 1974.

GAILLARD, Aurélia. *Fables, mythes, contes: l'esthétique de la fable et du fabuleux (1660—1724)*. Paris: Honoré Champion, 1996.

GATTÉGNO, Jean. *La science-fiction*. Paris: Presses Universitaires de France, 1992.

G. Bruno. *Le tour de la France par deux enfants*. Paris: Belin, 1877.

GOUANVIC, Jean-Marc. *Sociologie de la traduction: la science-fiction américaine dans l'espace culturel français des années 1950*. Arras: Artois Presses Université, 1999.

GOUGENHEIM, Georges. *Dictionnaire fondamental de la langue française*. Paris: Didier, 1958.

GREIMAS, Algirdas Julien. *Sémantique structurale*. Paris: Presses universitaires de France, 2002.

GUILLOT, Isabelle. *Fables de La Fontaine. Leçon Littéraire*. Paris: Presse Universitaires de France, 2004.

HALÉVY, Daniel. *La République des ducs*. Paris: Hachette, 1995.

HAZARD, Paul. *Les livres, les enfants et les hommes*. Paris: Éditions contemporaines Boivin & Cie, 1949.

HENRY, Georges. « Lisibilité et compréhension », in *Communication et Langages*, N° 45, 1980, pp. 7—16.

HUGUET, Françoise. *Les livres pour l'enfance et la jeunesse de Gutenberg à Guizot*. Bruxelles: Klincksieck, 1997.

JAN, Isabelle. *Les livres pour la jeunesse: un enjeu pour l'avenir*. Paris: Éditions de Sorbet, 1988.

JAN, Isabelle. *La littérature enfantine*. Paris: Éditions Ouvrières

Dessain et Tolra, 1985.

KLINGBERG, Göte. *Children's Fiction in the Hands of Translators*. Lund: Gleerup, 1986.

KLINBERG, Göte; ØRVIG, Mary; AMOR, Stuart (dir.). *Children's Books in Translation: the Situation and the Problems*. Stockholm: Almqvist and Weksell International, 1976.

LADMIRAL, Jean-René. «Sourciers et ciblistes», in *Revue d'esthétique*, N° 12, 1986, pp. 33—42.

LEDERER, Marianne. *La traduction aujourd'hui*. Caen: Minard, 2006.

LEPRINCE DE BEAUMONT, Jeanne-Marie. *Lettre en réponse à l'abbé Coyer*. Nancy: Henri Thomas, 1748.

LEPRINCE DE BEAUMONT, Jeanne-Marie. *Magasin des enfants*. Paris: Delarue, 1858.

LEPRINCE DE BEAUMONT, Jeanne-Marie. *Magasin des enfants*. Paris: F. Esslinger, 1788.

LEPRINCE DE BEAUMONT, Jeanne-Marie. *Magasin des adolecentes*. Lyon: Religuilliat, 1760.

LEPRINCE DE BEAUMONT, Jeanne-Marie. *Magasin des adolescents*, tome I. Londres: J. Nourse, 1760.

LETT, Didier. «Comment parler à ses filles?», in *Médiavales*, Vol. 19, 1990, pp. 77—82.

LOCMANT, Patrice. «Jules Verne et la Pologne», in *Revue des études slaves*, N° 3, 2019. Adresse URL: https://journals.openedition.org/res/3122#ftn20, 2022-08-03.

MANSON, Michel. *Les livres pour l'enfance et la jeunesse sous la Révolution*. Paris: Institut national de recherche pédagogique, 1989.

MARTIN, Charles-Noël. *Jules Verne, sa vie et son œuvre*. Lausanne: Éditions Rencontre Lausanne, 1971.

MEILLET, Antoine. «Les styles de Charles Perrault», in *Le français moderne*, N° 1, 1936, pp. 318—328.

MESNAGER, Jean. «Pour une étude de la difficulté des textes: la lisibilité revisitée», in *Le français aujourd'hui*, Vol. 2, N° 137, 2002, pp. 29—40.

MINERVA, Nadia. *Jules Verne aux confins de l'Utopie*. Paris: L'Harmattan, 2001.

MONTARDE, Hélène. *La belle Hélène*. Paris: Nathan, 2014.

MURPHY, Gregory; MEDIN, Douglas. "The Role of Theories in Conceptual Coherence"; in *Psychological Review*, N° 92, 1985, pp. 289—316.

NEEMANN, Harold. «La survivance de quelques contes de Perrault dans les Märchen des frères Grimm», in *Merveilles & Contes*, 1991, Vol. 5, N° 2, pp. 372—389.

NIÈRES-CHEVREL, Isabelle. *Introduction à la littérature de jeunesse*. Paris: Didier jeunesse, 2009.

NIÈRES-CHEVREL, Isabelle. *Littérature de jeunesse: incertaines frontières*. Paris: Gallimard jeunesse, 2004.

NIÈRES-CHEVREL, Isabelle (dir.). *Livres d'enfants en Europe*. Pontivy: *Exposition château de Rohan*, 1992.

NOESSEUR, Laura. «BRUNHOFF JEAN DE (1899—1937)», in *Encyclopædia Universalis*. Adresse URL: https://www.universalis.fr/encyclopedie/jean-de-brunhoff/, 2022-08-12.

NORA, Pierre Nora (dir.). *Les lieux de mémoire*, tome I. Paris: Gallimard, 1997.

NORD, Christiane. *La traduction: une activité ciblée*, traduction par Beverly Adab. Arras: Artois Presses Université, 2008.

OITTINEN, Riitta. *Translating for Children*. New York/London:

Garland Publishing, 2000.

ORIEUX, Jean. *La Fontaine*. Paris: Flammarion, 2000.

O'SULLIVAN, Emer. *Comparative Children's Literature*. London: Routledge, 2005.

PIAGET, Jean. *L'éducation morale à l'école*. Paris: Éditions de Constantin XYPAS, 1997.

PIAGET, Jean Piaget. *Introduction à l'épistémologie génétique*. Paris: Presses Universitaires de France, 1950.

PEDERZOLI, Roberta. *La traduction de la littérature d'enfance et de jeunesse et le dilemme du destinataire*. Bruxelles: Peter Lang, 2012.

PERRAULT, Charles. *Les contes de Perrault*, illustration par Gustave Doré. Paris: J. Hetzel, 1862.

PERRAULT, Charles. *Contes de Perrault*, édition de Gilbert Rouger. Paris: Garnier, 1967.

PETIT, Jean. «L'acquisition du langage par l'enfant», in *Recherches en linguistique étrangère*, Vol. 7, 1981, pp. 81−166.

PETIT, Léon. «Autour du procès Fouquet», in *Revue d'histoire littéraire de la France*, N° 3, 1947, pp. 193−210.

PEYTARD, Jean. «Oral et scriptural: deux ordres de situations et de descriptions linguistiques», in *Langue française*, N° 6, 1970, pp. 35−39.

PHÈDRE. *Fables*, traduction par M. E. Panckoucke, texte établi par E. Pessonneaux. Paris: Garnier Frères, 1864.

PRINCE, Nathalie. *La littérature de jeunesse: pour une théorie littéraire*. Paris: Armand Colin, 2010.

PUIG CASTAING, Bernard. «DORÉ GUSTAVE (1832−1883)», in *Encyclopædia Universalis*. Adresse URL: https://www.universalis.fr/encyclopedie/gustave-dore/, 2022-08-12.

ROQUES, Sylvie. *Jules Verne et l'invention d'un théâtre-monde*. Paris: Garnier, 2018.

ROUSSEAU, Jean-Jacques. *Émile ou de l'éducation*. Paris: Flammarion, 2009.

RUFFEL, David. *Les contes de Perrault*. Paris: Hatier, 2006.

SHAVIT, Zohar. *Poetics of Children's Literature*. Georgia: University of Georgia Press, 1986.

ROUX-FAUCARD, Geneviève. *Poétique du récit traduit*. Caen: Lettres modernes minard, 2008.

RUTEBŒUF. *Œuvres complètes*, texte établi par Achille Jubinal. Paris: Édouard Panier, 1839.

SIMONSEN, Michèle. *Perrault, Contes*. Paris: Presses Universitaires de France, 1992.

SIMONSEN, Michèle. *Le conte populaire*. Paris: Presses Universitaires de France, 1984.

SIMONSEN, Michèle. *Le conte populaire français*. Paris: Presses Universitaires de France, 1981.

SORIANO, Marc. *Les contes de Perrault : Culture savante et traditions populaires*. Paris: Gallimard, 2012.

SORIANO, Marc. *Guide de littérature pour la jeunesse*. Paris: Flammarion, 1975.

SORIANO, Marc. *Guide de la littérature enfantine*. Paris: Flammarion, 1972.

SORIANO, Marc. «SÉGUR SOPHIE ROSTOPCHINE comtesse de (1799—1874)», in *Encyclopædia Universalis*. Adresse URL: https://www.universalis.fr/encyclopedie/sophie-segur/,2022-08-12.

SORIN, Noëlle. «De la lisibilité linguistique à la lisibilité sémiotique», in *Revue québécoise de linguistique*, Vol. 25, N° 1, 1996, pp. 61—97.

ROBERT. Raymonde. *Le conte de fées littéraire*. Nancy: Presses universitaires de Nancy, 1982.

TAYLOR, Helena. «Gracieuse et Percinet», in *Op. Cit.: revue des littératures et des arts*, N° 23, 2021, pp. 1—14.

TÉNÈZE, Marie-Louise. «Du conte merveilleux comme genre», in *Arts et traditions populaires*, N° 18, 1970, pp. 11—65.

TOURY, Gideon. *Descriptive Translation Studies and Beyond*. Amsterdam/Philadelphia: John Benjamins, 1995.

TOURY, Gideon. *In Search of a Theory of Translation*. Tel Aviv: Porter Institute, 1980.

VAN DER LINDEN, Sophie. «L'album entre texte, image et support», in *La Revue des textes pour enfants*, N° 214, 2003, pp. 59—69.

VASSALLO, Rose-Marie. «Une valentine pour le prof de maths ou l'arrière-plan culturel dans le livre pour enfants», in *Palimpsestes*, N° 11, 1998, pp. 187—198.

VELAY-VALLANTIN, Catherine. *L'histoire des contes*. Paris: Fayard, 1992.

VERNE, Jules. *Vingt mille lieues sous les mers*, préface par Christian Chelebourg. Paris: Le Livre de poche, 1990.

VERNE, Jules. *L'île mystérieuse*. Paris: Jules Hetzel et Cie, 1875.

VERNE, Jules. *Les enfants du capitaine Grant*. Paris: Hetzel, 1868.

VERNE, Jules. *Les aventures du Capitaine Hatteras*, illustration par Édouard Riou et préface par Pierre-Jules Hetzel. Paris: Hetzel, 1866.

Voltaire. *Correspondence and Related Documents*, in *The Complete Works of Voltaire*, Vol. 116. Banbury: Voltaire Foundation, 1974.

VYGOTSKY, Lev. *Pensée & Langage*, traduction par Françoise Sève. Paris: Éditions Sociales, 1985.

WEINREICH, Torben. *Children's Literature: Art or Pedagogy*, translated by Don Barlette. Roskilde: Roskilde University Press, 2000.

ZHANG, Wen. «La traduction pour la jeunesse et la formation politique de la "génération de relève": une étude sur la traduction des livres enfantins française en Chine à l'époque des "dix-sept ans"(1949—1966)». in *Revue de littérature comparée*, N° 2, 2022, pp. 161—179.

ZHANG, Wen. «La restitution de l'effet-monde dans le récit», in *Forum: Revue internationale d'interprétation et de traduction*, Vol. 17, N° 1, 2018, pp. 77—98.

ZIPES, Jack. *Breaking the Magic Spell: Radical Theories of Folk and Fairy tales*. Lexington: University Press of Kenturcky, 2002.

ZIPES, Jack. *The Great Fairy Tale Tradition: From Straparola and Basile to the Brothers Grimm*. New York: W. W. Norton, 2000.

中文文献

阿利埃斯,菲力浦:《儿童的世纪:旧制度下的儿童和家庭生活》,沈坚、朱晓罕译,北京:北京大学出版社,2013年。

阿扎尔,保罗:《书,儿童与成人》,梅思繁译,长沙:湖南少年儿童出版社,2014年。

奥尔迪斯,布赖恩;温格罗夫,戴维:《亿万年大狂欢:西方科幻小说史》,舒伟、孙法理、孙丹丁译,合肥:安徽文艺出版社,2011年。

贝洛,夏尔:《鹅妈妈的故事》,刘文英译,阿朗画,杭州:浙江少年儿童出版社,2013年。

贝洛:《灰姑娘》,绎如改编,杨英镖绘画,上海:上海人民美术出版社,2012年。

贝洛:《贝洛童话》,张逸旻、维尼译,杭州:浙江少年儿童出版社,2009年。

贝洛,夏尔:《贝洛童话》,曹松豪译,长沙:湖南少年儿童出版社,1989年。

贝洛:《法国童话选》,倪维中、王晔译,北京:外国文学出版社,1981年。

贝洛尔:《鹅妈妈的故事》,戴望舒译,上海:开明书店,1929年。

贝奇,艾格勒;朱利亚,多米尼克:《西方儿童史 上卷:从古代到17世纪》,申华明译,北京:商务印书馆,2016年。

贝特尔海姆,布鲁诺:《童话的魅力:童话的心理意义与价值》,舒伟、丁素萍、樊高月译,北京:社会科学文献出版社,2015年。

柏拉图:《斐多:柏拉图对话录之一》,杨绛译,沈阳:辽宁人民出版社,2000年。

曹顺庆、陈开勇:《东西文学影响渊源的典型个案——拉封丹〈乌龟和两只野鸭〉里的部派佛教文学因素》,载《当代文坛》,2007年第4期,第69—72页。

陈平原:《从科普读物到科学小说——以"飞车"为中心的考察》,载《中国文化》,1996年第1期,第114—131页。

崔昕平:《出版传播视域中的儿童文学》,北京:中国社会科学出版社,2014年。

董天琦、陈大国译:《法国童话》,上海:上海文艺出版社,1991年。

凡尔纳,儒勒:《八十天环游地球》,陈筱卿译,成都:四川文艺出版社,2020年。

凡尔纳,儒勒:《地心游记》,陈筱卿译,成都:四川文艺出版社,2020年。

凡尔纳,儒勒:《神秘岛》,陈筱卿译,成都:四川文艺出版社,2018年。

凡尔纳,儒勒:《月界旅行·地底旅行》,鲁迅译,哈尔滨:哈尔滨出版社,2015年。

凡尔纳,儒勒:《气球上的五星期》,陈琳译,西安:太白文艺出版社,2005年。

凡尔纳,儒勒:《海底两万里》,赵克非译,北京:人民文学出版社,2004年。

凡尔纳,儒勒:《蓓根的五亿法郎》,佘协斌、胡章喜等译,北京:中国少年儿童出版社,1999年。

凡尔纳,儒尔:《机器岛》,刘常津、侯合余译,曹德明校,南京:译林出版社,2007年。

凡尔纳,儒尔:《十五岁的小船长》,李佶、叶利群译,曹德明校,南京:译林出版社,2006年。

方卫平:《法国儿童文学史论》,长沙:湖南少年儿童出版社,2015年。

方卫平:《中国儿童文学理论批评史》,南京:江苏少年儿童出版社,1993年。

佛尔诺:《十五小豪杰》,施落英译,上海:启明书局,1947年。

何敏、姚萧程:《中国科幻的异质性和民族性:论荒江钓叟对凡尔纳小说的吸纳与变异》,载《燕山大学学报(哲学社会科学版)》,2022年第23卷第5期,第37—45页。

赫西俄德:《工作与时日 神谱》,张竹明、蒋平译,北京:商务印书馆,1991年。

胡适:《国语运动与文学》,载《晨报附刊》,1922年1月9日。

加泰尼奥,让:《科幻小说》,石小璞译,北京:商务印书馆,1998年。

蒋林:《梁启超"豪杰译"研究》,上海:上海译文出版社,2009年。

江苏省儿童文学创作研究会编:《法国儿童文学选》,郁馥、唐有娟、吴玲玲译,南京:江苏人民出版社,1982年。

科斯特洛,彼得:《凡尔纳传》,徐中元、王健、叶国泉译,吴呵融校,南宁:漓江出版社,1982年。

拉封丹:《拉封丹寓言》,李玉民译,北京:人民文学出版社,2021年。

李今主编,罗文军编注:《汉译文学序跋集 第一卷 1894—1910》,上海:上海人民出版社,2017年。

李俊:《柏拉图与外星人》,载《读书》,2017年第3期,第140—148页。

李丽:《生成与接受:中国儿童文学翻译研究(1898—1949)》,武汉:湖北人民出版社,2010年。

李利芳:《中国发生期儿童文学理论本土化进程研究》,北京:中国社会科学出版社,2007年。

黎照编:《鲁迅梁实秋论战实录》,北京:华龄出版社,1997年。

卢坤:《圣西门、傅里叶与欧文思想的政治伦理旨趣》,载《社会主义研究》,

2010年第2期,第21—25页。
卢梭:《爱弥儿 论教育》,上卷、下卷,李平沤译,北京:商务印书馆,1978年。
卢梭:《爱弥儿》,魏肇基译,上海:商务印书馆,1923年。
鲁迅:《鲁迅全集》,第一卷,北京:人民文学出版社,2005年。
孟代:《纺轮的故事》,CF女士译,上海:北新书局,1924年。
倪维中:《"鹅妈妈"三百年》,载《读书》,1992年第5期,第95—96页。
佩罗等:《法国童话》,艾珉译,北京:人民文学出版社,2010年。
佩罗,夏尔:《林中睡美人》,祖春明译,长春:北方妇女儿童出版社,2010年。
秦弓:《五四时期的儿童文学翻译》(上),载《徐州师范大学学报(哲学社会科学版)》,2004年第30卷第5期,第41—46页。
齐普斯,杰克:《作为神话的童话 作为童话的神话》,童趣出版有限公司编译,北京:人民邮电出版社,2020年。
桑,乔治:《祖母的故事》,罗玉君译,上海:平明出版社,1955年。
斯谛,安:《法国码头工人的孩子们》,严大椿、胡毓寅译,武汉:长江文艺出版社,1958年。
塞居尔伯爵夫人:《苏菲的烦恼》,黄荭译,南京:译林出版社,2016年。
格里帕里,皮埃尔;贝洛,夏尔:《法国经典童话》,少军编,天津:天津教育出版社,2009年。
佘协斌、张森宽选编:《沈宝基译诗译文选》,合肥:安徽文艺出版社,2003年。
舒伟等:《从工业革命到儿童文学革命:现当代英国童话小说研究》,北京:中国社会科学出版社,2015年。
苏恩文,达科:《科幻小说变形记——科幻小说的诗学和文学类型史》,丁素萍、李靖民、李静滢译,合肥:安徽文艺出版社,2011年。
孙毓修:《孙毓修童书》,第2册,北京:海豚出版社,2013年。
泰奥弗拉斯托斯等:《古希腊散文选》,水建馥译,北京:商务印书馆,2013年。
王国维:《王国维哲学美学论文辑佚》,佛雏校辑,上海:华东师范大学出版社,1993年。

王瑶:《〈爱弥尔〉中译本的诞生及卢梭教育思想在近代中国的输入》,载《现代企业教育》,2014年第6期,第147页。

威尔恩,朱尔:《十五小豪杰》,饮冰子、披发生译,上海:上海文化出版社,1956年。

吴其南:《中国童话发展史》,上海:少年儿童出版社,2007年。

吴雅凌:《卢梭思想东渐要事汇编》,载《现代哲学》,2005年第3期,第39—43,57页。

查明建、谢天振:《中国20世纪外国文学翻译史》,下卷,武汉:湖北教育出版社,2007年。

张国龙、付晓明:《2017年中国童书出版状况探察》,载《中国图书评论》,2018年第2期,第69—82页。

章文:《"仙女故事"与清末民初"童话"概念在我国的理论开拓》,载《文化与诗学》,2022年第2期,第106—120页。

章文:《为成人而作的贝洛童话》,载《国外文学》,2020年第1期,第134—143,160页。

张哲、舒红跃:《笛卡尔的"动物是机器"理论探究》,载《南华大学学报(社会科学版)》,2019年第20卷第5期,第26—30页。

周扬:《社会主义现实主义——中国文学前进的道路》,《人民日报》,1953年1月11日。

周作人:《周作人论儿童文学》,刘绪源辑笺,北京:海豚出版社,2012年。

朱环新:《1949—2006年中国大陆引进版少儿文学类图书出版研究》,北京大学图书馆学专业硕士论文,2007年。

朱一凡:《翻译与现代汉语的变迁(1905—1936)》,华东师范大学语言学与应用语言学专业博士论文,2009年。

朱智贤:《儿童心理学》(1993年修订版),北京:人民教育出版社,1993年。

宗先鸿:《论卢梭对鲁迅教育思想的影响》,《东北师大学报(哲学社会科学版)》,2012年第2期,第176—180页。

后 记

  自赴法攻读博士学位开始,我与儿童文学结缘已有十余年的时光了。我对这一体裁的兴趣主要来自个人经历,或者说来自我与中法儿童文学间的两件趣事。一是高中时期,我一时兴起,借阅了一部未删减的《西游记》,仿佛记得是人民文学出版社 1990 年"中国古典文学名著"排印本。书中"十分凶丑"的孙悟空、甫一投胎便戕害同胞兄弟的猪八戒和吃人无数的沙僧都给我留下了深刻印象,不禁怀疑电视剧中曾引儿时的我无限遐想的美好人物才是镜花水月。二是进入大学学习法语之后,我偶然借阅了图书馆中的贝洛童话,震惊于《林中睡美人》一篇在情节上与迪士尼动画故事的巨大区别。贝洛世界中的王子从来没有亲吻过沉睡的公主,他们婚后还要经受食人魔老王后的考验,这位凶残的祖母甚至还想蘸着路易十四时期一位宫廷御厨发明的"罗贝尔酱汁",吃掉公主和王子的两个孩子。现在想来,其实这都是所谓的"迹象",象征着儿童文学交际中的不对称性:小读者如年幼的我,自然是难以窥知原先文本的真相的,看到的只能是任人打扮的改编物。

  任教之后,我的研究重点一度落在法国童话在中国的译介上,是写作这本书的契机让我得以补足了自己对法国儿童文学的若干认知短板。坦白说,这本书还有很多地方有待完善,部分结论也尚待深化,且有两点是我尤想向读者告罪的:一是本书对法国儿童文学的体裁介绍尚不全面,对连环画、绘本这两个新兴文体几乎没有述及。其实在拟定大纲之初，我本打算在第二部分再加上"绘本论"和"连环画论"两个章节，但若谈论这两个体裁，自然免不了涉及图文关系，也就是说要附上图画。但图画的引用颇难取得出版社的授权，以我个人之力恐怕无法为将要引用的诸多绘本或连环画获得摘录许可，所以只得遗憾放弃。二是书中对法国儿童文学作品和相关研究成果的引用颇多，大多由我自己译为中文。原文中有些地方我自己也不知理解得是否准确，译文中若有不恰当的地方，也恳请读者见谅。

不过，虽有诸般遗憾，这本小书终究还是完成了。它的写作历程始于我的女儿出生之后，初为人母的责任和工作上的压力常让我觉得这两三年是我人生中最狼狈、最忙碌的时光。幸好我的母亲为我做出了巨大牺牲，帮我极大减轻了抚育孩子的压力，让我于日常事务之余仍能"偷取"片刻时间，得以阅读和写作。北大、北外法语系的各位师长在这几年中对我也常有关照，让我数次在困顿之中又生出些勇气来，在此一并敬表谢忱。更要谢谢本书的责任编辑、我的"大师姐"初艳红女士，感谢她的包容、鼓励和耐心细致，让拙作得以面世。

受个人能力、精力所限，书中谬误之处在所难免，敬请各位方家指正，也衷心希望览书之人能读有所获。

章　文
2023 年 2 月于北京